TERRE
SOMMERSE

Prima Edizione settembre 2024
Collana I Prismi

Progetto grafico e impaginazione:
Martina Indraccolo

Consulenza e supervisione grafica:
Alessandro Cives

In copertina:
Elaborazione grafica di Alessandro Cives

Edizioni Terre Sommerse
Via Vallarsa, 44 - 00141 Roma
info: www.terresommerse.it - info@terresommerse.it

L'orco di Via Scarlatti

Cronaca della scomparsa di Michele Palermo

Matteo Mazzucchi

CAPITOLO I
LA NOTTE DI CAPODANNO DEL 1926

Zeus precipita sulla terra in forma di pioggia,
dal cielo vien giù una grande tempesta
e le correnti dei fiumi si sono gelate [...]
Abbatti l'inverno ravvivando il fuoco
e mescolando profusamente del vino
dolce come il miele! [Circondati] inoltre
le tempie di lana morbida.

Alceo, frammento 338 Voigt, traduzione dell'autore

L'anno 1925 si era chiuso a Milano in maniera traumatica: il 29 dicembre la socialista Anna Kuliscioff si era spenta nella sua abitazione che si affacciava sulla galleria Vittorio Emanuele II. La sua fine era stata quasi un simbolo per un partito che aveva appena vissuto il suo annus horribilis: Mussolini aveva infatti inaugurato il 1925 prendendosi pubblicamente la responsabilità per l'omicidio di Matteotti; poco dopo sarebbe stata emanata la prima parte delle Leggi Fascistissime, che di fatto portarono l'Italia in un regime di dittatura. Tra i primi a subire le conseguenze di questa svolta politica ci furono i riformisti del Partito Socialista Unitario, sciolto per legge il 6 novembre del 1925 in seguito a un attentato fallito contro Mussolini. Il Partito Socialista Italiano, composto in quel momento solo dalla componente massimalista, non era destinato ad avere una vita lunga: il 6 novembre dell'anno successivo tutti i partiti di opposizione sarebbero stati messi fuorilegge dal R.D. 1848/26. Forse i socialisti che alla fine del '25 sentivano già la scure del regime pendere su di loro come una spada di Damocle, videro nel funerale della Kuliscioff un'occasione per alzare la testa: alle esequie, che iniziarono alle 14:30 del 31 dicembre, si presentarono al fianco di Turati una ampia rappresentanza di onorevoli socialisti e una folla ancor più numerosa appartenente a diverse federazioni di lavoratori. Una ventina di vetture pubbliche coperte di garofani e nastri rossi accompagnò il feretro lungo tutto il percorso che dalla casa della Kuliscioff portava fino al cimitero Monumentale. Non mancarono i momenti di confusione: tra via Moscova e via Solferino una trentina di fascisti si dispose in fila sul marciapiede e fece saluto romano al passaggio del feretro, mentre altri di loro strapparono i nastri rossi di alcune corone.

« La bara gloriosa ».

Figura 1. Il funerale di Anna Kuliscioff

"Intorno ad Anna Kuliscioff noi abbiamo vissuto la nostra idea: siamo una parte di lei; ed ecco che ella sorge per dirci che nella vita non c'è solo il dolore, ma anche il dovere" affermò Turati, mentre il feretro della Kuliscioff veniva portato nella cripta dove sarebbe rimasto fino al momento della cremazione. Tutto intorno nascevano intanto scontri sempre più violenti tra le opposte fazioni, tanto che la forza pubblica si vide costretta a intervenire[1]. Per i Socialisti i funerali della Kuliscioff erano stati un vero e proprio "ultimo canto del cigno": un anno dopo lo stesso Turati si sarebbe recato in esilio volontario in Francia, mentre in Italia il regime Fascista andava consolidandosi e diventava sempre più forte.

Che questo estremo omaggio al socialismo morente fosse avvenuto proprio a Milano non ci deve stupire: il panorama cittadino era tutto costellato di ciminiere di fabbriche che davano

1) Vedi *Corriere della Sera*, 1° gennaio 1926. Ben diversa era invece la descrizione degli avvenimenti fatta nell'edizione dello stesso giorno del giornale fondato da Mussolini, *Il popolo d'Italia*: "Alle 11:30, poco prima che il corteo, composto da amici e conoscenti dell'estinta, si muovesse dalla casa situata sotto i Portici Settentrionali, un gruppo di socialisti, intervenuti col garofalo rosso all'occhiello e la cravatta pure rossa, hanno provocato col loro contegno vari incidenti che per l'intervento di alcuni dirigenti fascisti, tra i quali erano l'on. Lanfranconi, Dante Boattini, Adolfo Serbolenghi e Livio Mazzucchelli, e del commissario dott. Longo, che comandava una squadra di agenti, non hanno avuto seguito. In piazzale del Cimitero, poiché il tentativo di inscenare un'altra dimostrazione si stava ripetendo i fascisti presenti sono di nuovo energicamente intervenuti. Il corteo funebre non è stato però disturbato e la pietosa cerimonia si è compiuta nell'ordine più perfetto." Ben più stringata è la versione della Cronaca prealpina dei tre laghi, che nel numero del 1° gennaio 1926 evita accuratamente il riferimento a qualsivoglia atto di violenza, indipendentemente dalla parte da cui provenisse: "Nel pomeriggio di oggi, alle 14,30, hanno avuto luogo i funebri di Anna Kuliscioff, la nota agitatrice socialista che tanta parte ebbe nel movimento sovversivo in Italia nell'ultimo trentennio. Il corteo funebre è partito dall'abitazione dell'Estinta in piazza del Duomo. Precedevano numerose vetture recanti le corone inviate dalle organizzazioni socialiste e dagli amici. Seguivano il feretro i deputati Turati, Treves, Modigliani, Targetti, Gonzales, Casalini e numerose altre persone. Il corteo ha proceduto per le vie San Raffaele, Marino, piazza della Scala e via Manzoni, dirigendosi al Monumentale."

da lavorare a migliaia di operai, peccato che gli industriali imponessero turni di lavoro massacranti da 10 ore al giorno e il carovita seguito alla fine della guerra avesse reso il già magro stipendio dei lavoratori ancora più inadatto a mantenere uno stile di vita quantomeno dignitoso. I socialisti avevano cercato di dare ascolto a questo enorme malcontento che covava nell'aria e Anna Kuliscioff era stata una dei suoi esponenti più famosi e amati, anche per la sua capacità di rischiare in prima persona, proprio come era successo ai tempi dei moti del 1898, quando la donna aveva subito addirittura l'arresto da parte dei soldati di Bava Beccaris.

Come a dimostrare l'affetto dei milanesi nei confronti dei socialisti, tra il 1914 e il 1922 la città era stata governata da due sindaci appartenenti a questo partito, ovvero Emilio Caldara e Angelo Filippetti. Forse questo periodo rosso sarebbe durato anche più a lungo se il 3 agosto del 1922 una pattuglia di squadristi non avesse occupato Palazzo Marino, chiedendo la deposizione del Filippetti. Il prefetto di Milano Lusignoli decise allora di venire incontro alle richieste dei fascisti, forse appoggiate anche dalla voce autorevole di Gabriele D'annunzio, che aveva tenuto un discorso dal balcone di Palazzo Marino per commemorare l'evento[2]: Filippetti venne così destituito e velocemente sostituito da un commissario di nomina prefettizia.

La stagione socialista a Milano era finita in questo modo, ma a onor del vero bisogna dire che l'operato di Caldara e Filippetti non era riuscito a migliorare più di tanto la situazione generale, anzi il comune versava in una crisi economica piuttosto grave, sicuramente determinata dalla grave situazione

---

2) Le parole usate dal "Vate" durante l'occupazione di palazzo Marino furono in realtà molto equivoche e possono addirittura essere interpretate come la richiesta di raggiungere una pacificazione generale tra le diverse fazioni politiche. Solo una forzatura del suo discorso fatta da *Il popolo d'Italia* rese D'annunzio chiaramente assertore della cacciata di Filippetti. Vedi Perazzoli Jacopo, Angelo Filippetti, l'ultimo sindaco di Milano prima del fascismo, Milano, 2022 p. 159.

seguita alla guerra, ma che i detrattori dei due sindaci socialisti avevano attribuito proprio al loro operato[3]: nelle strade dei quartieri popolari si affacciava un'umanità povera e disperata in tutto simile a quella ritratta dalle indagini giornalistiche che Paolo Valera aveva svolto a Milano tra la fine dell'ottocento e gli inizi del novecento!

C'erano infatti numerose sacche di povertà che si concentravano soprattutto nelle case di ringhiera costruite una ventina di anni prima e spesso descritte dagli articoli del *Corriere* e di altri giornali borghesi come veri e propri "alveari umani", termine che nasconde una punta nemmeno troppo celata di disprezzo, ma che rende comunque molto bene l'idea del brulicare delle persone che continuavano a muoversi avanti e indietro lungo i ballatoi, le scale e i cortili interni, tutte indaffarate nelle proprie attività legali o meno. Uno di questi quartieri era sorto oltre lo scalo merci di Porta Romana tutto intorno alla chiesa di San Luigi alla Gamboloita.

Questo piccolo quartiere ha ancor oggi un aspetto molto insolito se si tiene in conto che sorge a Milano: sembra infatti un paese fluviale, tutto assiepato intorno ai binari dello scalo ferroviario che si fa strada tra le vie della città come un largo e placido fiume. Il grande ponte di Corso Lodi (durante il ventennio chiamato Corso XXVIII Ottobre in commemorazione della Marcia su Roma) lo collega ancora oggi al

---

3) Durante la Grande Guerra i Comuni si videro costretti a implementare le misure di Welfare senza vedersi aumentare in maniera corrispondente le entrate da parte dello stato centrale, cosa che ovviamente non ha aiutato i sindaci a tenere i conti pubblici in ordine. A Milano il sindaco Filippetti divenne oggetto di una vera e propria campagna mediatica messa in atto dal *Corriere della Sera*, che continuò a pubblicare continui articoli (spesso pretestuosi) dedicati ai presunti sprechi economici fatti dalla Giunta comunale. La situazione viene ricostruita molto bene nella biografia di Filippetti scritta da Jacopo Perazzoli, che ringrazio personalmente per aver letto questo capitolo e avermi dato alcune dritte riguardo agli eventi di cui sto trattando. Prendo occasione per ringraziare anche l'amico Stefano Coen, che per primo si è preso l'onere di leggere i primi capitoli dell'opera.

resto della città e ne determina anche in parte la fisionomia: molti edifici sono stati costruiti proprio a ridosso del ponte e presentano i primi due piani al di sotto del livello stradale. L'odierna via Don Bosco termina addirittura con un vicolo cieco, cosa abbastanza rara a Milano: chi arriva in fondo alla strada si trova infatti davanti al muro in mattoni del ponte e l'ingresso un po' decadente di alcune rimesse. Da qui un tempo era possibile raggiungere corso Lodi tramite la scala in metallo di una casa privata, ma da diversi anni un cancello impedisce al passante di adoperare questa scorciatoia, costringendo gli abitanti della zona ad allungare la strada per tornare nella propria abitazione.

Il lato del quartiere che dà sulla ferrovia è invece attraversato da via Brembo. Oggi una selva di Ailanti infesta la zona e impedisce al passante di vedere i binari marciti e sepolti dall'erba, ma un tempo era tutto un andare e venire di vagoni merci che spesso attraversavano la strada per entrare nelle fabbriche: qui le carrozze venivano riempite di casse e poi ripartivano verso le mete più disparate dell'Italia e dell'Europa. Chi abitava ai piani più alti dei palazzi vedeva di continuo i pennacchi dei treni a vapore andare e venire, mentre quando scendeva la notte comparivano come tante piccole stelle le luci degli edifici posti dall'altro lato della ferrovia, lontani e pallidi come fantasmi.

Oggi questo quartiere è in rapida trasformazione: le vecchie industrie sono chiuse da diversi anni e molte di loro vengono abbattute o restaurate per farne nuovi edifici alla moda. Ma anche nel 1925 la zona era ben lontana dall'essere considerata compiuta e perfetta: sembrava quasi che i costruttori avessero cominciato a fabbricare alcune case, e poi le avessero lasciate lì, nel fango e nella campagna, senza pensare a quando sarebbero tornati a sistemare i dettagli rimasti incompiuti. I problemi di urbanistica del quartiere di San Luigi ci vengono ben descritti da un articolo del *Corriere della Sera* risalente al 1927 e intitolato non a caso “Quartieri trasandati e rumori inutili”.

> Le abitazioni distribuite sulla strada Chiaravallese furono costruite e sono tuttora all’orlo del canale di fognatura scoperta, così che gli inquilini che le abitano son costretti a respirare da mane a sera maleodoranti ed antigienici effluvi. Di certo gli assessori delle passate amministrazioni avranno dato in consegna al Podestà i ripetuti reclami di quei cittadini che ora giustamente sollecitano, fidenti, un rimedio. E ugualmente l’Ufficio di Igiene non può ignorare che oltre il guaio della predetta fognatura, sono anche intorno a quell’abitato molti altri canaletti di acqua putrida e limacciosa, che vi sono cortili di case, veri alveari umani, coperti di ogni sporcizia, depositi di immondizie che restano colmi per quindici giorni, intere strade senza marciapiede, donde laghi di fanghiglia quando piove e strati di polverone all’asciutto. La via Brembo, la via Benaco, la via Orobia, la strada Chiaravallese, la via Pismonte, la via Tagliamento, la località Bettolina e numerose altre viuzze laterali al prolungamento di corso XXVIII Ottobre fino al dazio hanno, più o meno, bisogno di cure urgenti. Da notare che in tutto il quartiere sono sorti in sedi decorosissime molti stabilimenti, piccoli e grandi, industriali e commerciali, assai danneggiati dalle condizioni stradali perché, per i clienti e per i viaggiatori, arrivarci non è davvero una cosa piacevole[4].

A questi problemi di natura strettamente urbanistica si univano i rumori molesti provenienti in gran parte dalla linea tranviaria interprovinciale: i fischi dei rimorchi tranviari vengono infatti descritti come “laceranti”, e rivaleggiavano per il fastidio prodotto con le curve strette dei binari che in determinate condizioni atmosferiche diventavano fonti di stridori acutissimi.

I problemi edilizi della zona potevano essere giustificati dal fatto che l’area non era ancora del tutto costruita: circondati dalle case popolari e da diversi stabilimenti industriali esiste-

---

4) Vedi *Corriere della Sera*, 15 luglio 1927.

vano ancora ampi prati in cui i bambini si intrattenevano a giocare fino a sera durante la bella stagione. Grazie a un articolo del *Corriere della Sera* del 1915 veniamo a sapere che a volte i più giovani entravano all'interno dello scalo ferroviario di Porta Romana per raccattare del carbone forse utile per il riscaldamento[5]. Altrettanto spesso diversi gruppi di bambini venivano irregimentati dai ragazzi più grandi e scafati all'interno di vere e proprie bande criminali: i più piccoli in particolare erano addestrati ad arrampicarsi sui veicoli in sosta sul ponte di Corso Lodi, che era un punto di transito obbligato per i numerosi mezzi di trasporto che giungevano dal Lodigiano o dal Piacentino. Dopo aver eluso la sorveglianza dei guidatori, i bambini sottraevano dei carichi di merci e si allontanavano nei prati vicini, dove spartivano il bottino con i compagni. Questi episodi dovevano essere all'ordine del giorno e proprio per questo non destavano troppa meraviglia tra i passanti: nel luglio del 1923 il *Corriere della Sera* riportò l'esistenza di questo problema solo per descrivere il pronto intervento del vicecommissario Tommasino che dopo aver visto quattro ladri fuggire con una cassa piena di bicchieri di cristallo, decise di scendere sulla via insieme ad alcuni agenti e arrestare i piccoli malfattori. I quattro, tutti residenti in via Brembo, erano solo bambini di età compresa tra i dieci e i tredici anni![6]

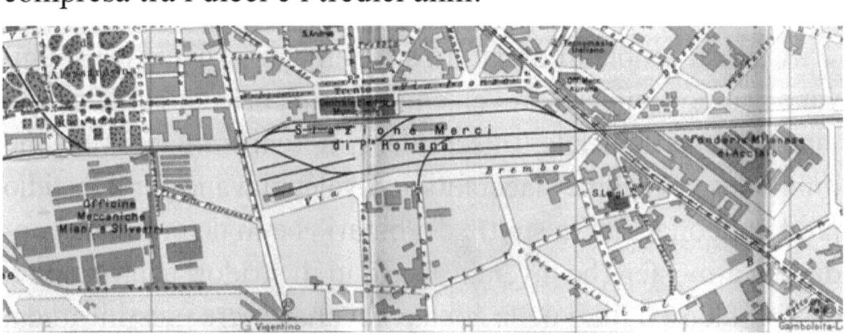

Figura 2. La zona dello scalo merci di Porta Romana in una pianta di Milano del 1925. Come si vede, esistevano ancora molti prati e molte zone prive di costruzioni!

5) Vedi *Corriere della Sera*, 12 settembre 1915

6) Vedi *Corriere della Sera*, 11 luglio 1923.

Ma anche tra i più grandi c'erano delle persone che riuscivano a emergere dalla massa per toccare gli allori della cronaca: si trattava di personaggi dai soprannomi pittoreschi e dalla fedina penale sporca, come Domenico Calvani, soprannominato "el demoni della Gamboloita" per via della forza erculea adoperata per accoltellare gli osti, trafugare le merci dei negozi e prendere a mazzate i passanti[7], oppure Giovanni Maccabruni detto "il Gianni della Gamboloita", borseggiatore di fama internazionale che poteva vantare un imbarazzante curriculum criminale che andava dal furto alla ricettazione, passando attraverso una florida attività di falsario[8]. Questi individui erano spesso spinti alla criminalità dalla povertà che li circondava e dalla mancanza di scrupoli e prospettive.

Ma tutt'intorno a loro altri individui resistevano alla tentazione della violenza e della rapina, e vivevano con maggiore onestà tra le fatiche della vita quotidiana e le minacce continue della povertà. Era questo il caso del calzolaio Giuseppe Palermo: nato a Caltanisetta il 19 febbraio del 1893, durante la guerra aveva militato nel decimo reggimento fanteria e al termine del conflitto era tornato nella sua città natale per ritrovare la moglie Caterina Romano, all'epoca già incinta del primo figlio. Alcuni anni dopo, quando aveva già raggiunto i trentacinque anni, i giornali lo avrebbero descritto come *piccolo di statura, asciutto, bruno, un tipo spiccatamente meridionale*. Di lui possiedo solo un paio di foto che lo ritraggono molto più in là negli anni, quando non era più asciutto e bruno e gli occhi leggermente irregolari lasciavano trapelare una forma di malinconia

7) Vedi *Corriere della Sera*, 10 aprile 1928.

8) Vedi *Corriere della Sera*, 27 gennaio e 18 febbraio 1909, 28 aprile e 21 novembre 1910, 30 dicembre 1921, 18, 19 e 20 dicembre 1923, 29 gennaio, 3 febbraio, 10 maggio, 15 giugno, 1 luglio e 15 novembre 1924, 21 aprile 1926, 13 giugno e 29 luglio 1932, 18 agosto 1936 e ASMi, Gabinetto di prefettura, primo versamento 140 e 209, in cui vengono descritti diversi particolari relativi alle indagini compiute dalla Pubblica Sicurezza per smantellare la banda di falsari di cui il Maccabruni faceva parte.

probabilmente acuita dagli anni e dalle sventure. Nel centro del volto un naso aquilino aggiungeva carattere al resto del viso e peggiorava se possibile quell'aria di fatalismo che solo un leggero sorriso sembrava volgere in una forma di speranza molto dura a morire.

Figura 3. Ritratto di Giuseppe Palermo dipinto dall'autore del libro. L'immagine rappresenta il personaggio una quarantina d'anni dopo gli eventi trattati nel presente volume.

Figura 4. Ritratto di Caterina Romano dipinto dall'autore. L'immagine rappresenta la donna una quarantina di anni dopo gli eventi trattati nel presente volume.

Dopo un intero anno passato inutilmente a cercare lavoro, il Palermo aveva compreso che a Caltanissetta era difficile trovare un impiego: non a caso cinque anni dopo lo troviamo nel quartiere Gamboloita, in un piccolo appartamento preso in affitto dalla famiglia Meriggi all'ultimo piano di una casa popolare sita in Via Benaco 17. La famiglia del Palermo si era nel frattempo ingrandita: il figlio più grande, che si chiamava Giuseppe come il padre, aveva già 7 anni, mentre il più piccolo, Rosario, contava appena 18 mesi. In mezzo tra i due si trovava Michelino, un vispo bimbo di cinque anni che insieme agli altri fratelli aspettava la nascita del nuovo bambino che Caterina portava in quel momento in grembo. La casa di Giuseppe, già molto affollata, riceveva spesso la visita del suocero Rosario, che viveva da solo in un piccolo appartamento posto nello stesso palazzo, ma che si recava quasi quotidianamente dalla figlia per i pasti. All'epoca non esistevano le pensioni se non per pochi fortunati e il mantenimento dei vecchi inabili spettava integralmente ai figli. Persino il cibo che veniva offerto al suocero poteva gravare su di un bilancio familiare già precario e finiva per diventare motivo di litigio tra fratelli. Ma non si poteva fare molto per cambiare la situazione se non lavorare e tirare avanti, e così faceva il Palermo, stando tutti i giorni a lavorare in una bottega di calzolaio. Possiamo solo immaginare le difficoltà che aveva attraversato in quegli anni, all'interno di una città completamente nuova e per giunta oppressa da una pesante crisi economica e sociale: forse proprio per tutte queste sofferenze Giuseppe aveva solo voglia di rilassarsi e festeggiare in quella sera di inizio gennaio del 1926.

L'anno era iniziato a Milano con una giornata bella ma fredda: nei giorni precedenti aveva nevicato, e ora nelle strade blocchi di neve semi-sciolta e viscida rendevano sdrucciolevole il terreno. Poi, verso sera, aveva cominciato a piovere. Cadevano in continuazione piccole gocce fitte, noiose, che inumidivano gli abiti ed entravano nelle ossa. Come spesso succede a Milano in casi come questi, dal suolo si era levata una leggera nebbiolina che fluttuava davanti alle luci dei lampioni e rendeva sempre più opache le cose man mano che si allontanavano dagli occhi. Nel pomeriggio Giuseppe era uscito di casa e si era recato con il suocero al numero 16 di via Don Bosco, allora chiamata semplicemente "la strada per Chiaravalle"; l'edificio era posto esattamente alle spalle di quello in cui i due abitavano e al suo interno si trovava un Circolo Ferrovieri che ospitava una mescita di vini.

Era il giorno seguente al funerale della Kuliscioff e probabilmente in quell'ambiente popolato da operai in molti stavano discutendo di quanto era successo il giorno prima e forse qualcuno soffriva ancora per i postumi delle legnate che si era preso negli scontri con i fascisti intorno al Monumentale. Non lo sappiamo e non lo sapremo mai, esattamente come da tutti gli articoli di giornale che hanno trattato di questa vicenda non possiamo trarre alcuna informazione circa le simpatie politiche del Palermo. Se fosse stato un fascista della prima ora, un milite che aveva fatto la marcia su Roma o un semplice cittadino che aveva preso la tessera del partito quando non era ancora "mainstream", i giornali sempre più irregimentati dalle leggi speciali di Mussolini non avrebbero potuto fare a meno di notarlo come un elemento positivo e un motivo di elogio. Più difficile dire se fosse socialista convinto, ma i continui riferimenti a Dio e alla religione che si trovano all'interno delle sue lettere, l'atteggiamento rispettoso che il siciliano mostrava nei confronti delle autorità (duce compreso) e lo sguardo apparentemente benigno che queste stesse autorità avrebbero poi mostrato nei suoi confronti, ci fanno pensare che il Palermo non avesse quelli che all'epoca venivano chiamati "i grilli per la testa" e che le sue idee in politica, sempre che esistessero, non fossero particolarmente marcate.

All'interno del circolo dei ferrovieri, al caldo di una grande stufa riempita di legna, gli uomini giocavano a carte cercando di scacciare il freddo con il vino. Non ci viene detto da nessuna descrizione, ma immaginiamo che l'aria fosse pregna dell'odore del fumo e che un brusio fatto di risate e mormorii riempisse tutto l'ambiente. Improvvisamente un vecchio aprì la porta d'ingresso e dietro di lui fece capolino la testina del secondogenito del Palermo, il giovanissimo Michele[9]. Il piccolo viene descritto come un bambino roseo e paffuto, con grandi occhi e riccioli neri, vestito con calzoncini chiari e rigati, giacca alla marinara e zucchetto sportivo da automobilista. Michelino entrò nel locale senza levare le manine di tasca e fissando lo sguardo tra i volti degli astanti, non tardò a scorgere il padre seduto al tavolo in mezzo a un gruppo di amici, tutto intento a una partita a carte con il trentottenne Filippo Scipioni. Subito corse da lui e gli si mise al fianco, aspettando impassibile che il padre finisse la partita.

A un certo punto il nonno Rosario si avvicinò al tavolo per dire a Giuseppe che aveva intenzione di andarsene e che avrebbe potuto riaccompagnare il bambino a casa. Il fanciullo amava molto il nonno, che lo teneva spesso sulle ginocchia e lo conduceva in lunghe passeggiate oltre Porta Romana, da cui Michelino tornava sempre allegro. Ma questa volta il bambino rimase impassibile, i grandi occhi ancora fermi sul padre come in cerca di qualcosa. Il vecchio comprese che c'era poco da fare e se ne andò. Erano le cinque del pomeriggio: la partita a carte sarebbe andata avanti per altri quindici minuti, ma Michele non rimase a guardare fino alla fine del giuoco.

Lo Scipione, gettando l'occhio attraverso le carte che teneva nelle mani, era rimasto infatti colpito dall'impassibilità del bambino, e grazie a una improvvisa illuminazione comprese il motivo per cui Michelino stesse fermo ad aspettare così pa-

---

9) Questo particolare emerge solo da un articolo del *Corriere della Sera* risalente al 21 giugno del 1955, ovvero a quasi trent'anni di distanza dal fatto. Sui giornali dei giorni immediatamente seguenti alla scomparsa troviamo sempre scritto che Michele si era recato nella mescita dei vini insieme al padre. L'articolo più recente si basa sui ricordi di Giuseppe, ma dopo tutti quegli anni possiamo legittimamente pensare che certi dettagli possano aver subito delle modifiche anche sostanziali all'interno della sua memoria. Nella narrazione abbiamo comunque deciso di seguire questa versione dei fatti perché ci sembra più vivida e realistica. Forse solo un ricordo deformato, ma che con il passare del tempo sembra quasi diventato una realtà.

zientemente. Subito prese a vezzeggiarlo, estrasse dal portafoglio una moneta da una lira e gliela mise in mano dicendogli: "Eccoti il regalo di Capodanno! Vai subito a comprarti le castagne e mangiatele!". Un sorriso si aprì sul volto del bambino, lo Scipione aveva colto nel segno: Michelino non stava aspettando altro che un dono per la festa!

Come forse si è già capito dalla descrizione che abbiamo fatto della vita quotidiana alla Gamboloita, negli anni '20 i bambini crescevano in fretta e ancora da piccoli si era solito affidargli dei compiti da svolgere e delle piccole responsabilità. Come ci dice l'articolo del *Corriere* che descrive questa scena, il bimbo, nonostante l'età, era avvezzo ad aggirarsi nei paraggi di casa sua anche da solo. Quei quartieri erano in effetti dei piccoli paesi in cui tutti si conoscevano e in cui i bambini venivano posti sotto la sorveglianza della collettività, in particolar modo dei commercianti e dei bambini più grandi e coscienziosi. Negli anni sessanta del secolo scorso la sociologa Jane Jacobs avrebbe scritto un intero libro per dimostrare l'importanza che i negozianti e la gente comune avevano nel mantenere l'ordine pubblico all'interno dei quartieri popolari, e le descrizioni della Milano di quegli anni che ci provengono dai giornali o dai ricordi degli anziani non sembrano smentire più di tanto questo assunto[10]: la gente aveva fissa in mente l'i-

10) All'interno del suo libro *Vita e morte delle grandi città*, la Jacobs descrisse un episodio avvenuto proprio sotto i suoi occhi e che sembra adatto a descrivere come funzionavano le cose all'interno dei quartieri popolari: "Non tutti in una città contribuiscono a sorvegliare le strade; molta gente che abita o lavora in città non si rende conto del perché il suo quartiere sia sicuro. Nella strada in cui abito è accaduto di recente un episodio che mi è parso interessante proprio sotto questo riguardo. Bisogna sapere che il mio isolato, benché piccolo, contiene una notevole varietà di edifici, tra cui case ad appartamenti sorti in tempi diversi e case unifamiliari a tre o quattro piani trasformate in case ad appartamenti economici con botteghe al pianterreno oppure riadattate, come la nostra, ad uso di un'unica famiglia. L'altro lato della strada era quasi tutto occupato da edifici in mattone a quattro piani con botteghe al pianterreno, ma dodici anni fa molte di queste case, dall'angolo fino a

dea che il piccolo quadrato di vie in cui abitava fosse un posto tendenzialmente sicuro in cui nulla di male poteva accadere ai bambini. E in effetti era proprio così: andava sempre tutto bene, tranne quando le cose andavano male!

Subito Michelino uscì trottando fuori dal locale, tenendo in mano il piccolo tesoro che gli era stato appena donato, e si

---

metà dell'isolato, furono trasformate in un unico grande edificio di appartamentini signorili serviti da ascensori. L'episodio che ha attirato la mia attenzione è stato una sorda lotta tra un uomo e una ragazzina di otto o nove anni. Sembrava che l'uomo cercasse di convincere la bambina a seguirlo, assumendo alternativamente nei suoi riguardi un'aria di lusinga e d'indifferenza; la bambina da parte sua s'irrigidiva, come fanno i bambini quando oppongono resistenza, contro il muro di uno degli edifici di là della strada. Mentre guardavo la scena dalla mia finestra al secondo piano, pensando al modo d'intervenire in caso di necessità, mi accorsi che il mio intervento sarebbe stato superfluo. Dalla macelleria al pianterreno del palazzo era venuta fuori la moglie del proprietario, e se ne stava con le braccia conserte e l'aria decisa, a portata di voce dell'uomo. Quasi contemporaneamente Joe Cornacchia, che gestisce insieme coi suoi generi una salumeria, era venuto fuori anche lui e si era piantato dall'altra parte. Parecchie teste avevano fatto capolino dalle finestre del palazzo di fronte: una di esse sparì subito e un momento dopo il suo titolare riapparve nel portone, alle spalle dell'uomo. Nel bar accanto alla macelleria, due uomini si erano avvicinati alla porta e aspettavano. Dalla parte mia della strada, anche il fabbro, il fruttivendolo e il proprietario della lavanderia erano usciti dalle rispettive botteghe; e dalle finestre altra gente guardava la scena. Senza accorgersene, quell'uomo era circondato; nessuno avrebbe lasciato che la ragazzina venisse trascinata via, anche se nessuno sapeva chi fosse. Devo dire a questo punto (e poco male se con ciò il racconto perderà la sua tensione drammatica) che l'uomo e la ragazzina erano padre e figlia." Vedi Jane Jacobs, *Vita e morte delle grandi città. Saggio sulle metropoli americane*, Torino, 2000, pp. 35-36. Negli anni '30 mio bisnonno Nicola D'Amelio gestiva insieme alla moglie Concetta De Leonardis una sartoria al numero 59 di via Settala. La via era piccola e sicura, dal momento che le macchine erano ancora pochissime e la strada era costantemente posta sotto il controllo dei commercianti della zona: per questo motivo mia nonna e gli altri bambini della zona potevano passare le giornate a giocare all'aperto in mezzo alla strada. Quando ai piccoli si avvicinava un uomo che viene ricordato in maniera non particolarmente lusinghiera come "lo sporcaccione", era mia bisnonna, un donnone corpulento alto più di un metro e ottanta, che si prendeva l'incarico di uscire in strada con la scopa e scacciarlo a male parole.

diresse verso un ortolano che era posto in quella stessa via e in cui era andato altre volte per prendere qualche ghiottoneria da mangiare, ma lo trovò chiuso. Tutto deluso tornò in osteria e chiese al padre il permesso di recarsi a casa, dal momento che l'edificio di via Benaco 17 ospitava un altro ortolano. Forse Giuseppe era troppo preso dalle discussioni con gli amici, e proprio per questo concesse al figlio quanto gli era stato chiesto senza farsi troppi problemi. Erano le ore 17:20 e le strade erano già immerse nell'oscurità quando il bimbo uscì nuovamente dall'osteria saltellando per la contentezza.

L'umidità della fogna scoperta gelava le ossa, il vapore usciva dalla bocca del bambino ogni volta che respirava, la pioggerellina sottile continuava a inumidirgli gli abiti, ma il piccolo Michelino aveva un obiettivo nella mente e non badava molto al clima che lo circondava. Anzi, giunto in piazza San Luigi si ricordò che non molto lontano da lì, al numero 3 di via Scrivia, si trovava un altro fruttivendolo. Forse Michelino temeva di trovare chiuso il negozio di fronte a casa sua, forse venne semplicemente attratto dalla luce accesa delle vetrine, sta di fatto che il bambino cambiò subito strada e corse in diagonale attraverso la piccola piazza San Luigi per entrare nel locale della fruttivendola Caterina del Miglio e chiederle se avesse delle castagne. Alla risposta negativa della donna il bambino uscì di nuovo in strada con in mente l'idea di tornare alla sua meta originaria e recarsi dal fruttivendolo di via Benaco. Riattraversò di corsa piazza San Luigi, si incamminò per il secondo tratto di via Tagliamento, forse riuscì ad arrivare all'altezza del convento delle suore Canossiane sito al numero 12, ma qui una nebbia fitta si addensò tutto intorno alla sua allegra camminata, impedendoci di sapere cosa gli sarebbe successo subito dopo.

In quegli stessi momenti un'ombra oscura passò per la testa di Giuseppe Palermo: forse gli era venuto in mente che poco più di un anno prima un undicenne di nome Orlando Forelli era scomparso nel nulla e il suo cadavere era stato trovato un mese dopo nelle acque del cavo Melzi, una derivazione del canale della Martesana che bagnava le campagne attorno a Chiaravalle. Il corpo del poveretto era ridotto a poco più di uno scheletro: un malintenzionato rimasto poi ignoto l'aveva rapito nelle campagne deserte intorno a Porta Romana, mentre il ragazzo era diretto alla Gamboloita.

Forse Giuseppe aveva commesso una leggerezza nel lasciare andar via così suo figlio: subito si alzò dal tavolo, si mise la giacca e uscì dall'osteria, correndo affannosamente verso casa: in via Benaco il Palermo trovò chiuso il negozio dove sarebbe dovuto andare suo figlio e per strani e imperscrutabili motivi la sua ansia si accrebbe sempre di più; col cuore in gola si precipitò a casa, chiese alla moglie notizie di Michelino, ma venne solo a sapere che la donna non lo aveva più visto da quando era uscito. Il nonno Rosario era già tornato a casa verso le 17:30 e tutto tranquillo aveva chiesto se il bambino non fosse già rincasato: lo sguardo con cui dovette fissarlo il Palermo in quel momento era senza ombra di dubbio terribile ed eloquentissimo!

I vicini vennero subito allertati e tutta la zona fu passata in rassegna alla ricerca di tracce del bambino: si batterono tutte le vie, la campagna circostante, persino il canale della fognatura che scorreva allo scoperto per un lungo tratto della Gamboloita. Niente. La denuncia per la scomparsa di Michele venne subito sporta presso il commissariato di Scalo Romana[11]. Le indagini ufficiali sarebbero cominciate in grande stile il giorno dopo all'alba, per ora non si poteva fare altro che andare letto e sperare di trovare il sonno almeno per qualche istante.

11) Secondo il *Corriere della Sera* del 3 gennaio i genitori attesero la mattina del giorno successivo per sporgere denuncia, mentre per il questore i genitori si recarono nel commissariato di Scalo Romana già durante la notte. Ci sembra ovviamente più plausibile la versione del Questore, anche se la denuncia potrebbe essere stata sporta in un'ora della notte così tarda da poter essere già considerata come il mattino del giorno successivo.

Figura 5. La nevicata che aveva imbiancato Milano alla fine del 1925. Le due foto sono tratte da La domenica del *Corriere* del 3 gennaio 1925 (immagini appartenenti alle collezioni della Biblioteca di storia moderna e contemporanea di Roma)

CAPITOLO II
LE PRIME RICERCHE

Montag jammed his Seashell to his ear. "Police suggest entire population in the Elm Terrace area do as follows: Everyone in every house in every street open a front or rear door or look from the windows. The fugitive cannot escape if everyone in the next minute looks from his house. Ready! " Of course! Why hadn't they done it before! Why, in all the years, hadn't this game been tried! Everyone up, everyone out! He couldn't be missed! The only man running alone in the night city, the only man proving his legs!

Ray Bradbury, *Fahrenheit 451.*

Le indagini, inizialmente affidate dal questore Secchi al commissario De Martino della squadra mobile, seguirono per prima cosa la pista del maniaco. Oltre a essere la causa più probabile della scomparsa del bambino, questa ipotesi era stata ulteriormente rafforzata dal racconto del dodicenne Cesare Fioroni, vicino di casa e compagno di giochi del piccolo Michelino. La sera di Capodanno, verso le sei, il ragazzo era sceso di casa per comprare del latte in via Tagliamento, ma all'angolo con via Benaco gli era venuto incontro un giovanotto di circa 25 anni, piuttosto alto, robusto, bruno, vestito elegantemente di nero, con un ampio cappello floscio e piccoli baffetti all'americana, che lo aveva apostrofato dicendogli: "Se vieni con me a fare una passeggiata ti regalo tanti dolci". Nella descrizione del Foroni viene detto che lo sconosciuto parlava in italiano, appunto che non ci deve sorprendere se si tiene conto della diffusione che aveva ancora il dialetto all'epoca dei fatti narrati!

Il ragazzino venne suggestionato da questa promessa e dal fare autorevole e distinto con cui era stato interrogato dallo sconosciuto e quasi inconsciamente aveva cominciato a seguirlo, ma giunto all'altezza del numero 11 di via Tagliamento venne colto da un improvviso sbigottimento e si fermò. Il giovane si voltò a guardarlo e lo invitò a proseguire con un cenno amichevole, ma in tutta risposta il fanciullo si voltò e fuggì a gambe levate verso casa dove venne accolto tutto piangente dal fratello maggiore Mario, un operaio diciottenne a cui raccontò quanto gli era successo. La storia sembrava molto credibile, tanto che in un primo momento i poliziotti ipotizzarono che il rapitore del Palermo fosse lo stesso giovane che, dopo aver fallito il tentativo di adescare il Foroni, aveva deciso di portar via Michelino, forse facendo tacere le eventuali proteste del piccolo tappandogli la bocca. Altri testimoni non meglio precisati sostennero di aver visto quel giovane mentre si dirigeva in direzione di Chiaravalle con un vecchio, evidentemente suo complice.

A questa storia, raccontata in un articolo del *Corriere della Sera* del 3 gennaio 1926 (il primo che trattò della vicenda del giovane Michelino), non sarebbe poi stato dato molto credito, ma non era poi così implausibile. Avevamo accennato in precedenza alla vicenda del povero Orlando Forelli, rinvenuto cadavere in un fosso un anno prima delle vicende che stiamo trattando. In quell'occasione i giornali avevano raccolto la testimonianza del preside della scuola frequentata dal bambino. Quasi sempre, nei paraggi delle scuole elementari e specialmente di quelle della periferia, si aggiravano individui poco raccomandabili, che si intrattenevano con i ragazzi, combinando con essi qualche piccolo traffico e accompagnandosi talvolta con loro. L'intervistato era stato per molto tempo preside della scuola elementare della località Chiesa Rossa, e si ricordava ancora bene di vari episodi di adescamento che fortunatamente non avevano avuto lo stesso tragico epilogo di quello del Forelli. In via Pisacane alcuni anni prima due bambini erano scomparsi all'uscita da scuola: in seguito si sarebbe scoperto che erano stati attirati in aperta campagna da un cinquantenne che aveva dei fini che vengono taciuti dal giornale, ma che possiamo facilmente immaginare. In molti istituti gli insegnanti consigliavano agli scolari di respingere la compagnia degli sconosciuti e di recarsi immediatamente a casa al termine delle lezioni, mentre ai genitori veniva sempre fatto l'invito di prendere i bambini da scuola quando fosse stato loro possibile.

Le indagini della polizia non trascurarono comunque altre piste: venne accuratamente perquisita una carovana di nomadi che vengono definiti dalle fonti della questura come "zingari" e "ramai di professione" e che alla fine di dicembre si erano spostati dalle vicinanze del Palazzo del ghiaccio di Milano a Lodi; nel frattempo i pompieri ispezionavano con cura la fogna che costeggiava la strada Chiaravallese, dato che si temeva che il bambino vi fosse scivolato dentro a causa della neve semi-disciolta dalla pioggia.

Le ricerche furono portate avanti fino alle vicinanze dell'abbazia di Chiaravalle, ma a mezzogiorno del 3 gennaio ci si rese conto che tutto quel lavoro non stava portando a nessun risultato. Nel pomeriggio il questore ispezionò personalmente i luoghi battuti dai ricercatori. Riccardo Secchi era giunto a Milano da Roma nel gennaio del '25 in qualità di questore reggente[12]. Dalle fonti appare come un uomo deciso e molto duttile e dal *curriculum vitae* a dir poco invidiabile: nel 1919 era stato addirittura capo della polizia presso la delegazione italiana alla conferenza di pace di Parigi. In seguito venne nominato questore di Novara e poi della capitale, dove sarebbe rimasto fino ai tempi della Marcia su Roma[13]. Nel 1921 era stato inviato dal ministero degli interni a Treviso per porre termine ad alcuni violenti scontri tra Socialisti e Fascisti. Al suo arrivo aveva immediatamente fermato una quarantina di camicie nere che si trovavano in un albergo e le aveva poste in stato d'arresto[14].

12) Vedi ASMi, Gabinetto di prefettura, prima serie, 140.

13) Vedi *L'Ambrosiano*, 12 gennaio 1925.

14) Vedi *Corriere della Sera*, 15 luglio 1921.

Questa azione senza dubbio risoluta non gli impedì di continuare la carriera in seguito alla presa del potere di Mussolini e così eccolo lì, nelle campagne di Milano a dirigere l'operato della polizia della più grande città del Nord-Italia!

Ma i successi del passato in quel momento sembravano cosa lontana, e il Secchi era terribilmente preoccupato per le indagini che si stavano svolgendo sotto i suoi occhi: vedeva infatti che la scomparsa del bambino aveva destato molta preoccupazione nella gente del posto e in giro c'erano già troppi giornalisti che facevano le loro domande ai parenti dello scomparso e agli altri testimoni. Riccardo Secchi sapeva bene quanto i giornalisti fossero attratti dalle sventure che riguardavano i bambini: quando si trovava ancora a Roma aveva letto moltissimi articoli riguardanti il mostro che aveva stuprato e ucciso alcune bambine e si ricordava personalmente del putiferio che c'era stato l'anno prima a Milano in occasione della scomparsa di Orlando Forelli. Riccardo Secchi sapeva anche bene che Mussolini, da buon giornalista, dava molta importanza alla diffusione delle notizie da parte della *Stampa*: era dal 1924 che i giornali d'opposizione subivano per ordine del prefetto sequestri preventivi ogni qualvolta avevano tentato di pubblicare articoli avversi al governo, e proprio due giorni prima il duce aveva emanato una nuova legge speciale che poneva i principali canali di informazione in mano a uomini fedeli al fascismo. Ma la disgrazia occorsa al Palermo non era di natura politica e non si poteva impedire la diffusione della notizia, per quanto molti personaggi vicini al governo stessero cominciando a fare proposte per l'eliminazione della cronaca nera dalle pagine dei giornali. Ma erano ancora ipotesi, e per quanto il duce desiderasse chiaramente che i giornali ormai fascisti o fascistizzati facessero credere al popolo che l'ordine regnasse in Italia grazie al buon operato del Governo, Secchi sapeva che la *Stampa* poteva ancora parlare liberamente del Palermo, e lo avrebbe di certo fatto, perché notizie come quelle facevano vendere di più e nessun direttore, neppure il più fedele a Mussolini, avrebbe volontariamente messo il guadagno dietro al buon nome del capo di stato!

Secchi cominciò a girare per i campi gelati posti sotto lo sguardo severo dell'abbazia di Chiaravalle. Non gli ci volle molto per notare che i fossi nei dintorni erano quasi del tutto a secco e che l'ipotesi della disgrazia non aveva alcuna consistenza. Non ne aveva mai avuto molti dubbi, non tanto per la testimonianza del Foroni, a cui non riusciva a prestare troppa fede, ma perché in molti avevano descritto un vecchio che si allontanava dal luogo della scomparsa insieme a un bambino. Qui si stava perdendo del tempo prezioso, era chiaro come il sole che il colpevole doveva essere un mendicante che aveva compiuto il rapimento a scopo di sfruttamento! Il bambino poteva ancora essere ritrovato vivo, doveva essere ritrovato vivo, e allora i giornali avrebbero parlato bene della polizia di Milano, cancellando del tutto gli insuccessi riportati nelle indagini per la morte del Forelli! E perché imbavagliare la *Stampa*, quando i giornali potevano essere un utile alleato nelle indagini? Secchi in persona si recò dai giornalisti del *Corriere della Sera* e gli chiese di pubblicare sul loro quotidiano un invito a collaborare all'indagine rivolto a tutti i cittadini: il piccolo scomparso era molto vivace e sapeva perfettamente di chiamarsi Michele Palermo; per questo motivo chiunque si fosse imbattuto in un mendicante accompagnato da un bambino poteva tranquillamente fare le proprie indagini e aiutare in questo modo la polizia. Un dettaglio non da poco, che forse spiega l'enorme impatto che ebbe questo caso sui media: ogni lettore sapeva di poter essere utile, ma questo finì forse per complicare le indagini, dal momento che non tutti erano ugualmente svegli, i mitomani erano infiniti e i bontemponi non erano in numero inferiore. Molte, troppe persone si sarebbero comportate come gli abitanti del quartiere di Elm Terrace nel romanzo Fahrenheit 451 e avrebbero ritenuto la ricerca dello scomparso

Michele come una sorta di gioco proposto dai media.

Mossi dagli ordini del Secchi, i poliziotti passarono al setaccio i ricoveri preferiti dei senzatetto, come la vicina cascina della Gamboloita. Le retate all'interno dei tuguri e dei ricoveri di fortuna andarono avanti per tutta la notte e i fermati alla fine furono una cinquantina. A un certo punto i genitori del piccolo Michele chiesero alla polizia di poter utilizzare un cane poliziotto divenuto famoso per aver risolto grazie al suo fiuto casi simili a quelli della famiglia Palermo: il cane annusò i vestiti del povero Michelino, si recò nel luogo che era stato teatro della sua scomparsa, ma non trovò nessuna traccia degna di essere seguita.

Mentre la zona della Gamboloita veniva letteralmente passata al setaccio dalle forze di polizia, sul *Corriere* del 3 gennaio usciva il primo articolo dedicato al caso Palermo. I giovani strilloni che vendevano i giornali per le vie del centro e della periferia urlavano nelle orecchie della folla la notizia della scomparsa di un bambino e passando veloce di bocca in bocca, la voce del rapimento si era diffusa sempre di più tra i milanesi, turbando terribilmente i sonni dei genitori. Alle 18:00 di quello stesso giorno il prefetto Vincenzo Pericoli inviò alla questura un fonogramma dal contenuto abbastanza significativo:

> Signor Questore di MILANO
>
> 48=al28 stop Scomparsa bambino Palermi ha destato in Città molta impressione et naturale allarme nelle famiglie stop Occorre pertatanto [sic!] che indagini siano intensificate in ogni senso seguendo anche le minime traccie [sic!] in guisa da dare sensazione che Autorità P.S. est pronta et sagace.
>
> Prefetto = Pericoli

Non sappiamo in quale orario preciso, ma quello stesso giorno il prefetto aveva anche inviato a Roma una nota per informare il Ministero degli Interni di quello che era successo. I termini usati per indicare l'attività della polizia e del prefetto (ricerche attivissime, efficaci eccitamenti, etc.) mostrano quale fosse il problema principale delle autorità di Milano: far vedere ai superiori che ogni cosa era stata fatta a dovere, senza trascurare alcun dettaglio. Ben diverse erano le preoccupazioni della famiglia Palermo, intorno a cui si erano stretti conoscenti e vicini di casa, tutti impegnati a consolare i due genitori in una forma di solidarietà popolare che è sicuramente una delle cose da invidiare a quell'epoca così lontana dalla nostra. In mezzo a questa folla indistinta si trovava anche una signora che abitava in un appartamento vicino a quello dei Palermo. La donna era la zia di un piccolo bambino che dieci anni prima era stato rapito in un prato della Gamboloita mentre si recava a casa del nonno verso le sei di sera, e venne trovato morto in un fossato il giorno dopo. L'episodio, subito registrato dai giornalisti che cominciavano a informarsi degli avvenimenti con curiosità quasi morbosa, era risalente al 10 settembre 1915, durante la guerra, e il bambino si chiamava Ferruccio Ferrari. Un'ombra oscura, quasi un segnale di malaugurio che si stendeva su quella vicenda sempre più terribile!

CAPITOLO III
LA PISTA DI CORSICO E UNA NUOVA AVVENTURA DEL FORONI

Di tutto questo
non c'è più niente (o forse qualcosa
s'indovina, c'è ancora qualche strada
acciottolata a mezzo, un'osteria).
Qui diceva mio padre, conveniva
venirci col coltello... Eh sì, Il Naviglio
è a due passi, la nebbia era più forte
prima che lo coprissero... Ma quello
che hanno fatto, distruggere le case,
distruggere quartieri, qui e altrove,
a cosa serve? Il male non era
lì dentro nelle scale, nei cortili,
nei ballatoi, lì semmai c'era umido
da prendersi un malanno. Se mio padre
fosse vivo chiederei anche a lui: ti sembra
che serva? è il modo? A me sembra che il male
non è mai nelle cose, gli direi.

Giovanni Raboni, *Risanamento*, 1965.

Mario Caccianiga era il proprietario di un negozio di salumeria posizionato in viale Umbria 61. Lunedì 4 gennaio era uscito verso le 9 e mezza di mattina per recarsi a Corsico, dove abitava suo fratello. Il salumiere voleva chiedergli di badare per qualche giorno al suo negozio: la loro madre si era ammalata, sua moglie stava presso di lei per accudirla mentre lui doveva recarsi altrove per degli affari non meglio precisati. Tornando da Corsico, nei pressi di Robarello, il salumiere notò un giovane che indossava un pastrano scuro e si copriva il collo e la bocca con un fazzoletto bianco. Avanzava lentamente e con fare sospetto, ed era seguito da un bambino di appena quattro o cinque anni con il volto in parte coperto da un passamontagna color cenere. Il piccolo sembrava infreddolito e stanco e ogni tanto rallentava, costringendo il giovane a strattonarlo e a spingerlo avanti. Probabilmente il salumiere rimase a fissarlo troppo a lungo, lo sconosciuto si vide osservato e cercò di darsi un contegno maggiormente disinvolto e affrettò il passo, scomparendo nella campagna. Ma era troppo tardi: il Caccianiga leggeva i giornali, conosceva bene la storia del piccolo Michele e nella sua mente era sorto ormai il sospetto che quel bambino potesse essere proprio lui! Tornato a casa riferì quello che aveva visto alla moglie e a un coinquilino, il ferroviere Emilio Maffezzoni: subito gli venne chiesto se avesse capito chi fosse quell'uomo che strattonava il bambino e il Caccianiga, un po' titubante, rispose che le sue fattezze non gli erano del tutto sconosciute: quell'uomo sembrava proprio uno dei giovinastri che frequentavano gli ambienti della Vetra, un luogo che -come emerge dalle memorie del poeta Raboni- all'epoca dei fatti era considerato come pericoloso ed equivoco, un luogo dove conveniva andare col coltello! Subito tra i tre coinquilini sorse una vivace discussione su quello che si doveva fare, poi uno di loro si ricordò delle parole rilasciate dal questore Secchi ai giornali: chiunque poteva investigare sul caso Palermo! Il Caccianiga, volente o nolente, accettò di andare al commissariato Vittoria per svolgere il suo dovere di cittadino.

Martedì mattina due marescialli dei commissariati di via Curtatone e dello Scalo Romana si recarono in automobile nella campagna intorno a Corsico. Al loro fianco si trovava Giuseppe Palermo accompagnato dal fratello e dallo stesso Caccianiga, che evidentemente aveva rinviato quegli impegni non precisati che l'avrebbero dovuto tenere lontano dal suo negozio. Per quanto gli uomini si fossero sforzati a interrogare la gente del posto, nessuno aveva visto lo sconosciuto accompagnato da un bambino, se non una vecchietta che forse l'aveva notato mentre andava in direzione di Gaggiano. Venne quindi dato ordine di indagare anche ai carabinieri di Abbiategrasso, mentre i poliziotti di Milano si misero alla ricerca del ventunenne Giovanni Nanni che era uscito il giorno prima di galera e che il Caccianiga aveva visto spesso in piazza Vetra in compagnia del sospetto rapitore. Arrestato dalle forze dell'ordine e sottoposto a uno stringente interrogatorio, il ragazzaccio della Vetra continuò a schernirsi dicendo di non conoscere il giovane che stavano ricercando. Ancora il 7 gennaio i Carabinieri sostenevano sulle pagine de *L'Ambrosiano* che il fermo del Nanni era molto importante e che speravano di essere su di una buona traccia, ma questa ostentazione di sicurezza non era corroborata da nessuna prova concreta. Le forze dell'ordine continuarono a perlustrare per diversi giorni le strade tra Corsico e Gaggiano, ma molti di quegli agenti infreddoliti stavano probabilmente cominciando a pensare che si stesse solo perdendo del tempo e che Michelino non si trovasse da quelle parti. Sempre che fosse ancora vivo.

Mentre la polizia batteva avanti e indietro le campagne a sud di Milano, il dodici gennaio Cesare Foroni, il bambino che aveva denunciato un tentativo di rapimento lo stesso giorno della scomparsa di Michelino, ebbe il discutibile onore di tornare sulle pagine del *Corriere della Sera.* Due giorni prima, verso le 19, era stato mandato dai genitori nell'osteria di Vincenzo Arceri, in piazzale San Luigi, per comprare un fiasco di vino. Lungo la strada aveva incontrato un ragazzo della stessa età, un certo Pietro Pazzi che abitava al numero 18 di via Benaco. I due ragazzi cominciarono a parlare con entusiasmo di uno spettacolo che si sarebbe dovuto tenere quella sera presso l'oratorio della chiesa di San Luigi, e il Pazzi mostrò all'amico tutta la propria contentezza perché il padre aveva promesso di accompagnarlo. Il povero Cesare non era altrettanto fortunato: il suo genitore era da tempo infermo, e forse proprio per questo motivo il bambino non aveva i soldi per il biglietto. A metà di via Tagliamento i due ragazzi si erano appena separati, quando all'angolo di via Benaco un giovane sbucò dall'ombra e rivolse la parola a Cesare: "Ti accompagno io all'oratorio: io i soldi li ho... vieni con me!" Il Foroni riconobbe subito in quell'uomo le fattezze del giovane che lo aveva fermato a Capodanno, per quanto questa volta indossasse un pastrano color giallo e un cappello nero. Subito il bambino gridò terrorizzato, ma intorno a lui non c'era nessuno. Con uno scatto fulmineo il giovane sconosciuto spinse il Foroni verso un cancelletto di legno, cercando di soffocare con la mano le sue grida e intimandogli di tacere, ma il piccolo Cesare riuscì comunque a svincolarsi, rifugiandosi nella portineria della sua casa dove, ancora tremante e sconvolto, narrò l'accaduto ai portinai Rosa e Mario Marfori e a un altro loro amico lì presente. I due uomini corsero in strada per cercare lo sconosciuto, ma non trovarono nessuno. Il fatto venne subito riportato al commissariato dello Scalo Romana, ma questa volta le parole del ragazzo non sembrarono destare grande interesse nei poliziotti ancora impegnati a setacciare le campagne intorno a Corsico. Sappiamo da un fonogramma inviato dal Questore al Prefetto, che già la sera del 2 gennaio gli investigatori avevano nutrito forti dubbi circa la veridicità delle affermazioni del ragazzo. Ora anche l'anonimo cronista del *Corriere della Sera* adoperò molto scetticismo nel raccontare le disavventure di Cesare:

> Naturalmente il racconto del Foroni - al quale in dodici giorni sarebbero capitate due avventure del genere e che ha anche affermato di aver saputo da un garzone di prestinaio (finora non identificato) che un giovinastro gli aveva dato un appuntamento in via Brenta - va accolto con ogni riserva. Non si può escludere, infatti, che possa trattarsi di un fenomeno di allucinazione, provocato nel ragazzo dal recente e impressionante episodio del Palermi del quale purtroppo non si riesce a trovare alcuna traccia.

Non ci sentiamo di dargli troppo torto: aggiungiamo anche che la malattia che stava colpendo il padre mettendo a repentaglio la stabilità economica della famiglia, deve averlo particolarmente impressionato, spingendolo a desiderare di essere al centro dell'attenzione. E cosa poteva fare di meglio per ottenere questo risultato se non sostenere di essere stato oggetto di attenzioni da parte di un rapitore?

Proprio a causa di quello che era appena successo al piccolo Palermo, la gente a Milano prestava molta più attenzione del solito a quanto succedeva ai piccoli e la scomparsa anche momentanea di un bambino generava ondate di panico nelle famiglie e non solo. Così era successo per la piccola Lina Mandella, che alcuni giorni prima si era persa nella nebbia in viale Lombardia mentre ritornava da scuola e non era tornata a casa per cena. Il questore Secchi, terrorizzato dall'idea che a Milano potesse esserci un omicida seriale come a Roma, volle interessarsi personalmente della vicenda, mentre la famiglia della bambina si era allarmata ancor più del normale, soprattutto *dopo quanto si era sentito dire intorno alla scomparsa del ragazzo*[15].

In un clima di turbamento generale come questo, il minimo atto di gentilezza nei confronti di un bambino poteva essere frainteso e interpretato come qualcosa di ben più grave. Nello stesso giorno in cui il Foroni aveva denunciato la nuova aggressione da parte del giovane misterioso, i giornali ci descrivono altri due sospetti tentativi di rapimento di fanciulli avvenuti proprio a Milano. In uno di questi casi il questore Secchi si era addirittura sentito in dovere di intervenire personalmente per calmare le acque, sostenendo che si era trattato solo di un banale equivoco e che dietro quel presunto tentativo di rapimento non c'era il benché minimo sospetto di reato, solo un gesto di gentilezza da parte di un vecchio che aveva visto un bambino cadere per terra e farsi del male e volle aiutarlo a rialzarsi.

15) Vedi *L'Ambrosiano*, 5 gennaio 1926.

Ma subito dopo il Secchi aggiunse di ritenere opportuno *che i genitori sorvegliassero con particolare attenzione i figliuoli, evitando di lasciarli soli per le strade*. Il questore, infatti, sapeva bene che quanto sostenuto dal prefetto Pericoli già il 3 gennaio era sostanzialmente vero: la popolazione cittadina era rimasta particolarmente impressionata da quanto era avvenuto al Palermo. Il questore sapeva che era suo dovere tenere calmi gli animi per evitare che in uno di quei giorni, magari in un quartiere popolare, magari in uno di quei posti dove i bambini si radunavano in gran numero per giocare a pallone, un vecchio sprovveduto commettesse un atto di innocente gentilezza che l'avrebbe fatto passare per uno sporcaccione e che sarebbe stato immediatamente ripagato con calci, pugni, sputi e forse addirittura la morte. Ma nello stesso istante il Secchi temeva che anche a Milano come a Roma ci fosse un assassino di bambini, e per questo suggeriva ai cittadini di tenere sotto controllo i propri figli. Riccardo Secchi non voleva che avvenissero nuovi omicidi, si sentiva addosso gli occhi del popolo, si sentiva addosso gli occhi del Prefetto e dei funzionari del Ministero degli Interni, si sentiva addosso anche gli occhi torvi del Duce. E forse vedeva fisso su di sé pure lo sguardo severo della propria coscienza. Riccardo Secchi non voleva che altri bambini scomparissero nel nulla, e anche per questo motivo aveva deciso di sovrintendere personalmente alle indagini, dedicando tutto sé stesso alle ricerche. Certo, gli strapazzi vissuti in quei giorni, tutti quei giri in campagna in mezzo alla nebbia e alla neve stavano cominciando a debilitare il suo fisico. Si sentiva già la testa pesante e un po' di mal di gola: entro pochi giorni il suo corpo avrebbe reclamato quel riposo che non gli si voleva concedere, e il questore di Milano sarebbe finito a letto con l'influenza[16].

---

16) Vedi *L'Ambrosiano*, articolo del 23 gennaio 1926.

CAPITOLO IV
GIUSEPPE TENTA OGNI STRADA

Diventammo sovrintendenti [con De Vecchi] e un giorno fui chiamato a Roma improvvisamente. Erano giunte delle denunce anonime sul mio conto. De Vecchi, che era ministro, volle parlarmi: "Sono giunte delle lettere anonime nei suoi confronti", mi disse. "Sa cosa faccio delle lettere anonime? Le strappo!" e mi congedò: "Vada, vada, povero untorello, non sarà lei che spianta il fascismo".

Intervista concessa da Giulio Carlo Argan a Rossana Bossaglia e Mario Serio nel 1992.

Tra la fine di gennaio e gli inizi di febbraio le indagini della polizia proseguirono a ritmo serrato. Deciso a non trascurare nessuna pista, il Secchi richiese alla questura di Palermo di fare degli accertamenti intorno a uno spasimante che Caterina aveva rifiutato da ragazza quando viveva ancora a Caltanissetta. Vennero ovviamente svolte delle indagini in luogo, ma da queste emerse solo la completa estraneità dell'anonimo pretendente di Caterina, che evidentemente in quella notte di Capodanno aveva altro da fare e non pensava di certo agli amori infelici del passato.

Intorno alla metà di febbraio gli inquirenti vennero anche a sapere da fonti sconosciute che nel periodo di Capodanno erano giunti a Milano dalla Sicilia alcuni amici della famiglia Palermo che sarebbero poi emigrati nelle Americhe. Nel timore che questi personaggi rimasti per noi anonimi, fossero in realtà i responsabili della scomparsa di Michele, il Secchi chiese al questore di Genova di fornirgli gli elenchi degli emigranti imbarcati sui vapori che erano usciti dal porto a partire dal primo gennaio di quell'anno. Il 27 febbraio, quando il questore di Milano scrisse una nota informativa da inviare prima al prefetto e poi al ministero degli Interni, le indagini al riguardo erano ancora in corso, ma ci immaginiamo che queste ebbero un esito del tutto negativo, dal momento che nessun giornale riportò questa notizia né quella relativa allo spasimante di Caterina Romano.

Mentre la questura continuava le sue indagini sotto la direzione del commissario De Palma, anche Giuseppe Palermo non lasciò nulla di intentato: si recò da medium e veggenti, chiese l'aiuto di autorità, enti e sodalizi, mise fotografie del figlio su tutti i giornali, pubblicazioni e inviti di parroci. Tutta questa sovraesposizione mediatica finì per attirare sul Palermo l'attenzione di non pochi anonimi, probabilmente dei mitomani, oppure delle persone dall'umorismo spietato. Intorno al 24 gennaio il Palermo ricevette una lettera con calligrafia alterata che riportava un messaggio a dir poco inquietante:

> Vostro figlio è con me. Fra 15 giorni ve lo consegnerò. Lo presi perché sono uno studioso e ho bisogno di fare degli esperimenti sul corpo di un bimbo, nell'interesse della scienza e dell'umanità. Spero che il suo bambino possa reggere all'esperimento e non soggiacere.

Il mittente confermava inoltre di essere l'individuo con cui il bambino era stato visto a Corsico, ma pregava di non fare indagini perché *le ricerche peggiorerebbero la situazione*. Verso la fine di febbraio un telegramma firmato Iris giunse da Frascati per chiedere quali fossero i connotati del bambino. Il padre, sollecito nei confronti di ogni indizio, rispose immediatamente, venendo così a sapere che *Michelino era partito per l'oriente*. Un'altra lettera proveniente da Genova consigliava di consultare una celebre medium di Porta Venezia. Il padre provò anche questa via, ricevendone in cambio l'annuncio dell'uccisione del bambino! L'opinione del questore Secchi circa questi anonimi appassionati del soprannaturale viene riportata in una sua lettera inviata al prefetto e conservata ancora oggi nel gabinetto di prefettura ed è piuttosto tranchant: astrologhi e veggenti non potevano portare alcuna seria indicazione, *essendo le previsioni basate sulla combinazione degli Astri, ma mai alcuna lettera anonima che avesse qualche pur lontana utile indicazione da prendersi in esame*.

Ma la corrispondenza del Palermo non conteneva solo informazioni più o meno credibili circa la sorte di suo figlio: in molti gli scrivevano dicendo di aver iniziato novene e di aver fatto voti per la salvezza del povero Michelino; una dama lo avvertì inoltre che avrebbe offerto 20.000 lire a un santuario il giorno in cui il bambino sarebbe tornato a casa. Come annota il giornalista, di solito il ricorso alla pietà cristiana veniva visto come il miglior rimedio per una situazione tanto atroce! Peccato che tutta questa generosità rischiasse di far cadere sul Palermo il sospetto di aver simulato il rapimento del figlio per sfruttare la generosità popolare, dal momento che lo stesso Giuseppe, evidentemente desideroso di poter raccogliere quanti più soldi possibile per portare avanti le ricerche del figlio, aveva inizialmente caldeggiato una colletta a mezzo dei giornali. Ci furono degli accertamenti da parte della polizia, gli agenti si recarono addirittura senza preavviso in via Benaco nella evidente speranza di cogliere il siciliano in qualche atteggiamento sospetto. Ma le indagini non ebbero seguito alcuno e la questura comprese evidentemente che la sofferenza del Palermo era autentica e non nascondeva alcun inganno.

La stessa questura, evidentemente desiderosa di arrivare a una rapida soluzione delle indagini, promise un premio di 2000 lire a chi fosse stato capace di rivelare degli indizi precisi sul caso e anche il prefetto Pericoli decise di associarsi a questa iniziativa offrendo di sua tasca la metà esatta della somma. La questione Palermo stava cominciando a impensierire le autorità: gli articoli dedicati al caso sui giornali locali stavano diventando sempre più frequenti e anche da Roma stavano cominciando a trapelare segnali di irrequietezza: bisogna infatti considerare che da ben due anni un assassino seriale aveva rapito, stuprato e ucciso diverse bambine a Roma, destando profonda preoccupazione all'interno dell'opinione pubblica della capitale. Possibile che anche a Milano potesse capitare qualcosa di simile? Proprio il 12 febbraio a Roma una bambina era stata adescata dal misterioso maniaco, e riuscì a salvarsi solo per miracolo. L'opinione pubblica era in subbuglio ed era proprio quello che voleva evitare Mussolini, che in quel momento stava cercando di stringere sotto il controllo del suo partito l'Italia intera.

Il duce voleva capire cosa stesse succedendo a Milano, e così il 19 febbraio il ministero degli Interni inviò al Pericoli una richiesta di aggiornamenti sul caso Palermo. Dal momento che il prefetto non diede immediata risposta, il 26 dello stesso mese giunse in prefettura un nuovo telegramma perché si riferisse con urgenza *i provvedimenti adottati pel rintraccio minorenne Michele Palermo*. La mancata risposta del prefetto potrebbe essere stata determinata da un ritardo nelle comunicazioni con il questore, che forse in quei giorni non aveva avuto abbastanza tempo per scrivere la relazione che gli era stata richiesta. Ma può anche essere che questo ritardo fosse dovuto alla tensione per un caso che stava diventando di sempre più difficile soluzione. Il finale della relazione del questore sembra abbastanza eloquente: il Secchi si rendeva infatti conto che *riuscendo a far luce e a ricondurre cioè fra le braccia della madre il figlio pianto o a trovare il cadavere di esso o a svelare una simulazione, la questura si farebbe un onore non indifferente*. Non viene detto, ma sembra implicito, che non risolvere questo caso avrebbe arrecato al contrario un'onta non indifferente alle autorità di pubblica sicurezza della città.

UN COMMOVENTE MISTERO

IL BIMBO CHE NON SI TROVA.

Il piccolo Michele Palermi di Giuseppe, scomparso dalla sua abitazione di Milano, in via Benaco, 17, la sera di Capodanno. Da allora ogni ricerca è riuscita vana e tentativi di adescamento di bimbi verificatisi in quei giorni tengono gli sventurati genitori nella più profonda angoscia, temendosi che il bimbo possa essere rimasto vittima di qualche bruto. Il piccolo disperso è nato a Caltanissetta l'otto dicembre 1921.

Figura 6. Inserzione comparsa su *La domenica del Corriere* del 31 gennaio 1926. Da notare come nei primi articoli di giornale il cognome di Michelino veniva presentato nella variante Palermi. Questo stesso errore si ritrova di frequente anche nei documenti della questura (immagine appartenente alle collezioni della Biblioteca di storia moderna e contemporanea di Roma).

CAPITOLO V
IL CARROZZONE DEGLI ZINGARI

Per le terre di Libia andò la fama.
È questa fama un mal, di cui null'altro
È più veloce; e com' più va, più cresce,
E maggior forza acquista. È da principio
Picciola e debbil cosa, e non s'arrischia
Di palesarsi; poi di mano in mano
Si discuopre e s'avanza, e sopra terra
Sèn va movendo e sormontando a l'aura,
Tanto che 'l capo infra le nubi asconde.
Dicon che già la nostra madre antica,
Per la ruina de' giganti irata
Contr'a' celesti, al mondo la produsse,
D'Encèlado e di Ceo minor sorella;
Mostro orribile e grande, d'ali presta
E veloce de' piè; che quante ha piume,
Tanti ha sotto occhi vigilanti, e tante
(Meraviglia a ridirlo) ha lingue e bocche
Per favellare, e per udire orecchi.
Vola di notte per l'oscure tenebre
De la terra e del ciel senza riposo,
Stridendo sempre, e non chiude occhi mai.
Il giorno sopra tetti, e per le torri
Sèn va de le città, spiando tutto
Che si vede e che s'ode: e seminando,
Non men che 'l bene e 'l vero, il male e 'l falso,
Di rumor empie e di spavento i popoli.

Virgilio, *Eneide*, IV, 173-190 (traduzione di Annibal Caro)

La notte del primo marzo i coniugi Palermo vennero svegliati da una notizia inaspettata: Michelino era stato ritrovato vicino a Torrile, una località del parmense! Le voci erano confuse, ma sembravano veritiere: i carabinieri di Sissa avevano fermato una carovana di zingari lungo la strada comunale nei pressi della località Mulino del sole, e mentre controllavano i documenti avrebbero visto un bambino sbucar fuori da un carrozzone e aggrapparsi a uno di loro, invocando i genitori. Interrogato dagli agenti, il bambino esclamò di chiamarsi Michele Palermo e di abitare in via Benaco 17!

Prima ancora che sorgesse l'alba del nuovo giorno e che da Parma giungessero conferme di ogni tipo, alcuni giornalisti corsero a casa del Palermo per avvisarlo delle ultime novità. Non solo, i cronisti avevano anche approntato in fretta e furia una macchina e si erano offerti di portare con loro il Palermo nella speranza di ottenere un facile scoop! Giuseppe era tutto eccitato: proprio un mese prima gli era arrivata una lettera anonima con cui lo si avvisava che avrebbe potuto riabbracciare suo figlio esattamente dopo 30 giorni. Non poteva essere una coincidenza! Subito il Palermo accettò la proposta dei giornalisti e lasciò a casa la moglie in compagnia di alcune vicine intente a consolarla, dal momento che la donna smaniava e continuava a invocare il nome del suo bambino, *quasi ad accertarsi che quello non fosse uno dei suoi tanti sogni.*

Il viaggio durante la notte fu terribile: la macchina correva nel buio della pianura, i fari illuminavano strade poco trafficate, il cielo era freddo e nuvoloso come possono essere i cieli di Lombardia agli inizi di marzo. La macchina giunse a Parma quando il cielo cominciava lentamente a schiarirsi e le nuvole basse sull'orizzonte si tingevano di varie sfumature di rosa. Il Palermo si precipitò in questura, ma gli ufficiali che si trovò davanti non sapevano nulla di quanto gli veniva chiesto, nemmeno quel poco che era stato pubblicato sui giornali. Come se non bastasse le autorità non si trovavano in ufficio e il Palermo aveva troppa fretta per aspettare il loro arrivo: decise allora di proseguire in direzione di Sissa, dove alloggiava il maresciallo che forse aveva trovato suo figlio.

L'uomo stava ancora dormendo quando il Palermo si presentò a casa sua urlando: "Il mio bambino, il mio bambino!", con così tanta foga che il militare pensò inizialmente di trovarsi di fronte a un esaltato. Ma dopo aver compreso dalle parole confuse dell'uomo come stava realmente la situazione, il sottoufficiale cercò di aiutare il disgraziato rivelandogli che il fatto era avvenuto in un territorio di competenza dei carabinieri di Colorno e che forse lì avrebbe potuto scoprire la verità. Ma questa verità non sarebbe stata gradita al Palermo: alcuni giorni prima a Colorno un gruppo di "zingari" aveva chiesto *con prepotenza e minaccie*(*sic!*) ospitalità presso la tenuta Balduino di proprietà dell'agricoltore Mario Sartori, nella frazione Gainago. Una pattuglia di Carabinieri guidata dal brigadiere Gagliolo si recò subito sul posto e riuscì a bloccare i nomadi a Ravadese di cortile san Martino. La banda era costituita dal marito Natale Caldares, la moglie Lisa e nove figli di età compresa tra i 18 e i 2 anni. Questa grande famiglia era di origine svizzera e girava per la Lombardia con un grande carrozzone trainato da due cavalli, guadagnandosi da vivere dalla riparazione di pentole e tegami in rame. Di solito la famiglia aveva la propria residenza a Modena, dove era conosciuta dalla popolazione. I Carabinieri fermarono solo il figlio Domenico, accusato per le presunte minacce rivolte al Sartori durante il litigio, ma il ragazzo sarebbe poi stato assolto dalle accuse.

La storia sarebbe finita qui, se il giorno prima non fosse successo un altro episodio che non aveva in realtà nessun rapporto causale con l'arresto di Domenico Caldares: il titolare dell'ufficio postale di Sissa aveva infatti notato una donna che percorreva la strada di Casalmaggiore trascinandosi dietro un bambino di sei anni in lacrime. I carabinieri, informati del contegno eccessivamente violento che la donna usava nei suoi metodi di correzione, fermò la protagonista di questa vicenda per controllare che dietro al suo comportamento non ci fosse qualcosa di irregolare, ma dagli accertamenti che ne seguirono venne dimostrato senza ombra di dubbio che il figlio era suo.

Ma la gente del luogo non sapeva come fossero andati a finire questi accertamenti, e quando il giorno dopo vide un carrozzone di nomadi fermato dalla polizia, collegò tra di loro i due fatti e pensò che la donna fosse una "zingara", che quel bambino fosse stato rapito e che il gruppo fosse stato fermato proprio per investigare sulla faccenda. Le chiacchiere volarono veloci di bocca in bocca e la storia venne sempre più deformata man mano che si allontanava dalla fonte. A un certo punto qualcuno si ricordò di quanto aveva letto sui giornali circa il rapimento di Michelino, e decise che quel bambino non poteva essere altri che lui! La nuova storia ebbe successo, e tutti la diffondevano, senza preoccuparsi che potesse trattarsi di una vera e propria fake news! D'altronde c'erano tutte le premesse perché una simile voce venisse creduta come vera: come notò lo stesso autore dell'articolo apparso sul *Corriere della Sera* il 3 marzo del 1926, *gli zingari infondono ancora, specie nei contadini, tenebrose immaginazioni. Vecchie leggende rincorrono ostinatamente le loro logore e nomadi case. E le timide fantasie delle donne di campagna fanno presto a creare, attorno a insignificanti avvenimenti, strani connubi di uomini e di fantasmi.*

Volando di bocca in bocca questa *fake news* venne portata a Parma da alcuni contadini di Sissa e giunse infine alle orecchie del signor Romeo Bizzi, proprietario di una pasticceria in piazza Garibaldi, che la raccontò a sua volta ad alcuni giornalisti di Parma. Secondo il giornale di orientamento cattolico *L'Italia*, sarebbe stato in realtà lo stesso Bizzi ad essersi immaginato tutto dopo essere passato nei pressi di un accampamento nomade e aver sentito dei misteriosi lamenti di bambini che l'avrebbero insospettito. Per quanto i singoli dettagli divergessero all'interno delle versioni dei diversi giornali, la vicenda era ormai chiarita. Il questore di Milano decise comunque di mandare a Parma il commissario Di Palma insieme a un camion e una squadra di agenti per fare le dovute indagini. Le campagne del parmense vennero accuratamente setacciate ma non venne trovato niente di nuovo. La sera del 2 marzo il Palermo e il commissario tornarono a Milano con la delusione nel cuore.

Alcuni giornalisti de *L'Italia* decisero di recarsi nel palazzo di via Benaco 7 per vedere come stesse la signora Palermo. Trovarono la sua casa gremita di una folla di vicini e parenti che cominciò ad essere sempre più numerosa non appena si videro entrare i giornalisti. La donna li accolse in un evidente stato di prostrazione: sosteneva di vivere ormai solo di speranze. Dal momento che nel primo pomeriggio il marito le aveva mandato un telegramma per chiederle altri soldi, lei aveva pensato per un attimo che fosse stata trovata una nuova pista, ma non era vero. D'altronde avevano seguito tantissime piste diverse in quelle ultime settimane! Solo il giorno prima avevano spedito a Parigi due camicine di Michele insieme a 20 lire: un conte sosteneva che avrebbe consegnato il tutto a un celebre indovino che in passato aveva già risolto enigmi analoghi. Sempre il giorno prima la coppia era stata contattata da un certo Giovanni Onembo che sosteneva di essere un "profeta mondiale" e che chiedeva ai Palermo il permesso di poter usare la sua scienza profetica definita come infallibile per indicare in maniera approssimativa dove si trovasse il loro figlio o vivo o morto. Insomma, una breve cernita di quel vasto repertorio di personaggi di cui il Secchi aveva lamentato l'incapacità di fornire dettagli utili per le ricerche!

Il Palermo giunse da Parma solo a ora tarda, simile a un guerriero che tornava sconfitto da una battaglia. Lo scortavano al fianco come due scudieri i fratelli della moglie, Francesco e Salvatore. Tutto il quartiere li guardava sfilare in silenzio, nessuno era capace di trovare le parole giuste per un momento come quello. Questa difficoltà nel commentare adeguatamente la situazione non sembrava essere condivisa dai quotidiani più importanti. *Il popolo d'Italia*, il giornale di Mussolini, scrisse al riguardo poche parole, ma significative: "La falsa voce non è servita che ad angosciare maggiormente i genitori dello scomparso. Ci auguriamo quindi che simili leggerezze non abbiano ancora a verificarsi". Ancora più laconico fu il prefetto Pericoli all'interno del telegramma che fu costretto a inviare al Ministero degli interni per informarlo degli ultimi sviluppi dell'indagine: aggiungo che notizie pubblicate giornali su ritrovamento di bambino Parma erano false.

Figura 7. La piazza di Sizza in una vecchia cartolina d'epoca

CAPITOLO VI
PRIMO INTERMEZZO

We are such stuff as dream are made on;
and our little life is rounded with a sleep.

William Shakespeare, *La tempesta.*

La nuova esperienza vissuta a Parma dalla famiglia di Michelino fece molta impressione sull'opinione pubblica, tanto che in molti decisero di fare il possibile per alleviare almeno in parte la difficile condizione della famiglia Palermo. Tra i tanti benefattori si trovavano anche il personale dell'Azienda Tramviaria che aveva fatto per lui una colletta di 250 lire, e l'Ospedale Regina Elena che aveva accolto gratuitamente la signora Palermo che proprio in quei giorni stava per dare alla luce un nuovo figlio. Gli ultimi mesi di gestazione erano stati per lei terribili: aveva infatti dovuto convivere con il pensiero della scomparsa di suo figlio e contemporaneamente badare ai due bambini rimasti in vita e a quello ancora più piccolo che portava in grembo, perché indipendentemente dalla fine che aveva fatto il suo Michelino, il mondo non si era di certo fermato per aspettare che lei si riprendesse e assimilasse il suo dolore. Dalle descrizioni che ne venivano fatte, sembra che la donna continuasse a parlare notte e giorno del suo bambino scomparso. Le vicine di casa si stringevano continuamente al suo fianco e nel piccolo appartamento c'era un continuo andirivieni di persone più o meno sconosciuta che venivano fin lì per offrirle qualche parola di conforto o semplicemente per piangere al suo fianco. In un giorno di fine febbraio una signora altolocata e del tutto sconosciuta aveva bussato alla porta dei Palermo, aveva stretto le braccia al collo di Caterina e si era semplicemente messa a piangere, senza dire nemmeno una parola.

All'interno di questo vortice continuo di dolore, alla mente della madre piaceva fantasticare, e così si immaginava che il piccolo Michele fosse stato rapito da una famiglia ricca che voleva crescere un figlio, ma non riusciva ad averlo. Altro che zingari, altro che vecchi satiri maniaci, eccolo lì il suo bambino, lontano dalla miseria, lontano dall'infelicità della sua condizione, lontano dalle strade sporche e dalle fogne a cielo aperto, pulito e ben vestito come un angelo, curato e vezzeggiato da una coppia di nobili all'interno di una villa soleggiata, dove non gli sarebbe mai mancato niente. Che soffrissero pure lei e suo marito, ma a patto che questa sofferenza servisse a offrire un destino migliore alla sua creatura! Questi sogni a occhi aperti, che erano condivisi anche da Giuseppe, venivano costantemente alimentati da sempre nuove lettere anonime che continuavano ad arrivare a casa Palermo. Un indovino pugliese affermava infatti di non aver mai creduto alla notizia del ritrovamento perché solo lui sa dov'è Michelino, vivo e sano e che lo dirà ove il padre gliene dia autorizzazione. Non era l'unico a mandare lettere di questo tenore: secondo *La Stampa* una parte consistente della corrispondenza anonima proveniva dal nord Italia e in particolar modo da Mantova, Parma e Pavia, ed era stata vergata sempre dalla stessa mano. Il mittente diceva di conoscere il nascondiglio del bambino, che era in ottima salute e che presto o tardi sarebbe stato riconsegnato ai genitori.

Nella confusione sorta in seguito alla sfortunata vicenda di Sissa, nacque anche un nuovo equivoco: nel vicinato si era infatti sparsa la voce che in Sicilia era stato ritrovato il bambino sano e salvo. La fonte di questa falsa notizia erano stati involontariamente i parenti del Palermo, che si erano felicitati con Giuseppe perché ritenevano erroneamente che la voce del ritrovamento di Michelino a Parma fosse vera! Ma non sarebbe stata questa l'unica volta che delle voci provenienti dalla Sicilia finivano per agitare ulteriormente il Palermo e la sua famiglia…

CAPITOLO VII
LO SHERLOK HOLMES DI MILANO E LA PISTA DEL CUORE

O Lola ch'hai di latti la cammisa
si bianca e russa comu la cirasa,
quannu t'affacci fai la vucca a risa,
biatu pi lu primu cu ti vasa!
Ntra la porta tua lu sangu è sparsu,
e nun me mpuorta si ce muoru accisu...
e si ce muoru e vaju'n paradisu
si nun ce truovo a ttia, mancu ce trasu.

Giovanni Targioni Tozzetti, Guido Menasci, *Cavalleria rusticana.*

Il 26 di Marzo *La Stampa*, il *Corriere della Sera*, *L'Ambrosiano* e L'Italia pubblicarono degli articoli in cui, pur divergendo leggermente nei particolari, descrivevano una nuova pista che affondava le sue radici nella vita privata di Giuseppe Palermo. Come abbiamo già raccontato, nella prima fase delle indagini gli inquirenti avevano sospettato che il responsabile del rapimento di Michele potesse essere uno spasimante rifiutato in giovinezza da Caterina Romano. Gli accertamenti avevano subito negato questa possibilità, e i giornali non avevano rivelato nulla di questa storia, forse per volere dello stesso Giuseppe e della sua famiglia che avevano preferito tutelare l'onore della donna. Ma in questo caso non si prestò quella stessa attenzione alla privacy dimostrata nei confronti degli amori giovanili di Caterina e i diversi giornali fecero quasi a gara per riportare il numero più alto possibile di dettagli sulla vicenda, spesso forse inventandoseli di sana pianta per riempire i vuoti e i punti meno chiari della narrazione.

È evidente che i particolari un po' piccanti di questa storia avevano l'innegabile pregio di far fantasticare i lettori, romanzando ancora di più la vicenda e lasciando intendere che la sciagura capitata al povero Michelino non fosse frutto di un caso cieco e spietato, ma di una vera e propria vendetta: tutto sarebbe iniziato poco prima della guerra, intorno al 1914. Giuseppe si trovava allora a Caltanisetta, quando conobbe Adelina, una giovane ragazza definita dalla *Stampa* come "bella e bruna". Il giovane amoreggiò con la ragazza, senza però arrivare al matrimonio. Non siamo a conoscenza dei dettagli relativi alla fine della loro relazione d'amore, forse legata in qualche modo alla partenza di Giuseppe per la guerra. Sappiamo però che poco tempo dopo la ragazza si sposò con un altro uomo, il pastaio Gaetano Campesi.

Come già sappiamo, al termine del conflitto il Palermo aveva lasciato la moglie e il primo figlio a Caltanisetta presso la famiglia Tornabene e si era recato da solo a Milano per cercare lavoro, trovando occupazione presso alcuni parenti. Più o meno in quello stesso periodo anche il Campesi e la moglie avevano fatto la stessa scelta. Non sappiamo se il Palermo sapesse che la sua vecchia fiamma si trovava anche lei a Milano: a quanto ci dice il *Corriere della Sera* tra il Palermo e il Campesi i rapporti si erano da tempo raffreddati: forse Giuseppe era stato abbandonato dalla donna e non aveva preso bene la notizia del suo matrimonio, forse era invece il Campesi a essere geloso del vecchio amore della moglie. Le vereconde pagine dei giornali accennano ma non dicono: sembra però che frequentando l'ambiente dei suoi compaesani Giuseppe avesse incontrato proprio Adelina; i due avrebbero avuto un colloquio smentito dal Palermo ma sostenuto dal pastaio, mentre secondo *La Stampa* il calzolaio si sarebbe addirittura acceso di amore per la vecchia fiamma!

Indipendentemente da come si fossero svolti i fatti, il fuoco della gelosia si accese nel cuore del Campesi, che evidentemente preso dalla furia si presentò da Giuseppe per chiedergli spiegazioni dei suoi comportamenti. Il Palermo negò ogni accredito, ma il marito, infuriato per quanto accaduto, giurò vendetta: "Io andrò a Caltanisetta e mi vendicherò di tua moglie!". Secondo *La Stampa* il marito geloso si sarebbe effettivamente recato in Sicilia per prendere contatti con la signora Palermo; allarmato per le possibili conseguenze della gelosia del pastaio, il Palermo avrebbe allora scritto una lunga lettera alla moglie, mettendola in guardia dal pericolo che la sovrastava. Il Campesi giunse quindi a Caltanisetta solo per essere insultato da Caterina. L'uomo non la prese per niente bene e giurò che si sarebbe vendicato sugli affetti più cari del Palermo.

Non molto tempo dopo il Campesi abbandonò Milano e ai tempi del rapimento di Michelino si trovava a Palermo, dove si guadagnava da vivere facendo la guardia daziaria. Agli inizi del 1926 il Palermo si era probabilmente dimenticato del Campesi e di tutta quella faccenda certamente fastidiosa, ma che non sembrava destinata a dar luogo a nuovi sviluppi. Come se non bastasse, la scomparsa del figlio gli aveva certamente tolto dalla testa ogni pensiero che non fosse strettamente legato al suo ritrovamento.

Era quasi giunta la primavera, le nevi si stavano sciogliendo e i primi timidi fili d'erba cominciavano a venire fuori dal terreno umido, nell'aria si sentivano i primi cenni del ritorno alla vita, eppure di suo figlio non si trovava più traccia: avvilito e depresso per quanto era successo a Parma, Giuseppe aveva infine deciso di rivolgersi a Raffaele De' Jatta, detective privato di Milano tanto famoso da meritarsi l'epiteto di "Sherlock Holmes italiano". Il personaggio era effettivamente molto particolare: il De' Jatta era un uomo di mondo, un nobile che sapeva molto bene come funzionava la società e che a un certo punto aveva deciso di usare queste sue conoscenze per crearsi un mestiere. Ma lui non si considerava semplicemente un detective, ma forse qualcosa di più: per il De' Jatta nella parola detective la gente rischiava di confondere *in una parola straniera la funzione meccanica d'ordinaria polizia e l'alto studio dei problemi del cuore, stimolato negli spiriti eletti da un vasto senso d'amore per la gente che soffre e che spera* [17]. Insomma, non un semplice poliziotto privato, ma quasi un prete o uno psicologo investito dall'alto compito di aiutare la gente. *Chi vivesse accanto a lui, si accosterebbe ogni giorno a dolori matrimoniali, a solitudini sperdute, a fanciulli macilenti, a ladri matricolati, a giovinezze già rovinate, a tutto che di grande e di piccolo può essere il mistero della grande città, la vertigine delle umane passioni* [18]. In effetti in mezzo a questo caleidoscopio di sofferenze, Giuseppe Palermo sembrava starci proprio bene!

Intervistato dal giornale cattolico *L'Italia*, l'investigatore ammise di essere già stato in precedenza contattato da una *notissima personalità milanese* che gli aveva chiesto di interessarsi al caso Palermo, ma lui aveva rifiutato pensando che i poliziotti stessero già facendo tutto il possibile per ritrovare il bambino scomparso e che lui non avrebbe potuto aggiungere nulla di nuovo alle indagini. Ma intorno al 15 marzo il Palermo in persona si presentò da lui per chiedergli di aiutarlo, e allora il De' Jatta, commosso dalla vicenda di Michelino, decise di fare almeno un tentativo. Come già detto, il De' Jatta era un uomo di mondo, un signore che conosceva l'animo umano e le sue tribolazioni forse meglio di quanto i poliziotti, più rudi e più semplici, fossero capaci di fare. Le sue domande batterono piste mai toccate in precedenze e in un attimo emerse la vicenda del Campesi, l'unico uomo che poteva avere una motivazione seria per voler vedere soffrire il Palermo. Questi sospetti vennero ulteriormente rafforzati da un oscuro personaggio che aveva fatto la sua comparsa a casa Palermo agli inizi di marzo.

---

17) Così scrisse di lui Vera Markowsky all'interno del giornale *Salsomaggiore* del 14 agosto 1926.

18) *Ibidem.*

Il suo nome era Orlando Rossi, abitava in via Lanzone 19, era siciliano e lavorava come fattorino presso una ditta di moda in corso Vittorio Emanuele II. Il Rossi si era recato dal Palermo per dirgli che sapeva molte cose intorno al rapimento del piccolo Michele. Senza troppo sbottonarsi, il giovane aveva affermato che i genitori non dovevano demoralizzarsi, perché lui avrebbe riportato il bambino a casa. Tutta questa sicurezza poteva sembrare quanto meno sospetta: il De' Jatta mise subito in azione le sue abilità da detective e riuscì a entrare in contatto con una certa Concettina Rizza, residente in viale Umbria 21 e conoscente del Rossi. Proprio questa donna avrebbe rivelato al detective che un po' di tempo prima il Rossi aveva sostenuto di aver mandato un suo bambino di cinque anni a Caltanisetta. Solo che l'uomo non aveva bambini: e se si fosse in realtà riferito al piccolo Michele, che aveva proprio quell'età?

Secondo *La Stampa* il Palermo avrebbe subito rivelato la cosa alla polizia e il commissario Di Palma si sarebbe messo in azione mandando un agente in incognito a una cena in casa Palermo in cui sarebbe stato presente proprio il Rossi. Ma da *L'Ambrosiano* veniamo a sapere che la polizia ha smentito questa circostanza, e possiamo immaginarci che forse l'informatore usato dal quotidiano di Torino avesse semplicemente accresciuto le informazioni in suo possesso usando una buona dose di fantasia. Comunque fosse, all'interno di questo pranzo forse mai accaduto, il Rossi avrebbe promesso che il lunedì successivo sarebbe partito per Pavia, dal momento che aveva avuto comunicazioni precise sul posto in cui si sarebbe trovato il bambino. Due giorni, soli due giorni e il Rossi gli avrebbe fatto una telefonata per comunicargli il ritrovamento del piccolo Michele!

Peccato che la telefonata non sarebbe mai giunta, e da successive indagini della polizia sarebbe stato stabilito che il Rossi non si era nemmeno recato a Pavia, ma avrebbe invece avuto

Figura 8. Il detective Raffaele De' Jatta ritratto sulla copertina del suo libro *Un quarto di secolo di una onesta fatica*, Milano, 1929.

dei colloqui con un suo intimo amico residente in via Canonica. Questo amico rimasto anonimo sarebbe stato a sua volta in buoni rapporti con il marito di Adelina e avrebbe avuto anche lui dei motivi di risentimento non meglio precisati nei confronti del Palermo. Forse questo anonimo personaggio è da identificarsi con un certo Carlo Rossotti, un operaio la cui esistenza ci viene riportata solo dal *Corriere della Sera* e che in passato aveva avuto una contestazione d'interessi con il Palermo.

Comunque si siano svolti i fatti, il Rossi venne effettivamente arrestato e portato in questura dove subì un accurato interrogatorio da parte del cavalier Pumo. Il giovane negò semplicemente ogni complicità con il rapimento di Michelino: le sue parole avrebbero avuto il solo fine di risollevare l'animo del padre: nessun rapimento, nessun ricatto, nulla che potesse giustificare il suo arresto. Non c'erano prove che potessero contraddirlo, ma il Rossi venne comunque trattenuto in carcere: c'era infatti il sospetto che dietro tutta questa storia ci fosse comunque un tentativo di truffa organizzata ai danni dei Palermo in combutta con lo stesso Rossotti. La polizia indagò, ma dal momento che mancano ulteriori articoli di giornale dedicati a questo argomento, possiamo immaginare che anche questa pista sia finita in un vicolo cieco. È un peccato che le fonti della questura siano state quasi del tutto distrutte dalle bombe cadute durante la guerra, forse avrebbero potuto dirci qualcosa di più chiaro circa questa vicenda! Ma una cosa appare comunque certa: i giornali hanno probabilmente dato risalto a questo episodio solo perché offriva alla scomparsa di Michelino un gusto torvo e passionale che piaceva molto alla letteratura dell'epoca. Se fosse stata una storia vera, le vicende della famiglia Palermo si sarebbero improvvisamente trasformate in una versione moderna della *Cavalleria rusticana*, resa ancora più crudele dal fatto che pur di punire Giuseppe, il suo rivale in amore avrebbe addirittura messo in pericolo la vita di un bambino innocente! Non a caso il giornale che diede più spazio a questa storia fu il cattolico *L'Italia*, l'unico a riportare il ruolo rivestito dal De' Jatta all'interno di questa vicenda: chissà, forse i redattori speravano di dimostrare al pubblico cosa succedeva quando un padre di famiglia si abbandonava al peccato e tradiva la propria moglie, magari anche solo con il pensiero!

Tutta questa vicenda mise comunque in subbuglio l'animo già turbato del Palermo. Il De' Jatta aveva agito con le sue domande come uno psicologo che scava nel subconscio del paziente per scoprire l'origine delle sue nevrosi, ed è qui che nel marasma dei suoi ricordi e dei suoi istinti Giuseppe Palermo aveva visto come in uno specchio distorto diversi episodi del suo passato rimasti irrisolti e che forse avevano roso la sua coscienza con il senso di colpa senza che lui nemmeno se ne rendesse conto. Il Campesi, il Rossi, il Rossotti erano state fino a quel momento solo comparse secondarie della sua vita, marionette sghembe che erano passate per un momento davanti ai suoi occhi, avevano animato le sue giornate per qualche ora per poi scomparire velocemente nelle ombre del passato, ma le domande del De' Jatta li avevano improvvisamente trasformati in fantasmi grotteschi pronti a tutto pur di punirlo per le sue colpe: l'aver desiderato la donna di un altro, l'aver contestato degli interessi che forse non gli appartenevano, ecco per quale motivo suo figlio era scomparso! Una vera e propria punizione biblica, come l'uccisione dei primogeniti ordita dall'angelo di Dio a danno del Faraone e dei suoi sudditi per punirli dei loro peccati! Certo, per il Palermo la colpa di tutte le sue disgrazie non poteva essere d'altri che sua, e nel delirio paranoide che stava prendendo possesso del suo animo, chiunque poteva diventare un nemico! Il senso di colpa lo rose, le continue novità gli scavavano nelle interiora, e alla fine Giuseppe cominciò a mostrare chiari segni di squilibrio mentale. Non molto tempo dopo i sintomi di questo turbamento divennero troppo evidenti perché potessero essere messi a tacere, e il Palermo venne ricoverato in ospedale presso il padiglione Biffi…

CAPITOLO VIII
SECONDO INTERMEZZO

I fanciulli battono le monete rosse
contro il muro. (Cadono distanti
per terra con dolce rumore.) Gridano
a squarciagola in un fuoco di guerra.
Si scambiano motti superbi
e dolcissime ingiurie. La sera
incendia le fronti, infuria i capelli.
Sulle selci calda è come sangue.
Il piazzale torna calmo.
Una moneta battuta si posa
vicino all'altra alla misura di un palmo.
Il fanciullo preme sulla terra
la sua mano vittoriosa.

Monete rosse di Leonardo Sinisgalli

Mentre il Palermo cercava di recuperare la propria salute in ospedale, un episodio piuttosto inquietante fece tornare subito la mente di tutti alla sera di Capodanno: era maggio, la primavera faceva fiorire i prati e metteva nel cuore dei più giovani il desiderio di uscire e di giocare per lunghe ore all'aperto. Così i terreni vuoti intorno alla casa del Palermo si erano riempiti di bambini che passavano le ore del giorno a giocare. Erano stormi di bambini che riempivano le strade e i prati accalcandosi in frotte che si divertivano in giochi elementari, esattamente come descritto nella poesia di Sinisgalli *Monete rosse*. Erano le sette del 28 maggio, un individuo sulla sessantina si aggirava tra i fanciulli, come in cerca di una preda da catturare: improvvisamente si avvicinò a un bambino di 9 anni e gli diede una moneta da una lira, poi fece lo stesso con un altro, promettendo a entrambi di dargli il doppio della cifra se si fossero presentati lì anche la sera successiva. I bambini raccontarono subito la vicenda ad alcuni ragazzi più grandi che stavano giocando a calcio poco vicino. Se i doppi fini di quello sconosciuto potevano sfuggire ai più piccoli, la cosa non capitò con degli adolescenti ben più smaliziati: la torma di ragazzi rincorse il vecchio, lo acciuffò e lo consegnò al commissariato di Scalo Romana. Interrogato, l'uomo sostenne di aver agito solo per buon cuore, ma la sua versione dei fatti non convinse il funzionario di polizia che decise di trattenerlo in attesa di maggiori informazioni sul suo conto. Ovviamente nella zona di via Benaco il pensiero di tutti tornò di nuovo al povero Michelino: e se quel vecchio fosse il rapitore del bambino? Per un attimo la pista del maniaco torna a essere quella più credibile, cancellando con un colpo di spugna il ricordo degli zingari e dei problemi sentimentali del Palermo!

CAPITOLO IX
UN NUOVO AIUTANTE

Tutti gli uomini, da Adamo in giù fino al calzolaio che ti fa i begli stivali, hanno nel fondo dell'anima una tendenza alla poesia.

Giovanni Berchet, dalla *Lettera semiseria di Grisostomo al suo figliuolo.*

Le stagioni passavano, lasciando la famiglia Palermo nell'incertezza: in mancanza di nuove notizie i giornali smisero di parlare del povero Michelino e un velo di dimenticanza cominciò a coprire tutta la vicenda. Le lettere spedite alla famiglia si diradarono sempre di più fino a cessare del tutto. Non cessò invece l'attenzione da parte delle autorità: il 24 aprile e il 6 luglio il Ministero degli interni chiese nuovamente al prefetto di avere informazioni circa lo sviluppo delle indagini. A settembre il Palermo inviò una lettera a Mussolini in persona, chiedendogli che venissero *intensificate le ricerche tanto nel Regno che all'Estero.*

Non sappiamo se Mussolini avesse o meno seguito personalmente l'indagine fin dai suoi primi sviluppi: tra il 17 giugno del 1924 al 6 novembre del 1926 il ministero degli Interni era stato affidato al fascista Federzoni, ma solo perché in seguito all'omicidio di Matteotti il duce aveva preferito che le forze di Pubblica Sicurezza non venissero gestite direttamente da lui. Ma a parte questa breve parentesi, Mussolini avrebbe tenuto l'*interim* del ministero degli Interni per l'intera durata del ventennio, prova di quanto ritenesse essenziale per la tenuta del suo potere la gestione di un settore come quello della sicurezza che era a dir poco centrale per il controllo dell'opinione pubblica.

Possiamo immaginare che anche agli inizi del 1926 Mussolini continuasse a tenere sott'occhio i fatti più importanti di cronaca locale, e quindi sarà stato sicuramente a conoscenza del rapimento di Michelino, anche se tutta la corrispondenza con la prefettura di Milano relativa a questo caso era stata gestita da varie personalità interne al ministero, come Luigi Miranda. Ora invece Mussolini veniva direttamente tirato in causa e la risposta fu immediata, ma di certo attendista. Non troviamo traccia sui giornali dell'invio di questa lettera, e questo silenzio potrebbe essere giustificato dal fatto che Mussolini non volesse essere pubblicamente tirato in mezzo a una situazione di difficile soluzione e su cui si preferiva far calare il silenzio dei media: con un telegramma inviato al prefetto (e poi velocemente girato al questore) il ministero chiedeva soltanto di dare *assicurazione alla detta famiglia*, a cui tra l'altro venne anche gentilmente restituita la tassa pagata per inviare il telegramma a Roma. A questo scambio epistolare seguì un nuovo silenzio durato tre mesi.

Ormai era passato un anno dal giorno della scomparsa di Michelino: in corrispondenza dell'anniversario il padre si recò in questura per parlare con il commissario capo della squadra mobile Stivala, ma gli venne semplicemente comunicato che malgrado l'interessamento personale del ministero degli Interni, non c'era nessuna novità circa la sorte di suo figlio. Eppure, anche solo dire che non ci fossero novità sul caso Palermo costituiva una novità: i riflettori vennero di nuovo puntati sulla famiglia di Michelino e di nuovo i giornali tornarono a parlare della sua misteriosa scomparsa. Era sicuramente il padre a volerlo, dal momento che seguì a breve una nuova pubblicazione del ritratto di Michelino sulla Domenica del *Corriere* e su altri giornali come *Il Secolo*.

Ad aiutare la famiglia nelle sue difficoltà si era aggiunto il signor Vito Verga, datore di lavoro e compaesano di Giuseppe. Il calzolaio, infatti, era nato a Trapani il 20 maggio del 1893 e si trovava a Milano almeno dal 1922, quando veniva indicato nei documenti ufficiali come un viaggiatore di professione. Rimasto particolarmente colpito dalle disavventure del suo dipendente, cercò di aiutarlo in ogni modo, anche sovvenzionandolo nelle sue ricerche e diventando un intermediario tra la famiglia Palermo e le forze dell'ordine. Di quest'uomo il *Corriere* ci fornisce scarne descrizioni e tutte provenienti da articoli di cronaca che non riguardavano la tragedia del Palermo. Il Verga possedeva dal 29 settembre del 1925[19] una calzoleria in via Falcone 1, proprio di fronte al retro della chiesa di San Satiro. Il 16 Luglio del 1926 era finito sul giornale per un episodio che fa emergere la sua natura di commerciante: una signora di Bovisio Mombello, Luigia Gerosa, aveva comprato da lui per 150 lire un paio di scarpe eleganti color madreperla. Innamorata del suo acquisto la donna le indossò subito e andò in giro per le vie di Milano, ma una ben triste sorpresa l'attendeva: le scarpine appena comprate ingiallirono subito e si riempirono tutte di rughe. La pelle, infatti, non era stata conciata alla madreperla, ma semplicemente verniciata alla buona con un po' di lacca bianca. Una vera e propria truffa! La donna tornò in negozio per lamentarsi, ma il Verga non volle sentire ragioni, sostenendo che l'acquisto era regolare e per giunta la signora aveva visto e provato più volte quelle scarpe. Dal momento che il Verga respinse anche un tentativo di componimento proposto dal cav. Pumo della squadra mobile, la donna si vide costretta a sporgere denuncia per frode in commercio. Il giorno dopo lo stesso Verga avrebbe a sua volta sporto denuncia per frode in commercio contro la ditta che gli aveva fornito quelle scarpe alla madreperla fasulle[20].

Al di là delle sue vicissitudini commerciali, il signor Verga si rivelò un validissimo aiuto per il Palermo, dal momento che gli diede un supporto psicologico che in quella determinata

19) L'informazione proviene dal fascicolo 8200 dell'Archivio ditte dell'Archivio Storico della Camera di Commercio di Milano.

20) Vedi i numeri del *Corriere della Sera* del 16 e 17 luglio del 1926.

Figura 9. L'inizio di via Falcone in una cartolina dei primi del '900. Il negozio del signor Verga doveva trovarsi proprio nell'edificio a sinistra oggi non più esistente.

situazione era divenuto addirittura indispensabile. Come si può facilmente immaginare, Giuseppe non aveva mai accettato l'idea che il figlio fosse scomparso e che almeno in parte la colpa fosse sua. Un uomo tutto sommato semplice come il Palermo non riusciva a sopportare i continui colpi di scena che quella vicenda gli stava riservando: l'enorme quantità di lettere anonime e non che gli arrivavano a casa, i sospetti sulla sua morale e sul suo passato, i continui contatti con le forze dell'ordine, detective privati e giornalisti di diverse testate stavano producendo in lui un sovraccarico emotivo e uno stress che non poteva sostenere se non a prezzo della sanità mentale. Aveva bisogno dell'appoggio di una persona capace di valutare gli indizi in maniera più lucida e distaccata e che fosse in grado di dare il consiglio giusto al momento giusto, e il Verga svolse proprio questo compito sicuramente non facile, dal momento che, come vedremo a breve, comporterà per l'imprenditore la possibilità di essere contattato in ogni ora del giorno e della notte dagli inquirenti, dai giornalisti o dallo stesso Palermo

Tutto questo nuovo parlare di Michelino determinò immediatamente un nuovo falso allarme, il primo e unico dell'anno 1927: poco prima del 26 gennaio una lettera giunta da Rovigo riportava che Michelino si trovava a Ceneselli, nella casa di un certo Guarnieri, un benestante del paese (ma nella versione riportata dalla *Stampa* il signore diventa una famiglia di contadini che viveva in un cascinale). Chi scriveva, un non meglio precisato parrucchiere (la notizia viene riportata dalla *Stampa*, da *L'Ambrosiano* e da *Il Secolo, La Sera*), assicurava che il ragazzo, tenuto dal signore come un trovatello, assomigliava molto al ritratto pubblicato sui giornali e che il bambino diceva proprio di chiamarsi Michelino e di essere stato portato fin lì in automobile da Milano, dettagli che vengono descritti dal *Corriere* come verosimili.

Ogni volta che gli giungeva una nuova lettera, il Palermo si recava dal signor Vito Verga che la esaminava per capire se quanto c'era scritto avesse o meno importanza ai fini dell'indagine. Anche questa volta Giuseppe fece lo stesso e in seguito a una analisi approfondita del suo contenuto, il calzolaio decise che era meglio recarsi dal questore per comunicare quanto avevano appena letto. Un nuovo viaggio pieno di angoscia attendeva il povero Palermo, che giunto a Rovigo in compagnia di un

A un anno di distanza dalla misteriosa scomparsa (1° gennaio 1926) la stampa cittadina e la Questura si sono nuovamente occupate del bambino **Michele Palermo**. Il padre e la madre Giuseppe e Caterina Palermo, abitanti a Milano, in Via Benaco N. 17, sperano ancora di avere qualche notizia del loro angioletto.

Figura 10. Nuova inserzione tratta da *La domenica del Corriere* del 23 gennaio 1927. (immagine appartenente alle collezioni della Biblioteca di storia moderna e contemporanea di Roma)

funzionario della questura di Milano e dello stesso Vito Verga, scoprì semplicemente che il Guarnieri era effettivamente privo di figli e teneva presso di sé un bambino preso dal brefotrofio di una non meglio identificata città vicina; quasi inutile dirlo, il piccolo non aveva in comune con Michelino nemmeno i connotati. L'anonimo autore dell'articolo del *Corriere della Sera* sospettò che si trattasse solo di uno scherzo malvagio, cosa non impossibile dati i precedenti, mentre *La Stampa* si limitò a riportare che il Palermo aveva telegrafato a un suo conoscente affermando che quel bambino non era il suo figlioletto. La polizia compì le sue indagini e riuscì a individuare l'anonimo parrucchiere che aveva spedito quella lettera. L'uomo venne arrestato e processato, ma a noi non è chiaro se egli abbia agito in tal modo perché era un esaltato, un bontempone o semplicemente una persona che in buona fede credeva di fare del bene. Ma le autorità cominciavano a essere irritate per l'andamento che stavano prendendo le indagini per la ricerca del Palermo. Non era più tempo per le esaltazioni, gli scherzi o l'ingenuità.

CAPITOLO X
BREVISSIMA RELAZIONE CIRCA LA CONDIZIONE DEI GIORNALI ITALIANI NEGLI ANNI '20

La Polizia segnala che molti giornali danno troppo spazio, nella loro pubblicità, a réclames di rimedi contro l'impotenza, sifilide, etc. e di altri trattamenti miracolistici del genere. Bisogna andar guardinghi con una tal sorta di pubblicità, così diffusa da far ritenere quasi che gli Italiani siano un popolo di impotenti e di sifilitici.

Velina del 13 marzo 1934.

La ruota del tempo aveva compiuto un altro giro, altre stagioni erano passate senza portare nuove notizie sul caso Palermo. Nel secondo anniversario del rapimento, Giuseppe aveva rinnovato le sue fervide preghiere ai Carabinieri e a diverse personalità non meglio precisate, giungendo persino a inviare una nuova lettera a Mussolini in cui si fornivano dei non meglio precisati *elementi nuovi verso i quali potrebbero convergere le nuove indagini.* Purtroppo non possediamo questa lettera, ma sappiamo comunque che dopo averla letta il capo della Polizia si sentì in dovere di inviare una raccomandata al prefetto di Milano per chiedere nuove informazioni circa l'evoluzione delle indagini[21]. I giornali scrissero enfaticamente che il Governo aveva dato energiche disposizioni perché le indagini fossero riprese e intensificate al massimo grado, ed effettivamente lo stesso questore rispose al prefetto dicendo che *tutte le questure del Regno ed i Comandi di Polizia erano stati interessati a riprendere con nuova energia ed attività le ricer-*

21) Vedi ASMi, Gabinetto di prefettura, primo versamento, 227.

che del bambino Michele Palermo, non trascurando i nuovi elementi forniti dai genitori.

Chissà, forse qualcuno all'interno dei vari uffici burocratici o negli apparati di partito si era chiesto più volte perché i giornali continuassero a parlare del Palermo. Decine di bambini erano scomparsi nel frattempo in tutta Italia, e la loro storia veniva messa a tacere dopo due o tre articoli dedicati all'argomento. E invece questa volta no, a due anni di distanza dal rapimento di Michelino la sua foto continuava ad affacciarsi dalle pagine dei giornali, ricordando a tutti che a Milano accadevano delitti anche molto gravi e che le cose andavano ancora male, nonostante il governo provvidenziale di Mussolini facesse in modo che i treni arrivassero sempre in orario. Forse qualcuno vedeva in questo ricordare che le cose in Italia non andassero bene una sorta di rivalsa da parte della redazione del *Corriere* o della *Stampa*, che non avevano ancora digerito bene le varie limitazioni imposte per legge alla libertà di *Stampa*.

Una possibile prova del fastidio che le autorità di polizia cominciavano ad avere nei confronti dell'eccessivo interessamento dei giornali al caso Palermo risale ai tempi delle indagini svolte a Rovigo nel gennaio del '27. In quell'occasione Marchiori, uno dei membri della redazione del *Corriere*, aveva inviato al corrispondente da Rovigo Dallara un telegramma per informarlo che nella sua zona si stavano svolgendo affannose ricerche e per chiedergli di telefonare abbondantemente nel caso in cui ci fossero state delle novità. Ebbene, una copia di questo telegramma si trova ancora oggi nell'incartamento dedicato al caso Palermo all'interno del Gabinetto di Prefettura: l'aveva inviato il questore con l'accompagnamento di una nota che descriveva in maniera molto generica chi fossero il Marchiori e il Dallara, ma non spiegava minimamente i motivi (probabilmente riportati per voce o via telefono) per cui le forze dell'ordine avessero avuto l'idea di sequestrare quel telegramma. Forse nelle sue indagini giornalistiche il Dallara era stato troppo invadente e aveva interferito con l'operato delle forze dell'ordine, o forse la persona accusata ingiustamente di aver rapito il bambino aveva dei collegamenti con le autorità fasciste del luogo e proprio per questo motivo non si voleva che il suo nome comparisse sul giornale (e questo potrebbe giustificare il motivo per cui le versioni del *Corriere* e della *Stampa* divergessero tra loro proprio nell'identità del presunto colpevole, e solo il quotidiano milanese avesse riportato il suo nome, mentre quello di Torino, forse in questo più obbediente alle disposizioni delle autorità, l'aveva addirittura trasformato da benestante in contadino). E se il questore e il prefetto provassero semplicemente fastidio per l'interesse che i giornali stavano suscitando nel pubblico per il caso Palermo?

Ricordiamo ancora una volta che le gerarchie fasciste erano molto attente a quanto veniva scritto sui giornali e ai possibili effetti che le notizie riportate sulle loro pagine potessero avere all'estero. Proprio per questo motivo a partire dal '24 il regime aveva cominciato un lungo iter che avrebbe portato in breve tempo alla chiusura di tutti i giornali maggiormente legati ai partiti di opposizione e alla progressiva irreggimentazione di tutti gli altri. Emblematico era proprio il caso del *Corriere della Sera*: dal 1900 il giornale era stato diretto da Luigi Albertini, un liberale conservatore che aveva notevolmente modernizzato la rivista portandola a una tiratura per l'epoca impressionante di 600.000 copie. Dopo un'iniziale simpatia per il fascismo, l'Albertini si era decisamente schierato contro Mussolini, giungendo a firmare personalmente il Manifesto degli intellettuali antifascisti di Benedetto Croce. La cosa aveva chiaramente prodotto una violenta campagna dei fascisti contro il *Corriere*, campagna che si era concretizzata anche attraverso minacce a dir poco grottesche e ancor oggi documentate nell'archivio del Gabinetto di Prefettura di Milano: il 7 gennaio del '25 era comparso su un rullo di carta applicato a un orologio a firma presente all'interno dei locali del *Cor-*

riere una serie di scritte in un tono a metà tra il goliardico e il minaccioso: "w la figa, morte al *Corriere*, w Mussolini, morte al Sen. Albertini-il vigliacco che cosa aspettano i fascisti a bruciare il *Corriere*? La carrozza?"[22]. Queste intimidazioni venivano talvolta intervallate da veri e propri atti di violenza che non aiutavano di certo a rendere la situazione meno tesa: il giorno seguente la Marcia su Roma i fascisti avevano impedito la pubblicazione del *Corriere*, azione che si sarebbe ripetuta anche in seguito alle elezioni politiche del '24; il 13 ottobre del 1923 uno stabilimento del giornale era stato oggetto di un attentato dinamitardo; il 4 Novembre del '24 si giunse addirittura all'aggressione fisica dell'amministratore Eugenio Balzan e del redattore Arnaldo Sartori[23].

Incurante di questa e altre minacce, il 7 maggio del 1925 il direttore Albertini si era personalmente espresso in maniera molto dura contro il fascismo tra i banchi del senato:

> Credo che non si sia mai visto un governo che si regga al potere in un paese costituzionale godendo di così ristretto consenso. La maggioranza del paese manifesta il suo modo di pensare non leggendo che i fogli d'opposizione.

Mussolini deve averla presa sul personale, anche perché conosceva molto bene la differenza di tiratura che intercorreva tra il *Corriere della Sera* e il giornale da lui fondato, *Il popolo d'Italia*. Nel novembre del 1925, grazie a un'abile mossa giuridica orchestrata dai i fratelli Crespi, padroni del *Corriere*, Albertini fu costretto a cedere tutte le quote del giornale che possedeva e venne così esautorato dalla sua direzione, venen-

---

22) Si sarebbe in seguito scoperto che il responsabile di questo atto era stato Sarré Guido, il sergente dei Bersaglieri che erano stati messi di guardia alla redazione proprio per proteggerla da eventuali attacchi fascisti. Vedi ASMi, Gabinetto di prefettura, primo versamento, 560.

23) Vedi Allotti Pierluigi, Liucci Raffaele, Il «*Corriere della Sera*» Biografia di un quotidiano, Bologna 2021, pp. 143-144.

do immediatamente sostituito dal più mite Pietro Croci[24].

Questi fatti erano ancora recenti ai tempi del rapimento di Michele Palermo e bisogna pensare che la maggior parte dei giornalisti che in quel momento scrivevano sul *Corriere* erano stati uomini scelti e nominati a suo tempo dall'Albertini e ne condividevano spesso la visione politica. Persino lo staff della direzione era rimasto in gran parte quello del 1925[25]: a esempio fra gli uomini scelti nel 1903 da Albertini si trovava anche Andrea Marchiori, il giornalista che aveva mandato il telegramma sequestrato dalla polizia ai tempi dei fatti di Rovi-

---

24) I fratelli Crespi erano preoccupati dalle conseguenze economiche che lo scontro tra Albertini e il partito Fascista avrebbe potuto arrecare al loro giornale. La situazione diventava sempre più tesa di giorno in giorno, fin quando il Ras Farinacci non tirò direttamente in ballo i Crespi sul suo giornale Cremona nuova, ponendo di fatto un ultimatum ai padroni del *Corriere*, che dovevano per forza decidere se stare con i Fascisti o con gli Antifascisti. I fratelli Crespi riuscirono a scoprire che, quando nel 1919 la durata della società era stata prorogata dal 1920 al 1930, non si era provveduto correttamente alla registrazione dell'atto di proroga, come richiesto dal Codice di Commercio. Per colpa di questo semplice vizio di forma, i fratelli Crespi rimasero gli unici proprietari del giornale dopo aver liquidato generosamente Luigi e Alberto Albertini. Il 27 novembre del 1925 i fratelli Crespi costituirono una nuova società editoriale in compagnia della madre Giulia Morbio Crespi. Quanto a Croci, era stato scelto per volontà dello stesso Luigi Albertini per la gestione del delicato passaggio. Vedi Allotti Pierluigi, Liucci Raffaele, *Il «Corriere della Sera» Biografia di un quotidiano*, Bologna 2021, pp. 145-153. I rapporti tra Luigi Albertini e il fascismo vengono descritti in maniera molto approfondita anche in Benadusi Lorenzo, Il «*Corriere della Sera*» di Luigi Albertini. Nascita e sviluppo della prima industria culturale di massa, Roma, 2012, pp. 277-292.

25) Sul mancato ricambio della redazione del *Corriere* ha sicuramente pesato anche la difficoltà logistica di sostituire integralmente (o quasi) una redazione lasciando intatta la sua funzionalità organizzativa. L'otto dicembre del 1925 lo stesso Mario Crespi aveva inviato una lettera a Mussolini chiedendogli che il suo giornale non venisse sottoposto a una fascistizzazione repentina, ma graduale, cambiando solo uno o due redattori alla volta, dal momento che il giornale non poteva sopportare la sostituzione improvvisa del direttore e di tutti i collaboratori e redattori principali. Vedi il documento citato in Allotti Pierluigi, Liucci Raffaele, *Il «Corriere della Sera» Biografia di un quotidiano*, Bologna 2021, p.154.

go. Non solo sopravvisse alla esautorazione del suo direttore, ma rimase segretario capo della redazione del *Corriere* praticamente durante l'intera durata del ventennio fascista[26].

La realtà è che nonostante le prime leggi speciali emanate da Mussolini nel '25, negli anni Venti il regime non aveva ancora un perfetto controllo della *Stampa*. Il governo fascista aleggiava sulle redazioni come un fantasma lontano, di cui tutti avevano paura e di cui si temeva un'improvvisa comparsa. Bastava parlare di politica in termini che potessero essere considerati ossequiosi nei confronti del governo, e si poteva sperare che tutto andasse avanti per il verso giusto. Dopo l'allontanamento di Albertini il fascista Federzoni aveva detto espressamente che il governo era disinteressato a quello che accadeva al *Corriere*, ma con un eccesso di prudenza forse non del tutto disinteressato l'Ojetti, importante membro della redazione, aveva scritto una lettera al neo-direttore Croci per dirgli che non andavano fatte *gaffes* per evitare ulteriori diffide del giornale, aggiungendo inoltre che sarebbe stato meglio dare prova a Mussolini del nuovo orientamento del quotidiano prima della sua visita a Milano prevista per Natale[27].

Quando il 18 marzo del '26 lo stesso Ojetti divenne a sua volta direttore del *Corriere*, si comprese subito che evitare queste *gaffes* non era poi così facile: da subito venne rimproverato proprio da Federzoni per aver nominato come inviato in Sud America Arturo Calza, considerato dal regime come un reprobo[28]. Poco tempo dopo, nel giugno del '26, fu invece Mussolini in persona a offendersi: il neodirettore venne infatti redarguito personalmente dal Prefetto Pericoli perché il *Cor-*

---

26) Vedi il necrologio del professor Andrea Marchiori presente nell'edizione del *Corriere della Sera* del 17 gennaio 1962.

27) Il testo della lettera di Ojetti si trova citato in Mauro Forno, *La Stampa del ventennio. Strutture e trasformazioni nello stato totalitario*, Soveria Mannelli, 2005, p. 65.

28) Vedi Allotti Pierluigi, Liucci Raffaele, *Il «Corriere della Sera». Biografia di un quotidiano*, Bologna 2021, p.158.

riere aveva lasciato poco spazio alla recente visita compiuta da Mussolini in Liguria.

Tornato al Corriere ho mandato al prefetto Pericoli i due giornali col resoconto delle feste di Genova: titolo su tre colonne. E ho aggiunto la Domenica del Corriere con Mussolini che entra nel porto di Genova, in prima pagina. Che volevano?[29]

Quest'ultima domanda di Ojetti era evidentemente retorica: quello del Pericoli era semplicemente un avviso lanciato alla redazione del *Corriere*: dovevano stare attenti perché Mussolini li continuava a tenere sott'occhio.

Ma per il momento l'Ojetti era rimasto al suo posto e la sua lettera di dimissioni inviata a Roma venne direttamente rispedita al mittente. Solo nel 1929, quando i tempi erano cambiati, il regime si sentì in grado di imporre al *Corriere* un redattore autenticamente fascista, Aldo Borelli. Non a caso tra i suoi primi compiti c'era proprio quello di fascistizzare più profondamente il *Corriere*[30]. Ma persino il fascista Borelli era capace di chiudere un occhio quando era superiore l'interesse del giornale: fu proprio lui a coprire i redattori che non possedevano la tessera del partito o l'iscrizione all'ordine dei giornalisti, requisiti ormai necessari per poter lavorare in un giornale.

Insomma, per quanto nel '25 fossero state effettuate numerose epurazioni nei confronti dei redattori più compromessi con la direzione di Albertini[31], nel 1926 e ancora nel 1928

---

29) Questa notizia viene riportata in Piero Melograni (a cura di), *Corriere della Sera* (1919-1943), Rocca san Casciano, 1965, p. 389. Si fa accenno a questa vicenda anche in Allotti Pierluigi, Liucci Raffaele, *Il «Corriere della Sera». Biografia di un quotidiano*, Bologna 2021, pp.158-159.

30) Turati usò esattamente queste parole in un rapporto indirizzato al segretario del Partito Fascista nel 1930. Il testo è citato integralmente in *Enrica Bricchetto, Aldo Borelli e la fascistizzazione del "Corriere della Sera"* (1929-1933) in Studi storici anno 43, n.2 (2002), pp. 545-571, p.553

31) Insieme ad Albertini lasciarono il *Corriere* il redattore capo Alberto Tarchiani, il capo dell'ufficio romano Guglielmo Emanuel, Ettore Janni, Luciano Magrini, Casimiro Wronowski, Enrico Massa, Cesare Cabibbe, Pio De Flaviis, Ferruccio Parri,

parte consistente dei giornalisti del *Corriere* era composta da persone che non amavano Mussolini, e probabilmente proprio per questo il regime non si fidava ancora della sua redazione. Lo testimonia lo stesso Ojetti, quando scrisse proprio nel '26:

è che, qui al "*Corriere*", di filofascisti cordiali siamo pochi. *Zanicotti è neutrale, pensa solo al giornale, che non esca dal suo dignitoso equilibrio. Caprin rispetta Scialoja a Ginevra, ma dubita della nostra politica interna ed estera. Ceriani, Tomaselli, Poggiali, se domani venisse la notizia che Mussolini torna a Predappio, meglio a Zurigo a fare il muratore, alzerebbero le spalle: -lo prevedevamo-. Perfino Simoni cui ho fatto fare un "elzevirino" sui tanti attentati ginevrini contro gli stranieri convenuti lì per la Società delle Nazioni, dandomi il manoscritto ha esclamato con un sospiro: -Adesso diranno che anche io son fascista*[32].

E come potevano fare per dimostrare la loro opposizione morale al regime questi cronisti che evidentemente non erano apertamente antifascisti solo per convenienza? Chiaramente parlare di cronaca nera. Forse lo facevano in maniera del tutto inconscia: i redattori sapevano che la cronaca nera faceva vendere di più i giornali, e quando erano stati apprendisti avevano imparato dai loro insegnanti come enfatizzare quei dettagli macabri che attiravano così bene l'attenzione dei lettori. Inoltre sembrava che Mussolini concedesse ancora una certa libertà su certi argomenti. Quindi perché tacere? Soprattutto

---

Carlo Sforza, Edoardo Giretti Francesco Ruffini, Piero Giacosa, Augusto Monti, Ernesto Vercesi e Mario Borsa. In un secondo momento il nuovo corrispondente politico da Roma, Aldo Valori, di tendenze chiaramente fasciste, chiese subito a Croci che venissero allontanati il redattore Arnaldo Rossini e lo stenografo Gerolamo Pedoja, entrambi compromessi negativamente con il regime, perché fino a tanto che essi non abbiano lasciato il "*Corriere*", non si avrà l'impressione che si faccia sul serio. E ciò è sommamente pericoloso. Vedi Allotti Pierluigi, Liucci Raffaele, *Il «Corriere della Sera» Biografia di un quotidiano,* Bologna 2021, pp. 153-155.

32) Documento citato in Allotti Pierluigi, Liucci Raffaele, I*l «Corriere della Sera» Biografia di un quotidiano*, Bologna 2021, p.159.

quando gli si lasciava la possibilità di far capire al mondo che le cose in Italia non andavano ancora bene, che Mussolini non aveva guarito la loro nazione dalle piaghe del crimine e della violenza.

Certo, Mussolini non era uno sciocco, e si era accorto da tempo che c'era qualcosa che non andava. Il processo di controllo sulla cronaca era infatti già iniziato nel 1925, quando era stato trovato nelle campagne romane il cadavere di una bambina uccisa dal misterioso omicida seriale che stava gettando nel panico le famiglie della capitale. Allora il regime aveva inviato ai giornali una direttiva molto chiara attraverso quella che all'epoca era chiamata una "velina", ovvero un foglio di carta molto sottile, usato insieme alla carta carbone quando c'era bisogno di fare molte copie dello stesso documento con la macchina da scrivere. In questa disposizione c'era scritto che *era stato rinvenuto greto Tevere cadavere bambina Berni Elisa con evidente tracce stupro strozzamento [...]. Astenersi dare eccessiva pubblicità truce delitto mediante diffusione fotografia vittima.*

Forse questo diktat di Mussolini non era né eccessivo né fuori luogo: la precedente vittima del killer di Roma, la piccola Bianca Carliera, era stata oggetto di una vera e propria spettacolarizzazione da parte dei giornali, che avevano quasi fatto a gara nel rivelare dettagli osceni riguardanti la sua morte e addirittura pubblicarono la foto del cadavere straziato della bambina in prima pagina. La voce repubblicana, un giornale sicuramente non simpatizzante del fascismo (il quotidiano sarebbe stato chiuso per ordine del Duce nel 1926), si era scagliato personalmente contro la suina abbondanza con cui alcuni giornali hanno esposto al pubblico gli aspetti più osceni del tragico fatto. Né la pietà per la bambina morta, né il rispetto per il dolore della madre disperata ha trattenuto questi signori, che non vorremmo avere per colleghi, dalla loro impresa. Qualcosa del genere era successo più in piccolo anche a Milano all'incirca nello stesso periodo: quando era stato rinvenuto il cadavere di Orlando Forelli in un fosso vicino a Chiaravalle, i cronisti del *Corriere della Sera* non si erano fatti troppi problemi a descrivere accuratamente le condizioni del corpo (che -ricordiamo così per inciso- era rimasto oltre un mese semi-sommerso nell'acqua e non aveva certo un bell'aspetto!), soffermandosi particolarmente sulle reazioni della madre alla vista dei miseri resti del figlio. Non paghi di questo, i cronisti avevano frugato nel passato della famiglia, scoprendo che durante la guerra il padre di Orlando era morto per un incidente con degli esplosivi che gli aveva fatto letteralmente saltare in aria la testa, rendendo irriconoscibile il corpo: un dettaglio abbastanza superfluo, aggiunto solo per aumentare il pathos nei confronti dell'evento narrato!

Insomma, in casi come questi una velina di Mussolini poteva essere più che giustificata dalla piega eccessivamente voyeuristica usata altre volte dalla *Stampa* in occasioni simili, ma con il passare del tempo il controllo del regime sulla cronaca nera cominciò a diventare sempre più opprimente e asfissiante. Benito Mussolini e suo fratello Arnaldo, direttore de *Il popolo d'Italia*, si erano subito resi conto che nella migliore delle ipotesi ci sarebbero voluti anni per poter arrivare a quella bonifica fisica e spirituale della nazione che nelle loro idee sarebbe stato uno dei frutti della rivoluzione fascista: nel frattempo bisognava far credere agli italiani (e soprattutto all'opinione pubblica straniera!) che in Italia il Duce avesse già ottenuto ottimi risultati grazie al suo operato e che in Italia, come in una sorta di giardino dell'Eden o in una età dell'oro primordiale, tutte le cose andavano bene.

Già nel gennaio del 1926 Mussolini aveva inviato ai prefetti un telegramma con cui si chiedeva di far ridurre sempre di più sui giornali la cosiddetta rubrica degli "stanchi della vita" (ovvero i suicidi) perché la pubblicità clamorosa e romantica è una pericolosa suggestione per gli spiriti deboli o indeboliti.

Altrettanto dicesi per le tragedie passionali a coppie. Bisogna insomma smobilitare anche la cronaca nera33. Subito dopo vennero emanata da parte di Capasso Torre delle istruzioni particolareggiate contro l'uso sensazionalistico delle fotografie, dei titoli e del linguaggio, istruzioni che -va detto- non vennero immediatamente seguite dai giornali. Arnaldo Mussolini appoggiò a spada tratta questa campagna del fratello sulle pagine de *Il popolo d'Italia*, descrivendo i giornalisti come degli avidi speculatori che non si vergognavano a inventare notizie e a descrivere particolari macabri solo per eccitare (o per meglio dire drogare!) l'animo dei lettori, descritti come fanciulli viziati ma docili.

Un nuovo episodio di cronaca nera milanese aveva infatti messo in primo piano l'importanza della cronaca nera per i giornali: nella primavera del '26, all'interno di un appartamento posto in Corso Buenos Aires 48, il diciottenne Renzo Pettine aveva ucciso la propria madre e ne aveva nascosto il cadavere all'interno di un baule, dove sarebbe stato scoperto solo alcuni mesi dopo. Il caso Pettine colpì particolarmente l'opinione pubblica, tanto che lo scrittore Carlo Emilio Gadda ne trasse spunto per la stesura del racconto rimasto poi incompiuto *Dejanira Classis.* Non ci deve dunque stupire se i giornalisti, ormai da tempo impossibilitati a parlare di politica, si fossero sbizzarriti nel descrivere i dettagli raccapriccianti della vicenda, andando forse un po' oltre il semplice dovere di cronaca. Come si è detto, l'avevano già fatto anche nel passato recente, ma nel '26 i tempi erano cambiati, e la descrizioni dei particolari macabri di un nuovo caso di cronaca suscitò addirittura un'interrogazione dell'onorevole Venino al ministero dell'Interno per sapere *se non si creda di istituire una censura morale, la quale tassativamente vieti quelle ampie divulgazione di reati, quelle descrizioni di orrendi particolari e quelle*

33) Il documento è riportato in Nicola Tranfaglia, Paolo Murialdi, Massimo Legnani, *La Stampa italiana nell'età fascista*, Bari, 1980, p.89.

pubblicazioni delle effigi di tristissimi delinquenti che, data la insana e morbosa curiosità della folla, altro non sono che [...] scuola di delitto. Senza aspettare la risposta del ministro, il solito prefetto di Milano Pericoli diramò una disposizione risoluta ai direttori dei giornali:

dopo avere osservato che le pubblicazioni intorno al delitto avevano preso proporzioni tali da riportare interrogatori non mai avvenuti, circostanze inesatte e macabri particolari che esercitavano influenze malsane sul pubblico e specialmente sui deboli e sugli inesperti, il prefetto soggiunse: Poiché tutto ciò non solo intralcia l'opera dell'autorità giudiziaria ma reca il discredito del nostro paese all'estero, e può prestarsi anche ad oblique speculazioni straniere, faccio appello al sentimento di responsabilità che deve animare la Stampa, perché questa si astenga da ulteriori pubblicazioni del genere avvertendo che qualora esso rimanesse inascoltato, sarà inesorabilmente applicato il sequestro.

Le minacce del Pericoli, uomo di fiducia del fascio, furono ovviamente ascoltate, e alcuni giorni dopo apparve su *Il popolo d'Italia* (25 agosto 1926) un lungo articolo firmato dal presidente di sezione della corte di Cassazione Silvio Longhi che difese la scelta del prefetto, sostenendo che in Italia c'era bisogno di leggi severe per regolamentare la cronaca (e in particolar modo quella nera) per fini educativi e morali. L'opinione del Popolo d'Italia era chiaramente la voce non solo di Arnaldo Mussolini ma anche del fratello Benito, che voleva ancora più stringere il cappio sui giornali e che provava fastidio per il comportamento troppo libero dei cronisti. I giornali invece reclamavano ancora la libertà di parlare di cronaca nera, e quando possibile cercavano di sfuggire al controllo del regime, a riportare sulle loro pagine quanto avveniva sulla strada, salvo poi essere redarguite quando eccedevano e si mettevano troppo in mostra. Insomma, c'erano tutte le premesse per sospettare l'esistenza di un duello segreto per la conquista dell'opinione pubblica combattuto con l'astuzia e con l'inganno.

Ma non si deve pensare che tutto questo interessamento da parte della stampa fosse dovuto solo ed esclusivamente alla volontà dei giornalisti di dimostrare in maniera indiretta l'incapacità del regime: Giuseppe aveva effettivamente fatto tutto il possibile per pubblicizzare al massimo la scomparsa di suo figlio, e se la sua storia era riuscita a commuovere il pubblico, la cosa era dovuta soprattutto alla sincerità con cui esibiva la sua disperazione e l'ostinazione con cui si buttava a testa bassa all'inseguimento di ogni minimo indizio.

Comunque fosse, il fatto che già da un anno il ministero degli Interni avesse dimostrato il proprio interessamento nei confronti del caso senza che questo giungesse a una soluzione sembrava uno schiaffo in faccia all'efficienza della polizia di Milano e, cosa non meno importante, all'autorità stessa del regime. Proprio per questo non si doveva trascurare niente pur di giungere alla soluzione dell'angoscioso problema: il questore Silvestri aveva infatti diramato in tutte le questure del Regno una circolare per ricordare la misteriosa scomparsa di Michele Palermo e per richiedere che venisse aumentata la vigilanza sulle compagnie di giocolieri, saltimbanchi e zingari, dal momento che l'ipotesi del rapimento da parte di uno di questi gruppi era ancora ritenuta la più verosimile. La ricerca della verità andava avanti anche con mezzi per l'epoca innovativi: nel bollettino speciale delle ricerche che veniva spedito ai Carabinieri in tutta Italia veniva inserita oltre alle generalità anche una nitida fotografia dello scomparso.

CAPITOLO XI
LA PISTA DEL CIRCO

Una cosa bellissima, non potrei vivere senza circo! È un gran zibaldone in cui invecchi senza accorgertene. Ho iniziato a esibirmi a sei anni in un balletto acrobatico con mia cugina e da allora non ho mai abbandonato il circo e la vita nomade. Oggi non mi esibisco più, se non nei saluti finali, potrei starmene tranquilla nella mia villa a San Donà di Piave, ma adoro vivere sulle ruote e poi la mia carovana è lunga ventiquattro metri e larga otto, è come una casa!

Moira Orfei in una intervista rilasciata alla *Provincia di Como* il 10 Novembre 2010.

Tutto questo agitarsi sembrò portare subito a dei risultati concreti: si era agli inizi di febbraio quando giunse la notizia che il piccolo Michelino era stato trovato a Fabriano, presso il circo equestre dei coniugi Pellegrini!

La sera del 7 febbraio un brigadiere di nome Feleppa transitava nei pressi dei baracconi dello spettacolo ambulante. Il circo era particolarmente conosciuto: alcuni anni prima Aristodemo Pellegrini, il padrone del circo, aveva scoperto a Galliate il "nano Bagonghi", che con i suoi 75 centimetri di altezza era destinato a diventare ricco e famoso come il più piccolo cavallerizzo del mondo. Gli artisti si erano esibiti poco tempo prima al teatro Goldoni di Ancona ed erano arrivati a Fabriano da soli dieci giorni, ponendo le loro tende in una piazza della città, quasi all'ombra del palazzo del Podestà. L'agente che si aggirava intorno alle stalle degli animali aveva sicuramente in mente la circolare appena inviata dal questore di Milano. Non fu quindi un caso se la sua attenzione venne attratta da un bambino biondo e dagli occhi chiari che stava fuori a custodire gli animali e che aveva una certa somiglianza con il piccolo Michele. L'uomo decise quindi di fare un esperimento e si mise a urlare "Palermo": il fanciullo si voltò di scatto come in risposta a questo richiamo, o almeno fu quello che pensò subito il Feleppa. Sul momento l'agente non fece nulla, ma una volta tornato in caserma si mise a sfogliare attentamente i bollettini delle ricerche e quando giunse a quello targato col n. 396 del 1926 vide la foto del piccolo Michele e trovò conferma dei suoi sospetti: quel bambino che lavorava nel circo somigliava molto al Palermo!

La sera successiva il commissario Zurlo si presentò nel circo con molti agenti e proprio nel bel mezzo di una rappresentazione[34]. I poliziotti si aggiravano per il palco chiedendo dove si trovasse il bambino, mentre dappertutto si verificava un trambusto generale: preso dal panico, il signor Pellegrini salì in automobile e fuggì da Fabriano veloce come il vento, ottenendo come unico risultato di far insospettire ancora di più le forze dell'ordine. Diversi circensi vennero immediatamente posti in stato d'arresto: erano Angelina De Lorenzo, moglie del padrone del circo, le due figlie Teresina e Adele (21 e 19 anni), l'equilibrista Lino Maris, il direttore della banda musicale Umberto Radi e alcuni inservienti. In mattinata il padrone del circo, Aristodemo Pellegrini, tornò a Fabriano e si mise a

34) Il corrispondente da Ancona de *Il popolo d'Italia* non riporta la descrizione dell'arresto turbolento dei circensi avvenuto nel bel mezzo di uno spettacolo. Il carabiniere avrebbe subito condotto in caserma il bambino e solo in un secondo momento, dopo che il bambino avrebbe affermato di chiamarsi Michele Palermo, avrebbe proceduto all'arresto dei circensi (ma il giornale non precisa in che occasione). Penso che sia più veritiera la versione riportata dal *Corriere*: la sua redazione infatti era maggiormente interessata al caso "Palermo", e proprio per questo ha descritto la scena in maniera più vivida usando probabilmente fonti meglio informate sui fatti. *Il popolo d'Italia* del 12 febbraio riporta infatti che il Pellegrini si era recato in questura accompagnato da un poliziotto e da alcuni inviati speciali dei giornali milanesi. Chiaramente i cronisti accompagnavano il direttore del circo soprattutto per carpirgli informazioni circa gli ultimi avvenimenti.

Figura 11. La piazza principale di Fabriano in una cartolina risalente ai primi del '900

disposizione delle autorità, cercando di dimostrare che si era allontanato da Fabriano non per il timore dell'arresto, ma solo per cercare un'altra piazza dove poter piantare le tende del circo, dal momento che aveva già passato più di dieci giorni in quella cittadina[35].

Gli ispettori tenevano in mano la foto del Palermo e la fissavano cercando di trovare tutti i punti in comune tra il volto del bambino e quello del giovane che avevano di fronte. Una certa somiglianza c'era, si ripeterono i carabinieri borbottando tra di loro a bassa voce. E poi si sa, i bambini a quell'età crescono così velocemente, non era quindi impossibile che la foto non corrispondesse perfettamente al volto del suo possessore, erano passati ben due anni dalla sua scomparsa! Il funzionario si avvicinò al ragazzo e gli chiese chi fosse. Senza aspettare un attimo il giovane gli rispose di essere figlio del Pellegrini e di avere 10 anni. Allora l'agente gli mostrò la foto dello scomparso che teneva in mano e gli chiese se non fosse invece Michelino Palermi e se non si ricordasse quest'altro nome. Il ragazzo cominciò a confondersi:

> "Ho detto una bugia. Non sono Pellegrini ma Michele Palermi di Milano. Mio padre è meccanico, mia madre è morta cinque mesi prima che io abbandonassi la casa paterna per seguire il circo Pellegrini. Ho ancora tre fratelli e una sorella. Fu mio padre stesso ad affidarmi al Pellegrini"[36].

---

35) Anche questo particolare viene riportato solo da *Il popolo d'Italia*. Per il *Corriere della Sera* il Pellegrini era semplicemente stato fermato dai Carabinieri in un secondo momento. Non abbiamo motivi particolari per dubitare della veridicità di quanto è stato riportato dal Popolo d'Italia.

36) Abbiamo riportato le frasi riferite dal ragazzo secondo *Il popolo d'Italia*. Il *Corriere della Sera* differisce solo in minima parte da questa versione: l'unica differenza notevole è che in questa versione il ragazzo avrebbe tentennato un attimo prima di dire il nome del Palermo, e solo alla fine avrebbe detto: "Non ricordo più che cosa sia avvenuto di me, ma mi pare che il mio nome fosse prima appunto quello di Michele Palermi".

Di fronte alle domande (definite dal *Corriere della Sera* come "affettuose") del carabiniere Corvaia e del maresciallo Mammolo, il bambino non si fermò qui: per convincere i carabinieri della verità di quanto aveva appena detto, il presunto Palermo raccontò come a Torino fosse stato avvicinato da una prosperosa signora romana che gli aveva regalato un pacchetto di dolci e lo aveva invitato a casa sua per colazione. Qui la signora gli rivolse molte domande sulla vita nomade che conduceva e gli chiese se non ricordasse di essere stato rapito quando era piccino da una banda di zingari. Per sfruttare le simpatie della signora, il ragazzo aveva raccontato una serie di dolorose vicende, ripetute ora più o meno confusamente ai carabinieri. Che andassero a trovare quella signora, lei di sicuro avrebbe confermato la verità di quanto aveva appena detto!

Il giovedì successivo il bambino si svegliò in caserma e invocò che lo si rimandasse a Milano dal suo vero padre. Il tenente Corvaia non prestò particolare fede alle asserzioni del fanciullo, ma decise comunque di informare il comando della compagnia interna di Milano perché si avvertisse Giuseppe Palermo di quanto stava succedendo a Fabriano.

Era la notte del 10 febbraio, l'orologio segnava all'incirca le due. In una casa di via tre alberghi 4 dormiva il signor Vito Verga: improvvisamente si udì nel silenzio delle stanze buie una scampanellata lunga e insistente.

"Siamo i carabinieri, aprite! Non temete di nulla!"

Il Verga si vestì alla meglio e aprì la porta, trovandosi di fronte il capitano Italo Nuzzolo della caserma dei Carabinieri di via Moscova. Un telegramma urgente era giunto nella notte per informarlo delle novità di Fabriano. Il capitano pregava dunque il signor Verga di informare nelle prime ore del mattino il padre del bambino, prendendo ovviamente le dovute cautele richieste dal caso. Il signor Verga non chiuse più occhio in attesa che l'alba gli permettesse di correre dal dipendente per dare a lui e alla moglie la notizia che sembrava essere definitiva.

Quando vennero informati delle novità della notte, il Palermo e la consorte sfogarono la loro gioia abbracciando e baciando il messaggero, e subito dopo in mattinata si recarono presso il commissariato della Moscova, dove gli vennero succintamente riportati i particolari della scoperta. Il Palermo, memore dei precedenti disinganni, non volle esprimersi, ma chiese solo di poter partire immediatamente. Il capitano lo munì di una raccomandazione per i colleghi di Fabriano e di una copia del telegramma pervenutogli nella notte.

All'annuncio del ritrovamento il caseggiato popolare di via Comacchio 4, dove da un po' di tempo si era recata a vivere la famiglia Palermo, era in festa e la voce di quanto successo a Fabriano passava veloce di bocca in bocca. Il Palermo avrebbe voluto partire in macchina per fare il prima possibile, solo che l'automobile del signor Verga, già usata in altre occasioni, era guasta, e così dovette accontentarsi di prendere un treno. Alle 15:25, Giuseppe partì insieme al cognato e giunse a Fabriano che erano quasi le due di notte. Alla stazione si trovava ad attenderli una pattuglia di carabinieri, un figlio del proprietario del circo e il ginnasta Zavatta. I due uomini vennero fatti salire su una macchina che li condusse veloci al carrozzone del circo dove dormiva la famiglia del Pellegrini. Il bimbo venne fatto vestire in fretta e presentato ai due uomini: il Palermo lo fissò nei suoi occhi sbigottiti e insonnoliti e si mise subito il viso tra le mani scoppiando in singhiozzi e sedendosi pesantemente su di un divano in un angolo del carrozzone: "Non è lui! Gli rassomiglia: ma non è lui, è più grande. Il mio bambino non può essere cresciuto tanto in due anni!"

Poi in preda alla più viva emozione, si prese il ragazzo tra le braccia, lo squadrò, lo interrogò, lo accarezzò, pianse e ripeté ancora: "No, non è lui."

Nell'interno del carrozzone pieno di stracci multicolori stavano in silenzio altri bambini bruscamente svegliati dal sonno e sbigottiti di fronte a quei visi nuovi e a quelle parole strane che i presenti si scambiavano tra di loro. Un grosso cane lupo, anche lui incuriosito dalla stranezza della situazione, sbirciava dall'uscio rimasto aperto. In mezzo a tutti questi silenziosi spettatori la signora Pellegrini si commosse e si avvicinò al Palermo nel tentativo di consolarlo:

> "Signore, comprendo il vostro dolore che poteva essere risparmiato dalle bugie di questo furfantello. Anche noi per causa sua abbiamo passato delle ore tristi. Iddio faccia che il vostro caro vi sia presto restituito! In quanto a me, cosa vuole, ho avuto tredici figli e la Divina Provvidenza me ne ha lasciati sette, tutti sani e forti: perché avrei dovuto rubarle il suo?"[37]

Per il resto, i Pellegrini avevano già da tempo prodotto molte prove e documenti relativi all'identità del piccolo Angelo, che era nato nel 1917 a Trecate e quindi aveva già 11 anni, decisamente troppo vecchio per poter essere Michele! Inoltre il 1 gennaio del 1926 il Circo dei Pellegrini si trovava a Voltri, ben lontano dai luoghi del rapimento di Michelino.

La mattina successiva si tentò un nuovo esperimento: il bambino venne pulito a festa e ben pettinato. Così acconciato venne portato nel gabinetto del commissario Zurlo, dove si trovavano diversi ufficiali in compagnia del Palermo, che dopo aver ben squadrato il ragazzo non lo riconobbe affatto: era diverso il colore degli occhi e la conformazione delle parti nasali. Probabilmente irritato da questa scena, il Zecchino si avvicinò al bambino e gli chiese con un tono irritato: "Si può sapere una buona volta chi sei?"

> "Sono Pellegrini Angelo!" rispose il ragazzo ridendo sonoramente. "Sono rimasto suggestionato dalle domande rivoltemi e ho avuto il timore che si volesse fare del male a mio padre,

---

37) Questa ultima parte del ragionamento della signora Pellegrino si trova solo nella versione della storia narrata da *L'Ambrosiano*. Il *Corriere* riportava semplicemente che la signora aveva avuto 13 figli di cui sette erano ancora in vita.

> perché mi adibisce a esercizi acrobatici non consentiti dalla legge, non avendo io ancora sedici anni. Ripeto: sono Angelo Pellegrini e non Palermi."

A questo punto lo stesso Aristodemo ammise di essere scappato perché temeva di essere stato indagato per aver fatto esibire suo figlio in giochi proibiti per la sua età o forse perché aveva avuto paura che uno dei suoi cavalli avesse ferito con un calcio qualcuno nel pubblico. Quando comprese che le motivazioni di quelle indagini erano ben diverse, il padrone del circo si era presentato spontaneamente alla polizia per chiarire la sua posizione. Il ginnasta Paolo Zavatti cercò inoltre di trovare una spiegazione su come fosse potuto accadere un simile equivoco: uno dei cavalli del Circo, un bel baio mansueto, si chiamava proprio Palermo: probabilmente quando il brigadiere aveva urlato il cognome di Michele, il piccolo Angelo si era voltato solo perché pensava che qualcuno avesse bisogno del cavallo, e non perché si sentisse veramente chiamato. Non viene detto da nessuna parte, ma possiamo immaginarci che il bambino avesse mentito di fronte alla polizia solo perché stufo della vita che faceva, e con l'immaginazione tipica dei fanciulli si era inventato tutta una storia fantastica partendo dalle pochissime informazioni che possedeva intorno alla storia del piccolo Michele. Insomma, questa triste vicenda sembrava chiudersi semplicemente con una bella multa fatta al Pellegrini per la sua gestione un po' troppo allegra degli spettacoli acrobatici. Invece Giuseppe non volle arrendersi alla realtà: prima di partire venne preso da un dubbio, si recò dal commissario Zecchino per scongiurarlo di fargli portare il bambino con sé a Milano affinché potessero vederlo anche la moglie e gli altri parenti.

> "Io non so, non riesco più a capire né a vedere nulla. Ho davanti agli occhi l'immagine del mio bambino. Mi pare improvvisamente che possa essere anche lui... potrebbe essere mutato in questi due anni. Fatemi questa ultima grazia!"

Al padre venne concesso anche questo, ma solo per pietà, dal momento che era chiaro a tutti che quel bimbo non poteva essere Michelino. L'articolo del *Corriere della Sera* del 12 febbraio si chiude con la descrizione della casa di via Comacchio 2, oltre via Polesine, dove in due misere stanzette abita la famiglia del calzolaio Giuseppe Palermi e dove era rimasta, aspettando trepidamente notizie, la madre del piccolo scomparso, con i suoi quattro figliuoletti. La povera donna ha vegliato tutta l'altra notte, assistita e confortata da alcune vicine del popolare caseggiato nel quale la voce del ritrovamento di Michelino si era già sparsa, trovando subito credito. Ma il tanto atteso telegramma non è arrivato, e la dolorosa realtà è stata conosciuta ieri dalle pubblicazioni dei giornali.

Il Secolo, La Sera si sofferma invece a descriverci il ritorno del Palermo in stazione:

> Il Giuseppe Palermi, padre del Michelino, è arrivato sabato notte. Con lui viaggiava il cognato, pure profondamente scosso per la nuova fase della triste Odissea. Alla stazione, ad attendere il Palermi, si trovavano la mamma del piccolo e introvabile scomparso e molti pietosi vicini di casa. Il Palermi non ha avuto bisogno di fare alla consorte dichiarazione alcuna. Solo, dopo aver pianto con lei, le ha ricordato le affettuose cure con le quali le autorità di Fabriano avevano tentato di lenire il dolore che lo schianto del non riconoscimento gli aveva nuovamente provocato, dopo quasi due giorni di gioiosa attesa.

Come sempre *Il popolo d'Italia* chiuse invece in maniera meno romantica e molto più scommatica:

> Così un'altra volta Giuseppe Palermi ha sofferto un'altra delusione e con lui tutta la sua famiglia, che da tre anni vive in ansie ed in grande invincibile dolore – tanto dolore da consigliare maggiore prudenza nella pubblicità di certe informazioni e di simili notizie, lasciando che la P. S. compia le sue

indagini, doverose ed utili in silenzio ed in riserbo. Non è un qualunque fatto di cronaca la pietosa tragedia della famiglia Palermi!

Possiamo notare così di passaggio che l'origine della falsa pista erano stati in questo caso i Carabinieri, non di certo la gente comune. Come scrissero giustamente i cronisti de *L'Ambrosiano*, le forze dell'ordine in questa occasione avrebbero dovuto fare degli accertamenti prima di riaprire con troppo ottimismo e con eccessiva credulità nelle bugie di un ragazzo, la piaga sanguinante nel cuore dei genitori del piccolo Palermi. I giornali avevano sicuramente amplificato questa notizia, avevano dato troppo per certo quanto gli era stato comunque riferito da una fonte ufficiale, ma la cosa non aveva di certo accresciuto il dolore della famiglia Palermo. Sembra così di leggere nelle parole de *Il popolo d'Italia* un suggerimento – o forse sarebbe meglio dire un avvertimento – a non pubblicizzare troppo questo caso. Quasi una conferma di quanto era stato scritto all'interno del precedente capitolo.

CAPITOLO XII
I MEDIUM PUGLIESI

Aveva fatto questo conto freddamente, tenendo gli occhi abbassati, ma con una chiarezza non consueta nel suo bizzarro parlar misterioso. Il marchese Carlo Cavalcanti annuiva col capo, a ogni nuova spesa annunciata dall'assistito, trovandola ragionevole.
-... E per voi? - chiese dopo aver contate le quaranta lire nelle mani di Don Pasqualino.
- Sapete che non ho bisogno di niente - disse quello, schivandosi.
- E quando ci vediamo?
- Domattina, dopo la mia veglia, se lo spirito mi lascia vivo. Venerdì scorso mi bastonò talmente, che mi sentivo morire - disse con enfasi, ma a bassa voce, l'assistito.

Matilde Serao, *Il paese di Cuccagna.*

Il principale effetto del fallimento di Fabriano fu che tutti i giornali ripresero a parlare del caso Palermo. Le autorità non potevano più tacere e sperare semplicemente che la scomparsa del povero Michelino venisse dimenticata dai media, dovevano nuovamente far vedere al mondo di essere attivi ed efficienti. Le forze dell'ordine ripresero così a setacciare i dintorni di Milano e ancora una volta gli accampamenti delle comunità nomadi furono il principale obbiettivo degli agenti di pubblica sicurezza: a Crescenzago erano giunti due carrozzoni su cui si trovavano anche alcuni bambini di cinque o sei anni. Insospettiti dalla cosa, i poliziotti si rivolsero a due donne che parlavano discretamente in italiano: una di loro aveva dato generalità confuse e contraddittorie, ma dai documenti risultò in maniera chiara che le due donne si chiamavano Francesca Verrecchia di 27 anni e Maria Fella di 40. La coppia si mise allora a strillare e a piangere, rivolgendo insulti di vario tipo nei confronti dei Carabinieri. Il resto del gruppo si schierò risolutamente in loro difesa, ma il contegno energico del maresciallo e del milite bloccò ogni ulteriore protesta. Le due donne vennero trattenute e denunciate per false generalità, ma non si scoprì nulla di nuovo sul caso Palermo.

Un altro effetto collaterale della storia del circo fu l'aumento improvviso del flusso di lettere che giungevano al Palermo. Molti scrivevano per confortarlo, ma il cronista del *Corriere* che scrisse di questo fenomeno, sostenne che queste parole riaprivano comunque le ferite nel cuore del Palermo, infliggendogli del male. E poi c'erano le lettere dei bontemponi e degli esaltati. Il 16 febbraio Giuseppe giunse dal Verga tutto esagitato tenendo in mano una lettera: veniva da Milano ed era scritta a matita su carta commerciale. Il cronista del *Corriere* afferma senza sospetto che l'anonimo aveva già spedito una lettera analoga l'anno precedente, ma non precisa quale fosse. Il contenuto era terribile, tanto che il Palermo, dopo averla consegnata al Verga, fu costretto a tornare a casa e mettersi a letto per lo choc ricevuto. L'autore sosteneva infatti di sapere in modo positivo che il piccolo Michele era morto e sotterrato, vittima di un bruto di cui descrive la ferocia che supera anche quella delle belve. La lettera invitava la famiglia a desistere ormai da ogni ricerca e di abbandonare ogni altra speranza che non fosse quella di rivedere in cielo il povero bambino. Nessun dettaglio preciso, ma il tono usato e alcuni particolari accenni hanno prodotto una certa impressione, tanto che la polizia si era comunque sentita in dovere di indagare sull'autore della lettera.

L'articolo del *Corriere della Sera* che riportava quest'ultima notizia, termina ricordando che il ministero degli Interni aveva stabilito un premio di 50.000 lire per chi avesse avuto delle informazioni relative al caso. Se qualcuno avesse avuto qualcosa da rilevare si sarebbe dovuto recare in questura o dal signor Verga, evitando inutili strazi ai genitori, invito che – come vedremo – non avrebbe mancato di sortire i suoi effetti.

È giunto infatti il momento di introdurre sul palco una nuova attrice del dramma che stiamo analizzando: come Giuseppe non era di origini milanesi, ma faceva parte di quella larga migrazione meridionale che stava sempre più popolando la città lombarda. L'oscura signora si chiamava Pasqualina Ronzino, era nata in Puglia 38 anni prima da un certo Vincenzo (già defunto ai tempi della nostra storia) e agli inizi del 1926 viveva col marito trentanovenne Michele Lopez alla Gamboloita, non lontano dal luogo dove era avvenuto il rapimento di Michele. Da circa un anno la coppia si era trasferita in via Vallarsa 6 in un piccolo appartamento al piano rialzato.

Il *Corriere della Sera* e la maggior parte dei giornali parlava spesso del paranormale e dei fenomeni spiritici, ma sempre con toni ironici e decisamente tendenti allo scetticismo. Anche in questo caso il cliché viene conservato: nel presentare la Ronzino il *Corriere della Sera* la paragona a un'altra creatura proveniente dalla Puglia e tipica del folklore popolare: il monco di San Ferdinando, un personaggio che aveva perduto una mano durante una festa di paese, ma la menomazione non gli aveva certo impedito di inventare un sistema per vincere al Lotto considerato da molti infallibile: secondo la tradizione decine di persone in tutta Italia avrebbero raggiunto il fantomatico Paese della Cuccagna di cui parlava la Serao nel suo romanzo, tanto che Mussolini sarebbe stato costretto a togliere un numero dal Lotto per rendere nulle le tecniche del monco ed evitare in questo modo il fallimento delle casse del gioco!

Subito dopo l'anonimo cronista del *Corriere* usa una non meglio precisata fonte della questura per dire che *costei era un tipo di isterica, di visionaria, di invasata, che reca anche nel fisico i segni dell'anormalità psichica*. La donna non era una Medium come la celebre Eusapia Palladino e non diceva di possedere facoltà trascendentali: quando calava la notte si metteva semplicemente in uno stato di dormiveglia e subito le appariva in sogno uno strano spirito che si faceva chiamare Cesare Augusto e che si presentava ora vestito da chaffeur, ora da aviatore e ora da alpinista. In questa condizione semi-onirica la donna riceveva dal suo strano visitatore delle rivelazioni circa i misteri più complicati e appassionanti, con una predilezione per gli avvenimenti di cronaca milanese. Alcuni vicini di casa si erano rivolti alla donna per avere consigli e profezie e pare che ne fossero rimasti soddisfatti. I giornalisti del *Corriere* sospettavano che probabilmente nell'indovinare e nel vendere illusioni alla gente sconsolata, non sconfinava da quel solito campo delle indovine mercenarie che a forza di dire e non dire e di formule ermetiche finiscono sempre col cavarsela bene. Qualunque fosse l'origine delle visioni di sua moglie, il signor Lopez a un certo punto pensò di ottenere un profitto dalle compiacenti rivelazioni dello spirito e si recò dalla polizia per offrire i suoi servigi. L'uomo in passato era stato un poliziotto privato e probabilmente aveva i suoi agganci tra le forze dell'ordine: combinò il suo concreto fiuto da detective con le rivelazioni della moglie veggente e almeno una volta le intuizioni della coppia erano state prese sul serio: oltre a districare alcune questioni giudiziarie di minor conto, lo spirito avrebbe infatti collaborato nel caso del furto dei gioielli del senatore Silvestri[38].

38) Il furto dei gioielli della moglie del senatore Silvestri era diventato abbastanza celebre: la coppia abitava nello storico palazzo Arese, in Corso Venezia 16. Il 5 febbraio del 1928 i due erano partiti per la Val Seriana per assistere a delle gare di Sci. Al loro ritorno la signora trovò lo stipo della stanza accanto alla camera da letto aperta con la forza. Uno dei camerieri della casa, un certo Natale Fiorentini, aveva rubato i gioielli della signora Silvestri e se ne era andato via facendo finta di nulla, portando la cassetta con i gioielli tranquillamente sottobraccio. Il piano era stato preparato con cura, e il Fioravanti riuscì a far perdere le sue tracce. Pochi giorni dopo il Fiorentini si costituì, sostenendo di aver sì rubato i gioielli, ma di non

Il dottor Tommasino era stato infatti condotto dai Lopez nelle brulle campagne intorno a Bruzzano con la speranza di trovare il tesoro, ma le ricerche erano andate avanti senza frutto fino a sera; quando il sole cominciò ad abbassarsi sotto la linea degli alberi all'orizzonte e il cielo si tinse tutto di rosso, il poliziotto capì che era meglio tornare a casa per mangiare e lasciò la coppia da sola a cercare i gioielli nella brughiera solitaria. L'insuccesso fu grave, ma non fece perdere alla donna la sua fiducia in Cesare Augusto: negli ultimi giorni l'entità sovrannaturale aveva comunicato alla donna che il piccolo Michele era vivo e vegeto ed era stato rapito e venduto in un paese sperduto nel Mezzogiorno d'Italia; era inevitabile che il bambino venisse presto restituito al padre, ma questo destino andava aiutato...

Da un po' di tempo il Verga riceveva ogni giorno la visita di un uomo dall'accento pugliese che affermava di sapere con certezza assoluta dove si trovasse il bambino e che c'era modo di rintracciarlo e di sottrarlo dalle mani di chi lo deteneva, solo che l'impresa era ardua e perigliosa e per questo motivo ci volevano ben 2000 lire per sostenere le spese del viaggio: se gli avessero fornito quella cifra avrebbe pensato lui ad ogni cosa, e nel caso in cui lui avesse accettato, anche che il signor Verga o un'altra persona di sua fiducia poteva fare il viaggio

---

possederli più, dal momento che era stato a sua volta truffato dal suo complice, un non meglio precisato Alfredo, che era scomparso portandosi via il bottino. Non si sa se questo Alfredo esistesse sul serio, o fosse tutta un'invenzione del Fiorentini per sviare le indagini che si trascinarono per diversi anni tra diverse vicende, tutte accuratamente riportate dal *Corriere della Sera*. In seguito al processo e all'inevitabile condanna, il Fiorentini decise di fare delle ulteriori confessioni, rivelando che il misterioso Alfredo era in realtà Lionello Cantieri, un suo vecchio compagno di reclusione. La refurtiva era stata portata a un orefice che nel tempo libero svolgeva anche la ben meno onesta mansione del ricettatore. Tutti i gioielli erano stati fusi e dispersi. Vedi *Corriere della Sera*, 6, 7, 10, 12, 13, 14, 17, 23 febbraio, 11 luglio 1928, 29 aprile, 1, 2, 4 maggio 1929, 17, 18 gennaio, 21, 22 febbraio, 25 marzo, 24 luglio 1930, 24 maggio 1931.

con lui; bastava solo che non venissero immischiati in quella faccenda la polizia e i giornali. Il Verga era un benestante, ma non aveva certo fatto soldi facendosi imbrogliare, e quella storia puzzava tremendamente di inganno! L'imprenditore si recò dalla polizia e pochi giorni dopo il pugliese venne fermato in un caffè del centro mentre si trovava in compagnia di alcuni amici del Palermo: l'uomo stava cercando di convincere anche loro di avere in mano la chiave del mistero, che bastava fornirgli il denaro necessario per ottenere un risultato immediato! Condotto in questura, il signor Lopez venne subito raggiunto dalla moglie, ma i due non si fecero intimorire dalla presenza degli agenti, anzi, continuarono a ripetere che erano in grado di riportare a Milano il piccolo Michele, ma le forze dell'ordine dovevano agire secondo i loro modi, senza impacciarli o costringerli, in caso contrario si sarebbero chiusi in un mutismo invincibile. La donna era la più disinvolta, priva com'era di esitazioni e di tentennamenti, ma tutta questa disinvoltura finì solo per irritare ulteriormente le forze dell'ordine:

– Dov'è il bambino? Chi l'ha rubato? Come sapete il suo nascondiglio? Io vi schiaffo dentro per tentativo di truffa e per simulazione di reato!

– Nossignore: né truffa né simulazione! Noi non abbiamo commesso nessun reato, né vogliamo commetterlo! Abbiamo una certezza, facciamo la proposta di provarla. Non ci vuole accettare? Pazienza, ci lascino in pace e il bambino resti dov'è.

Insomma, dopo aver passato molto tempo senza ottenere ulteriori risultati, i poliziotti pensarono che forse la donna fosse veramente esaltata e credesse sul serio nelle visite degli spiriti e in tutto quello che sosteneva a viva forza.

I due coniugi vennero rilasciati, ma forse fu un errore: visto che con gli amici del Palermo non avevano ottenuto nulla, la coppia si diresse direttamente da Giuseppe e lo riempì di quello che l'uomo aveva maggiormente bisogno, la speranza.

Chiaramente a lui e alla moglie sembrava assurdo abbandonare quella nuova pista solo per 2000 lire, soprattutto se si pensa che negli ultimi due anni i Palermo avevano seguito anche le tracce più assurde, persino quelle lettere anonime che lanciavano messaggi più o meno contraddittori sulla sorte del loro bambino. La notizia si diffuse anche senza bisogno dei giornali: due commercianti, soci in una ditta di tessuti, si misero subito in contatto col pugliese per proporgli di sostenere le spese necessarie per la nuova ricerca. I coniugi fiutarono l'affare, sostennero di volere i soldi subito, prima della liberazione del bambino, per potere agire liberamente. Certo, i generosi sovventori potevano accompagnarli in una parte del viaggio, ma a un certo punto avrebbero dovuto lasciarli agire da soli. Nessuno doveva ritardare la condotta delle ricerche, pena di buttare tutto all'aria! Solo loro sanno tutto: lo sanno grazie a Cesare Augusto che ispira la donna e le suggerisce il da farsi!

Tutte queste strane condizioni dettate con tono da minaccia, fecero in modo che gli investigatori si convincessero ancora di più che quella fosse solo una truffa, ma persino l'anonimo giornalista del *Corriere della Sera*, decisamente molto scettico e ironico sull'argomento "medium", lascia intendere che nei deliri della coppia potesse esserci un fondo di verità: se il bambino era stato realmente rapito ed era ancora in vita, i malfattori che l'avevano portato lontano dalla sua famiglia potevano essersi allarmati per le indagini che venivano condotte in tutta Italia in maniera sempre più capillare e approfondita. Magari volevano liberarsi del piccino, e servendosi di intermediari confondevano le acque per trovare un modo di liberarlo. Non sarebbe stata certamente né la prima né l'ultima volta in cui il paranormale veniva utilizzato per passare in maniera discreta informazioni alla polizia: alcuni sospettano che persino Romano Prodi e altri esponenti della DC abbiano fatto lo stesso ai tempi del rapimento di Aldo Moro! Inoltre la coppia di Pugliesi abitava in via Benaco, non molto lontano dal luogo dove era avvenuto il rapimento. E se i due fossero accidentalmente venuti a sapere qualcosa sulla verità dei fatti?

L'articolo del *Corriere* del 4 marzo che riportava questa vicenda fece scalpore e attrasse subito l'attenzione delle autorità: il 9 di marzo il capo della polizia Arturo Bocchini inviò una raccomandata al prefetto di Milano accompagnata da una copia dell'articolo del *Corriere* e da una viva preghiera perché le indagini, dirette al rintraccio del bambino PALERMI Michele, siano proseguite col massimo, sagace impegno, nulla trascurando per conseguire favorevole risultato. All'interno della copia allegata del giornale si trova ancora oggi una piccola nota scritta a matita blu forse dallo stesso prefetto Pericoli: Lopez Michele Fermato dalla questura negli ultimi di febbraio per la questione Palermo - cosa disse? Perché fu rilasciato? *Corriere* del 4 Marzo. Insomma, la stessa Polizia prese fino a un certo punto sul serio le parole dei coniugi Lopez. Ma questa strana coppia era sì destinata a dare una svolta alle indagini, ma in una maniera completamente imprevista e inaspettata rispetto a quella che in molti forse si aspettavano. Ma per comprendere cosa era accaduto, dobbiamo prima fare un passo indietro e tornare alla fatale serata di Capodanno del 1926.

CAPITOLO XIII
CAPODANNO IN VIA VITRUVIO

Inverno a Milano.

Vedete là nel cielo, in quel piccolo sole
d'inverno tra le nebbie, un ricordo del sole?
Come la luna guarda e si lascia guardare.
Milano a mezzogiorno è già crepuscolare.
E gli alberi anneriti in quel freddo d'argento
hanno rami gentili, a tratti passa il vento,
un vento senza voce, a poco a poco imbruna.
Solo il piccolo sole come una grande luna.
Così il Duomo fiorito di grigio e di lichene
appare nelle nebbie delle notti serene.

Alfonso Gatto, da *Il vaporetto*, 1963.

La casa di Via Vitruvio 7 spicca ancora oggi alla vista di chi si reca in direzione di piazza Lima. Rosa ed elegante, con il suo cappello di alberi sulla testa, domina l'angolo tra via Vitruvio e via Tadino come un soldato posto di guardia a un cancello. In un appartamento del quarto piano di questo palazzo risiedeva da diversi anni insieme a due figlie ancora nubili la signora Adelia Cambiaggio in Moretto.

Tutto cominciò alle ore 6:20 del primo gennaio del '26: la donna era da sola in casa e stava dietro al vetro della finestra ad aspettare il ritorno delle figlie. Il freddo della strada filtrava attraverso gli infissi della finestra e pungeva il volto della signora intenta a fissare con sguardo attento la nebbiolina che scorreva veloce sotto la luce dei lampioni e veniva attraversata da sottili goccioline di pioggia. Dall'alto della sua posizione la signora Moretto dominava l'ampio tratto di strada che andava da via Tadino a via Benedetto Marcello e poteva osservare tutto quello che succedeva sotto di lei. Era un giorno di festa, e in realtà in giro non c'era molto da vedere, solo qualche gruppetto sparuto di passanti che tornava dalla casa di un parente oppure si recava a una festa, per il resto solo la nebbia e un silenzio rotto ogni tanto da qualche voce attutita proveniente dagli appartamenti vicini.

Se si fosse affacciata a quella stessa ora e in quello stesso giorno ma quattro anni dopo, probabilmente la donna avrebbe assistito a uno spettacolo del tutto diverso, dal momento che proprio nel marciapiede opposto a quello di casa sua avrebbero aperto a breve il cinema-teatro Impero, e di sicuro la sua presenza avrebbe donato maggiore luce e frequentazione a quel tratto di strada anche in tempo di festa. Ma ora quel teatro non esisteva ancora, e tutto intorno a lei la donna vedeva solo l'oscurità e l'umidità che si sfidavano a duello per prendere possesso della strada.

Quand'ecco nel marciapiede di fronte a casa sua apparve un vecchietto avvolto in un pastrano scuro: era robusto, bianco e camminava con una spalla leggermente reclinata, trascinando a fatica un bambino descritto come prosperoso, piangente e riluttante. La signora seguì i due con lo sguardo finché non scomparvero in via Tadino. Ma erano destinati a restare lontani dalla sua vista solo per poco tempo: un attimo dopo il vecchio ricomparve inaspettatamente in via Vitruvio con il bambino alle sue spalle che sembrava più spaventato di prima e si era pure messo a piagnucolare. La donna, presa da uno strano presagio, aprì la finestra per guardare meglio cosa stesse accadendo. L'aria fredda della sera entrò nella casa, un brivido gelido accarezzò le ossa della donna che fissava il suo sguardo su quegli strani passanti. Spingendo e barcollando, il vecchio era arrivato nell'area maggiormente illuminata di via Benedetto Marcello, e la donna poté allora osservare bene i suoi tratti rudi e i lunghi baffi che adornavano il suo volto.

Il bambino sembrava veramente spaventato, come se si fosse trovato in compagnia di un orco delle fiabe, e il vecchio, evidentemente preoccupato di attrarre troppo l'attenzione della gente, si vide costretto a fermarsi per consolarlo. Proprio in quel momento due signore e un giovanotto passarono per la strada, videro i due e si sentirono in dovere di avvicinarsi per chiedere cosa avesse il bambino da lamentarsi. L'uomo disse qualcosa che la signora Moretto non riuscì a sentire, ma i passanti sembrarono convinti dalle sue parole e si allontanarono nel buio. Allora il vecchio riprese subito vigore, afferrò il bambino per un braccio e scomparve in via Benedetto Marcello.

Figura 12. Via Vitruvio in una cartolina risalente agli anni '30. L'unico cambiamento visibile rispetto al 1926 è la presenza del cinema Impero, che appare chiaramente tra gli edifici a destra (è la costruzione più bassa sovrastata dall'insegna). Proprio in quel punto la signora Moretto avrebbe visto il vecchio in compagnia di Michele. La casa della Moretto si trovava esattamente di fronte al cinema: si tratta dell'edificio con l'orologio.

La signora Moretto rimase immediatamente colpita dalla scena, e lo fu ancora di più quando due giorni dopo lesse sul giornale la notizia della scomparsa del piccolo Michele. E se dal suo balcone avesse inavvertitamente assistito al rapimento del bambino? Ne parlò con una delle sue figlie, ma la donna non aveva altri indizi, non conosceva nulla di quel vecchio e di quel bambino che per quanto ne sapeva poteva pure essere il suo nipote! Come potevano i suoi sospetti e le sue intuizioni essere in qualche modo utili alle forze dell'ordine?

Si giunse in un attimo a febbraio. Sui giornali si parlava ancora del Palermo, e la donna continuava a leggere come le indagini della Polizia continuassero a girare a vuoto senza portare da nessuna parte. A quanto pare, la signora Moretto stava spesso affacciata alla finestra, ad aspettare le figlie o a guardare cosa accadesse nel mondo. Così faceva in quella mattina di febbraio, quando vide passare in strada un vecchio molto simile a quello che aveva osservato la notte di Capodanno, solo che questa volta era da solo! Presa da un fremito la donna scese subito le scale per seguirlo, ma fece solo in tempo a vederlo salire su un tramway, sfuggendo al pedinamento. Probabilmente la donna aveva letto sul giornale l'invito a partecipare alle indagini rivolto a tutti i cittadini da parte del questore Secchi e si stava mordendo le mani per essersi lasciata sfuggire sotto gli occhi quello che poteva essere il principale indiziato per la scomparsa del Palermo! Ne parlò di nuovo con le figlie, ma tutte e tre rimanevano ancora nell'incertezza e non sapevano che fare. Ma la sorte avrebbe presto concesso alla signora Moretto una nuova possibilità per riaprire le sue personali indagini…

Era marzo e la signora passeggiava in corso Buenos Aires insieme a una delle sue figlie, quando tra un passante e l'altro si vide nuovamente comparire davanti il vecchio. Questa volta il pedinamento ebbe maggiore successo e le due donne riuscirono a seguirlo fino a un'osteria sita in via Tadino 50. Il vecchio entrò nel locale, si sedette a un tavolo e ordinò da mangiare. La signora era elegante e indossava una pelliccia, forse non proprio un abito adatto per entrare in un'osteria affollata! Rimase fuori a osservare gli interni insieme alla figlia, fin quando l'oste, accortosi dello strano comportamento della sconosciuta, andò all'uscio per chiedere alla signora se cercasse qualcuno. La donna si fece coraggio, e con una certa faccia tosta chiese all'uomo informazioni circa il vecchio. Venne così a sapere che era un cliente abituale del locale, uno scapolo senza famiglia, ma definito comunque dall'oste come *un buon uomo che arrotondava la modesta pensione della Edison lavorando come pulitore della Tramvia Milano-Pavia in via Montenero 16*. Il vecchio abitava non molto lontano da lì in un caseggiato popolare in via Scarlatti 20.

Senza perder tempo la signora abbandonò l'osteria e si recò all'indirizzo che le era stato indicato e che si trovava ad appena due isolati di distanza. Qui si mise a parlare con la portinaia dello stabile, Ester Rovida maritata Ghidini[39], una donna che evidentemente non conosceva per niente il significato della parola "privacy". Dal resoconto che troviamo sul *Corriere della Sera* sembra infatti che la custode del palazzo non si fosse fatta troppi problemi di "etica professionale" e avesse subito rivelato alla Moretto tutto quello che c'era da sapere sul conto dello strano vecchio, un personaggio molto conosciuto all'interno della zona: si trattava del sessantaseienne Giuseppe Guidoni, chiamato da tutti Beppe e noto per un paio di superbi baffoni che, almeno quando non era ubriaco, portava arditamente arricciati grazie a un cosmetico. Era anche noto per il modo quasi maniacale con cui ostentava la sua avversione nei confronti delle donne ed esaltava le gioie del celibato. Seguendo le orme del padre, aveva lavorato per molti anni come operaio presso

39) Curiosamente proprio questa donna tanto pettegola lascia dietro di sé un piccolo mistero: nel 1925 risultava essere portinaia dello stabile una certa Giovanna Pampinelli, donna forse non molto astuta, data che è finita sul giornale perché stava per essere imbrogliata di un piazzista che vendeva fumo a rate mensili. Dal momento che la portinaia affermava di lavorare nello stabile da otto anni, possiamo immaginarci che la signora Pampinelli stesse solo sostituendo la Rovida, o che lo stabile avesse due portinaie, o che la povera Ester si fosse vergognata per aver fatto la figura della tonta e abbia fornito false generalità al giornalista che doveva interrogarla. Vedi *Corriere della Sera*, 8 febbraio 1925.

la ditta Edison, ma come le era stato detto in precedenza anche dall'oste, il Guidoni arrotondava ora il magro stipendio lavorando come pulitore presso la Tramvia interprovinciale che va da Milano a Pavia. Questo particolare destò l'attenzione della signora Moretto: la zona della Gamboloita non era troppo lontana dal luogo dove passava la linea interprovinciale per Pavia. Forse quell'uomo poteva trovarsi da quelle parti per ragioni di servizio, mentre tutti intorno stavano festeggiando il primo dell'anno! Mentre la portinaia parlava, la Moretto osservava l'ingresso del palazzo. Non poté fare a meno di notare che la portineria era leggermente in disparte e che non era per niente impossibile entrare nel palazzo senza essere visti da quella pettegola della Rovida! Chiunque, prendendo un minimo di precauzioni, poteva passare di lì con un bambino senza essere notato...

– Lei lo ha mai visto entrare in casa sua con un bambino? – chiese la donna con un groppo in gola.

– Assolutamente no! – rispose senza ombra di dubbio la Ghidini.

Ma allora come mai la Moretto l'aveva visto quella sera di Capodanno in compagnia di un bimbo? La signora faticava quasi a respirare. E se fosse stata quella la pista giusta da seguire?

Nei giorni successivi la Moretto tornò altre volte in via Scarlatti e riuscì a ottenere nuove informazioni dalla portinaia: Il Guidoni occupava una camera sita al quarto piano del secondo cortile, scala B, dove era venuto a vivere insieme ai genitori quando era stato fabbricato il palazzo. La sua camera era abbastanza ampia, luminosa e pulita: si trovava a destra del ballatoio e aveva una sola finestra che guardava nel cortile del palazzo numero 103 di via Benedetto Marcello. Il vecchio solitamente condivideva quel piccolo appartamento con due coinquilini: uno era un certo Francesco Torrazzo, bigliettaio del tramvai di Monza, mentre una terza brandina veniva solitamente concessa a pagamento per brevi periodi a manovali e muratori che lavoravano nei quartieri nuovi della zona e che spesso il vecchio incontrava in osteria. D'altronde il Guidoni era poverissimo: la pensione passatagli dalla Edison non gli bastava a vivere, e spesso finiva addirittura per mangiare i miseri avanzi del suo coinquilino!

Con il passare dei giorni la Moretto riuscì sempre di più a prendere confidenza con la portinaia, fino a rivelarle tutti i suoi sospetti sul conto del vecchio. La Rovida la continuava a guardare con incredulità e giurò e spergiurò più volte sull'onestà e sulla bontà del suo inquilino, che conosceva da ben otto anni. A partire dal gennaio del 1926 la donna aveva notato un solo dettaglio che potesse veramente definirsi strano: andando contro alle sue abitudini misogine, il vecchio aveva preso a ospitare frequentemente in casa sua delle donne trovate per strada, provocando delle scene di clamore e di scandalo da parte dei coinquilini che erano costretti a condividere con lui un appartamento di una sola stanza. Ma solo questo era successo di strano, nulla di più! La portinaia, dietro pressione della signora, si convinse anche a salire nella camera del Guidoni per vedere se vi fossero segni del passaggio di un bambino: un cappelluccio, una scarpetta o altro, ma non trovò niente.

CAPITOLO XIV
VIA SCARLATTI 20

Con non altri che te
è il colloquio.
Non lunga tra due golfi di clamore
va, tutte case, la via;
ma l'apre d'un tratto uno squarcio
ove irrompono sparuti
monelli e forse il sole a primavera.
Adesso dentro lei par sempre sera.
Oltre anche più s'abbuia,
è cenere e fumo la via.
Ma i volti i volti non so dire:
ombra più ombra di fatica e d'ira.
A quella pena irride
uno scatto di tacchi adolescenti,
l'improvviso sgolarsi d'un duetto
d'opera a un accorso capannello.
E qui t'aspetto.

Vittorio Sereni, *Via Scarlatti.*

.Un tempo a Milano, oltre i bastioni di porta Venezia, si trovava solo l'enorme quadrilatero del Lazzaretto e vasti campi intervallati da piccoli borghi e numerose rogge. Poi, tra il 1882 e il 1890, l'antico ricovero per i malati di peste venne abbattuto pezzo per pezzo e al suo posto sorse un nuovo quartiere composto da vie lunghe e strette, con edifici alti ma eleganti. Le costruzioni arrivarono fino a via San Gregorio e via Napo Torriani, e lì si fermarono. Dove ora si trova l'inizio di via Benedetto Marcello era ancora in piedi la vecchia chiesa di San Gregorio, che un tempo si innalzava proprio al centro del vasto cimitero in cui venivano sepolti i disgraziati morti di peste nel Lazzaretto. Trasformato in fienile, l'edificio era diventato un ricovero per derelitti e senzatetto soprannominato dalla gente del posto come "Il Cairo" per la sua somiglianza con le poverissime baracche in cui erano costretti a vivere gli operai che si erano recati in Egitto per la costruzione del canale di Suez. A occidente di questo fatiscente abitato, oltre gli edifici di via Napo Torriani, si potevano intravedere le ciminiere dello stabilimento Pirelli. Tutt'intorno solo campi e rogge a vista d'occhio, e in lontananza, quando non c'era la nebbia, la linea azzurra delle Prealpi.

Solo agli inizi del '900 i lavori edilizi proseguirono e la città tornò a espandersi verso nord. Le strade parallele già lunghe che partivano dalla vecchia cerchia dei bastioni vennero ulteriormente prolungate, oppure allargate per creare vie più areate e luminose. Ovunque si innalzarono impalcature, ovunque era un formicolare di operai al lavoro[40].

---

40) Le condizioni lavorative in questi cantieri non erano certamente il trionfo della sicurezza: quando mia madre era piccola, negli anni '50, era ancora vivo uno dei lavoratori che avevano contribuito alla costruzione di via Settala e che diceva di ricordarsi ancora bene di quando nella zona c'erano solo prati e rogge. Un giorno era volato giù da una impalcatura e si era salvato solo perché era caduto sul selciato in punta di piedi, un poco come i gatti. Solo che un gatto non lo era, e nella caduta gli si era insaccata tutta la schiena. Era basso e tarchiato, aveva un grosso toracione e il collo gli era entrato dentro al petto, eppure poteva considerarsi un uomo fortunato, tanto che 50 anni dopo l'incidente poteva andare avanti a guadagnarsi da vivere facendo dei lavori nelle case degli abitanti della zona. Il *Corriere della Sera* del 2 agosto 1912 descrive con ampiezza di dettagli un incidente mortale avvenuto in un palazzo in costruzione non meglio precisato sito in via Scarlatti, quasi all'angolo con via Benedetto Marcello. L'articolo riportava la descrizione dell'incidente fatta da uno dei protagonisti dell'evento, il trentaduenne Alberto Caglio: "Due miei compagni stavano ai lati della lastra, io vi era sotto per condurla sulle mensole, e il quarto faceva scorrere la carrucola dalla quale la lastra medesima pendeva. Improvvisamente la velocità, prima moderata, con cui essa scendeva, aumentò; forse le catene che la stringevano stavano per sciogliersi. Questo brusco movimento produsse subito l'effetto di far tentennare l'impalcatura alla cui sommità la carru-

Figura 13. Gli edifici di San Fermo oggi (foto dell'autore)

---

cola era appesa. Io compresi che stava per accadere un disastro. La lastra infatti piombando con violenza sulle mensole le spezzò. Ma io che ero il più esposto al maggior pericolo trovandomi sotto le mensole, feci appena in tempo a saltare in un balcone sottostante del secondo piano. Subito dopo il terribile crollo avvenne. Le mensole cedendo lasciarono precipitare la lastra che col suo peso travolse anche l'impalcatura e poi un balcone, insieme ai tre miei compagni. Legnami, travi, pietre precipitarono in un istante tra un fragore spaventoso. Io assistetti atterrito a questo disastro dal quale ero sfuggito per miracolo, restando incolume non ostante il mio salto pericoloso."

All'interno di questa zona edificabile un grosso lotto rettangolare di 12.000 metri quadri era stato acquistato dalla "Società edificatrice di case per operai, bagni e lavatoi pubblici". Questa società era stata fondata il 9 febbraio 1862 per iniziativa di un gruppo di benemeriti cittadini capitanati dall'allora sindaco di Milano e senatore del regno Antonio Berretta[41], e prendeva ispirazione da analoghi movimenti sorti in Inghilterra e in America per il risanamento delle case operaie.

Il fine di questa società per azioni era fornire alloggi piccoli e in buone condizioni igieniche a basso prezzo. Nella relazione annuale del Consiglio dell'adunanza dei soci dell'anno 1863 troviamo ben esplicitati questi obbiettivi:

> Ottenere condizioni tali d'aria e di luce che rendano sana l'abitazione; dare sede separata ed indipendente ad ogni famiglia escludendo in via di massima il disimpegno delle logge esterne ed il sistema delle latrine comuni; infine non trascurare nessuno di quei dettagli tecnici che giovano in qualunque modo a creare e mantenere nell'operaio le abitudini di pulitezza e di moralità.

Tutte queste misure sarebbero servite come "mezzo efficacissimo ad educare una generazione robusta e costumata, principal voto e scopo nostro"[42]. Il gruppo di case costruite nel 1868 sopra un terreno ottenuto in dono dal Comune di Milano tra le vie Moscova, San Fermo, Montebello e San Marco, era uno dei più conosciuti e costituisce un ottimo esempio del progetto che avevano in mente i benefattori della Società; il complesso di edifici era composto da dieci case, ognuna con una scala che conduceva ai 4 piani superiori, ciascuno dotato di 5 stanze generalmente suddivise in 2 appartamentini. Gli oltre 2000 inquilini dello stabile avevano diritto d'accesso a

41) Vedi *Corriere della Sera*, 2 novembre 1928.

42) *Ibidem*.

un lavatoio e a un asilo[43]. Tutto era stato costruito in maniera conforme agli obbiettivi morali ed eugenetici della Società.

Complice la crisi degli alloggi che stava colpendo la Milano degli inizi del secolo, dopo quasi 40 anni di inattività gli azionisti della società guidati dal presidente Onorevole senatore Carlo Prinetti avevano deciso di procedere con un nuovo e grande investimento, di sicuro sostenuto e appoggiato dal *Corriere della Sera* che ne parlava in termini fortemente positivi[44], forse perché i padroni del giornale possedevano delle azioni della Società, o forse perché il direttore Albertini preferiva questa iniziativa un po' paternalistica e totalmente interna alla legalità alle avventure potenzialmente rivoluzionarie dei Socialisti, contro cui la redazione si era già fortemente scagliata durante i moti del 1898[45].

Agli inizi del '900 il reticolo di vie che oggi segnano la zona oltre via San Gregorio esisteva a malapena nella mente dei progettisti: solo nel giugno del 1902 si decise ufficialmente il prolungamento di via Settala e la creazione di via Scarlatti[46]. La Società edificatrice di case per operai aveva deciso di sfruttare completamente il grande spazio di 12000 metri quadri che possedeva nella zona e aveva progettato la costruzione di un complesso di edifici che alla fine si sarebbero affacciati proprio sulle future Via Scarlatti, via Benedetto Marcello e via Petrella.

L'edificio di via Scarlatti 20 era destinato a sorgere proprio al termine di via Settala. La sua grande facciata in mattoni un

43) Vedi *Corriere della Sera*, 16 settembre 1901.

44) Addirittura in un articolo del 29 marzo 1902 il *Corriere* giunse a sostenere che aveva dedicato molti articoli a questa società con lo scopo di indure la società stessa a riprendere vita attiva, cioè a far sorgere nuove abitazioni civili ed economiche.

45) Di sicuro l'investimento avrebbe portato anche a dei vantaggi economici: solo l'edificio di via Scarlatti era suddiviso in 500 locali che nel 1908 si affittavano a 100, 115 e 120 lire. La Società edificatrice riscuoteva ogni anno dagli affitti di tutte le sue proprietà 138.550 lire, per un guadagno netto degli azionisti di 19.680 lire. Vedi *Corriere della Sera*, 26 febbraio 1908.

46) Vedi *Corriere della Sera*, 29 giugno 1902.

tempo scuri per l'inquinamento del riscaldamento a carbone, intervallata da diverse fasce ornamentali color avorio che separano nettamente i diversi piani dell'edificio e in particolar modo il terzo e il quarto, sembra quasi una sorta di sfondo teatrale fatto apposta per chiudere maestosamente il lungo percorso di via Settala. Nel 1926 chi usciva dal sottopasso della ferrovia in viale Tunisia doveva vederlo in lontananza, quasi come una sorta di miraggio, soprattutto nei giorni di nebbia sottile o quando il sole volgeva al tramonto e riversava la sua ultima luce arancione sui mattoni della facciata.

L'edificio fu il primo a essere completato il 7 aprile del 1904[47], una cattedrale color arancio immersa nei cantieri e piazzata in un'area che odorava ancora di campagna. La zona infatti non era ancora del tutto urbanizzata e nascondeva sotto l'erba fertile un segreto terribile: sotto terra giacevano ancora a migliaia gli scheletri dei morti di peste, e i manovali che scavarono per costruire le fondamenta degli edifici trovavano ossa praticamente ovunque[48]. Ancora oggi agli operai del gas o della luce capita a volte di smuovere un po' di terriccio e di incrociare lo sguardo con uno scheletro di un uomo morto quasi 400 anni prima[49].

In superficie scorrevano invece diversi piccoli corsi d'acqua: il fontanile Freddo e il Cavo Melzi, che passavano (e passano ancora oggi!) proprio sotto le fondamenta dell'edificio di via Scarlatti 20, e poco lontano da lì, nel luogo dove sarebbe sorto in seguito il civico di Via Settala 59, la roggia Gerenza-

47) In questa data venne rilasciata la licenza di abilità in seguito alla terza visita da parte della Giunta municipale e il colludo edilizio avvenuto in data 15 marzo 1904. L'informazione proviene dal fascicolo dedicato allo stabile di via Scarlatti 20 all'interno dell'Archivio ornati del comune di Milano.

48) Testimone di questo evento è ancora una volta l'anonimo operaio che aveva contribuito a costruire gli edifici della zona e che mia madre conobbe da bambina negli anni '50.

49) Vedi *Corriere della Sera*, 28 maggio 2014, e Milano today, edizione online del 28 maggio 2014.

na, il lungo corso d'acqua che prendeva origine dal Seveso e che è oggi quasi del tutto interrato: le sue acque irrigavano allora i campi della zona e nei pressi di Porta Venezia andavano ad alimentare le piscine dell'Hotel Diana. Quest'ultimo corso d'acqua venne coperto solo nel 1905[50] e sempre in questa data vennero sistemati anche i primi 4 lampioni a gas tra via Scarlatti e via Benedetto Marcello[51].

Nei dintorni non c'era molto altro: in fondo al luogo dove sarebbe dovuta sorgere via Scarlatti, verso ovest, si apriva già piazza Andrea Doria, solo che l'odierna Stazione Centrale non esisteva ancora e al suo posto sorgeva il trotter di Milano, dove tra una corsa di cavalli e l'altra disputò le sue prime partite il Milan[52].

---

50) Vedi *Corriere della Sera*, 6 marzo 1905.

51) Vedi *Corriere della Sera*, 11 marzo 1905.

52) La presenza del trotter giustificava la presenza al numero 22 di via Scarlatti una grande scuderia di proprietà del cavalier Enea Gallina. La scuderia prese fuoco il 21 ottobre del 1912: "Al numero 22 della via Scarlatti, fuori di porta Venezia, sorge un caseggiato di cui è proprietario il cav. Enea Gallina che tiene allevamenti di cavalli da corsa ed è persona assai nota nel mondo sportivo. il caseggiato è composto di vari reparti ed occupa una vasta area di terreno. Sul fronte è un palazzo a due piani abitato dal cav. Gallina e da altre famiglie. Nell'interno, l'ala a sinistra del cortile è costituita da un fabbricato ad undici campate e nel quale sono raccolte le scuderie oltre alle rimesse ed i fienili. Un altro fabbricato corre parallelo alla facciata, in fondo al cortile, ed ivi si trovano il maneggio, gli uffici di amministrazione e delle abitazioni pel personale addetto all'azienda. Nelle scuderie si trovano attualmente 44 cavalli, di cui sei al primo piano al quale i cavalli accedono per mezzo di una salita. Ieri sera, poco dopo le 23, alcune persone transitando per via Scarlatti videro delle lingue di fuoco e del fumo uscire dal tetto delle scuderie. «Al fuoco! al fuoco!» fu il grido di allarme che destò di soprassalto gli inquilini del caseggiato. In un attimo tutti furono in piedi. E subito tal Anacleto Marangoni telefonò ai pompieri. Mentre questi partivano dalla caserma di via Ansperto, si provvide a mettere in salvo i cavalli, perché il fuoco era scoppiato nel centro delle scuderie ed andava allargandosi con una rapidità impressionante. I locali si andavano riempiendo di fumo nel quale linguеggiavano minacciose le fiamme. Il fieno era stato facile preda del fuoco che lo divorava a vista d'occhio. I cavalli, spaventati, nitrivano e scalpitavano incessantemente. Appena spalancate le porte delle scuderie, due cavalli da corsa che non era-

Insomma, via Scarlatti 20 era ai limiti della campagna, ma l'esigenza di abitazioni era veramente ingente e le famiglie dei manovali accorsero da ogni parte della città per avere un appartamento in affitto: il 1 luglio del 1904 tutti i 175 locali disponibili risultavano infatti occupati da ben 420 persone, tutti operai. Questi locali erano in gran parte piccoli appartamenti di appena una o due stanze[53] e si prevedeva che una volta terminato il progetto il complesso di edifici avrebbe ospitato circa duemila persone, praticamente la popolazione di un paesino. Nonostante il sovraffollamento dell'edificio e le piccole dimensioni degli appartamenti, destinati a essere abitati da famiglie anche molto numerose, lo stabile sembrava rispondere a tutti i requisiti necessari per essere considerato moderno e all'avanguardia, proprio come volevano gli statuti della Società edificatrice. Come scrive il *Corriere della Sera* del 22 marzo 1904:

> Ciò che è veramente encomiabile è la luce che regna in ogni ambiente, l'abbondanza dell'acqua potabile ad ogni piano, la modernità delle latrine, la vastità delle scale, degli anditi e

---

no legati alla cavezza, uscirono fulmineamente nel cortile ed infilarono il portone di strada senza che potessero fermarli. Nella via continuarono la loro corsa, inseguiti da parecchie persone. In una strada vicina li affrontò coraggiosamente, riuscendo a fermarli, certo Giovanni Annuiti, dimorante in via Scarlatti, 20. Gli altri cavalli, fatti uscire dalle stalle, furono raccolti nella strada. Intanto giunsero sul posto i pompieri al comando dell'ing. De Stefani. Essi misero in azione due autopompe ed una pompa a vapore concentrando da prima il massimo sforzo sui fianchi del fabbricato invaso dal fuoco, in modo da impedire che questo si propagasse ai fabbricati vicini. Isolato l'incendio e scomparso così il pericolo maggiore, i getti potenti delle pompe riuscirono poi a domarlo completamente. Qualche tonfo risuonava di tratto in tratto: era il tetto che sprofondava in alcune sue parti. Lo spettacolo dell'incendio richiamò in via Scarlatti una folla numerosa, tenuta in lontananza dal caseggiato in fiamme da guardie, carabinieri e vigili agli ordini del commissario cav. Patella, del capitano Luparia e del delegato municipale Resta. I danni sono abbastanza rilevanti. Andarono completamente distrutti 200 quintali di fieno. Non si conoscono con precisione le cause dell'incendio." Vedi *Corriere della Sera*, 21 ottobre 1912.

53) In tutto il condominio solo 4 appartamenti erano composte da tre stanze. Vedi *Corriere della Sera*, 22 marzo 1904.

dei ballatoi. Tutto è costruito con una grande preoccupazione dell'igiene e col proposito di mantenere la più scrupolosa pulizia. Un lavatoio è a disposizione degli inquilini.

Il prezzo di un appartamento era piuttosto contenuto e ondeggiava tra le 100 e le 120 lire, una cifra tanto conveniente che ben 300 famiglie avevano fatto subito richiesta per ottenere un locale, ma se ne poterono accontentare solo 102. I loro commenti riportati dall'articolo del *Corriere* del 22 marzo sono estremamente positivi:

> Abbiamo voluto interrogare alcune di queste [famiglie] che si sono già stabilite e tutte si dissero felici della loro nuova dimora, così bella, ariosa, comoda e pulita, che in molti casi è venuta a sostituire l'antica con spesa inferiore. Ogni locale è infatti di una ampiezza e di una disposizione così razionale, che ognuno di essi è sempre utilizzabilissimo dalle famiglie che non possono averne più di uno.

Il giornalista del *Corriere della Sera* che riporta queste informazioni ci tiene a precisare che il contegno degli inquilini è ottimo, esemplare. Non si verificano inconvenienti di qualsiasi genere[54]. Sarà vero? Forse sì, ma come a smentire questa

54) Vedi *Corriere della Sera*, 1 luglio 1904. "L'altro giorno ha avuto luogo l'assemblea generale annuale della Società edificatrice di case per operai, bagni e lavatoi pubblici. Il resoconto morale e quello finanziario vennero approvati ad unanimità, ma la seduta fu interessante specialmente per le informazioni date dai Consiglio direttivo sullo sviluppo del nuovo quartiere fuori porta Venezia. Come è noto, la Società edificatrice acquistò un appezzamento a rettangolo di circa 12,000 metri quadrati nella detta località, tutto circondato da strade e cioè delle vie Benedetto Marcello, Scarlatti, Settembrini e Petrella. Furono già costruiti sulla detta area verso via Scarlatti due corpi di caseggiati per abitazioni operaie di 175 locali, tutti occupati sino dal 29 marzo scorso da ben 420 persone con grande soddisfazione degli inquilini, tutti operai, per la spaziosità degli ambienti, per l'igiene del fabbricato e la comodità dei moderni servizi. Anche gli affitti sono modesti. Nell'assemblea del 23 corrente la Società edificatrice approvò, su proposta del Consiglio, di assumere un nuovo mutuo ipotecario di L. 350,000 dalla Cassa di Risparmio per continuare la costruzione delle case operaie sulla detta area e precisamente in fregio alle vie

Figura 14. La facciata dell'edificio di via Scarlatti 20 in una foto di proprietà dell'autore risalente al 1952.

affermazione, appena 25 giorni dopo lo stesso giornale si vide costretto a segnalare come uno degli inquilini dello stabile, tal Romeo Rotondi, aveva preso a bastonate e a colpi di forbice l'amico Giuseppe Roncalli, colpevole di non voler pagare il conto di un lattaio[55]. Pochi anni dopo, nel 1906, un altro residente dell'edificio, Luigi Canzi, si beccò una bottigliata in faccia durante una rissa in un'osteria della via[56].

Di sicuro la zona era abbastanza movimentata: fino al 1908 la linea daziaria correva in maniera ambigua proprio nei pressi di via Scarlatti, passando spesso virtualmente all'interno dei cortili dei palazzi. Succedeva così che ci fossero due palazzi con il cortile in comune ma che si trovavano divisi dal confine e proprio per questo motivo si verificavano di frequente degli episodi di contrabbando, senza che i doganieri potessero fare più di tanto, dal momento che non potevano pattugliare di continuo i cortili interni dei palazzi[57].

Poco distante dal complesso di edifici costruiti dalla Società edificatrice, all'angolo tra via Scarlatti e via Macchi, nelle vicinanze del Trotter, la scarsità di illuminazione pubblica e la scarsità di passanti attraeva i ladri che penetravano negli edifici

---

Scarlatti, Benedetto Marcello, Petrella. Saranno altre 164 stanze e più, costruite collo stesso sistema, che la Società potrà mettere a disposizione della classe operaia per il 29 settembre 1905. E compiuta quest'ala di fabbricati, la Società non intende di arrestarsi, ma di continuare le costruzioni sino a dare esecuzione all'intero progetto che complessivamente consiste di circa 800 locali abitabili e che darà alloggio ad una popolazione operaia di oltre duemila persone. Al pari che nel quartiere di via San Fermo, anche nel nuovo, limitato ora alla via Scarlatti, il contegno degli inquilini è ottimo, esemplare. Non si verificano inconvenienti di qualsiasi genere e la enorme affluenza di domande di alloggio dimostra ingrandissimo bisogno di abitazioni operaie, specie di una e due stanze ed il gradimento che incontrano i sistemi adottati dalla Società edificatrice.

55) Vedi *Corriere della Sera*, 26 luglio 1904.

56) Vedi *Corriere della Sera*, 16 luglio 1906.

57) Vedi *Corriere della Sera*, 24 ottobre 1908. I palazzi in questione erano quelli via Tadino 48-50, Via Benedetto Marcello 30-32, Via Scarlatti 3.

di notte per svaligiare gli appartamenti[58]. Inoltre nei negozi che si aprivano nel tratto di via limitrofo a via Benedetto Marcello avvenivano a volte episodi che superavano chiaramente il limite della legalità: nel 1916 nella bottiglieria di Luigi Vimercati, sita proprio al numero 20 di via Scarlatti, diversi pregiudicati si erano messi a contrabbandare delle sbarre e dei rottami di rame e di bronzo trafugati da una guardia notturna nella carrozzeria del signor Enrico Ferraguti. La complicità del padrone del locale viene chiaramente confermata dal suo arresto per ricettazione dolosa[59]. Pochi anni dopo, in un'altra bottiglieria di proprietà di Battista Forti e sita nel palazzo di via Scarlatti 21, si giocava saltuariamente d'azzardo[60].

Insomma, quando la famiglia di mia madre venne ad abitare negli anni '30 nella parte terminale di via Settala, il palazzo aveva una brutta fama: gli interni del palazzo avevano un ché di tortuoso e labirintico e si diceva che più volte i ladri inseguiti dalla polizia si fossero rifugiati al suo interno per far perdere le proprie tracce. La gente della zona aveva chiamato lo stabile "lo stretto di Macallé", in onore di una località dell'Etiopia in cui era avvenuto un assedio delle truppe italiane durante la disastrosa campagna di guerra del 1896. Questo soprannome aveva un ché di esotico e caotico, ricordava molto da vicino quel termine "Cairo" che nel milanese veniva usato per indicare gli edifici fatiscenti abitati da un gran numero di poveri. Effettivamente l'edificio aveva tutte le carte in regola per essere indicato dai giornali col solito termine dispregiativo di "alveare umano", e in effetti nel raccontare le indagini che venivano

58) Vedi *Corriere della Sera*, 26 dicembre 1921.

59) Vedi *Corriere della Sera*, 28 marzo 1916.

60) Vedi *Corriere della Sera*, 3 febbraio 1922. Il giudice alla fine assolse i signori Aleardo Strapparava, Pietro Pospi e Lodovico Lanfranconi dall'accusa, ma solo perché non si poteva dimostrare che i tre stessero giocando a "Macao", e non a "Poker" come sostenevano gli imputati. Il primo infatti era considerato un giuoco d'azzardo, mentre il secondo era consentito da una legge che possiamo considerare ben strana, ma che era comunque legge!

svolte sul conto del Guidoni il palazzo sarebbe stato descritto in questo modo da quasi tutti i quotidiani, persino da quel *Corriere della Sera* che al momento della costruzione della casa ne aveva parlato in termini tanto elogiativi. Ma bisogna dire che la maggior parte degli abitanti dell'enorme edificio erano persone oneste, lavoratori sicuramente non benestanti, ma che vivevano con dignità la loro condizione umile. Gli interni della casa di ringhiera saranno anche stati caotici e confusi come quelli di un alveare, ma le api sono tradizionalmente considerate simbolo di operosità.

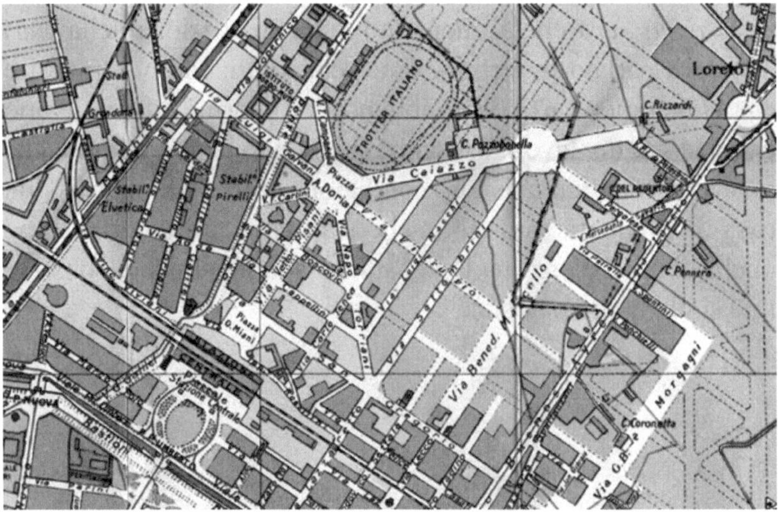

Figura 15. Mappa di Milano risalente al 1904. Da notare come in questa data l'area oltre la chiesa di San Gregorio fosse ancora occupata dai campi. Via Scarlatti non era ancora prevista dal piano regolatore. Si vede ancora bene la roggia che oggi passa sotto al numero 59 di via Settala.

Figura 16. In questa mappa del 1906 si possono notare molti dei nuovi edifici costruiti nell'area interessata. Tra questi si trova anche lo stabile di via Scarlatti 20.

Fece la prova
di una scatola di Pillole Pink

Se ne trovò tanto bene che volle continuare la cura

L'ammalata è guarita

Così dovrebbero fare gli ammalati che non hanno ottenuto soddisfazione con le cure seguite. Facciano una prova delle Pillole Pink. L'acquisto di una scatola non è una spesa così grave e siamo persuasi che il miglioramento provato inciterà i malati a continuare l'uso delle Pillole Pink e la guarigione sarà ottenuta rapidamente

Il signor Gardoni Giuseppe, legatore di libri, Via Scarlatti, 20, Milano, scrive:

«Da vario tempo mia moglie Nerina non stava bene. Essa era anemica. Si doleva di dolori al capo, di oscuramenti della vista, di vertigini, di palpitazioni di cuore. Non poteva azzardarsi a traversare le strade percorse dalle vetture ed i tramways, perchè temeva di cadere. Mia moglie ha seguito parecchie cure ricostituenti senza ottenere nessun miglioramento.

Finalmente, le si consigliarono le Pillole Pink, Gli insuccessi precedenti avevano scoraggiato mia moglie ed ella non voleva più ascoltare nessun consiglio. Riuscii a convincerla di fare la prova di una scatola, ed ella accettò. Ma in seguito all'uso di questa scatola di Pillole Pink mia moglie provò un miglioramento così sensibile che volle lei stessa continuare la cura ed ha ottenuto una guarigione completa. Ora mia moglie sta bene, mangia con appetito, fa lunghe passeggiate, senza essere preoccupata dalle vertigini».

Le Pillole Pink sono in vendita in tutte le farmacie ed al deposito A. Merenda, 6, Via Ariosto, Milano, lire 3.50 la scatola, lire 18 le sei scatole franco.

Figura 17. Una vecchia pubblicità che vede come protagonisti gli abitanti di via Scarlatti 20 (da *Il giornale di Udine*, 17 giugno 1914)

Figura 18. Una nuova pubblicità tratta da *Il giornale di Udine* dell'8 novembre 1916.

Figura 19. Il funerale di Nicola D'Amelio, bisnonno dell'autore (1948).
In fondo alla via si scorge l'edificio di via Scarlatti 20 (Foto di proprietà dell'autore).

CAPITOLO XV
L'ARRESTO DEL VECCHIO

Sulla faccia di un uomo abbandonato allo suo stato naturale delle sensazioni si può facilmente conoscere la serenità della innocenza, ovvero il turbamento del rimorso. La placida sicurezza, la voce tranquilla, la facilità di sciogliere le obbiezioni nell'esame possono far ravvisare talvolta l'uomo innocente; e così il cupo turbamento, il tono alterato della voce, la stravaganza, l'inviluppo delle risposte possono dar sospetto alla reità.

Pietro Verri, *Osservazioni sulla tortura.*

Soddisfatta delle sue indagini, la Moretto decise di prendere carta e penna e scrivere una lettera anonima al commissariato Venezia/Garibaldi di via Schiapparelli. Ma le sue parole non vennero evidentemente prese in nessuna considerazione. Fu così che a un anno dalla scomparsa di Michelino la donna prese coraggio e decise di recarsi personalmente al commissariato di via Settembrini per raccontare quello che aveva scoperto. Durante l'interrogatorio la Moretto riuscì però a fornire solo elementi ritenuti troppo scarsi e imprecisi: la polizia fece qualche indagine sul conto del Guidoni, ritenne impossibile che il vecchio potesse essersi reso responsabile di un simile delitto e decise di lasciar cadere le indagini. La donna comprese allora che quanto aveva visto non interessava alle forze dell'ordine e che forse era meglio lasciar perdere. Non è chiaro se nei mesi successivi la signora Moretto abbia scritto o meno un'altra lettera anonima al commissariato di Porta Vittoria: questa informazione viene riportata solo da *L'Ambrosiano* che si limita a spiegarci come per questa missiva fosse stata velocemente aperta un'indagine che venne poi archiviata ancor più velocemente.

Va riconosciuta una forte dose di ostinazione da parte della Moretto, ma anche le persone più decise si arrendono quando vedono fallire tutti i loro tentativi. Probabilmente anche Adelia si stava dimenticando di quel bambino scomparso, presa com'era dalla sua vita quotidiana e dalle mille faccende di ogni giorno. Ma il 4 marzo del '28 il *Corriere della Sera* pubblicò l'articolo dedicato alle visioni spiritiche della signora Lopez e la Moretto venne nuovamente colta dal senso di colpa e si chiese se avesse veramente fatto tutto il possibile perché la sua testimonianza venisse ascoltata. Allora prese carta e penna e scrisse una nuova lettera anonima al questore Silvestri, ripetendo di nuovo tutti i suoi sospetti. Questa volta le sue parole non rimasero del tutto inascoltate: il commissariato Vittoria in via Curtatone venne infatti incaricato di fare delle indagini sul conto di Giuseppe Guidoni. Nel marzo del '28 il vecchio venne arrestato, lungamente interrogato e tenuto per un'intera notte in guardina. Ma il Guidoni continuò a negare con ostinazione e tranquillità ogni addebito e i suoi vicini di casa giurarono e spergiurarono sulla sua onestà, insomma, quell'uomo non poteva essere tenuto oltre in carcere per una denuncia anonima, soprattutto dopo tutti quei falsi avvistamenti e quelle false denunce che si erano succedute l'una all'altra negli ultimi due anni, senza che si fosse mai arrivati a scoprire il bandolo della matassa!

Il Guidoni venne subito rimandato a casa. Qui l'uomo sembrava turbato e parlando con le vicine di casa, le signore Zelinda Losi e Bravi, mostrò di non sapersi dar pace per quello che era successo. Ma se il Guidoni non riusciva a star calmo, anche l'animo della Moretto non era molto più tranquillo: visto che la polizia non sembrava aver voglia di ascoltare ulteriormente la sua testimonianza, la donna decise di scrivere una lettera al signor Vito Verga nella speranza di ottenere per suo tramite delle indagini più approfondite. E visto che non si voleva dar retta alle lettere anonime, questa volta avrebbe messo in calce allo scritto il suo nome e il suo cognome! Quella della Moretto non fu una mossa sbagliata: alcuni giorni dopo il calzolaio si recò insieme al giornalista del *Corriere della Sera* Calcagno presso l'ufficio del commissario De Martino e le parole dei due uomini furono così convincenti che il due aprile il Guidoni venne arrestato una seconda volta. Finire di nuovo al cospetto della polizia tolse al vecchio tutta la sicurezza ostentata in precedenza, e quando gli investigatori gli chiesero nuovamente di precisare come e dove avesse passato la sera del primo gennaio del 1926 e gli vennero precisati i sospetti che gravavano sulle sue spalle, il Guidoni titubò, tremò, si impappinò, ma negò ancora una volta ogni addebito. Negò ancora per quattro giorni, dando alla sua mancanza di memoria la colpa di eventuali inesattezze. Tutto rimase uguale fino al venerdì successivo, quando il vecchio venne di nuovo portato dalle guardine al cospetto dei funzionari e gli venne detto senza indugi:

– È inutile che tu continui a negare. Ci son persone che ti hanno visto in strada col bambino, che ti ravvisano e che son pronte a riconoscerti. Tra poco saranno qui e tu sarai sbugiardato!

Il vecchio rimase scosso come se fosse stato colpito da un colpo di fulmine, in un attimo sembrava aver smarrito tutte le risorse nervose che aveva usato fino a quel momento per simulare tranquillità e indifferenza. Si accasciò su una sedia e mormorò:

– Confesserò tutto...

Con molta lucidità il Guidoni affermò che la sera del primo gennaio si era trovato per ragioni di servizio presso la chiesa di San Luigi alla Gamboloita, quando da un'osteria vide uscire un piccino che, fatti pochi passi, nella semi-oscurità della via, cominciò a procedere titubante, come se non fosse sicuro della sua meta. Allora il vecchio gli si avvicinò, lo prese per mano, e fece in modo che lo seguisse per le buie strade di Milano.

– Aveva l'aria di essere solo e smarrito - ha aggiunto il Guidoni – E pensai di portarlo a casa con me.

– A che scopo?

– Nessuno scopo malefico, ma soltanto per non lasciare in strada una così tenera creatura...

Dopo queste prime dichiarazioni il vecchio sembrò rinfrancarsi e ritrovare la forza di ingarbugliare la matassa. Subito aggiunse che arrivati a piedi nei paraggi di casa sua, il bambino aveva cominciato a piangere e a pretendere di ritornare indietro. Le sue lacrime attrassero l'attenzione di alcuni passanti e tutt'intorno al vecchio e al bambino si formò un capannello.

– Dovetti spiegare ai passanti che mi interrogavano che si trattava di un bambino sperduto, trovato da me per caso. Qualcuno, mi pare una signora, mi invitò a consegnarglielo. Per non aver noie obbedii e me ne andai per i fatti miei. Da quel momento non seppi più nulla del piccino.

Il vecchio ammise poi che nel timore di passare qualche grosso guaio aveva sempre taciuto la verità, persino quando era stato arrestato un mese prima.

Dalla prima confessione non si riuscì a ottenere molto di più. A prima vista l'ammissione di colpevolezza del vecchio sembrava essere lampante e indubitabile, ma a ben guardare si poteva legittimamente sospettare che l'uomo avesse confessato solo per sottrarsi alle pressioni a cui era stato sottoposto durante gli interrogatori. Non a caso questo dubbio continuò ad agire sottotraccia fino all'esito del processo, alimentando i sospetti degli innocentisti. Inoltre, anche se autentico, il racconto del vecchio non svelava che in parte il mistero relativo alla scomparsa di Michelino. I numerosi interrogatori avvenuti nei giorni successivi ebbero tutti lo stesso esito: giunti al momento in cui il vecchio e il bambino arrivavano in via Benedetto Marcello e venivano fermati da alcuni passanti, il Guidoni sembrava trincerarsi dietro una meditata reticenza, fino a invocare la presenza di un avvocato davanti a cui avrebbe fatto una più ampia confessione. Un altro dettaglio era poco chiaro: come mai il vecchio dopo essere entrato in via Tadino, era tornato indietro per recarsi in direzione di via Benedetto Marcello? Il *Corriere della Sera* ipotizzò che il Guidoni si fosse semplicemente accorto che era ancora aperta l'osteria che era solito frequentare e dove in seguito sarebbe stato seguito dalla Moretto, e per evitare di farsi vedere in atteggiamenti equivoci da qualche conoscente, aveva deciso semplicemente di cambiare strada e tornare indietro.

C'erano inoltre diversi particolari che sembravano confermare i sospetti: il bambino era scomparso intorno alle 17 e un quarto presso lo scalo di Porta Romana. La signora Moretto aveva visto il vecchio comparire in via Vitruvio tra le sei un quarto e le sei e mezzo, un tempo che il *Corriere* ritenne più che sufficiente per fare la strada non breve che separava i due luoghi. Inoltre nel Capodanno del 1926 uno dei due coinquilini del Guidoni, un manovale lavorante nei paraggi e abitante fuori Milano, era tornato a casa per trascorrere le feste in famiglia. Anche il secondo coinquilino, Francesco Torrazzo, sostenne che all'inizio del 1926 era stato per alcuni giorni dai suoi genitori a Vercelli, lasciando il vecchio libero di compiere quello che voleva nell'abitazione ormai deserta. Quando gli venne chiesto un parere sulla questione, l'uomo affermò che il Guidoni era lucido di mente e se aveva confessato certe cose, lo aveva fatto in piena coscienza. L'uomo sostenne inoltre che pochi giorni dopo quel maledetto Capodanno del '26, era misteriosamente apparso in casa un cappello da bambino poi scomparso nel nulla, ma questa informazione, che abbiamo trovato solo in una lettera del questore e in un articolo del Popolo d'Italia, non venne più riportata altrove, segno che forse venne ritenuta come non attendibile dagli investigatori.

Sempre in quei giorni venne anche interrogato un cognato

del vecchio, un tal Luigi Cavenaghi, di 72 anni. L'uomo aveva convissuto con lui fino al giugno del 1925, quando era stato ricoverato nell'ospizio della Senavra. Interrogato sulla questione, il vecchio parlò a lungo delle abitudini libertine del Guidoni, coltivate fino a tarda età. Il vecchio era solito adescare giovanissime creature e condurle a casa sua e questo passatempo a dir poco discutibile aveva prodotto scene di clamorosa indignazione da parte dei vicini e dello stesso Cavenaghi, che si era frequentemente lamentato della cosa con violenza. Da altre fonti non meglio precisate, i giornali vennero inoltre a sapere che negli ultimi tempi la salute mentale del Guidoni era andata incontro a un netto peggioramento: alcuni anni prima era stato affetto da una febbre tifosa, che gli aveva lasciato come strascico un certo squilibrio mentale, accresciuto dall'abuso dell'alcool; tutti particolari che potevano sicuramente spingere il Guidoni sulla via del crimine!

La casa del Guidoni venne scrupolosamente perquisita, in particolar modo la camera da letto e il solaio, ma in un primo momento gli investigatori non trovarono nulla di notevole tra i mucchi di carbone e gli stracci di cui il solaio era ingombro. La polizia riuscì solo a stabilire che un mese dopo la scomparsa del bambino, il Guidoni si era disfatto di una stufa per procurarsene una di più piccole dimensioni. Il cambiamento era avvenuto durante un'assenza del Torrazzo, a cui il vecchio avrebbe poi spiegato che la vecchia stufa era troppo grande e consumava troppo, e che quella nuova sarebbe bastata per riscaldarli.

CAPITOLO XVI
LA CONFESSIONE

"Ah!", egli gridò, "tu volevi dunque ingannarmi, brutta strega? Non so chi mi tenga dal fare un boc-cone anche di te. Buon per te, che sei vecchia e tigliosa! Ecco qui della selvaggina, che mi capita in buon punto per far trattamento a tre Orchi miei amici, che verranno da me in questi giorni."
E li tirò fuori di sotto il letto, uno dietro l'altro. Quei poveri bambini si buttarono in ginocchio, chiedendogli perdono, ma avevano da fare col più crudele di tutti gli Orchi, il quale, facendo finta di sentirne compassione, li mangiava di già cogli occhi prima del tempo, dicendo alla moglie che sarebbero stati una pietanza delicata, in specie se gli avesse accomodati con una buona salsa.
Andò a prendere un coltellaccio, e avvicinandosi a quei poveri figliuoli, lo affilava sopra una lunga pietra che egli teneva nella mano sinistra.

Tratto da *Puccettino*, traduzione in italiano fatta da Carlo Collodi della favola francese *Pollicino.*

Mentre la polizia e i giornali cercavano di scrutare la vita del Guidoni sbirciando da diverse prospettive, il vecchio rimaneva in cella, ma non da solo: seduto dietro alle sbarre con lui c'era Federico Belgeri, un piccolo topo di appartamenti che con la sua banda piuttosto numerosa si era resa responsabile di vari furti nel Varesotto. Svaligia una casa oggi, svaligia una casa domani, il Belgeri e la sua banda avevano cominciato a spingersi troppo in là con le proprie azioni criminali: dapprima un tentativo di furto sacrilego presso la chiesa di Sant'Antonio la Motta, poi a Varese, nella notte del 28 marzo, due uomini appartenenti alla sua banda circondarono e stordirono con un colpo in testa il macellaio sessantenne Luigi Chierichetti, a cui sottrassero pure un orologio d'oro con la catenella. L'atto eccessivamente violento aveva attratto l'attenzione della Pubblica Sicurezza di Varese che si era subito messa sulle tracce dei responsabili di queste azioni criminose. Qualcuno aveva sentito su un treno due giovani che parlavano di quanto era successo alcuni giorni prima a Varese: era una traccia, e la squadra mobile di Varese fu molto abile a seguirla. Nell'arco di poco tempo vennero identificati tutti i membri della banda criminale, compreso il Belgeri che, senza sapere di essere pedinato, si era recato a Milano per vendere della merce rubata ad alcuni ricettatori: nel pomeriggio del 4 marzo venne arrestato dalla polizia insieme ad altri tre uomini in un'osteria di via Peschiera: nelle mani stringeva diversi soprammobili, delle statuette in bronzo e delle porcellane con le iniziali C.G.[61].

Ora il ladruncolo stava chiuso con il vecchio in una stanza buia e umida e si sa, nell'oscurità del cellulare è più facile diventare amici: nel timore per il proprio futuro ci si sente meglio a parlare di sé stessi e delle proprie colpe, forse cercando tra l'insofferenza e il disprezzo delle guardie un po' di comprensione e uno sguardo benevole da parte di chi spesso e volentieri ha i propri stessi problemi. Chissà cosa si agitava in quei giorni nella mente del Guidoni! Nell'ombra della cella si mise a parlare, lentamente, con il suo occhio pallido e spalancato. Se il Guidoni non fosse stato così assente, forse si sarebbe reso conto che il suo interlocutore stava diventando sempre più pallido, che non rispondeva se non deglutendo e infilandosi le dita tremanti nel colletto. Il Belgeri finse un sorriso nervoso, mise una mano sulla spalla del vecchio manifestando comprensione e benevolenza, ma alla prima occasione chiese di parlare con il Tomatis, lo stesso funzionario che l'aveva interrogato alcuni giorni prima. Il Belgeri era un ladro, ma non aveva mai ucciso

61) La notizia dell'arresto viene riportata in un articolo del *Corriere della Sera* del 6 aprile 1928 e La cronaca prealpina del 29 marzo, del 6 e 7 aprile 1928.

nessuno, non aveva nemmeno picchiato il Chierichetti, come avevano fatto quei violenti dei suoi compagni. E poi i bambini, i bambini non si toccano! Lui era diverso da quel vecchio, e poteva ottenere un po' di approvazione da quelle guardie così severe, bastava rivelare quello che aveva appena sentito! L'orrore! L'orrore!

Il capo della Squadra mobile Tomatis vide quel ladruncolo del Belgeri entrare con le spalle abbassate e la testa quasi incassata nel petto, sembrava triste e impaurito, ma il funzionario conosceva molto bene gli uomini e si accorse subito che una strana luce brillava nei suoi occhi. I colpevoli di un reato diventavano tutti frustrati e umili quando passavano nel suo ufficio: in quell'asettico ufficio perdevano le loro sicurezze, tutto quello che avevano fatto da uomini liberi veniva messo in discussione e il loro futuro diventava improvvisamente difficile da decifrare. Spesso piangevano, i più violenti si dibattevano e urlavano, a volte tentavano pure il suicidio. Il Belgeri invece sembrava incredibilmente sicuro in sé stesso, come se le sue parole avessero avuto il potere di modificare la situazione difficile in cui si trovava. Il Belgeri quasi sorrideva quando cominciò a parlare: "Signore… io avrei delle rivelazioni da fare… a carico di altro detenuto…"

Il Tomatis ascoltò sorpreso le parole del topo d'appartamenti e a un certo punto ci fu anche il rischio che un sorriso si aprisse nel suo volto. Le indagini sul caso Palermo stavano per giungere a una nuova svolta, se lo sentiva!

Era sabato 7 aprile. Le porte della cella si aprirono di nuovo e il Guidoni venne sottoposto a un nuovo interrogatorio alla presenza dei funzionari Di Martino, Tommasino e Tomatis. All'inizio il vecchio era riuscito a mantenere ancora una volta la calma, almeno fino a quando il racconto aveva riguardato solo il rapimento del bambino. Ma a un certo punto il capo della Squadra mobile Tomatis lo fisso con quello che era stato definito dai cronisti de *Il Secolo* come il suo caratteristico e abituale sorriso bonario e gli chiese:

– Caro Guidoni, perché hai dimenticato di dirmi una cosa importante? C'è gente che quella sera ti ha visto. Dove è andata a finire la stufa che avevi nella tua camera?

A questa interrogazione il vecchio che era seduto vicino al tavolo del funzionario sbarrò gli occhi e fu colto da un grave turbamento, la fronte rugosa gli si era imperlata di sudore. Rimase in questa condizione per qualche momento, immobile e con gli occhi sbarrati, come un uomo colpito improvvisamente da un ictus. Ma gli agenti non volevano che il vecchio restasse così ancora a lungo: il Tomatis gli si avvicinò con un sorriso da poliziotto buono e cominciò a chiedergli se ricordasse alcuni episodi della sua giovinezza. Gli occhi sbarrati del vecchio si raddolcirono un poco: pensò ai campi che si perdevano a vista d'occhio nelle campagne attorno a Vigentino, il paese dove era nato e in cui aveva passato i primi anni della sua vita. Si ricordava di quel sole estivo e caldo, così differente dalle stanze umide di quella prigione, si ricordò dei fossati pieni di acqua gorgogliante, del campanile di Chiaravalle, che svettava anche da lontano e scompariva dall'orizzonte solo quando la nebbia si levava dal terreno spaccato per avvolgere tutte le cose in un freddo abbraccio. Freddo, freddo come la morte che l'aveva accompagnato fin dalla sua giovane età, che l'aveva sempre voluto al suo fianco e lo inseguiva e lo tormentava come una brutta donna che ti vuole a tutti i costi per marito, ma tu sei misogino, la odi e vuoi solo starne lontano.

– Lo sa signore? Nel 1889 ho avuto una febbre tifoide alla testa. Sono stato ad un passo dalla morte, io… ma io non volevo...

Dalla nebbia dei suoi ricordi improvvisamente apparve ancora il bambino, il piccolo Michele. Sì, lo aveva incontrato in un giorno di venerdì, proprio così…

Il Tomatis comprese di avere ottenuto quello che voleva, ma

preferì lasciare andare momentaneamente il vecchio per evitare che si stancasse troppo. Lo fece ricondurre in cella, e qui il Guidoni si sarebbe trovato di fronte a un poliziotto che si fingeva un detenuto per estorcergli delle informazioni. Dell'esistenza di quest'uomo veniamo a sapere solo da *Il Secolo*, ma dagli articoli successivi sembra che a essere implicati nelle confessioni del vecchio ci fossero solo il Belgeri e un certo Berretta, entrambi autentici detenuti. Forse il ladro di Varese era ancora lì e fissava il Guidoni che tornava provato e barcollante nella cella. Il vecchio si sarebbe seduto al suo fianco e avrebbe detto un po' scoraggiato: "Ogni volta che parlo la mia posizione si aggrava! Sarebbe meglio che morissi!

Il Belgeri lo fissava in silenzio, incerto su cosa dire. Sorrise di nuovo, come per confortarlo, in realtà pensava semplicemente a quello che avrebbe potuto raccontare di nuovo al Tomatis…

Ricondotto in ufficio, il Guidoni trovò sul tavolo due foto di Michele, gettate un po' a casaccio tra le altre carte. Improvvisamente il Tomatis lo fissò piantandosi a un palmo dal volto del vecchio, e lasciando da parte il suo abituale sorriso bonario gli disse: "Lo riconosci?"

"Sì, è il piccino!" rispose il Guidoni con voce fioca, e subito traballò sulla seggiola dove l'avevano fatto sedere. Il Tomatis lo fissò ancora di più negli occhi, il sorriso bonario aveva ora un qualcosa di sovrannaturale, e non si capiva se il suo nuovo aspetto fosse angelico o demoniaco. Domande su domande su domande, un fiume di parole piovve sul Guidoni senza un attimo di pausa. E a un certo punto il vecchio rispose, parlò, parlò e parlò. Erano frasi mozze e interrotte, spesso in contraddizione tra loro, ma da queste parole i funzionari riuscirono a ricreare un quadro abbastanza impressionante di quanto sarebbe successo in quella notte di Capodanno del 1926…

Quella sera maledetta faceva freddo, il clima era umido, quell'umidità terribile che ti entra nelle vecchie ossa e ti fa dolere tutte le articolazioni. Fino alle 4 il vecchio aveva pulito le rotaie in corso XXVIII Ottobre, poi era andato con degli amici in un'osteria vicino alla Gamboloita. Il caldo del vino, ecco l'unica cosa che riusciva a tenerlo in piedi, a dargli la vita, a cacciare tutto quel freddo dalle ossa e dal fondo della sua anima! Il Guidoni uscì barcollante da quell'osteria un'ora dopo. Era da solo, gli amici erano rimasti a far baldoria, ma lui aveva bisogno di aria, oh quanto ne aveva bisogno! Giunse fino alla chiesa di San Luigi, alta e bianca nelle tenebre e nella nebbia lattuginosa, e lì, proprio in mezzo alla strada, vide un bambino che si aggirava solo come lui lungo la via.

Basta promettergli una caramella a quei piccoli bambini ingenui, e subito ti seguono ovunque tu li voglia portare. E infatti quel piccino lo seguì nella notte, camminando per strade immerse nella nebbia e nell'umidità, vuote e abbandonate per le feste. Ogni tanto il vecchio prendeva in braccio il piccolo fardello, ma la maggior parte del percorso lo fecero entrambi a piedi, tanto lui era ormai decrepito e il suo passo non era molto più veloce di quello del suo giovanissimo compagno di strada. Per quanto il bambino fosse scoppiato più volte a piangere, nessuna persona glielo aveva portato via, nemmeno quei passanti impiccioni che l'avevano fermato in via Benedetto Marcello: lui aveva risposto che quello era suo nipote e che era un viziato, e loro ci avevano creduto, piccoli sciocchi borghesucci! Oramai era a due passi da casa sua, presto sarebbe stato al sicuro con la sua preda! Ma c'era la portinaia, la Rovida! Non poteva farsi vedere con quel bambino, non da quella pettegola, tutti nella via sapevano che lui era scapolo, che non voleva avere niente a che fare con le donne, che non aveva mai avuto bambini e che non aveva nipotini da portare a spasso. Doveva nasconderlo, ma dove? Subito allargò il pastrano e lo richiuse intorno al bambino. Così nessuno lo avrebbe visto, ma se si fosse messo a urlare? Con la mano destra ravanò nelle tasche luride del suo pastrano e ne prese un fazzoletto che subito usò per tappare la bocca della piccola creatura. Non poteva fare rumori, solo così poteva passare inosservato!

La fortuna era dalla sua parte: la portinaia stava cucinando, e lui riuscì a sgusciare dentro il palazzo senza essere visto da nessuno. Nei cortili deserti echeggiava il rumore di un grammofono: da qualche parte c'era una festa! Meglio così, nessuno avrebbe badato a lui! Tutto sembrava andare per il verso giusto, persino il bambino aveva smesso di dibattersi, anche lui aveva capito che non c'era nulla da fare! Peccato che fosse così pesante e che c'erano le scale da fare! Un gradino seguiva l'altro, ogni gradino era un ansimo, ogni ansimo era un passo in più verso la sua meta!

Giunto nel suo appartamento il vecchio chiuse velocemente la porta alle sue spalle e depose il bambino sul letto. Il Guidoni era ubriaco, barcollava, il suo alito puzzava di alcool, eppure anche in queste condizioni alterate riuscì a comprendere che c'era qualcosa che non andava: il piccolo si era fatto terribilmente pallido e bluastro, e una volta poggiato sul letto era rimasto completamente immobile. Il vecchio provò a muovergli le braccia, lo schiaffeggiò: niente! La comprensione di quello che era successo si fece lentamente strada nel suo cervello tra un pensiero confuso e l'altro: il bambino doveva essere morto soffocato mentre lo portava in casa! Per un po' di tempo il Guidoni rimase immobile, senza capire se quello fosse solo un sogno o la realtà, ma non appena riuscì a comprendere pienamente la gravità del suo gesto, la sua mente venne riempita da una sola idea, macabra e terribile: nessuno l'aveva visto, nessuno sapeva chi fosse quel bambino, nessuno sapeva che lui l'aveva ucciso! Doveva disfarsi di quel cadavere, era piccolo, era facile da smaltire, doveva distruggerlo, e allora sarebbe stato proprio come se non avesse fatto nulla!

Solo il tempo di mettere insieme almeno una parte delle sue idee confuse, e subito il Guidoni aveva spogliato il cadaverino di Michele, poi afferrò i vestiti e li cosparse con del petrolio che aveva usato alcuni giorni prima per pulire i letti; quindi gettò quegli straccetti nella stufa dove scomparvero in un vortice di fiamme! Ce lo immaginiamo mentre fissava con lo sguardo vitreo la stufa, il volto rosso per il vino e per il calore su cui ballavano i riflessi del fuoco, il sudore che colava dalla fronte e scivolava sui lunghi baffoni. Da lontano provenivano i rumori della festa, il suono della musica rimbombava da un capo all'altro del cortile, un vento freddo filtrava a tratti dalle finestre sgangherate e accarezzava la sua pelle accaldata.

A un certo punto un grido più acuto emerse dal brusio soffuso della folla e subito il Guidoni drizzò le orecchie, risvegliandosi da quel torpore che lo aveva nuovamente preso. Distruggere i vestiti era stato solo l'inizio, il cadavere del bambino era ancora lì, nudo e pallido, e non sarebbe certo scomparso da solo. L'incubo non era finito, il vecchio doveva ancora lavorare, lui temeva il mondo, temeva la società, l'avrebbero semplicemente distrutto se avessero scoperto cosa aveva fatto! Ancora tremante il vecchio si alzò da terra e afferrò un paio di scodelle e un coltello che adoperava di solito per schiacciare il lardo. Sbuffando tra i denti si chinò sul cadavere di Michele e con un gesto incredibilmente rapido e preciso gli tagliò la gola, raccogliendo il sangue uscito copioso dalla ferita all'interno delle scodelle che teneva nella mano sinistra. Proprio come quando si uccide il maiale in campagna, e tutti i bambini si accalcano intorno al corpo della bestia per raccogliere il sangue con la coppa delle mani e berlo! Sì, il vecchio si ricordò che da piccolo aveva fatto anche lui così, gli sembrava di essere ancora in quei giorni lontani, con il sole che sbiancava l'aia nelle cascine intorno a Vigentino e la strada per Lodi che si perdeva tra i campi e i filari di alberi! I ricordi si mescolarono nella sua mente a quel presente gelido e come se non fosse passato un giorno da allora, come se il vecchio fosse ancora un bambino, il Guidoni accostò la bocca alla scodella e bevve una parte di quel sangue ancora caldo, assaporandone la consistenza e il sapore di ferro. Se ne riempì la bocca, ma la scodella era ancora piena, e un conato improvviso di vomito impedì al Beppe di andare oltre. Si asciugò i baffi sporchi di sangue e uscì barcollando sul pianerottolo, raggiunse un lavandino e versò quel contenuto nero e denso nello scarico.

Forse era il sangue appena bevuto, forse era il freddo dell'aria, comunque fosse il vecchio era finalmente riuscito a sgombrare la mente dall'annebbiamento del vino. Una volta rientrato in casa il Guidoni riprese in mano il coltello e si chinò nuovamente sul cadavere esangue. La sua mano era molto più ferma e decisa del solito, l'adrenalina dava energie alle sue membra malate, ma il Beppe era comunque vecchio, e quello non era un lavoro che era abituato a fare. La schiena gli cominciava a fare male, il braccio destro era rigido e dolorante, ma lui doveva andare avanti, quel corpo doveva scomparire, la sua colpa doveva svanire con lui, così il mondo non lo avrebbe punito. Bagnato di sudore e con le membra irrigidite per lo sforzo, Beppe si alzava da terra solo quando riusciva a staccare uno degli arti del piccolo Michele. Li prendeva uno a uno e li gettava nella stufa accesa, e poi fece lo stesso con tutte le altri parti del corpo. Un puzzo di carne bruciata acre e denso invase tutta la stanza. Il caldo era terribile, sembrava di stare all'inferno e il fuoco creava strane ombre sulla parete scrostate e dietro le suppellettili. Il Guidoni si sentì quel fumo nei polmoni, tossì e spalancò la finestra per fare entrare l'aria gelida. Sembrava di tornare a vivere! Il pensiero tornò subito al cadavere che stava bruciando nella stufa. E se quel fuoco non fosse stato sufficiente a consumare il cadavere? Con mano tremante il vecchio afferrò nuovamente il contenitore del petrolio e gettò altro combustibile nella stufa. Il fuoco divampò ancora più forte e la combustione fu così violenta che a un certo punto la stessa stufa si spaccò. Ci immaginiamo il Guidoni coprirsi gli occhi con l'avambraccio, e subito dopo rimanere con lo sguardo immobile e la bocca aperta, le orecchie spalancate nel timore che qualcuno avesse sentito il rumore della piccola esplosione. I rumori della festa erano rimasti quelli di prima, la gente continuava a ballare e a ridere ignara di quanto stava avvenendo al quarto piano. Poteva andare avanti così. Doveva andare avanti così!

Subito il Guidoni raccolse i resti semi-abbruciacchiati del bambino e li gettò nel camino ove provocò un'alta fiammata servendosi sempre del petrolio. Quando l'opera era completata la notte aveva da tempo superato il suo culmine: il vecchio raccolse le poche ossa e le ceneri che erano rimaste della sua vittima e uscì in silenzio sul ballatoio. Il cielo era ancora buio e freddo, ma c'era un qualcosa a oriente che faceva comprendere che quella lunga notte di inverno stava per finire e presto sarebbe sorto il mattino. Tutti i suoi vicini di casa dormivano nelle loro case, tutte le luci erano spente, ogni cosa era in silenzio. Il Guidoni giunse all'immondezzaio della casa, lo aprì e ne gettò dentro i miseri resti del bambino. Rifece due volte lo stesso tragitto per liberarsi di tutta la cenere che aveva in casa, poi tornò nel suo appartamento, afferrò il coltello usato per disfarsi del cadavere, lo pulì e lo nascose nel solaio, lontano dagli occhi di quell'impiccione del suo coinquilino. Ma quella non era l'unica prova del delitto che doveva far scomparire: osservando il panciotto di lana che aveva indossato in quella notte, il Guidoni si accorse che era sporco di sangue. Dopo aver tentato di mandare via la macchia col sapone, il vecchio tagliò il lembo macchiato e ricucì il panciotto grossolanamente.

Questo fu a larghe linee il contenuto della confessione, per quanto il racconto non era stato lineare come lo abbiamo riportato in maniera un po' romanzata. Le parole del Guidoni erano state confuse e smozzicate e più volte il vecchio era caduto in contraddizione: a esempio a un certo punto si era rimangiato quello che aveva sostenuto prima circa la morte del bambino, e affermò che Michele era giunto ancora vivo nel suo appartamento e solo in quel luogo l'avrebbe soffocato per errore nel tentativo di far tacere le sue grida. In quel momento ai poliziotti che lo fissavano attoniti non interessava più di tanto se quei piccoli dettagli divergevano tra loro, in un secondo momento sarebbero riusciti a mettere a posto ogni singolo aspetto di quella confessione e avrebbero ricostruito la verità, o almeno qualcosa che le assomigliasse. Quello che interessava al Tomatis e agli altri poliziotti lì presenti era che erano riusciti a risolvere un mistero che andava avanti da ben due anni. Il duce e il prefetto sarebbero stati fieri di loro!

In contrasto con l'atteggiamento trionfante degli agenti, lo sguardo del Guidoni era basso, il volto pallido e provato dal lungo interrogatorio.

> – Dal giorno del mio atroce delitto la mia coscienza non ebbe più un momento di tranquillità. I miei sonni erano sempre turbati da visioni paurose, mentre un sudore freddo mi obbligava a ricorrere a numerose coperte che però non riuscivano a riscaldarmi...

Queste furono le sue ultime parole. Il Tomatis, tornato bonario come sempre, gli diede da firmare il verbale e lo fece tornare in cella. Era sabato ed era tardi, ma i funzionari che avevano sentito quella allucinante confessione decisero comunque di convocare la signora Moretto per comunicarle quanto aveva detto loro il vecchio. Subito dopo si recarono in via Scarlatti per un nuovo sopralluogo: i poliziotti sequestrarono un coltello da cucina e un panciotto di lana privo di un pezzetto di tessuto e sporco di un qualcosa che poteva anche sembrare sangue.

Il mattino successivo la signora Moretto si recò a San Fedele, dove trovò il Cavalier Tomatis e il dottor De Martino. Il capo della squadra mobile la accolse con il solito sorriso bonario e si complimentò subito con lei per il contributo che aveva dato alla giustizia:

> "Il Guidoni ha pienamente confessato!"

Dopo quel primo sorriso, il Tomatis divenne più serio e

cominciò a raccontare a voce bassa quanto il vecchio aveva confessato il giorno prima. Nel sentire quelle parole, la signora Moretto si sentì quasi venir meno. Il commissario aggiunto De Martino lì vicino scoppiò a piangere.

"Pensi, signora, che sono padre anch'io!"

Ed era vero, il De Martino aveva diversi figli. Uno di questi, Lucia, era morta nel maggio dell'anno precedente. Quando se ne era andata via da questo mondo la bambina era poco più grande di quanto fosse Michelino al momento della scomparsa[62]: chissà se mentre piangeva il commissario aggiunto non stesse pensando proprio a lei! Più professionale, il Tomatis chiese allora alla signora se consentisse di essere messa a confronto con il vecchio. Ma la donna era troppo emozionata e non volle. Aggiunse inoltre che non aveva nessun dubbio sul fatto che l'arrestato fosse proprio il vecchio che aveva visto la sera di Capodanno, dall'alto di quella finestra che dava proprio su via Vitruvio.

Una volta uscita dal carcere, la Moretto si trovò davanti alcuni cronisti de *L'Ambrosiano*, a cui fece una relazione di quanto le era stato raccontato, concludendo in maniera un po' commossa:

> – È stata l'anima di mia madre a sorreggermi in questa tenace volontà di non lasciare impunito un sì orrendo delitto. Morendo ella mi disse: "tu che sei buona cerca di proteggere sempre l'infanzia". Come avrei voluto poter ridare viva la loro creatura ai poveri genitori del Palermo, anziché dover contribuire a distruggere anche la loro ultima speranza!

Nei giorni successivi vennero effettuate delle nuove perqui-

62) Vedi ASMi, Gabinetto di prefettura, primo versamento, 145, fascicolo personale del commissario aggiunto rag. Giacomo De Martino. La bambina risulta nata il 21 marzo del 1921 e scomparsa il 13 maggio del 1927. Queste informazioni sono riportate all'interno del fascicolo personale dell'agente in un freddo burocratese, solo per giustificare l'aumento o la diminuzione delle spese di mantenimento che il commissario prendeva dallo stato in base al numero di familiari a carico.

sizioni nel solaio di via Scarlatti e venne rinvenuto un cumulo di carbone con all'interno delle ossa semicarbonizzate. Per sapere se fossero umane o meno bisognava attendere il risultato delle indagini della scientifica, ma la scoperta era già di per sé abbastanza inquietante! Molti si ricordarono anche che diversi testimoni della prima ora avevano visto un vecchio piccolo, tarchiato e in mal arnese che si aggirava nella semioscurità nei paraggi di San Luigi. Proprio per questo motivo agli inizi del '26 erano stati arrestati diversi vagabondi che cercavano asilo nei fienili e nei porticati delle cascine della Gamboloita!

Altri dettagli inquietanti vennero rivelati in seguito alla testimonianza del Torrazzo: alcuni mesi dopo il gennaio del 1926, il tranviere aveva rinvenuto in solaio un grosso coltello da cucina di cui aveva lamentato da tempo la scomparsa. Il vecchio parve molto seccato da quel ritrovamento, ma non impedì al Torazzo di ripulire il coltello e di servirsene ancora per tagliare il pane e pestare il lardo. Era ovviamente l'arma che era stata sequestrata dai poliziotti subito dopo la confessione! Un altro giorno il Torrazzo scoprì che il Guidoni aveva tagliuzzato una coperta di lana che appariva in buonissimo stato e fu poi incaricato da lui di venderla allo straccivendolo. Come se non bastasse sempre in quel periodo il vecchio aveva tentato invano di ripulire un panciotto di lana da certe macchie non meglio precisate, ma dal momento che non riusciva a ottenere alcun risultato, decise di stracciarlo nella parte macchiata e di cederlo al Torrazzo: si trattava evidentemente dello stesso capo d'abbigliamento che era stato sequestrato dalla polizia.

I dirigenti della Società delle tranvie di Porta Romana, presso cui il Guidoni lavorava agli inizi del 1926, sostennero che il 2 gennaio di quell'anno il vecchio non si era presentato a lavoro e proprio per questo motivo l'avevano pure multato, come sarebbe risultato anche dai registri contabili della ditta.

Insomma, osservando quanto era emerso dalle indagini sul Guidoni, il *Corriere della Sera* si sentì in dovere di tirare le somme e affermare a gran voce la colpevolezza del vecchio libidinoso, pur ammettendo che su alcuni dettagli le indagini dovevano andare ancora avanti. Emerse a questo punto quasi una punta di orgoglio, la consapevolezza che alla verità si era giunti anche e soprattutto grazie al ruolo che i giornali (e in primis il *Corriere della Sera*) avevano avuto nel tenere i fari accesi sulla vicenda nonostante fossero passati più di due anni dalla scomparsa del bambino.

> Ora sembra anche ai funzionari che, dopo due anni di vane ricerche, di allarmi inconsistenti, di inutili battute nelle più diverse parti d'Italia su fantastiche piste della creatura scomparsa, la confessione del Guidoni, o almeno una parte di essa, non estorta ma derivata logicamente dal procedimento inquisitivo, non sia proprio un elemento da trascurare o sia da porsi nel novero delle precedenti delusioni, quando non soltanto l'ansia angosciosa dei genitori, ma la legittima apprensione dell'opinione pubblica invocava un po' di luce su un pietosissimo evento avvolto fin qui da tenebre troppo fitte. Né si può dimenticare che è proprio dall'aver tenuti vivi la pietà e l'interessamento del pubblico alla sciagurata vicenda che si è scoperta inopinatamente questa traccia, l'unica, finora, di qualche consistenza. La signora Moretto, che dalla finestra della sua abitazione in via Vitruvio scorse la scena del bimbo trascinato a forza ed ebbe subito l'intuizione di qualche cosa di criminoso, lungamente e vanamente lottò per dar consistenza ai suoi dubbi e ai suoi sospetti; e forse anch'ella sarebbe stata stancata dalla vanità delle sue generose fatiche se poco più di un mese fa il nostro giornale non avesse raccolto la singolare pretesa di quella coppia di negromanti che a prezzo di moneta si offriva di ritrovare il fanciullo attraverso le pratiche medianiche. La signora Moretto non credette a queste fole, ma ebbe invece da quell'episodio ravvivata la credenza nella realtà di quanto avevano visto i suoi occhi in quella sera lontana. E si ridomandò perché mai non si dovesse scrutare a fondo nella vita di questo vecchio che, senza famiglia e senza bimbi, era

stato visto per una sera sola trascinarne uno piangente. E tanto perseverò che si venne all'arresto e alla confessione del vecchio. Se non si voglia tacciare di visionaria la signora Moretto – che è stata interrogata anche ieri ed ha confermato in tutto le sue note dichiarazioni – è stabilito incontrovertibilmente che un'ora dopo la scomparsa di Michelino Palermo dalla Gamboloita il vecchio Guidoni trascinava un bambino non suo a Porta Venezia. Ed è proprio così che è stata offerta alla magistratura una guida che può portare finalmente alla verità.

CAPITOLO XVII
LE PRIME ANALISI SVOLTE SUL GUIDONI

Per me, che si parli di psicologo o di schizofrenico,
di maniaco o di psichiatra è la medesima cosa:
sono tanti i ruoli, all'interno di un manicomio,
che non si sa più chi è il sano o il malato.

Franco Basaglia

Dopo aver firmato il lungo verbale, il Guidoni venne condotto dalle guardine di San Fedele al cellulare per essere posto a disposizione dell'autorità giudiziaria. Ma nel carcere di via Filangeri, dove venne tenuto in una cella singola posta nei raggi medi, il vecchio cambiò improvvisamente il proprio carattere: mentre nei primi giorni sembrava abbandonato al fatalismo e all'apatia, di mattina il vecchio cominciò a urlare come un forsennato, minacciando di frantumare a calci le poche suppellettili della cella e tentando più volte di sbattere la testa contro il muro. Allo schiamazzo accorsero i secondini, ai quali il detenuto gridò che non voleva più rimanere al cellulare. Il personale di custodia non riuscì a calmare il detenuto, tanto che fu necessario mettere al corrente di quanto avvenuto il direttore del carcere. Il commissario Ardisson si recò immediatamente dal Guidoni e con parole di bontà riuscì a calmarlo. In ogni caso il vecchio venne sottoposto a rigorosa sorveglianza per evitare che compisse gesti estremi.

L'11 aprile l'incarto relativo alle indagini svolte sul Guidoni venne trasmesso dalla questura all'autorità giudiziaria. Il procuratore del re comm. Omodei-Zorini, prese accordi con il consigliere comm. Montanari, capo dell'ufficio d'istruzione, per l'inizio del procedimento. I verbali d'interrogatorio del Guidoni, quelli di sequestro, le dichiarazioni dei testi assunti furono accompagnati da un'ampia relazione del comandante della squadra mobile che ha diretto le indagini.

Non mancarono le analisi psichiatriche: il 23 aprile il vecchio venne ricoverato in un manicomio perché la scienza si pronunzi su uno dei più singolari casi di delinquenza o di pazzia. Nel frattempo vennero svolti altri sopralluoghi nella zona dove era avvenuto il rapimento. Nel cellulare l'atteggiamento del Guidoni apparve straordinariamente calmo, nonostante avesse subito diversi confronti con persone che lo avevano accusato di terribili atti contro la moralità. Negli stessi giorni venne sottoposto anche a un confronto all'americana: il Guidoni, a cui erano stati tagliati i grandi baffoni per cui era sempre stato tanto superbo, venne condotto in una stanza insieme a molti altri detenuti della sua stessa età. Come entrò, la signora Moretto lo riconobbe immediatamente e lo indicò con un dito pesantemente accusatore.

CAPITOLO XVIII
LA POSIZIONE DE *IL POPOLO D'ITALIA*

S'è fatto, per mesi e mesi, tanto e tanto strazio del piccolo Palermo scomparso alla Gamboloita il gennaio 1926; tanto strazio s'è fatto della sua memoria che la disperazione dei genitori e la pietà di tutti ogni giorno riaccendono – che - francamente - il farne ancora, senza giovare in nessun modo, alle ricerche, pare, ai buoni, una cattiva cosa.

Il popolo d'Italia, inizio dell'articolo dell'8 aprile 1928 dedicato alla confessione del Guidoni.

Il popolo d'Italia, il giornale fondato da Mussolini, non riportava le notizie relative al caso Palermo con la stessa frequenza del *Corriere*, ma era comunque stato sempre puntuale nel riferire gli sviluppi più importanti nella vicenda. Come abbiamo già avuto modo di osservare in più occasioni, gli articoli del giornale diretto dal fratello di Mussolini si chiudevano molto spesso con un invito a lasciar lavorare le forze dell'ordine senza parlare troppo del caso, manifestando quasi un evidente fastidio nei confronti del peso mediatico che altri giornali stavano dando alla vicenda. Ebbene, sul numero dell'8 aprile del '28 il giornale di Mussolini aveva riportato anche lui la notizia dell'arresto del Guidoni, usando chiaramente come fonte il *Corriere*. Lo spazio lasciato a questo articolo era abbastanza notevole, addirittura superiore a quello dedicato alla descrizione dei ricevimenti tenuti da Mussolini a Milano in quegli stessi giorni. Il suo titolo si chiudeva con una disgiuntiva abbastanza emblematica: "Belva umana o allucinato?".

Insomma, se si guarda solo il primo numero seguito alle confessioni del Guidoni, il giornale di Mussolini non sembrava per niente colpevolista, anzi lasciava emergere con chiarezza tutti i dubbi (condivisi peraltro ufficialmente dagli stessi investigatori) relativi alla possibilità che il Guidoni avesse realmente potuto uccidere e fare a pezzi il bambino! Peccato che il 10 aprile il giornale cambiò repentinamente la propria linea editoriale, sostenendo nei fatti l'assoluta colpevolezza del vecchio. Anzi, proprio per togliere ogni dubbio relativo a questa verità, l'anonimo autore dell'articolo smontò una per una le ipotesi che erano state ritenute plausibili fino a due giorni prima: le nuove confessioni non sarebbero più state frammentarie e piene di lacune, ma il Guidoni avrebbe *parlato facilmente, senza esservi costretto da minacce o da imposizioni*, aggiungendo inoltre *particolari macabri e tali da far ritenere che egli dica il vero.* Cadevano anche i dubbi che l'uomo si fosse auto-accusato per via dell'alcolismo, dal momento che *i funzionari che hanno ripetutamente interrogato il Guidoni hanno riportato l'impressione – può, anzi, dirsi il convincimento – che non si tratti né di un simulatore né di un esaltato, che dica cose mai avvenute e le dica inconsciamente.* Il vecchio avrebbe avuto buona memoria, dal momento che si ricordava di essersi ammalato di tifo nel 1884. Anche l'affollamento dell'alveare umano di via Scarlatti non è più un problema, dal momento che la portinaia a quell'ora stava quasi sicuramente preparando da mangiare, e inoltre era la notte di Capodanno, e quasi sicuramente nel palazzo si stava facendo gran festa, e le famiglie operaie – cito testualmente – *in festa sono chiassose.* Inoltre lo stesso Guidoni, proprio perché temeva di essere sentito dai vicini a causa delle mura sottili che lasciavano trapelare ogni rumore, avrebbe f*atto di tutto per non produrre rumori, per attenuare, magari con un colpo di tosse, qualcuno prodottosi inevitabilmente.*

Insomma, che il giornale personale di Mussolini non avesse un grande amore nei confronti della cronaca nera è cosa che abbiamo già spiegato ampiamente; che il direttore del giornale provasse fastidio per l'eco mediatica del caso Palermo si vede bene anche dall'apertura dell'articolo dell'8 aprile, in cui si diceva che per i buoni era una cattiva cosa parlare del caso Palermo senza giovare in nessun modo alle ricerche, lasciando con questo intendere che i cattivi fossero i cronisti degli altri giornali che lucravano scrivendo continuamente articoloni sugli sviluppi della faccenda. Quello che appare veramente strano è l'ampio spazio che viene improvvisamente dedicato al caso e l'improvviso voltafaccia avvenuto tra l'8 e il 10 aprile con l'abbandono di ogni possibile riserva circa la colpevolezza del Guidoni. È evidente che *Il popolo d'Italia* volesse difendere l'operato delle forze di Pubblica Sicurezza, che ormai dipendevano direttamente da Mussolini. Ed è anche evidente l'indirizzo che il quotidiano milanese stava suggerendo agli altri giornali: il Guidoni doveva apparire come assolutamente colpevole, e se possibile bisognava evitare di parlare del caso. Questo invito sarebbe poi stato esplicitato in un breve articolo del 12 aprile: dopo aver detto in maniera fredda che gli incartamenti del Guidoni erano stati inviati alla Procura del Re, il giornale aggiunse una postilla segnata con un carattere diverso proprio per metterla in maggiore evidenza:

> Ora che il magistrato è stato investito del compito certamente gravoso di far luce completa sulla tragica sorte del piccolo Palermo e d'accertarne, esaurientemente, le responsabilità, è necessario, indispensabile, che sulle indagini giudiziarie si mantenga il più assoluto silenzio da parte dei giornali cittadini. Il magistrato deve, tra l'altro, interrogare un buon numero di testimoni, i quali non possono né debbono avere imbeccate e suggerimenti di sorta da elucubrazioni più o meno romanzesche di estranei alle cose della giustizia, e questo per non intralciare il lavoro della Magistratura.

Un suggerimento duro e sicuramente minaccioso, ma che nella pratica finì come quei rimproveri terribili e imperiosi fatti da quei docenti che non sanno tenere la classe e urlano e sbattono le mani sul tavolo nel vano tentativo di ottenere un po' d'ordine. I cronisti degli altri giornali lessero sicuramente queste parole e le fecero grottescamente cadere nel nulla…

CAPITOLO XIX
LA POSIZIONE DE *L'AMBROSIANO* E DEI GIORNALI INNOCENTISTI

Ancora una volta essi sono vittime di una fallace speranza. E non è forse inopportuno rilevare che questo nuovo strazio al quale sono stati sottoposti nasce dal fatto di aver voluto dare alla scomparsa del piccolo Palermi un carattere eccessivamente romantico: non si sa pensare al bimbo, senza immaginarlo piccolo pellegrino sperduto per le vie del mondo, con una carovana di zingari o di saltimbanchi. Povera gente gli zingari e i saltimbanchi, che ha i suoi figli da mantenere - e non è avara nel metterne al mondo - perché avrebbe rubato un piccino di cinque anni a una modesta famiglia di operai?

Da *L'Ambrosiano* del 17 febbraio 1928.

Se ci limitassimo a sfogliare le pagine del *Corriere* o de *Il popolo d'Italia* saremmo sicuri della colpevolezza del Guidoni: gli eventuali dubbi sulla sua colpevolezza venivano taciuti o sminuiti nella loro importanza, mentre ogni prova pur minima o indiziaria veniva enormemente ingigantita. Il giornale di via Solferino, che negli ultimi due anni era sempre stato molto vicino al Palermo, contribuendo tra l'altro a mantenere viva nell'opinione pubblica la storia di Michele, non si degnò nemmeno di riportare quale fosse l'idea che si era fatto Giuseppe circa la confessione del Guidoni: ce la descrissero bene i cronisti della *Stampa* di Torino, storico rivale del *Corriere*, che si recarono personalmente dai Palermo poco dopo la fine delle festività pasquali. Erano stati giorni ben terribili quelli vissuti dalla famiglia, dal momento che il vecchio aveva confessato il suo crimine proprio durante le celebrazioni per la resurrezione di Cristo! Nei giorni successivi i due avevano trascorso lunghissime ore in uno stato di completa angoscia, cercando di vagliare con tutta la razionalità possibile quanto gli era stato riferito dalla polizia. L'angoscia divorava l'animo del Palermo, i dubbi lo assediavano, ma quando i cronisti vennero a visitarlo sembrava che l'uomo avesse conseguito almeno un punto fermo circa il racconto macabro del vecchio:

> – Per me è inverosimile. Sono propenso a credere alla prima parte del racconto del Guidoni. Cioè, il vecchio può aver adescato mio figlio con un facile pretesto; ma qualcun altro poi deve avergliel tolto di mano allorquando Michelino spaventato di trovarsi lontano da casa si mise a piangere disperatamente. Da due anni e tre mesi seguo ogni più piccola pista per scoprire il posto ove Michelino si trova. Non lo penso morto. Non lo posso pensare, soprattutto!

Le ultime parole gli morirono ancora una volta in bocca, il capo si reclinò e l'uomo riversò tutto il suo dolore nelle lacrime che cominciavano a rigargli il volto.

I dubbi che attanagliavano il cuore del padre erano condivisi anche dall'opinione pubblica milanese, che non aveva una visione dei fatti monolitica come quella del *Corriere*. Le posizioni degli altri quotidiani non erano tutte uguali e diversi giornali mostrarono molte più riserve circa l'effettiva colpevolezza del vecchio o seguirono addirittura una linea decisamente innocentista. Uno di questi giornali era *L'Ambrosiano*, e non era un caso: il giornale era stato fondato nel 1922 dal futurista Umberto Notari e si era posto da subito come diretto rivale del *Corriere della Sera*. Il giornale era per l'epoca decisamente innovativo: il suo titolo infatti era colorato di rosso e la quarta pagina era integralmente dedicata alle illustrazioni fotografiche; oltre a questi aspetti strettamente grafici, nella redazione era stata installata una antenna per servirsi dei servizi radio-telegrafici internazionali, cosa che aveva permesso a *L'Ambrosiano* di dare per primo la notizia del ritrovamento e del salvataggio dei superstiti del dirigibile Italia. Ma queste innovazioni non bastavano a superare il prestigio del *Corriere della Sera*, che continuava ad avere una tiratura nettamente superiore rispetto a quella de *L'Ambrosiano*. Proprio per questo motivo il giornale del Nodari cercava costantemente di mettere in evidenza la propria identità anche nei fatti di cronaca, che notoriamente interessavano maggiormente ampie fasce di pubblico.

È quindi cosa naturale che ancor prima della confessione del Guidoni *L'Ambrosiano* avesse mantenuto un atteggiamento decisamente critico nei confronti degli articoli de Il *Corriere della Sera* dedicati al caso Palermo. Alcune delle osservazioni mosse dagli anonimi cronisti de *L'Ambrosiano* sono ancor oggi decisamente condivisibili. Come non trovarsi d'accordo quando in relazione ai fatti di Fabriano troviamo scritto che i giornali stavano romanzando eccessivamente la faccenda, rischiando di donare false speranze ai genitori? E che difficilmente gli zingari avevano interesse a rapire i bambini, dal momento che ne avevano già tanti da mantenere? Ma l'atteggiamento dei cronisti de *L'Ambrosiano* divenne ancora più polemico in seguito alle confessioni del Guidoni. Anche in questo caso la motivazione è chiara: sotto la supervisione di importanti esponenti della redazione come il Marchiori, i cronisti del *Corriere* avevano seguito il caso Palermo fin dai suoi primi sviluppi, ed era stato uno di loro, il Calcagno, a recarsi in Questura insieme al Verga e alla Moretto per spingere la polizia al secondo arresto del Guidoni. I numerosi articoli a due colonne con titoloni in grassetto mettevano in evidenza l'orgoglio che esibiva il *Corriere* per il ruolo di primo piano che aveva svolto nelle indagini.

Ma se si fosse scoperto che il vecchio era innocente, lo smacco non sarebbe caduto solo sulle forze dell'ordine, ma anche sui giornali che avevano dato credito a quella faccenda. E così i cronisti de *L'Ambrosiano* si sforzarono al massimo per dimostrare l'innocenza del Guidoni, mettendo in campo tutte le abilità investigative in loro possesso. Dapprima cominciarono con un'analisi serrata di quanto era stato riportato sulle pagine del *Corriere*, sempre citato in maniera dispregiativa come "un giornale del mattino": questo lavoro di demolizione degli articoli del *Corriere* era cominciato già dal 9 aprile, ai tempi della prima confessione del Guidoni. *L'Ambrosiano* pose subito in evidenza la contrapposizione tra il titolone del *Corriere* che faceva intendere che fosse stato scoperto l'autore dell'omicidio del Palermo e i numerosi dubbi sulla veridicità della confessione che si trovavano nel finale. Nella descrizione dei fatti, i cronisti notarono infatti una lunga serie di contraddizioni sfuggite volontariamente o meno all'articolo del *Corriere*: perché la signora Moretto aveva prestato così tanta attenzione alla comparsa del vecchio accompagnato da un bambino in via Vitruvio? In quel momento non si sapeva ancora nulla del rapimento di Michelino, e quel piccino poteva tranquillamente essere un parente del Guidoni! E come aveva fatto a riconoscere così chiaramente il vecchio dall'alto del suo appartamento, anche se era notte e per giunta c'era la nebbia? Come poteva trovarsi il Guidoni per "ragioni di servizio" vicino alla chiesa di San Luigi, se il suo lavoro si svolgeva presso il deposito tramviario di viale Montenero 16, ben lontano dall'odierna Corso Lodi? E come poteva aver percorso in una sola ora il lungo tratto di strada che separava il luogo della scomparsa di Michelino da via Vitruvio? La confessione del Guidoni era stata inoltre vaga e le sue parole sembravano tutt'altro che sicure, dal momento che era un uomo vecchio, alcolizzato e chiaramente prostrato da una lunga permanenza in cella. Nemmeno il *Corriere della Sera* in un primo momento si era sentito di negare del tutto la possibilità che la confessione potesse essere stata determinata da una forma di delirio. Figuriamoci quanto i giornali innocentisti abbiano puntato a questa eventualità!

Nei giorni successivi, man mano che i cronisti de *L'Am-*

brosiano venivano sguinzagliati per le strade di Milano alla ricerca dei protagonisti di questa vicenda, emersero subito altri dubbi. Le osservazioni più interessanti vennero dalla loro visita al palazzo di via Scarlatti 20: i giornalisti entrarono nei cortili pieni di lavoratori e di donne che parlavano tra di loro da un ballatoio all'altro, salirono lungo gli ampi scaloni su cui i bambini correvano avanti e indietro giocando a palla, e non poterono che essere colpiti dalla densità abitativa dell'ampio falansterio, definito come di consueto "un alveare umano". Come avrebbe potuto quel vecchio sbilenco del Guidoni entrare con un bambino nascosto sotto il pastrano senza essere notato da nessuno[63]?

Aggirandosi lungo i ballatoi dell'edificio, i cronisti fecero inoltre la conoscenza della signora Zelinda Minucci vedova Losi, lavandaia di professione e da 26 anni vicina di casa del Guidoni. La donna escluse categoricamente di aver sentito rumori strani provenire dalla stanza del vecchio in quella lontana notte di Capodanno. E quanto alla cremazione del cadavere, come era possibile compierla senza che nessuno, nemmeno lei, ne sentisse l'odore? La donna indicò la parete che divideva il suo appartamento da quello del Guidoni: era solo un sottile muro di mattoni, una cortina sottile che faceva passare tutti i rumori ed escludeva ogni privacy tra i vicini. La donna ha ammesso che nell'agosto del '27 il Guidoni aveva modificato le sue abitudini di solito austere, dando fondo a qualche centinaio di lire di risparmio insieme a tre donne da trivio del quartiere, ricevendole anche in casa tra le proteste dei vicini e dei coinquilini. Ma per il resto niente! È vero, quell'uomo si ubriacava spesso, ma la sua ebrezza era allegra e non molesta.

---

63) Per chi voglia farsi un'idea di come dovesse essere la vita in questo grande edificio popolare, consiglio la visione del film/documentario del regista Markus Imhoof *Via Scarlatti 20*. Il film uscì nel 1984, a quasi sessanta anni di distanza dai fatti narrati, ma la vita quotidiana descritta nelle scene del film presenta di sicuro molti punti in comune con quella del 1928.

Quando rincasava canticchiava le sue due canzoni preferite, *Dei capricci tuoi mi fai morire* e *Giornata 'e sole*. Ogni volta che le note echeggiavano sotto l'androne, il vicinato esclamava "El Pepp, l'è in benzina!".

Altre donne intervenute nella conversazione dipinsero il Guidoni come un ubriacone incapace di azioni malvage e inoltre confermarono in coro che era impossibile entrare in quel palazzo con un bambino urlante senza essere notati da qualcuno. Il Guidoni aveva inoltre dato da sempre a tutti l'impressione di essere un vecchio smemorato. Dal 7 dicembre del 1924 al 7 maggio del 1925 era stato addirittura ospite del reparto cronici della Baggina. Quando 8 giorni prima era stato mandato a chiamare con un biglietto dalla squadra mobile, il Guidoni non aveva mostrato nessuna di quelle preoccupazioni che avrebbero dovuto albergare nel cuore di un colpevole. Ne parlò ai vicini, spiegando che doveva essere per il fatto del bambino Palermo:

– Ci vado, tanto non ho nulla da dire!

Qualcuno raccontò alcuni vecchi episodi della vita del vecchio che potevano gettare una luce inquietante sull'operato della polizia: quando nella casa avveniva qualche furtarello di biancheria e qualcuno lo accusava di esserne l'autore, il Guidoni dapprima negava e poi scrollava le spalle ripetendo: "Bah, so sta mi!". Insomma, il suo animo era debole e arrendevole e se lo si metteva alle strette era veramente capace di confessare qualsiasi cosa!

Venne sentita dai cronisti anche la portinaia Ester Rovida, che fin dal suo primo incontro con la Moretto si era sempre dimostrata scettica riguardo alla colpevolezza del Guidoni. Anche in questo caso la donna diede scarso peso alle accuse di libertinaggio che gravavano sul capo del vecchio: il Cavenaghi, che finora era stato il principale testimone della sua sfrenatezza sessuale, odiava il Guidoni, dal momento che lo riteneva autore dell'appropriazione indebita di una piccola somma, motivo per cui in passato i due cognati avevano litigato pesantemente.

Insomma, la tesi de *L'Ambrosiano*, ripresa in buona parte da *La Stampa* di Torino, era che il vecchio, malato e alcolista, si fosse auto-accusato per sfuggire alla durezza degli interrogatori. Questa ipotesi venne ulteriormente approfondita in un articolo risalente al 10 aprile: secondo i cronisti de *L'Ambrosiano* durante l'interrogatorio i poliziotti avrebbero fatto venire un falso testimone che avrebbe sostenuto davanti al Guidoni di averlo visto e fermato mentre trascinava un bambino!

Questo articolo produsse un certo sconcerto persino al ministero degli Interni, che inviò subito un telegramma al prefetto di Milano per richiedere *sollecite, particolareggiate informazioni* in merito a quanto era stato scritto sull'Ambrosiano. La questura rispose in maniera un po' generica che *il contegno dei funzionari della squadra mobile [...] fu altamento [sic!] sereno e corretto.* A queste parole il questore aggiunse che il Guidoni ha confermato in ogni parte le dichiarazioni dei funzionari.

Comunque fosse questi articoli stavano certamente cominciando ad allarmare le autorità fasciste, che il 18 aprile, in seguito a una nuova fuga di notizie di cui purtroppo non sono riuscito a trovare traccia nei giornali che ho visionato, fecero tornare nuovamente in azione *Il popolo d'Italia* che dopo un silenzio di oltre una settimana lanciò un nuovo avvertimento contro i giornali che si ostinavano a parlare troppo del caso Palermo:

> Tutti sanno che contro Giuseppe Guidoni, il vecchio ex manovale arrestato come presunto uccisore del piccolo Michele Palermo è in corso un'istruttoria che ha il compito gravoso e delicatissimo di appurare tutta la verità e di vagliare tutti i fatti ed anche le dicerie di cui s'è troppo a lungo e troppo diffusamente parlato nei giornali durante gli scorsi giorni. È stato anche detto, certo opportunamente, che, mentre il magistrato svolge tutte le sue indagini, è necessario che non vengano pubblicate

> indiscrezioni di sorta, le quali potrebbero -oltre che costituire il reato di violazione del segreto istruttorio-pregiudicare grandemente l'azione svolta dal magistrato stesso ed il risultato delle indagini che si stanno espletando. Senonché, confidenze non certamente destinate alla pubblicazione e qualche frase detta dal consigliere istruttore in questi giorni hanno originato ieri una inopportuna pubblicazione sugli interrogatori, cui, da parte dello stesso consigliere istruttore, è stato sottoposto il Guidoni. Tale pubblicazione è stata subito riprovata dall'autorità giudiziaria, la quale – ed è certamente un bene – promette di render pubblico il risultato dell'indagine laboriosa e delicata solo dopo aver espletato interamente il suo compito. Della scomparsa del povero Palermo s'è parlato diffusamente per anni interi: occorre ora tacere. Tacere nell'interesse della giustizia, pel trionfo completo di tutta la verità!

Parole dure come queste dovettero in un qualche modo rincuorare i funzionari che si erano occupati dell'interrogatorio: le autorità fasciste erano dalla loro parte e non avrebbero permesso di gettare il discredito sull'operato della PS. Gli articoli de *L'Ambrosiano* infatti stavano rischiando di infondere nella mente della gente l'idea che la confessione del Guidoni fosse stata estorta in maniera non del tutto regolare, cosa che avrebbe inevitabilmente comportato un rafforzamento delle posizioni degli innocentisti. Il Cavalier Tomatis e il dottor De Martino erano a conoscenza di quanto era veramente successo durante quell'interrogatorio, e solo loro e pochi altri uomini del loro entourage sapevano quanto c'era di vero in quegli articoli. Noi possiamo dire lo stesso?

Oggi sono passati quasi cento anni da quei fatti lontani, la verità si è dissolta nel tempo, ma possiamo comunque permetterci il lusso di fare alcune considerazioni. Anche solo sfogliando in maniera non sistematica i documenti della prefettura di Milano, emergono alcuni documenti grazie a cui si comprende come gli articoli de *L'Ambrosiano* non fossero sempre ben visti dalla polizia. Il 17 marzo del '28, poco tempo prima dell'arresto del Guidoni, la questura di Milano aveva dovuto rendere conto al ministero dell'Interno circa un altro scoop de *L'Ambrosiano*: la polizia milanese sarebbe stata aiutata da un medium per rintracciare delle pellicce che erano state rubate! La Questura sostenne categoricamente che la storia non era vera -anche se, come abbiamo visto in relazione ai coniugi Lopez, la polizia talvolta non si vergognava di utilizzare l'aiuto del sovrannaturale nel tentativo di giungere alla verità[64].

Pochi anni dopo, nel 1930, un nuovo articolo de *L'Ambrosiano* denunciò il forte degrado in cui si trovava il complesso di edifici dell'ex manicomio della Senavra di Corso XXII Marzo 50, dove si sarebbero allestite giostre, baracche per la confezione di dolciumi e il tiro al bersaglio, fattucchiere o suonatori d'organetti. Questa volta furono gli abitanti stessi della zona a mandare una lettera di proteste per il mondo in cui era stata descritto il loro quartiere e la stessa questura avrebbe poi confermato quanto era stato detto dagli inquilini della Senavra. Da tutto questo possiamo intuire come il rapporto tra *L'Ambrosiano* e le forze dell'ordine non fosse dei migliori e che forse i cronisti di questo giornale fossero talvolta disposti ad aggiungere dettagli e a inventare di sana pianta delle notizie pur di ottenere un facile scoop. Possibile che anche in questo caso si fossero inventati ogni cosa pur di vendere più copie rispetto al *Corriere*?

Ma il vero colpo di scena sembra essere piuttosto quello del 24 aprile: il Torrazza si sarebbe in realtà trovato in casa con il Guidoni il 1 gennaio del 1926! Quando il vecchio era stato arrestato erano passati più di due anni dalla scomparsa di Michelino: era dunque normale che un uomo come il Torrazza non avesse ricordi particolarmente vividi circa quello che era successo la notte di Capodanno del '26. Dato che il vecchio aveva confessato le sue colpe, al tranviere sembrò evidentemente

64) Vedi Asmi, gabinetto di prefettura, I versamento, 213.

normale cercare una spiegazione per il fatto di non essersi trovato a casa mentre veniva compiuto l'omicidio. Di solito passava le feste presso la sua famiglia a Vercelli: era dunque evidente che anche quell'anno doveva aver fatto lo stesso! Peccato che da successivi controlli fatti anche dai cronisti dell'Ambrosiano presso gli archivi della ditta STAEL, risultò che il primo dell'anno il Torrazza aveva terminato il servizio solo alle ore 22 di sera a Cinisello! Nuovamente interrogato dalle forze dell'ordine, il tramviere si mise a meditare e dopo una lunga attesa rispose che se quella notte non era andato a Vercelli dai suoi genitori, allora doveva necessariamente essere rimasto a dormire dalla sua fidanzata.

Certo, perché non ci aveva pensato prima! Era stato a casa dei genitori di lei, aveva fatto tardi e i suoi futuri suoceri gli avevano concesso di restare a dormire da loro sopra un'ottomana. I cronisti de *L'Ambrosiano* non persero un minuto: trovarono subito il recapito della fidanzata del Torrazza e corsero da lei in cerca di maggiori informazioni. La ragazza cominciò a rovistare tra le sue carte e rinvenne subito una cartolina illustrata che il suo fidanzato le aveva inviato da Vercelli il 25 dicembre 1925, prova ulteriore che quell'anno il tramviere aveva passato Natale e non Capodanno a casa dei suoi genitori. Poi la donna smentì categoricamente quanto era stato precedentemente sostenuto dal fidanzato: dall'ottobre del 1925 al febbraio del '26 lei non aveva mai abbandonato la famiglia presso cui viveva, dal momento che uno dei suoi esponenti si era ammalato e lei era sempre dovuta rimanere al suo fianco per assisterlo. Una lettera che gli amanti (evidentemente non molto focosi!) si erano scambiati in quel lungo periodo testimonierebbe che i due non si erano visti per molto tempo. I rapporti che legavano la ragazza al Torrazza erano sempre stati in realtà molto vaghi e non ci si doveva dunque stupire se i due non si fossero visti per così tanti mesi! Insomma, quando si fece sapere al Torrazza che la sera del primo gennaio 1926 non era stato nemmeno a casa della sua ragazza, l'uomo si limitò a scrollare le spalle e ad affermare che di sicuro aveva passato quella notte in via Scarlatti 20!

Questa notizia non ebbe apparentemente nessun seguito: ai tempi del processo del Guidoni il Torrazza si presentò in qualità di testimone e continuò a sostenere di non essersi trovato nell'appartamento di via Scarlatti la sera dell'omicidio. Proprio per questo motivo non possiamo dire con certezza quanto siano vere le informazioni riportate dal giornale milanese, anche se l'articolo sembra essere stato apparentemente costruito seguendo un preciso e rigoroso iter investigativo.

In aggiunta a questi scoop, i cronisti dell'Ambrosiano sostennero anche che il coltello non sarebbe stato scoperto dal Torrazza, ma dallo stesso Guidoni, che quindi non avrebbe avuto nessun serio motivo di temere per il suo ritrovamento. Lo stesso vecchio, inoltre, non si sarebbe disfatto subito della stufa come era stato sostenuto in un primo momento, ma solo dopo diversi mesi.

La posizione innocentista de *L'Ambrosiano* venne seguita anche da *La Stampa* di Torino, che riportò integralmente sulle sue pagine diversi articoli del giornale milanese e dimostrò di approvarne totalmente la visione dei fatti. Insomma, la colpevolezza era ancora tutta da dimostrare: e non erano ancora state compiute le prime analisi scientifiche per dimostrare se il racconto del vecchio libidinoso fosse plausibile oppure no!

Figura 20. La signora Zelinda Minucci vedova Losi in un ritratto dell'autore. Vicina di casa del Guidoni, ne sostenne l'innocenza di fronte ai giornali e in tribunale.

CAPITOLO XX
CHI ERA LA SIGNORA MORETTO?

Milano è un enorme conglomerato di eremiti.

Eugenio Montale

Si sbaglia di grosso chi si sia immaginato che la Moretto fosse una agiata signora milanese che viveva una vita noiosa e si trovò controvoglia coinvolta in una storia ben più grande di lei. La vita di Adelia Cambiaggio Zini maritata Moretto non era mai stata facile e la vicenda del Guidoni non era stata la prima che l'aveva vista come protagonista sui giornali. Il padre di Adelia si chiamava Cesare Matteo Zini ed era stato un fonditore di caratteri e fabbricante di timbri in gomma, attività che gli fruttò parecchio e gli diede l'appellativo di "industriale". Nel 1888 era stato descritto come un *bel tipo. Piuttosto alto della persona, bruno, barba intera, corta con un po' di bianco sul suo nero d'ebano. Veste elegantemente, ricoperto da una ricca pelliccia a zimarra.* Era un uomo focoso che si accendeva facilmente: nel 1888 finì in tribunale perché era intervenuto in un litigio tra un controllore di un treno delle Nord e un negoziante di vino in relazione al pagamento o meno di un biglietto. Non contento di questo, alcuni giorni dopo avrebbe litigato sempre per la stessa questione con un altro controllore. In entrambi i casi l'accusa che gli veniva rivolta era quella di oltraggio a pubblico ufficiale. Al processo si presentò in ritardo e di fronte al rimprovero del pretore rispose semplicemente con un sorriso[65]. Per quanto si possa comprendere forse troppo poco della psicologia di un uomo da un piccolo episodio come questo, ritratto per giunta dalla penna divertita di un cronista, lo Zini sembra essere un uomo sicuro in sé stesso, a tratti quasi

65) Vedi *Corriere della Sera*, articolo del 28 gennaio 1888.

sfrontato con le autorità e sicuramente a proprio agio nei tribunali: nel 1902 risultò che aveva partecipato a ben 12 processi, tanto da essere definito *veterano dei pubblici dibattimenti patri*. Questa sua sicurezza in sé stesso e questa sfrontatezza dovettero accompagnarlo anche nella sua vita privata: nel 1859 aveva conosciuto a Torino una ragazza brasiliana di nome Blesilla Rosas. I due si sposarono, ma evidentemente la relazione non riuscì bene, tanto che dopo pochi mesi lo Zini lasciò la consorte e se ne andò a vivere a Milano. Qui conobbe la signorina Carolina Cambiaggio, esponente di una ricca famiglia milanese. Lo Zini la sedusse e i due andarono a convivere *more uxorio*, ma senza poter convolare a nozze, dal momento che l'uomo risultava ancora ufficialmente sposato con la Rosas. Da questa unione nacquero ben cinque figli, anche se solo tre di loro vennero riconosciuti dal padre, e per giunta in una maniera non del tutto regolamentare: gli altri due risultarono invece all'anagrafe come di padre ignoto. È quasi inutile dirlo, Adelia era uno di questi tre figli riconosciuti ufficialmente.

Dopo diversi anni di convivenza, la relazione tra lo Zini e la Cambiaggio cominciò a deteriorare. Per motivi a noi ignoti nel 1900 Carolina decise di abbandonare la casa di Matteo e nel marzo del 1902 la donna morì. Nel frattempo lo Zini aveva comprato uno stabile a Monza intestandolo per metà alla Cambiaggio e per metà alla figlia Adelia, ma conservando per sé stesso gli usufrutti. Alla morte di Carolina, Adelia e il fratello Cesare si credevano in possesso della eredità materna, ma il padre si presentò da loro con una copia del testamento olografo della Cambiaggio in cui veniva riconosciuto solo lui come erede di tutti i beni della defunta, stabile monzese compreso. Per dare forza alle proprie pretese, l'uomo mostrò addirittura dei falsi estratti degli atti di nascita dei figli per dimostrare che i due non erano mai stati legittimati. Esasperati da un'azione che a prima vista potrebbe sembrare come minimo inelegante, Cesare e Adelia decisero infine di fare causa al padre, mossa che determinò una vera e propria spaccatura all'interno della famiglia, non solo tra i due fratelli e il genitore, ma anche con le altre tre sorelle Elena, Cinzia e Paolina che si rifiutarono di andare in tribunale e fecero in modo che questa cosa venisse messa nero su bianco sui giornali.

Il processo che ne derivò si svolse in mezzo a crisi di pianto da entrambe le parti e si concluse con la condanna del padre a tre mesi di reclusione e al risarcimento dei danni e delle spese. Ma l'uomo ricorse in appello e da questo nuovo dibattimento riuscì a uscire assolto, mantenendo in questo modo intatta la sua fama di imbattibile in tribunale[66]. Le parole stringate usate dai giornali per descrivere questa vicenda fanno trasparire solo in parte il dramma vissuto in quelle giornate terribili: una traccia dei sentimenti che ribollivano nel cuore di Adelia si può vedere ancora oggi nell'epigrafe incisa sulla lapide della madre Carolina, conservata nel riparto 7-840 del cimitero Maggiore di Milano:

QUI RIPOSA CAROLINA CAMBIAGGIO
MADRE ESEMPLARE E MARTIRE
RAPITA AI SUOI FIGLI CHE SEMPRE LA INVOCANO.

Che la donna venisse considerata come una santa dai figli è molto probabile: basti pensare alla tenerezza e quasi venerazione con cui Adelia aveva ricordato le ultime parole che la madre le aveva rivolto oltre vent'anni addietro e a cui la signora Moretto aveva dato una valenza quasi profetica nel predire il ruolo che lei stessa avrebbe avuto nel risolvere il caso Palermo. Ma perché chiamarla martire? Probabilmente per quel qualcosa che era successo negli ultimi anni della sua convivenza con lo Zini, quel qualcosa che l'aveva spinta ad abbandonare la casa del compagno e ad andare a vivere e a morire altrove. Non facciamo fatica a credere che in questa situazione Adelia sia sempre rimasta al fianco di sua madre, e forse la denuncia al padre

66) Vedi *Corriere della Sera* 22 e 23 novembre 1902, 10 luglio 1903.

era motivata semplicemente dal desiderio di punirlo per quello che aveva fatto a Carolina. L'odio doveva essere ricambiato: in un contesto del genere era normale che lo Zini usasse ogni sorta di stratagemma per dimostrare la propria innocenza. Ma perché arrivare a far leggere dal suo avvocato difensore Gallina vari documenti che riguardavano il matrimonio di Adelia per *lumeggiare la moralità dei querelanti*? Probabilmente non voleva solo dimostrare la propria innocenza: voleva colpire, e voleva farlo duramente. Ma quale segreto ci sarà stato dietro al matrimonio di Adelia?

Suo marito si chiamava Augusto Moretto ed era probabilmente un socio d'affari del fratello Cesare Cambiaggio. Il 22 novembre del 1903 i due risultavano infatti depositari di un brevetto per un sistema per illuminare pavimenti contenenti avvisi di pubblicità[67]. Del Moretto non sappiamo molto altro: probabilmente era un uomo molto più tranquillo e riservato del suocero, forse addirittura un uomo troppo noioso per Adelia, che probabilmente cercava negli uomini che la circondavano caratteri più forti, più simili a quello del padre, che l'aveva tradita, che desiderava punire, ma di cui in fondo, Freudianamente parlando, desiderava l'amore. Uno degli avvocati che avevano perorato la causa della Moretto in tribunale si chiamava Sincero Rugarli ed era proprio il contrario del povero Augusto. Sincero era socialista in un'epoca in cui essere socialista poteva determinare l'arresto o anche peggio: era arrivato da Busseto a Milano nel 1897, e già nel 1898 venne coinvolto in quei moti che sarebbero culminati nelle cannonate del generale Bava Beccaris sulla folla, tanto che il casellario politico centrale dello stato aveva cominciato fin da allora a conservare informazioni sul suo conto. L'avvocato Rugarli sembrava travolgente nella sua oratoria, tutto d'un pezzo nella sua completa intransigenza verso qualsiasi forma di compromesso con gli sfruttatori dei lavoratori! O almeno così sembrava nel gennaio

67) Vedi Supplemento alla *Gazzetta ufficiale del regno d'Italia* del 27 maggio 1904, p. 14.

del 1901, quando in una arroventata riunione del Partito Socialista a Milano si alzò a parlare contro Turati, colpevole di voler appoggiare il governo Zanardelli-Giolitti[68]:

> Giacché avete gettata la maschera e vi siete trincerato come il nemico della conciliazione, ebbene sia guerra: affiliamole pure le armi, e chissà che non a noi, ma a voi tocchi di essere la scoria di cui il partito socialista ha bisogno di essere epurato!

L'avvocato Sincero Rugarli era contro i compromessi perché era contro la monarchia, che a suo parere non concedeva le riforme per via della sua benevolenza, ma solo perché costretta dalle proteste organizzate dai lavoratori. Per l'avvocato Rugarli, massimalista e intransigente, bisognava confidare solo nel collettivismo che *permette pure le manifestazioni individualistiche a beneficio però della collettività*[69]. E con questo ideale in testa difendeva i diritti dei gasisti in sciopero[70] e chiedeva migliori condizioni di lavoro per i dipendenti delle Ferrovie Nord[71]. Insomma, la Moretto riconobbe probabilmente in lui lo stesso carattere infuocato del padre, ma depurato dalla sua avidità, dalla sua malignità, dal suo egoismo e da tutti quei dettagli che avevano fatto tanto soffrire lei stessa e sua madre. La Moretto si innamorò di lui e del suo idealismo e intraprese con lui una relazione.

Non sappiamo se ai tempi del processo contro lo Zini i due fossero già amanti, né tantomeno se le misteriose frasi sulla moralità di Adelia pronunciate dall'avvocato del padre fossero riferite proprio all'avvocato difensore della figlia, ma sappiamo che questa relazione ci fu sul serio e deve aver colpito in profondità il cuore della povera Adelia. Ma purtroppo non sappiamo cosa ne pensasse il Rugarli di quella donna.

---

68) Vedi *Corriere della Sera*, articolo del 17 gennaio 1901.

69) Vedi *Corriere della Sera*, articolo del 21 marzo 1903.

70) Vedi *Corriere della Sera*, articolo del 23 novembre 1901.

71) Vedi *Corriere della Sera*, articolo del 12 settembre 1903.

Erano anni in cui i tamburi della storia battevano sempre più forte, e con lo spirito guerriero che gli ruggiva nel petto il Rugarli non poteva fare a meno di buttarsi a capofitto nella mischia. In Europa era scoppiata la madre di tutte le guerre, e Sincero decise che l'Italia doveva entrare nel conflitto contro gli imperi centrali, schierandosi al fianco delle potenze più evolute da un punto di vista civile: la Francia, il Belgio e l'Inghilterra. Rugarli fu tra i socialisti che, come Mussolini, avevano deciso di schierarsi a favore della guerra, contro la linea del partito che voleva un rigido neutralismo in nome di quell'internazionalismo socialista che nel delirio generale in cui era sprofondata l'Europa non interessava più a nessuno. Nell'ottobre del '14 Rugarli fece parte di un comitato di rivoluzionari che promuoveva una seria agitazione *contro la passiva neutralità dell'Italia di fronte all'attuale conflagrazione internazionale*. Il manifesto di questo comitato si concludeva con un vero e proprio invito alle armi:

> Ognuno compia fino all'ultimo ed in tutti i modi il suo dovere. Tutte le forze vive del mondo, tutti coloro che augurano all'umanità lavoratrice un avvenire migliore e combattono per il trionfo della causa operaia e della rivoluzione sociale, per la fine di tutte le guerre, debbono scendere in campo risolutamente. Noi dobbiamo imporre al Governo di cessare di disonorarci o di sparire, al fin d'ora separare la responsabilità nostra e prepararci all'azione[72].

Il Partito socialista sembrò farsi letteralmente in pezzi. Il 22 febbraio del 1915 venne indetto dai socialisti ufficiali contro la guerra un comizio presso il Teatro del Popolo. Urla e fischi rimbombavano ovunque mentre diversi oratori cercavano faticosamente di parlare e di esporre il proprio pensiero. Dopo il sindaco di Milano Caldara, si era alzato a parlare quello di Busto Arsizio, Carlo Azimonti. Sicuro delle sue idee, il sociali-

---

72) Vedi *Corriere della Sera*, articolo del 11 ottobre 1914.

sta si era limitato a notare come lo spirito del popolo non fosse preparato alla guerra, anzi ne era proprio contrario. Persino in Germania parecchi deputati e numerose assemblee popolari avevano dichiarato di non potere aderire alla conflagrazione europea perché contraria agli interessi del popolo! I Socialisti dovevano dunque mantenere una neutralità ferma, portare le masse in piazza e agitare di fronte a loro i problemi che maggiormente interessavano il paese e che il governo non aveva ancora saputo risolvere. Questa sarà la migliore difesa del paese e la più grande opposizione alla guerra!

Queste ultime parole suscitarono proteste ancora più accese da parte degli interventisti, e mentre i presenti cominciavano a picchiarsi, dei pezzi di bastone e delle palle di neve volarono dalle finestre della camera del lavoro e colpirono in testa gli oppositori della neutralità. Fu solo l'inizio di uno scontro ancora più violento che divenne particolarmente intenso nel cortile esterno del palazzo. Rugarli, che sedeva vicino al banco della *Stampa* e che protestava da tempo contro i violenti, disse: Di fronte alle violenze fatte dai miei compagni io rinuncio alla parola! Subito si fece largo tra la folla per raggiungere e calmare i più turbolenti, ma venne accolto da un pugno in faccia che gli spezzò gli occhiali e gli contuse un occhio. Gli scontri durarono ancora a lungo e si spostarono anche in piazza Duomo: l'intera città era in preda al Caos[73]!

Ma le proteste dei neutralisti non servirono a molto: sarebbero presto giunte le radiose giornate di maggio, e l'Italia sarebbe entrata anche lei nella Grande guerra, proprio come voleva D'Annunzio, come desiderava Mussolini, come bramavano i futuristi. Buona parte dei socialisti e Giolitti avrebbero preferito un esito ben diverso per quella crisi, ma la storia aveva preso un'altra strada, e oramai si poteva solo sperare che le cose andassero per il verso giusto. La vecchia politica che aveva governato in Italia durante i primi anni del '900 non

73) Vedi *Corriere della Sera*, articolo del 22 febbraio 1915

poté far altro che stare a guardare mentre per le piazze d'Italia sfilavano le forze che avrebbero guidato il nuovo secolo. La ferita che Rugarli aveva ricevuto in occasione del comizio di febbraio era come una medaglia che testimoniava il contributo che aveva dato per la causa, ora poteva parlare in pubblico senza che nessuno lo potesse mettere a tacere:

> Noi che abbiamo nel nostro programma politico l'apostolato della fratellanza e dell'umanità, domandiamo la guerra perché da essa sorgerà riaffermato il nostro ideale: non soltanto devono essere spezzate le catene delle terre oppresse, ma dev'essere instaurato il regno della giustizia, del diritto!

Subito dopo parlò Mussolini in persona, che invocò la partecipazione del popolo al conflitto in corso: *vogliamo che essa sia non una guerra di stato o dinastica, ma di popolo, nazionale, e vogliamo sopra tutto che si vada fino in fondo e non si ricada nella vergogna del '66*. Ci auspichiamo che in futuro ci possano essere gli Stati Uniti d'Europa![74]

Erano giorni di festa, in cui giovani studenti facevano a gara per arruolarsi per una guerra che ai loro occhi inesperti doveva essere solo una festosa marcia trionfale fino a Trieste e fino a Trento! Non molti giorni dopo anche Mussolini e Rugarli si sarebbero uniti a loro[75]. In quei giorni lontani, un osservatore non sarebbe stato capace di trovare molte differenze tra i due politici, e forse fu questa ambiguità a fare in modo che alla fine del conflitto, quando Mussolini intraprese la strada che ben conosciamo, Rugarli fu quasi dimenticato dalla *Stampa* e dal fascismo che gli lasciò compiere il suo lavoro in relativa tranquillità, se si tiene in conto dei suoi precedenti di socialista massimalista. Sui giornali il suo nome comparve solo poche volte e per eventi di solito legati al suo lavoro o alla guerra: nel gennaio del '19 il *Corriere* ricordò che suo figlio Arnaldo si era

---

74) Vedi *Corriere della Sera*, articolo del 17 maggio 1915.

75) Vedi *Corriere della Sera*, articolo del 29 giugno 1915.

meritato una medaglia di bronzo per un'azione del 12 agosto del '17[76], nel maggio del '20 lo troviamo in tribunale a commemorare l'onorevole Leonida Bissolati recentemente scomparso[77], nel settembre del '24 partecipò a una riunione dell'Unione spirituale Dannunziana per commemorare il terzo anniversario della carta del Carnaro[78]. Curiosamente fu proprio quest'ultimo episodio il momento in cui l'avvocato fu maggiormente schierato contro il fascismo, dal momento che la riunione terminò con alcuni scontri tra fascisti e legionari tra piazza del Santo Sepolcro e piazza Cordusio. D'altronde in questi anni l'interesse del Rugarli per la politica si stava spegnendo. Le sue attività erano tutte concentrate sul suo lavoro di avvocato e in modo probabilmente del tutto involontario sull'amore.

Ci dispiace di non conoscere molti dettagli sulla relazione che lo legò alla signora Moretto. Non sappiamo quando cominciò, non sappiamo come si sviluppò né come venne vissuta dai due. Sappiamo però che nel giugno del 1923 accadde qualcosa: probabilmente il Rugarli aveva deciso di porre termine a questa storia, ma la donna non si era trovata d'accordo con lui. Chissà come si sentiva la signora Moretto in quei momenti: aveva passato gli ultimi anni a immaginarsi che il suo Sincero fosse una copia in meglio di suo padre, e invece adesso scopriva che tra i due uomini non c'era assolutamente nessuna differenza! E lei veniva di nuovo tradita da un uomo, proprio come era successo vent'anni addietro con suo padre, proprio come era successo alla sua amata madre Carolina! Alla donna si gonfiò il cuore nel petto e cominciò a non vederci più dalla rabbia. I due si trovavano in piazza Duomo, in mezzo alla folla che andava avanti e indietro e saliva e scendeva dai tram simile al sangue che entra ed esce da un cuore umano per irrorare tutto il corpo. Un urlo riempì la piazza: la signora Moretto aveva cominciato

76) Vedi *Corriere della Sera*, articolo dell'11 gennaio 1919.

77) Vedi *Corriere della Sera*, articolo del 7 maggio 1920.

78) Vedi *La Stampa*, articolo del 9 settembre 1924.

a picchiare con le sue mani inesperte quell'avvocatucolo che aveva fatto la guerra ed era sicuramente più forte della sua vecchia amante, ma che di fronte a quei colpi imprecisi e rabbiosi non poteva far altro che pararsi il volto con il braccio e dirle di stare calma. Parole al vento, la signora Moretto non poteva stare calma, non di fronte a un tradimento così grande!

Il mese dopo il Rugarli se la trovò davanti nel suo studio in via Torino. La donna rimase lì per sei ore, ferma, impassibile, con un volto severo e incapace di ragionare. La donna non aveva paura di creare scandalo, anzi, voleva prendere la sua storia d'amore con Sincero e gettarla in pasto al mondo, metterla nella bocca dei suoi clienti e dei suoi collaboratori come se fosse un'ostia intrisa di veleno, sperando che quel Verbo malato si diffondesse in tutta la buona società milanese, sempre avida di pettegolezzi. Voleva che l'avvocato Rugarli perdesse quella credibilità che aveva acquisito in tanti anni di lavoro, voleva fargli perdere tutti i clienti, ma non le bastava, voleva di più! Adelia vedeva che al governo c'era Mussolini, quell'uomo che in passato aveva parlato con il suo Sincero alle riunioni degli interventisti e sembrava proprio come lui, solo migliore, con un cuore più grande che non l'avrebbe mai tradita come aveva fatto il suo avvocaticchio! Chissà se Adelia fosse veramente fascista convinta: era amante dell'ordine e della giustizia, e il movimento di Mussolini almeno a parole sembrava portavoce di questi ideali. Di sicuro si firmò come "una fascista" quando cominciò a scrivere le lettere anonime che inviò più e più volte alla polizia e alla Milizia Volontaria Sicurezza Nazionale (ovvero le Camice nere!) per dire che il Rugarli complottava di nascosto contro il regime. Uno di questi scritti ci è rimasto: secondo quanto diceva Adelia il Rugarli era addirittura comunista e faceva attivamente propaganda tra Varese, Como e Seregno; in quest'ultima località l'avvocato avrebbe avuto dei contatti con degli altri comunisti residenti in zona, a cui inviava messaggi cifrati con cui li si incitava ad astenersi dalle elezioni che sarebbero avvenute nel ’24. La stessa questura, che a differenza nostra sapeva ogni dettaglio sulla vita privata del Rugarli, sostenne che le accuse erano del tutto infondate dal momento che le idee socialiste dell’avvocato erano alquanto moderate e che negli ultimi anni non aveva dato assolutamente luogo a rimarchi. Secondo la questura l’anonimo autore di quella e altre lettere doveva essere proprio la signora Moretto. Chissà per quanto tempo ancora questi scritti continuarono a giungere alla polizia: sappiamo bene quanta pazienza avesse la signora Moretto quando c’era bisogno di convincere le forze dell’ordine che una determinata persona fosse colpevole di un determinato reato!

Il 27 giugno del 1925, alle ore 14:30, un delegato accompagnato da alcuni agenti della squadra politica fece una perquisizione in casa dell’avvocato sita in piazza Caiazzo 24 mentre l’uomo si trovava lontano da Milano. Quando il Rugarli chiese spiegazioni della cosa gli venne semplicemente risposto che il provvedimento era di natura politica[79]. Che ci fosse ancora la signora Moretto e le sue lettere anonime dietro questa perquisizione? Se così fosse, tra le ultime lettere inviate in questura contro il Rugarli e il caso Palermo sarebbero passati solo sei mesi, un tempo forse troppo breve per pensare che Adelia potesse essere completamente guarita dalla ferita d’amore che le era stata inferta. Nel suo cuore si agitava ancora una richiesta di giustizia che desiderava solo di essere soddisfatta, e purtroppo per il Guidoni questo sentimento trovò sfogo proprio contro di lui. Non era riuscita a mandare in galera quello schifoso del Rugarli, ma almeno aveva liberato il mondo da quel verme viscido e malato del Guidoni!

79) Vedi *Corriere della Sera* e *La Stampa*, articoli del 28 giugno 1925.

Figura 21. Ritratto dipinto dall'autore di Carolina Cambiaggio.

CAPITOLO XXI
L'ATTENZIONE DEI MEDIA TORNA A FOCALIZZARSI SUL PALERMO

I governanti italiani hanno un braccio lungo e uno corto: Quello lungo serve a prendere, e arriva dappertutto; quello corto serve a dare, e non raggiunge che i più vicini.

Frase attribuita a Ignazio Silone.

Nei primi giorni di aprile del 1928 Milano era stata in gran fermento: i lavori di costruzione della nuova fiera di Milano erano quasi terminati e il 12 aprile ne era prevista l'inaugurazione ufficiale alla presenza del re Vittorio Emanuele III. Mentre il Guidoni veniva sottoposto a interminabili interrogatori, Mussolini si trovava in città, impegnato in diversi colloqui con i ministri degli esteri Turco e Greco. Agli incontri ufficiali erano seguite lunghe visite in città[80]. Il 7 aprile, poco prima che il vecchio confessasse per la prima volta di aver ucciso Michele, il Palermo aveva deciso di inviare una lettera al Duce per chiedergli un colloquio privato. Il manoscritto originale è ancora oggi conservato all'interno dell'archivio della prefettura di Milano:

> Eccellenza
>
> Dio non permette ancora il miracolo atteso da tutte ardenti anime, fra cui da V. Ecc. Nella sventura che mi ha colpito ho avuto non dubbie prove di commovente simpatia, e di altissima protezione; sento tanta fiumana di gratitudine che mi sgorga da cuore gratissimo. Eccellenza, pieno di tristezza nella terza Pasqua senza pace prego V. Ecc. volermi concedere un colloquio di pochi minuti e mi servirà di conforto, nell'animo sfinito e nelle delusioni provate. Nella infinita riconoscenza

80) Vedi *Il popolo d'Italia*, articoli del 4, 5,6,7 aprile 1928.

del mio desiderio, imploro da Dio sul Suo capo tutto il bene che lo stesso suo cuore desidera; che V. Ecc. sia benedetta.

Con ossequi

Umilissimo Palermo Giuseppe

Via Comacchio 4 Case Popolari

Milano 7/4/28

La lettera non era sicuramente giunta a destinazione in un momento propizio: il 12 aprile, mentre il re stava per giungere in Fiera per l'inaugurazione, una bomba esplose in piazza Giulio Cesare, uccidendo ben 20 persone, in gran parte civili. Per questo atto gravissimo erano stati inizialmente arrestati diversi esponenti del partito comunista, ma per quanto le autorità si fossero impegnate con ogni mezzo più o meno lecito per dimostrare la loro colpevolezza, non venne mai trovata nessuna prova che inchiodasse quel gruppo di giovani alle loro presunte responsabilità. Alcuni di loro subirono in carcere torture terribili -il fratello dello scrittore Ignazio Silone, Romolo Tranquilli, morì nel '32 per le conseguenze delle botte subite- ma le autorità fasciste non riuscirono a estorcere nessuna confessione, né tantomeno a trovare qualche prova che non fosse puramente indiziaria. Sulla faccenda calò un silenzio di tomba, e ancora oggi c'è il sospetto che i colpevoli fossero in realtà un gruppo di fascisti estremisti, che mal sopportavano il processo di borghesizzazione a cui stava andando incontro il loro movimento[81].

In questa occasione di lutto e tristezza nazionale vennero mandate al duce un gran numero di lettere, ed era quindi normale che quella del Palermo passasse quasi inosservata in mezzo a tutte le altre. Solo il 29 aprile Alessandro Chiavolini, segretario di Mussolini, mandò una lettera al prefetto Pericoli

---

81) Per approfondire l'argomento, vedi Carlo Giacchin, *Attentato alla fiera. Milano 1928*, Milano, 2009

Figura 22. Piazza Giulio Cesare in una cartolina risalente proprio alla inaugurazione della Fiera

semplicemente per comunicare che *essendo venuta a mancare, e mancando tuttora, ogni possibilità di accogliere tale desiderio* [di avere un colloquio], *prego la E.V. di volere invitare il Palermo a riferire a Lei quanto intendeva portare a conoscenza di S.E.* Si lasciò poi alla discrezione del prefetto la possibilità o meno di informare il capo del Governo circa il contenuto del colloquio col Palermo, ulteriore prova di come effettivamente Mussolini stesse seguendo personalmente il caso, anche se forse in maniera un po' distratta.

Il colloquio ebbe effettivamente luogo il 4 maggio e ne venne dato un discreto risalto sulle pagine della *Stampa*. Nessuna traccia di questo incontro sulle pagine del *Corriere*, ma la cosa non ci deve stupire, dal momento che, come vedremo, il Palermo durante il colloquio con il prefetto si rivelò particolarmente dubbioso circa la colpevolezza del Guidoni. All'interno del giornale di Torino la lettera del Palermo viene leggermente deformata nella forma, ma non troppo nei contenuti: si dice in maniera un po' stereotipata che il povero genitore si era rivolto al cuore paterno dell'onorevole Mussolini per ringraziarlo del suo interessamento e per rinnovargli una devota preghiera:

quella di voler ancora disporre perché nulla rimanesse intentato allo scopo di far luce sulla sorte del bimbo.

Figura 23. Mussolini in visita a Milano (*Domenica del Corriere*, 15 aprile 1928). Immagine appartenente alle collezioni della Biblioteca di storia moderna e contemporanea di Roma.

Accolto con affettuosità dal prefetto Pericoli (almeno così dicono i giornali, ma non abbiamo particolari motivi per dubitare il contrario), il Palermo si è sentito rivolgere parole di conforto e rinnovare l'assicurazione che non sarebbe stato trascurato nulla per arrivare alla verità: l'on. Mussolini ha ripetuto al prefetto le disposizioni più precise in proposito (se l'ha fatto sul serio, di queste disposizioni non rimane traccia negli archivi che ho consultato), e il prefetto, a sua volta, ha di nuovo fatto alla Polizia di Stato le sue più vive premure al riguardo. Allora il Palermo ha espresso i suoi dubbi sulla colpevolezza del Guidoni, sostenendo che la confessione del vecchio fosse dovuta solo a una forma di auto-suggestione, e probabilmente parlò a lungo dei coniugi Lopez e della possibilità che i due sapessero veramente qualcosa sulla sorte di Michele. Di sicuro il prefetto ha voluto essere informato in maniera dettagliata intorno alle offerte della medium pugliese e ha dato precise disposizioni al questore perché si mettessero alle strette i coniugi Lopez e si scoprisse finalmente se fossero solo venditori di fumo o conoscessero veramente qualche retroscena del caso Palermo. Una lettera manoscritta del questore di Milano Silvestri datata 5 maggio 1928, lo stesso giorno in cui il Palermo andava a fare visita al Pericoli, riporta quanto segue:

> Si è a me presentato il sig. Giuseppe Palermo padre del bambino scomparso Michele. Egli, che spera sempre di ritrovare il suo figliuolo che crede ancora vivo, ha espresso il desiderio che si facciano ancora ricerche a mezzo di quel tal Lopez Michele che tempo fa aveva promesso rivelazioni richiedendo un compenso di lire 2000. Poi che il Lopez, fermato da codesto ufficio sia stato rilasciato dopo alcune ore. Se era un truffatore perché fu rilasciato e non fu denunciato? Se invece le sue affermazioni avevano avuto una lontana parvenza di verità perché non si approfondiscono le indagini? Non avendo V.S. a suo tempo (primi di marzo del corrente anno) riferito nulla, prego favorirmi un chiarimento al riguardo.

Insomma, grazie a questa lettera noi sappiamo che il 5 maggio il Palermo aveva parlato anche col Questore di Milano e che proprio quest'ultimo era uscito dal colloquio con il velato sospetto che i Lopez potessero veramente essere a conoscenza almeno in parte della verità. D'altronde all'interno della Polizia non tutti avevano lo stesso scetticismo del questore Secchi nei confronti del paranormale, e più volte in passato gli agenti avevano fatto uso di medium e veggenti per cercare di venire a capo di alcuni misteri insolubili.

Gli inviati della *Stampa* riuscirono in questi stessi giorni a ottenere un'intervista dai coniugi Lopez: la signora aveva dichiarato che se fosse stata interrogata di nuovo dalle autorità non avrebbe potuto far altro che ripetere quanto aveva già detto un'altra volta: che le fornissero i denari necessari al viaggio per recarsi a prendere il piccolo Michele! Lei e il marito non chiedevano compensi di sorta, ma volevano soltanto che si provvedesse per il viaggio dal momento che erano sprovvisti di mezzi. La signora Ronzino ha aggiunto che lo Spirito le aveva comunicato che in seguito alle ultime pubblicazioni dei giornali il piccolo Michele era stato allontanato dalla località in cui era stato custodito fino a quel momento. Il Guidoni era innocente: lo spirito le aveva infatti assicurato che il giorno della scomparsa del bimbo il vecchio era talmente ubriaco che la portinaia della casa dovette persino aiutarlo a salire per un tratto le scale. La donna sostenne che desiderava fornire la dimostrazione che quello che diceva era vero, e la questura doveva convincersi che il loro scopo era solo quello di contribuire a far luce sull'oscura faccenda. Non era lontano il giorno in cui ogni cosa si sarebbe finalmente chiarita! Parole molto allettanti per un uomo che, come il Palermo, non aspettava altro che qualcuno gli rivelasse che il figlio era ancora in vita. Nessuna pista poteva essere lasciata intentata, come era successo in tutti quegli anni, quando si era dato retta ad ogni sospetto, ad ogni lettera anonima, ad ogni medium!

CAPITOLO XXII
GIORNI DI SOPRALLUOGHI

Streets and their sidewalks, the main public places of a city, are its most vital organs. Think of a city and what comes to mind? Its streets. If a city's streets look interesting, the city looks interesting; if they look dull, the city looks dull.

Jane Jacobs, *The death and life of great american cities.*

Erano quasi le quindici dell'undici maggio, quando un'automobile con la capote abbassata giunse in piazzale san Luigi alla Gamboloita. Ne scesero il consigliere istruttore Montanari, il perito ingegner Ambrogetti, il cancelliere Impellizzeri e, custodito da due agenti, un vecchio dai baffoni bianchi, non molto alto ma diritto, robusto e del tutto tranquillo. Dal cappotto marrone uscivano i calzoni rigati del carcerato, mentre un berretto calcato sulla nuca lasciava sfuggire larghe ciocche di capelli candidi. Quanti si trovavano sul piazzale capirono immediatamente che si trattava del Guidoni, giunto sul luogo del delitto per mostrare agli inquirenti il percorso che aveva fatto la notte del rapimento! Subito si fece incontro al vecchio una folla di curiosi che poté essere trattenuta solo a stento dagli agenti e che si mise ad accompagnare i visitatori con continue espressioni di sgomento e di indignazione per il contegno tenuto dall'arrestato. Il vecchio infatti era assolutamente tranquillo, addirittura indifferente: i magistrati lo seguivano lungo il percorso che sosteneva di aver fatto quella sera di Capodanno, mentre il carcerato ripeteva ogni cosa con precisione di particolari, apparentemente senza smentirsi, senza un momento di incertezza o di pentimento. Il gruppo si incamminò per via Scrivia, facendo una piccola sosta davanti al negozio della fruttivendola Del Miglio al numero 3.

Solo pochi giorni prima, il 4 maggio, la donna, durante un sopraluogo fatto dal Montanari e dall'Ambrogetti, aveva rivelato che la sera di Capodanno del 1926 un bambino si era recato nel suo negozio per comprare una castagna, solo che lei non ce l'aveva e il fanciullo si era allontanato contrariato verso piazza San Luigi. Nessuno in quel momento lo stava seguendo, e le parole della fruttivendola sembravano confermare che il rapimento doveva essere avvenuto più in là, probabilmente in via Tagliamento. Rimane ancora da chiedersi come mai la signora Del Miglio fosse rimasta zitta per tutto questo tempo: nella zona si era fatto un gran parlare del rapimento del bambino, e se anche la fruttivendola non avesse letto i giornali, era difficile che i suoi clienti non avessero mai parlato di quella terribile vicenda in sua presenza! Della Del Miglio possediamo un'altra informazione tratta da un numero del *Corriere della Sera* del 16 luglio 1935: in quell'epoca la donna gestiva una latteria in via Monte Popera 8, a Rogoredo, quando il suo negozio venne chiuso per cinque giorni a causa del mancato rispetto di alcune norme non meglio precisate che disciplinavano la vendita del latte. Un episodio così secondario non può rivelarci molto sul personaggio, se non una scarsa propensione ad obbedire con prontezza alle richieste delle autorità che potrebbe almeno in parte giustificare il suo comportamento. Ma se il silenzio della Del Miglio può essere giustificato in mille modi possibili, è molto più difficile da comprendere per quale motivo non fosse mai venuto in mente a nessun investigatore di interrogare la proprietaria di un negozio di fruttivendolo situato a poca distanza dal luogo del rapimento e sicuramente aperto in quel primo gennaio 1926! Soprattutto se si tiene in conto che Michelino in quella sera stava proprio andando in cerca di una castagna! Qualcosa nelle indagini non era decisamente andato a dovere.

Docilmente, fornendo indicazioni anche col dito, il Guidoni aveva seguito i magistrati in piazza San Luigi e poi in via Tagliamento, in fondo alla quale si trovava via Benaco. Il vecchio ha precisato di aver visto il bambino all'angolo tra via Scrivia e corso 28 Ottobre, ma di non averlo fermato in quel punto: lo aveva avvicinato un poco più avanti, vicino a una tabaccheria posta all'angolo con piazzale San Luigi, poi lo aveva preso e accompagnato per mano lungo via Scrivia, svoltando a sinistra in corso 28 Ottobre, verso porta Romana.

In questa prima parte del sopralluogo notiamo subito una serie di piccole contraddizioni o di stranezze che non vengono riportate dal *Corriere della Sera*, che nel narrare l'evento puntava soprattutto a descrivere lo sguardo mostruosamente distratto del Guidoni. In un articolo del 5 Maggio. *Il popolo d'Italia* aveva spiegato dettagliatamente i motivi per cui era necessario fare questo sopralluogo:

> Quale strada avrà percorso il rapitore con la sua vittima? È da escludersi che il Palermo, col Guidoni o con qualche altro – se il Guidoni risulterà innocente – abbia percorso via Tagliamento, via Benaco, via Brembo per sbucare in Corso XXVIII Ottobre? La casa del Palermo è a sinistra dell'incrocio di via Benaco con via Tagliamento: per andare verso via Brembo si prende dal lato destro. Possibile che, passando poco lontano dalla casa n.17 nessuno abbia potuto vedere il Palermo in compagnia dello sconosciuto? O è stata percorsa la via Tagliamento, e poi la piazzetta San Luigi, e, quindi, il ramo diremo nord di via Don Bosco, che sbuca, parimenti, in via XXVIII Ottobre? È questo il più breve percorso per giungere sul Corso anzidetto. Ma possibile, ancora qui, che passando a pochi passi dalla Cooperativa dove il signor Palermo attendeva il ritorno del figliuoletto, nessuno abbia visto il piccolo Michelino? Come si vede, è arduo poter affermare, in modo preciso (prima che le indagini alacremente condotte non diano qualche elemento di più) per dove è passato il rapitore. Soprattutto quando ciò sarà possibilmente stabilito, potrà aversi la prova se il Guidoni, nella sua "confessione" ha detto il vero o ha mentito, affermando di aver percorse certe determinate strade.

In pratica dal resoconto del Guidoni verrebbe fuori che avrebbe condotto il bambino in Corso XXVIII Ottobre passando per via Scrivia, ovvero l'alternativa che dovrebbe essere stata scartata a priori dagli inquirenti perché prevedeva che il vecchio e il bambino fossero passati proprio davanti al negozio della Dal Miglio, che al contrario aveva sostenuto di non aver visto nessuno seguire Michelino! Certo, la cosa in sé non costituisce un problema in assoluto (in fondo la Del Miglio poteva essersi distratta e non aver visto il bambino mentre tornava indietro in compagnia del vecchio!), ma era comunque un dubbio abbastanza serio a cui non viene minimamente fatto cenno all'interno della descrizione del *Corriere*. D'altronde, come notato dal Popolo d'Italia, il vecchio avrebbe potuto essere visto da un conoscente del Palermo in qualsiasi direzione fosse andato: come si diceva all'inizio del nostro racconto, i quartieri popolari come la Gamboloita erano dei piccoli paesi in cui tutti si conoscevano e tutti sorvegliavano da lontano i bambini, soprattutto se finivano nelle mani di un estraneo.

La misteriosa scomparsa del piccolo Michele sembrerebbe però smentire l'assunto della sociologa Jacobs secondo cui la sorveglianza dei negozianti e degli abitanti rende i quartieri popolari più sicuri; che il sistema di controllo alla Gamboloita avesse delle falle viene testimoniato ancora di più dalle precedenti scomparse dei bambini Ferruccio Ferrari e Orlando Forelli o dalle gang di piccoli ladri che rubavano le merci dai carri in transito in Corso Lodi. Ma dobbiamo considerare che in realtà il quartiere era inframezzato da prati e da fabbriche dove di notte e nei giorni di festa non c'era nessuno se non qualche sparuto guardiano notturno. Nell'area c'erano numerosissime aree lontane dallo sguardo dei negozianti, zone d'ombra scarsamente illuminate e per niente controllate dove l'imponderabile poteva facilmente accadere. In fondo il luogo dove probabilmente è accaduto il rapimento del bambino si trovava di fronte al monastero delle Canossiane, un posto dove ancora oggi puoi trovarti a camminare da solo o in compagnia di persone poco raccomandabili persino in pieno giorno. Inoltre il comune aveva lasciato i canali scoperti e le strade non asfaltate, lanciando un segnale abbastanza inquietante e tragicamente evidente: del benessere degli abitanti di questa zona non ci interessa un gran ché, se da queste parti abitassero famiglie per bene staremmo più attenti all'arredo urbano, quindi se siete dei delinquenti potete pure venire a fare i vostri affari da queste parti, questo è un porto franco lasciato libero per voi. È notorio che il degrado finisce per attirare inevitabilmente altro degrado, innescando un circolo vizioso che può portare solo alla perdita completa del controllo di un quartiere, e proprio per questo motivo le amministrazioni comunali dovrebbero prestare molta attenzione ai territori se non vogliono che si trasformino rapidamente in Favelas, Slums, Banlieu o, per usare un termine milanese, Cairo. La teoria della Jacobs non viene dunque veramente smentita, ma anzi se ne riconosce più profondamente la sua veridicità.

Il sopralluogo alla Gamboloita era finito. Fatto risalire in auto, il vecchio ripercorse il tragitto compiuto lungo la circonvallazione, da porta Vittoria a porta Monforte fino a Porta Venezia. Qui proseguì lungo Corso Buenos Aires fino a Via San Gregorio, dove svoltò per poi passare in via Benedetto Marcello. Gli agenti fecero un'altra sosta in via Vitruvio, dinanzi alla casa al numero 7, quella della signora Moretto. Proprio in quel momento la donna si trovava alla finestra della sua abitazione, ad attendere le figlie che tornavano da scuola. Come notato in maniera drammatica dai cronisti del *Corriere*, il caso fece in modo che la signora potesse rivedere il vecchio nella stessa posizione in cui l'avrebbe visto quella sera fatale di Capodanno. Il Guidoni era stato fatto scendere dalla macchina ed è rimasto qualche tempo in mezzo alla via, attorniato dalle persone che lo accompagnavano. Ripercorse con la memoria il tragitto svolto oltre due anni addietro, dando però una versione dei fatti differente rispetto a quella riportata dalla Moretto: per il vecchio il colloquio con i passanti sarebbe avvenuto all'angolo di via Benedetto Marcello con via Scarlatti, mentre per la signora questo episodio sarebbe avvenuto all'angolo di via Tadino, di fronte a casa sua. Inoltre nella versione della Moretto il vecchio sarebbe provenuto da Corso Buenos Aires e sarebbe passato proprio sotto il portone di casa sua, sul marciapiede opposto.

Lasciata via Vitruvio, il sopralluogo è proseguito lungo via Benedetto Marcello sino al casamento di via Scarlatti 20. Qui si sono rinnovate le scene di curiosità da parte di alcuni inquilini del caseggiato, ma dopo una breve sosta il gruppetto se n'era subito andato via, dal momento che il sopralluogo nella casa era previsto per un altro giorno. Erano le 16. Il vecchio risalì in macchina e senza che nemmeno un muscolo del volto tradisse la sua emozione, fu ricondotto al cellulare.

La mattina del 18 maggio il vecchio venne visitato in cella dal prof. Boldrini, perito medico-legale, che lo invitò a narrare come avesse compiuto il delitto. Il Guidoni era in condizioni di estrema debolezza e proprio per questo non fu capace di raccontare per filo e per segno i fatti della notte di Capodanno, limitandosi a ripetere i punti salienti ma senza quei particolari precisi che il prof. Boldrini sperava di ascoltare per procedere ai rilievi richiesti dall'autorità giudiziaria. Il dottore ebbe comunque l'impressione di essersi trovato in presenza di un individuo anormale, roso dall'alcool, ma non per questo si sentì di escludere che potesse essere stato proprio lui il responsabile del delitto.

Proprio in quel pomeriggio, verso le 15:30, il prof. Boldrini giunse in via Scarlatti accompagnato dal prof. Cazzaniga e dal dottor Impellizzeri. Pochi minuti dopo si unì al loro gruppo il comm. Montanari. Il gruppo sperava di entrare nella casa un tempo abitata dal Guidoni, solo che la porta era chiusa a chiave e non c'era nessuno per aprirla. Il Torrazza, che continuava ad abitare nel luogo del delitto come se nulla fosse successo, era stato invitato a trovarsi alla Procura del Re per le ore 15.30, cosa che effettivamente aveva fatto, solo che il Commissario non si trovava lì, ma in via Scarlatti. L'equivoco venne risolto facilmente e il Torrazza si recò immediatamente a casa sua per permettere l'accesso ai periti. Mentre questi prendevano le misure, gli ispettori e i giornalisti che avevano al loro seguito rimasero ancora una volta colpiti dal gran numero di abitanti di quello stabile e di come le finestre della casa del Guidoni, posizionate all'angolo dell'edificio, fossero estremamente vicine a quelle della casa di fronte. Il sopralluogo durò all'incirca fino alle 17:00, poi i funzionari abbandonarono la casa. Altri sopralluoghi sarebbero seguiti a breve in via Scarlatti e non solo.

Il 19 maggio gli inquirenti si recarono infatti a casa della Moretto: il consigliere istruttore Montanari e il cancelliere Impellizzeri giunsero in via Vitruvio verso le 21:30. Secondo l'osservatorio astronomico di Brera in quell'ora doveva esserci lo stesso tipo di visibilità che si può trovare il primo gennaio alle 18:30. Gli uomini si appostarono alla finestra, mentre in strada passava il brigadiere De Solda in compagnia del figlio che aveva più o meno la stessa statura e la stessa età di Michelino all'epoca della scomparsa. I due passarono due volte lentamente sotto il numero sette di via Vitruvio, ripetendo il percorso che avrebbe svolto il Guidoni la notte di Capodanno. I risultati di questa perizia vengono riportati in maniera differente dal *Corriere* e da *L'Ambrosiano*, ma non sembrano comunque particolarmente entusiasmanti: per il *Corriere* proprio durante la perizia una pioggia a dirotto cadde su Milano, velando la luce dei lampioni e impedendo ai presenti di vedere con chiarezza quel che si trovava in strada. L'esperimento si sarebbe dovuto ripetere un altro giorno, dal momento che il primo gennaio del 1926 c'era stato un cielo sereno e una visibilità sicuramente maggiore. Per i cronisti de *L'Ambrosiano* i risultati della perizia sarebbero stati al contrario del tutto negativi, dal momento che si ebbe l'impressione che le luci, distanti 20 metri dal luogo del riconoscimento, permettessero alle persone che stavano assiepate sul balcone della Moretto di riconoscere solo una persona già nota. Come se non bastasse il 19 maggio del 1928 la zona era maggiormente illuminata rispetto alla notte di Capodanno del 1926, dal momento che mentre veniva svolta la perizia era aperta una bottega di calzoleria che ovviamente era chiusa durante la giornata festiva. Certo, la pioggia aveva reso sicuramente più difficile la vista, ma anche nella sera di Capodanno l'aria non era certo limpidissima. Insomma, per tutti questi motivi il Commissario Montanari (contrariamente a quanto sostenuto dal *Corriere*) avrebbe giudicato definitivo l'esperimento e non volle ripeterlo.

Le indagini della polizia puntarono anche al ritrovamento della stufa che il Guidoni avrebbe usato per far scomparire il corpo del bambino. Ben presto gli investigatori riuscirono a rintracciare lo straccivendolo che aveva acquistato quel che restava dell'oggetto: si trattava di Vittorio Di Lorenzo di Romolo, residente in via Vallazze 9. Convocato dalla polizia, l'uomo ha spiegato che un anno prima, girando per le case del quartiere di porta Venezia, era entrato anche in via Scarlatti 20, lanciando dal cortile il suo richiamo agli inquilini. Un vecchio gli propose di vendergli una stufa, ma egli, vedendo come era ridotta, disse di essere disposto a rilevarla solo come rottame. Il vecchio accettò senza problemi e si accontentò di una lira di compenso. Lo straccivendolo portò il rottame nel suo magazzino, lo fece a pezzi e poi lo rivendette come ferrivecchi. Di fronte alle domande della polizia ha però detto di ricordarsi benissimo la forma e la grandezza della stufa, aggiungendo che ne possedeva una della stessa misura e capacità, vecchia ma ancora in buono stato.

L'otto giugno i periti professori Boldrini e Cazzaniga si recarono in via Scarlatti con la stufa che gli era stata fornita dallo straccivendolo. Una volta accesa con legna e carbone coke, hanno bruciato al suo interno alcuni chilogrammi di carne di vitello e una testina d'agnello tagliata a pezzi per misurare la durata della combustione e verificare fino a quale distanza si sentisse l'odore della carne bruciata. Sempre a loro spettò anche di scoprire di che genere fossero le ossa essiccate rinvenute nella soffitta del Guidoni, se il panciotto di lana ceduto dal vecchio al Torrazza presentasse veramente macchie di sangue e se il coltellaccio che si riteneva essere stato usato per smembrare il bambino fosse adatto a compiere quella particolare operazione.

È un peccato che non possediamo la relazione originale fornita dai due professori: i giornali hanno fatto relazioni di questa perizia molto divergenti tra di loro nei dettagli e ognuno di loro non ha fatto altro che portare acqua al proprio mulino, cercando di dimostrare che la perizia era a favore della colpevolezza o dell'innocenza del Guidoni in base alla propria linea editoriale. Solo una cosa sembrava certa: il corpo del bambino poteva veramente essere bruciato nella stufa, ma solo usando tempi estremamente lunghi: 17 o 18 ore secondo *L'Ambrosiano*, dieci ore per il *Corriere*, che poté in questo modo sostenere che il Guidoni avrebbe avuto tutto il tempo necessario per svolgere il suo sporco lavoro, dato che sarebbero passate ben 12 ore dal momento in cui era arrivato a casa col piccolo Michele fino all'alba. Per i cronisti de *L'Ambrosiano* al contrario quella terribile notte del primo gennaio era troppo breve per compiere un così duro lavoro!

Per bruciare i resti di Michele, il Guidoni avrebbe dovuto usare 50 chili di legna e 25 di carbone. Il vecchio aveva detto di avere usato solo la legna, ma il *Corriere* risolve questo problema semplicemente andando avanti a parlare di altro.

Secondo la perizia il puzzo del fumo sarebbe sicuramente filtrato dalle finestre ed era impossibile che nessuno degli inquilini di quello stabile sovraffollato l'avesse sentito, anche se era inverno e le imposte erano solitamente chiuse per il freddo. Questo almeno per *L'Ambrosiano*: secondo il *Corriere* i periti avrebbero invece sostenuto che l'odore poteva tranquillamente passare inosservato, soprattutto perché era inverno e le finestre erano chiuse per il freddo! Il coltello era inadatto per svolgere quel lavoro terribile, soprattutto se lasciato nelle mani di un vecchio come il Guidoni, visibilmente incapace di compiere da solo quanto aveva confessato. Nessuno problema secondo il *Corriere*: il vecchio poteva tranquillamente essersi aiutato con un martello! Le macchie sul panciotto di lana erano state prodotte da grasso e non da sangue, mentre le ossa trovate in solaio non erano umane, ma di bovino. Ma il *Corriere* ci fa notare (in questo caso giustamente!) come il vecchio non abbia mai detto di aver smaltito i resti del bambino in solaio, ma solo di averli buttati nell'immondezzaio.

Per quanto riguardava le indagini psicologiche, sembrava che il Guidoni presentasse solo scarsa pericolosità per sé, nel senso che potrebbe, nel caso di grave pena, indursi a tentare il suicidio, mentre verso altri non potrebbe presentare che ulteriori manifestazioni di pervertimenti sessuali analoghi a quelli rivelati in passato. È quasi inutile dirlo, il *Corriere della Sera* mise particolare enfasi su queste ultime parole, cercando così di far dimenticare i risultati piuttosto ambigui delle perizie.

Tanto per rendere la vicenda ancora più ingarbugliata e complessa, ai primi di luglio il Guidoni era stato nuovamente interrogato e in questa occasione aveva negato di aver ucciso il bambino, sostenendo nuovamente che il fanciullo gli fosse stato portato via da alcuni passanti sconosciuti in via Vitruvio...

CAPITOLO XXIII
IL RITORNO DEI PUGLIESI

Mentre il positivismo fondava le scienze sociali, (proclamando la morte della teologia) e il marxismo istigava il proletariato ad abbandonare la religione istituzionale bollata come «oppio dei popoli», migliaia e migliaia di persone tentavano di comunicare con i mondi spirituali attraverso medium e veggenti.

Cecilia Gatto Trocchi

Mentre gli esperimenti scientifici andavano avanti, un uscere e un ufficiale giudiziario si erano presentati in una casetta confinante con i campi in via Benaco per eseguire lo sfratto degli inquilini di un piccolo appartamento al piano rialzato che da tempo non pagavano l'affitto. Era il primo di giugno: gli inquilini non erano in casa, ma tra gli uomini venuti a mettere in atto lo sfratto scalpitava il proprietario delle poche suppellettili contenute nei locali, venuto a tutelare i propri diritti dal momento che i mobili non gli erano mai stati pagati. I rappresentanti della legge stavano per eseguire gli atti di rito, quando intervenne un impedimento legalmente presentato: gli inquilini risultavano legittimamente assenti da Milano, anzi erano lontani per compiere un'investigazione giudiziaria e pertanto lo sfratto doveva essere rimandato al loro ritorno.

La casa di via Benaco era ovviamente quella abitata dalla coppia dei medium pugliesi che avevano finalmente ricevuto le duemila lire richieste per trovare il bambino e si trovavano già da due giorni a Foggia. Chi fosse stato a fornire il denaro non è chiaro: secondo *L'Ambrosiano* sarebbe stato un anonimo personaggio impietosito dalla situazione in cui versava il Palermo, visibilmente prostrato dall'idea che forse stava perdendo l'unica occasione per riavere indietro il suo bambino solo perché non riusciva a procurarsi i soldi richiesti dai coniugi Lopez. La Polizia, comunque, non si fidò di loro e gli mise alle calcagna il vicecommissario Tommasino e il brigadiere Sterlicchio; insieme ai due agenti si trovavano anche alcuni uomini di fiducia dello stesso Palermo: infatti a Milano si era arrivati addirittura a sospettare che i Lopez, grazie ad alcuni appoggi con la malavita locale, avrebbero potuto prendere un bambino qualunque spacciandolo per il vero Michelino.

Come prima cosa la medium aveva chiesto per sé stessa un abito da cavallerizza: vestita in questo modo si era recata nelle assolate campagne pugliesi, dal momento che lo spirito di Cesare Augusto le avrebbe rivelato che Michelino era tenuto prigioniero in un piccolo centro rurale. Solo che in questa località non trovarono nessuno. Per un mese intero i due coniugi si spostarono tra Foggia e Taranto in base alle presunte rivelazioni medianiche della donna. Alla fine i funzionari stremati si convinsero che i due fossero solo degli imbroglioni e il 16 giugno li dichiararono in stato di arresto. Contemporaneamente emerse un altro dettaglio che avrebbe potuto spiegare da solo le motivazioni di quella strana coppia: il marito, recentemente condannato a 6 mesi di reclusione per bancarotta, era in procinto di subire il giudizio di appello, e forse preferiva cambiare aria proprio per schivarlo. Ricordiamo inoltre che la partenza per indagini di Polizia aveva evitato lo sfratto che era già in atto proprio il giorno in cui i due se ne erano andati da Milano.

Il 18 giugno il vicecommissario Tommasino e il brigadiere Sterlicchio ricondussero i coniugi Ronzino a Milano, dove vennero interrogati dal vicequestore e successivamente ammoniti dal commissario Stivala affinché non compissero più azioni di tal genere, altrimenti sarebbero senz'altro finiti al confino! Messi in libertà provvisoria in attesa del processo, i due, che continuavano a dichiarare di non essere riusciti a trovare il bambino per una serie di eventi sfortunati, rischiavano di risolvere in maniera piuttosto drastica i loro problemi di alloggio!

CAPITOLO XXIV
IL TESORO DEL GUIDONI

Su quella mappa è indicata un'isola
dov'è nascosto un tesoro
Devi imbarcarti al più presto e andare là
Anche se il viaggio è insidioso!

L'isola del tesoro, sigla cantata da Cristina D'avena.

Sul *Corriere della Sera* del 3 luglio i lettori sempre avidi di notizie trovarono un nuovo articolo relativo al mostruoso e disumano Guidoni. Questa nuova storia era iniziata il 23 giugno: tra piazza Oberdan e la vecchia Stazione Centrale (quella che si trovava dove ora c'è piazza della Repubblica) un ciclista correva vicino a un tram, quando vide all'interno del mezzo un uomo che si stringeva eccessivamente a un passeggero per sfilargli il portafoglio. Il derubato non si era accorto di nulla e il ladro fu libero di scendere dal tram e proseguire a piedi con l'aria più innocente del mondo. Ma il ciclista non gli consentì di farla franca: lo tallonò rallentando la propria andatura fino al piazzale della stazione centrale, dove l'uomo vide il vigile Marani che dirigeva il traffico.

Subito il ciclista gli raccontò l'accaduto e il ladro venne prontamente fermato e condotto in centrale. Qui gli vennero trovati addosso due portafogli, uno vuoto (il suo!) e l'altro pieno di cartamoneta. Il ladro sfortunato era il trentunenne Stefano Ragno, pregiudicato per reati dello stesso genere. Fin qui nulla che esulasse dalla normale routine di una città confusa e piena di ladri come Milano: l'inatteso avvenne quando durante la perquisizione avvenuta a San Vittore gli agenti gli trovarono in tasca un pezzetto di carta piegato in quattro con scritto sopra "Guidoni".

Figura 24. Cartolina risalente al 1926 che rappresenta dei ciclisti in viale Vittorio Veneto, proprio nel luogo dove sarebbe avvenuto l'episodio descritto nel *Corriere della Sera* del 3 luglio.

– Tu conosci il Guidoni? – chiese sorpreso il funzionario. Il ladro titubò un po', ma messo alle strette finì per confessare: quel Guidoni era proprio il vecchio satiro di via Scarlatti!

Il borsaiolo lo aveva conosciuto in uno dei suoi soggiorni in carcere, anzi era stato messo nella stessa cella del vecchio per spiarne le mosse e cercare di fare luce sulle tenebre della sua mente. Un giorno il Guidoni sembrava particolarmente lucido e gli aveva raccontato che standosene in guardina aveva avuto come compagno uno che era appena stato tradotto a Milano da una cittadina lombarda in cui aveva commesso un grande furto. I due detenuti avevano conversato a lungo, ma il Guidoni ebbe l'accortezza di non rivelare al suo compagno di cella la gravità del suo delitto. Proprio per questo motivo il ladro lo ritenne un accattone condannabile al massimo a qualche giorno di reclusione, si fidò istintivamente di lui e gli disse:

– Tu, buon vecchio, sei certo più fortunato di me: ti avran messo dentro perché povero e vagabondo. Forse non hai una casa, non hai mezzi di sussistenza e quando tra qualche giorno o forse tra qualche ora ti lasceranno andare, ti troverai di nuovo sperduto per il mondo. Chi sa quante volte ancora dovrai, innocente e puro come sei, essere scambiato per un delinquente e arrestato. Ebbene, io voglio darti la prova che noi ladri siamo gente di cuore: rubiamo a chi ne ha, ma poi sappiamo anche fare della... beneficenza!

Il vecchio appariva commosso: era la prima volta che qualcuno gli parlava con così tanta generosità! Il compagno di cella continuò:

– È vero, io sono un ladro. Ma l'ho fatto per mettermi a posto. Un colpo grosso e poi non ne farò più. Ho rubato 90.000 lire in biglietti di banca, un pacco di titoli al portatore - dunque, sono di chi... li porta - e un bel cofanetto di gioielli. Una vera fortuna, vecchio mio. Naturalmente mi condanneranno. Non mi dispiace di dover star dentro qualche anno. Questo, si sa, era previsto. L'importante è che, uscendo di prigione, io possa ritrovare intatto il mio tesoro.

– E non lo hai ben nascosto?

– L'ho nascosto, ma non mi sento sicuro. Ed è ciò che mi tormenta. Senti vecchio mio, a proposito, come ti chiami?

– Giuseppe Guidoni.

– Senti, mio caro Guidoni, mi è venuta un'idea: tu certo uscirai presto da questa prigione. Vuoi custodire il mio tesoro? Così potrai aiutarmi, mandandomi un po' di denaro e un po' di cibo durante la mia prigione e potrai vivere anche tu... di rendita, senza bisogno di chiedere nulla a nessuno. Quando uscirò faremo i conti...[82]

Il vecchio, pur sospettando che sarebbe rimasto dietro le sbarre ben più tempo del compagno di cella, accettò comunque l'incarico: allora il ladro gli consegnò un pezzetto di carta su cui era segnata la topografia del luogo del seppellimento del

---

82) Questo dialogo, degno di una piece comica, è tratto da *L'Ambrosiano*.

tesoro, aggiungendo che si trattava di 90.000 lire in biglietti di banca, un pacco di titoli al portatore e un involto di gioielli: un gruzzolo non da poco! Come era intuibile le informazioni vennero passate al Ragno, che alla fine, messo alle strette dalla polizia, si abbandonò a una struggente confessione:

– Signor commissario, lei mi ritiene un borsaiolo incorreggibile; ma le giuro che feci il colpo sul tranvai a scopo di redenzione. Sissignore: mi lusingo di entrare a far parte anch'io della combriccola del tesoro nascosto. Sapevo che il Guidoni sarebbe rimasto al fresco forse per tutta la vita; io invece dovevo uscire entro pochi giorni. Accarezzai la speranza di scovare il tesoro per conto mio e le garantisco che se lo avessi trovato non avrei più dato la caccia ai portafogli. Soltanto che mi mancavano i mezzi per il viaggio e le altre spese delle ricerche, e feci l'ultimo colpo per procurarmeli. Purtroppo ci doveva essere un cittadino ciclista a mandarmi a monte tutto!

Il borsaiolo aggiunse poi che il Guidoni aveva affermato di custodire gelosamente lo schizzo topografico e di essere riuscito a sottrarlo alle investigazioni del personale carcerario. Il Ragno non mentiva: da un'attenta analisi del vestiario conservato nei magazzini del carcere venne trovata la mappa del tesoro nascosta dietro il marocchino del suo cappello sgualcito e unto.

Seguendo le indicazioni segnate sul pezzo di carta, il commissario Salines e il vicecommissario Florita si recarono insieme ad altri agenti in borghese nei pressi di Malnate, nel Varesotto, dove da appena un anno era stato costruito un bel ponte in pietra per sostenere la ferrovia. Su quel ponte c'erano più di mille mattonelle di cotto, e proprio dietro a una di quelle si trovava il tesoro! Peccato che trovarla si sarebbe rivelato ben più difficile del previsto! Gli agenti presero a scandagliare, a tentare la resistenza di parecchie mattonelle, infine ne videro una più sospetta delle altre e cercarono di rimuoverla, solo che proprio in quel momento i contadini della zona, insospettiti dallo strano atteggiamento dei funzionari, cominciarono a far massa intorno agli uomini in borghese. Possibile che si trattasse di attentatori pronti a collocare una mina? Quel ponte era stato costruito da Mussolini, era un simbolo del regime, e in altri luoghi erano state trovate di recente delle bombe lungo la massicciata della ferrovia! Nessuno si era degnato di avvisare quei contadini che quegli operai improvvisati erano in realtà dei poliziotti, e così i loro animi si scaldarono velocemente, tanto da costringere gli agenti alla fuga. La gente del luogo si prese addirittura la briga di chiamare i Carabinieri, e furono solo loro a calmare le acque.

Da indagini successive si venne a scoprire che il ladro che aveva fatto le sue rivelazioni al Guidoni era Federico Belgeri, lo stesso topo di appartamenti che aveva ascoltato per primo le confessioni del vecchio intorno all'uccisione del Palermo. Sembrava che alcuni giorni prima di essere arrestato, il Belgeri avesse litigato con i suoi compagni, da qui il timore che uno di loro potesse uscire prima di lui dal carcere, intascandosi tutto il bottino: preso dal panico avrebbe quindi cercato l'aiuto del Guidoni, chissà se prima o dopo che il vecchio gli aveva rivelato di essere un assassino! Comunque fosse, il Belgeri era stato sicuramente molto più previdente del necessario. I suoi avvocati furono infatti decisamente abili e riuscirono a convincere i giudici che il loro assistito fosse solo un ricettatore e non l'esecutore materiale dei furti, ottenendo così la scarcerazione sua e di uno dei suoi compagni. Come tornò in libertà, il Belgeri si recò nella sua casa di Malnate e poi scomparve nel nulla. Ci immaginiamo che sia immediatamente corso sotto al ponte della ferrovia per recuperare il bottino e darsi alla macchia. Non sappiamo per quanto tempo riuscì a nascondersi dalle forze dell'ordine: probabilmente non molto, dal momento che lo ritroveremo meno di un anno dopo in tribunale come testimone per il processo contro il Guidoni.

CAPITOLO XV
LA VERA STORIA DEL TESORO DEL GUIDONI SECONDO L'AMBROSIANO

A journalist is someone who distinguishes the truth from the falsehood and publishes the falsehood.

Mark Twain

Come abbiamo già visto, *L'Ambrosiano* era sempre stato molto critico nel descrivere il modo in cui gli altri giornali tendevano a romanzare le vicende del caso Palermo. Dopo aver letto gli ultimi articoli del *Corriere* relativi alla caccia al tesoro del Guidoni, i cronisti de *L'Ambrosiano* si sentirono in dovere di fornire una propria versione della faccenda, deformata in maniera tale da diventare una vera e propria farsa. L'articolo comincia con la descrizione del capo della squadra mobile Tomatis che calmo e sereno nel suo ufficio sfoglia l'ultimo numero del *Corriere* e si trova davanti l'articolo relativo al tesoro scomparso. Dopo averlo finito di leggere, l'agente si sarebbe messo le mani nei capelli e avrebbe esclamato con disperazione:

– Mio Dio, se lo viene a sapere il questore!

Stando a quanto scrive *L'Ambrosiano*, ai tempi del secondo arresto del Guidoni il Tomatis, preso dall'ossessione di farlo confessare, avrebbe infatti preso da parte il Belgeri, che si trovava per caso nella stessa cella del sospetto rapitore, e gli avrebbe consigliato di accattivarsi la simpatia del vecchio raccontandogli una bugia: gli avrebbe lasciato credere di essere un ladro in possesso di un tesoro e che sarebbe stato disposto a collaborare con lui. Il Belgeri, che di sicuro era astuto, comprese subito il piano del poliziotto, prese un foglio di carta e tracciò la topografia del ponte di Malnate.

– Ecco signor commissario: io gli farò credere di aver nascosto 90 lire, titoli e gioielli sotto questo ponte e gli darò l'incarico di andare a ritirare il tesoro e di custodirmelo. Vedrà che dopo una simile prova di fiducia il vecchio "canterà". Mi lascia provare?

– E prova...

Insomma, la mappa del tesoro sarebbe stato solo un trucco per far confessare al vecchio! Un dettaglio che, se autentico, avrebbe potuto porre una severa ipoteca sull'operato della polizia. Ma sarà stato vero? Di sicuro la vicenda narrata dagli altri giornali era piena di lacune che potrebbero essere spiegate proprio tenendo in conto la versione de *L'Ambrosiano*: quando il Guidoni avrebbe fatto la sua confessione al Belgeri? Prima o dopo di sapere che sarebbe potuto diventare ricco grazie al tesoro di Malnate? E allora perché ha confessato, quando sarebbe bastato resistere alcuni giorni per evitare la galera e godersi i soldi?

D'altro canto, questa versione dei fatti ha il difetto di essere molto, troppo favorevole alla linea editoriale notoriamente innocentista del giornale milanese. Come avrebbero fatto i cronisti de *L'Ambrosiano* a venire a conoscenza di tutti questi particolari della storia completamente trascurati dagli altri quotidiani? Forse dallo stesso Tomatis?

Comunque fosse, il giornale dal titolo rosso colse subito la palla al balzo e prese occasione per pubblicare il 14 luglio un nuovo articolo in cui veniva rilanciata con forza la linea innocentista e in cui venivano aggiunti altri dettagli sulla vita del Guidoni prima e durante l'arresto. Il giudizio finale sull'operato della questura di Milano è decisamente tranchant, e tira addirittura in ballo un presunto odio del duce nei confronti della polizia milanese che appare quantomeno irrituale e ricordava da vicino i bei tempi in cui c'era ancora una piena libertà di *Stampa*. Riportiamo integralmente il passo in questione:

> Ma non si deve dimenticare che il Guidoni è un vecchio quasi ottantenne, diminuito psichicamente oltre che dall'età dall'alcool. Prima di essere coinvolto nella truce faccenda della scomparsa del bimbo Palermo, egli non aveva che un desiderio: farsi ricoverare alla Baggina. Se ne voleva andare tra i vecchioni e terminare la sua non certo gloriosa e neppure onorata esistenza. Aveva già pattuito col suo pigionante, il tranviere Francesco Torrazza, la cessione della camera tenuta in affitto in via Scarlatti 20. Il tranviere gli aveva promesso che se fosse riuscito a farsi ricoverare alla Baggina e il padrone di casa avesse lasciato a lui Torrazza la camera, gli avrebbe dato qualche centinaio di lire... per la ceditura. Ma la sua domanda di ricovero non fu accettata. I sanitari della Baggina giudicarono che egli fosse ancora abbastanza vigoroso per poter trovare da lavorare e non lo vollero loro ospite. Il vecchio, invece, lavoro non ne trovava e viveva quasi di elemosina, non alimentandosi, talvolta, che con gli avanzi della parca mensa dei suoi coinquilini. Quando la squadra mobile, ai primi dello scorso aprile, lo mandò a chiamare con un biglietto, il vecchio nell'avviarsi in questura, si mostrò estremamente sfiduciato: "che cosa vogliono ancora da me? Sarebbe meglio che la finissi". Non aveva soldi, non aveva cibo. A San Fedele la vita, che per lui si era ormai chiusa nel soddisfacimento dei bisogni più umili, mangiare, dormire, divenne improvvisamente ricca di inattese e insperate fortune. I funzionari lo trattavano, nei primi giorni, con ogni riguardo: grosse ciotole di caffè-latte e del buon pane da inzupparvi dentro. Pasti abbondanti se non proprio luculliani dei quali il vecchio quasi non aveva più memoria. Poi ecco capitare in guardina un uomo di cuore, un ladro benefattore, che subito gli apre tutto l'animo suo, che gli offre... un tesoro. Ma in quale regno incantato era egli capitato, proprio quando credeva di essere andato a finire... all'inferno? C'era, è vero, l'ossessione di lunghi, interminabili interrogatori. Ma anche essi si svolgevano con dolce pacatezza.

Mai una parola... meno che riguardosa. Si faceva appello alla sua memoria, alla sua sincerità. Gli si ricordava, come è di prammatica, che peccato confessato è mezzo perdonato. Che cosa desiderava egli ardentemente? Di andare alla Baggina. Ma l'unico mezzo per ottenere ciò era di dire la verità: alla sua età, anche se avesse commesso il delitto di cui lo si accusava, ciò che di peggio gli poteva capitare era appunto di essere mandato alla Baggina. Fu così [...] che il vecchio Guidoni cominciò a dire di aver rapito il bimbo Palermo. Ma intanto la polizia credeva di aver scoperto "Il coltello della strage", le ossicine carbonizzate della vittima, un panciotto macchiato di sangue, aveva appurato che il Guidoni s'era sbarazzato di una stufetta, che la sera di quel tragico capodanno il Torrazza non era rincasato, ce n'era abbastanza per rispondere all'angosciosa domanda: "che ne ha fatto del piccino?" con l'inscenare l'atroce delitto del bimbo tagliato a pezzi e poi bruciato. Più tutto ciò era inverosimile, più la fervida fantasia dei funzionari che si affannavano a strappare una confessione al vecchio rammollito si accendeva: Guidoni intanto, che sognava di andare alla Baggina e poi, in qualche ora di libera uscita, sotto il ponte di Malnate per recuperare il tesoro nascostovi dal suo fido compagno di cella ammetteva tutto. Lo hai ucciso? Sì. Lo hai bruciato? Sì. Come hai fatto, spiegati bene. E il vecchio si spiegava. Che importa poi se i particolari che dava erano inconsistenti, tali da far sgomento, da apparire inverosimili per la loro stessa atrocità! Non si sa chi fosse ormai più vittima di suggestione, se il Guidoni nell'ammettere il delitto o i funzionari nel credere alle sue assurde confessioni. Si era creato, così, un ambiente di accesa e irresistibile commozione: il vecchio si ripiegava svenuto sulla sedia, un funzionario singhiozzava disperatamente pensando di essere padre anche lui. La signora Adele Moretto, colei che aveva per prima elevata l'accusa contro il Guidoni, veniva chiamata a godere anche lei di questo inopinato e inatteso trionfo della giustizia, di questa incredibile scoperta della verità! Ci perdoni Ugo Ojetti se facciamo abuso di quei tali punti esclamativi che egli vorrebbe aboliti! Solo un freddo, spassionato, sereno e forse severo osservatore, avrebbe potuto far cadere su tanto acceso gaudio, un gelido soffio di scetticismo e di incredulità. Questo "osservatore" vi fu e fu guardato in cagnesco: parlava dalle colonne di questo nostro spassionato "Ambrosiano" e s'ebbe contro quasi tutti gli altri giornali i quali giuravano nel verbo della Questura. Quella Questura di Milano che anche al Duce non è mai piaciuta. La verità si è fatta strada faticosamente, durante tre mesi di lunga e paziente istruttoria. Quando, pochi giorni or sono, il Guidoni ha saputo che quello del tesoro non era che un trucco, che la promessa del ricovero alla Baggina non era che un grossolano inganno, quando ha capito, finalmente, che il suo atroce racconto era stato smentito e smantellato, poiché le prove che avrebbero dovuto confermarlo ne hanno invece documentato l'inconsistenza, il vecchio, si direbbe, è rientrato in sé. Il consigliere Montanari ha fatto sapere che il Guidoni si è rimangiato la confessione. "Ma perché avete affermato tante cose?" "Perché mi dicevano che mi avrebbero mandato alla Baggina."

E noi potremmo aggiungere che ad altri che lo hanno interrogato per ragioni di ufficio, il Guidoni ha detto un giorno: "Mi dissero che c'erano i testimoni, che ero stato visto col bambino ed io svenni". Non soltanto blandizie, dunque, furono adoperate per ottenere dal vecchio l'assurda confessione, ma anche metodi meno simpatici e che, nell'anno VI dell'Era fascista dovrebbero anche da funzionari che conservano la vecchia mentalità, essere relegati tra i vecchi, arrugginiti, ferri del mestiere. Cade a proposito ricordare, qui, che nei giorni in cui la polizia annunziò di aver scoperto il rapitore e l'assassino del bimbo Palermo, il Duce, che si trovava a Milano, fece subito avvertire la Questura a mezzo del Prefetto, di andare molto cauti. L'alto consiglio giovò, infatti, a rendere subito titubanti gli stessi funzionari che poche ore prima gridavano al miracolo... Dio ci scampi da miracoli di tal genere!

In seguito a queste parole molto tranchant, *L'Ambrosiano*

tornò a parlare del Guidoni solo in un articolo del 28 novembre: nelle campagne di Casorate Sempione era stata uccisa una bambina e per questo orrendo misfatto era stato arrestato il Flameni, un vecchio mendicante di Gallarate che si era subito affrettato a confessare con convinzione il suo delitto. Da successive indagini della polizia si era invece scoperto che il vecchio aveva un alibi di ferro, dal momento che nel momento in cui si consumava il delitto si trovava in un'osteria in mezzo a decine di testimoni. Il *Giornale di Milano* prese spunto da questa storia per mettere nuovamente in dubbio la confessione del Guidoni, anche se in questo caso le parole adoperate furono decisamente meno dure rispetto a quelle di luglio, anzi, si arrivò quasi a dire che forse il vecchio poteva essere veramente colpevole, solo rimaneva l'obbiettiva difficoltà nel dimostrarlo. Può essere che le pressioni dell'autorità stessero cominciando a ottenere i loro risultati? Il 15 giugno del 1929, il giorno prima dell'apertura del processo del vecchio, *L'Ambrosiano* si limitò a riportare le vicende che avevano portato il vecchio a essere indagato. Solo in fondo un veloce accenno alla vecchia linea editoriale del giornale:

> le polemiche della stampa furono parecchie e noi stessi abbiamo sostenuto che alle mostruose autoaccuse del Guidoni mancava ogni ausilio di prova. Tuttavia, alla vigilia del processo [...] ogni commento in proposito sarebbe fuori di luogo. La Giustizia seguirà il suo corso e i giurati diranno serenamente la loro parola di assoluzione o di condanna.

Come mai questo improvviso cambiamento nella linea editoriale del giornale? Il 10 ottobre del 1928 era successo qualcosa che aveva riguardato non solo *L'Ambrosiano*, ma più in generale tutta la stampa italiana: Mussolini in persona aveva riunito a palazzo Chigi 70 direttori di giornali per parlare loro della missione del giornalismo nel Regime. Dopo aver chiarito che in un regime totalitario [...] la stampa è un elemento di questo regime, una forza al servizio di questo regime, il duce sostenne che il giornalismo italiano doveva agire come un'orchestra, in cui ogni strumento emette suoni diversi, ma tutti all'interno della stessa armonia. Dopo questa ardita metafora musicale, Mussolini spiegò espressamente in quali modi i giornalisti non avevano servito il regime negli ultimi anni. Tra i numerosi punti toccati c'era ovviamente la cronaca nera, che a suo dire doveva essere lasciata ai commissari verbalizzanti delle questure[83].

Il discorso venne riportato integralmente da quasi tutti i giornali, tra cui anche *L'Ambrosiano*, che dedicò ben 4 colonne alle parole del duce. Dopo questo discorso i giornali si gettarono sempre più velocemente in quella strada in discesa che li avrebbe portati negli anni '30 a diventare lunghi elenchi di inaugurazioni di opere pubbliche e compleanni di uomini di governo. È chiaro che in una situazione del genere la storia del Palermo cominciò a essere trattata con maggiore contegno, senza titoloni a due colonne, senza scoop, senza baruffe a tratti grottesche tra i diversi quotidiani, senza affermazioni che potessero essere considerate scandalose. Insomma, la morte del vero giornalismo d'inchiesta, il maggior alleato delle democrazie e della libertà di pensiero, il vero nemico delle dittature di ogni tempo e di ogni luogo.

---

83) Estratti di questo discorso si trovano in Nicola Tranfaglia, *La Stampa* quotidiana e l'avvento del regime 1922-1925, Bari, 1980, pp. 92-95.

Figura 25. Il ponte di Malnate in una cartolina d'epoca. Appena finito di costruire nel 1927, sarebbe stato scelto dal Belgeri e dalla sua banda come rifugio per il proprio bottino.

CAPITOLO XXVI
SI DELINEA IL RITRATTO DEL MOSTRO

"Questo tipo è un genio, il Mozart del vizio... che peccato che uno così debba finire in un carcere a vita!"

Il mostro di Roberto Benigni.

Mentre *L'Ambrosiano* lanciava le sue Filippiche contro la polizia di Milano e gli altri giornali che sostenevano la colpevolezza del Guidoni, il *Corriere* continuava a interessarsi degli studi che stavano venendo fatti su quello che ormai veniva definito come il vecchio debosciato. Il commissario Montanari aveva infine deciso di far sostenere al Guidoni una perizia psichiatrica presso il manicomio provinciale di Mombello. La cosa poteva avere un senso: non si capiva più cosa fosse vero e cosa falso nelle parole del vecchio e forse nemmeno lui lo sapeva sul serio...

Erano le cinque e mezza di mattina, era ancora notte e solo una vaga luminosità rischiarava il cielo e faceva intuire che il giorno si stava avvicinando. Nella cella di San Vittore era tutto buio e si sentiva solo il rumore profondo del respiro dei carcerati e i passi delle guardine. Due uomini in divisa entrano nella cella dove dormiva il Guidoni e lo svegliarono: si doveva preparare, perché presto sarebbero andati insieme a fare un giro. Senza protestare il vecchio fece una lenta e accurata toelette indossando i pantaloni di tela bianca, le scarpe rossicce, una giacca scura e il cappello a cencio. Sul braccio teneva il soprabito. Un maresciallo e due carabinieri lo accompagnarono con il furgone del cellulare fino alla stazione ferroviaria delle Nord, in quella che oggi si chiama piazza Cadorna. Entrati in una carrozza di prima classe, i quattro rimasero sul treno fino alla Bovisa. Una carrozza li attendeva: Saliti al suo interno, i quattro proseguirono fino a Mombello, dove li attendevano le forme slanciate e le due alte torri del palazzo Pusterla, sede del manicomio provinciale.

Il manicomio di Mombello è oggi un rudere abbandonato. Chissà, forse tra *le cartelle cliniche stipate negli archivi*, lasciate alle incurie del tempo e dei vandali che si intrufolano di nascosto nel palazzo deserto, si trovano ancora i documenti scritti dai medici che avevano preso in cura il vecchio. Chissà quali aspetti sconosciuti della sua personalità giacciono lì abbandonati nella polvere, sprazzi offuscati di sole capaci magari di gettare un po' di luce in questa vicenda dai tratti tanto oscuri. Ma per ora dobbiamo accontentarci della cronaca giornalistica per avere ulteriori dettagli sulla figura del Guidoni: grazie a questa noi sappiamo che il 21 novembre, dopo tre mesi di osservazioni e analisi, i professori Battistessa e Ciarla dichiararono concordemente che il Guidoni non era un pazzo, ma un degenerato, capace di aver compiuto l'atroce delitto imputatogli e pure di ripeterlo, qualora se ne presentasse l'occasione. Le sue confessioni dovevano pertanto ritenersi assolutamente credibili! Secondo il Ciarla il Guidoni non presentava infatti il più piccolo sintomo di alterazione al cervello, anzi aveva una mente lucida e una memoria sorprendente, unite ad un grado di cultura superiore alla sua condizione sociale. Egli avrebbe dimostrato infatti di gradire molto la lettura, e sui libri letti ha espresso giudizi assennati e talvolta anche acuti. Avrebbe rivelato inoltre una particolare predisposizione per gli argomenti di carattere storico, ricordando esattamente date e vicende. Per quanto dedito al vino, il Guidoni non si sarebbe potuto definire un alcoolizzato. Nonostante i suoi 67 anni, il vecchio sarebbe stato ancora robusto e avrebbe dato una versione dei fatti imputategli sempre uguale a quella consacrata negli atti processuali, solo che si fermava ostinatamente al momento in cui gli sarebbe stato sottratto da degli estranei. Secondo il Ciarla anche questa sarebbe stata una dimostrazione della lucidità della sua mente: resosi conto dell'atrocità di quello che aveva raccontato, e avrebbe deciso di tornare indietro sui suoi passi, negando con ostinazione di aver ucciso il piccolo Palermo.

Dopo questa descrizione a tratti grottesca della vita del Guidoni a Mombello (il vecchio che legge libri di storia sembra Smerdiakov che cerca di imparare il francese alla fine de I fratelli Karamazov), il *Corriere* fece una vera e propria carrellata di vari episodi osceni che avrebbero visto il Guidoni come protagonista e che erano già state in gran parte citate da *Il popolo d'Italia* in un articolo dell'11 aprile. A quanto pare il vecchio era stato considerato da alcune madri che abitavano in via Scarlatti 20 come pericoloso, tanto che le donne raccomandavano ai bambini e alle bambine di non lasciarsi trovare soli da lui sulle scale o sui ballatoi e di non accettare le sue caramelle. Una di queste donne, Candida Gerloni, sostenne di avere una volta appioppato dei sonori schiaffoni al vecchio che si sarebbe fatto cogliere da lei in una non meglio precisata posa equivoca con una bambina di appena due anni. Sempre alle "pose equivoche" che era solito tenere il vecchio fecero a un certo punto riferimento i dirigenti della Società delle tranvie di Porta Romana che avevano licenziato il Guidoni un po' di tempo prima. Mentre in un primo momento si era fatto riferimento allo scarso rendimento come causa del licenziamento del Guidoni, ora i dirigenti decisero di modificare la storia, sostenendo che il vecchio si sarebbe abbandonato sovente a oscenità che avrebbero provocato più volte le proteste dei viaggiatori che sostavano nella stazione di Porta Romana in attesa delle partenze dei treni. A tutti questi dettagli a prima vista piuttosto inquietanti si aggiunse un altro episodio non meno edificante avvenuto il 31 luglio del 1914, verso mezzogiorno. In quel caldo giorno d'estate il Guidoni era stato arrestato dal vigile urbano Giovanni Cambiaghi mentre tentava di adescare ai giardini pubblici una ragazza quattordicenne con un piccolo compenso in denaro. Condotti entrambi al commissariato di Porta Venezia, il Guidoni non aveva negato il fatto, affermando cinicamente di avere l'abitudine di adescare le bambine. Per i giornalisti del *Corriere della Sera* apparve chiaro come il sole che col tempo questa inveterata abitudine si era approfondita al punto di renderlo capace dell'orribile delitto per cui presto sarebbe stato chiamato a rispondere davanti alla Corte d'assise. Fu a questo punto che sul numero del *Corriere della Sera* del 22 novembre comparve una geremiaca a favore della giustizia:

> Se la Magistratura opinerà come la scienza psichiatrica che quello spaventoso vecchio, dal passo tremulo e dalla canizie di nonno, rubò veramente un florido bimbo di cinque anni e, sfogando una bestialità che trascende ogni immaginazione, lo straziò e lo distrusse col fuoco, il mostro finirà i suoi pochi giorni di vita nell'inedia monotona di un ergastolo, né il suo corpo stanco e logoro potrà averne molto strazio, né la torbida mente conoscerà i tormenti del rimorso e della vergogna. Ma la sua condanna e, più che quella, la dimostrazione lampante della sua colpevolezza da cui la condanna dovrà derivare avranno tuttavia la loro importanza sociale e saranno giusto tributo al consorzio civile da lui così atrocemente offeso. Perché veramente nelle vicende della criminalità sanguinosa nulla è più mortificante e angoscioso della colpa impunita, dell'impotenza di raggiungere il reo, del buio fitto che, avvolgendo impenetrabilmente il delitto, centuplica lo spasimo dei sopravvissuti e li condanna alla pena del dubbio più dura dello stesso lutto.

Con queste parole calò sul caso Palermo un nuovo silenzio che durò fino all'aprile dell'anno successivo.

CAPITOLO XXVII
IL PROCESSO

– Non vedete come è comico il vostro ufficio? – disse queste ultime parole voltandosi di nuovo verso Porfirij.
– E perché è comico? – chiese Porfirij Petròvic, ritornando subito indietro e aguzzando le orecchie.
– E come? Quel povero Mitòlka, chissà quanto avete dovuto tormentarlo, opprimerlo col vostro metodo psicologico, fino a che non ha confessato; giorno e notte gli avete ripetuto: "Tu sei l'assassino, tu se l'assassino...", e ora che ha confessato ricominciate a torturarlo: "Menti, tu non sei l'assassino! Non puoi essere tu! Non dici la verità!". Ebbene, tutto ciò non dimostra che il vostro ufficio è comico assai?

Dostoevskij, *Delitto e castigo*, traduzione di Vittoria Carafa de Gavardo.

Il 9 aprile la sezione d'accusa presieduta dal comm. Ronga e con giudice estensore il consigliere Zalapi decise finalmente di rinviare il Guidoni alla corte d'assise per rispondere di omicidio volontario commesso a scopo di brutale malvagità. Il processo si aprì finalmente il 17 giugno. Ricostruire come si sia svolto il processo è stato un lavoro quasi filologico: i diversi giornali che si stavano interessando al caso riempirono l'aula del tribunale di cronisti, ma poi nel pubblicare la relazione dei fatti finirono per riportare con dovizia di particolari solo le parti del processo che sembravano assecondare la loro linea editoriale, innocentista o colpevolista che fosse. I dettagli più scabrosi come la descrizione dei presunti adescamenti di bambini trovarono spazio solo sulle pagine de *Il Secolo, la Sera*, un giornale evidentemente molto affascinato dal torbido, mentre al contrario le voci delle persone che ritenevano il Guidoni innocente vennero riportate da *L'Ambrosiano* e *La Stampa*, ma vennero ovviamente taciute dal *Corriere*.

Il vecchio tribunale si trovava in piazza Beccaria, a due passi dal Duomo. L'aula dove si sarebbe svolto il processo era affollata e calda. Cronisti, poliziotti e curiosi si aggiravano per i corridoi e le aule, usando fogli di carta come ventagli improvvisati e fumando nervosamente. Il chiacchiericcio confuso si diffondeva da una parte all'altra dell'aula, fino a quando il vecchio non entrò nella stanza. Seduto al suo posto il Guidoni seguì il discorso del presidente ai giurati con fare corrucciato e tenne sempre il capo basso senza mai alzarlo. Quindi venne fatto uscire dalla gabbia, cosa che fece procedendo a passo lento, quasi cadente, fino a metà del pretorio, dove sedette più vicino ai giurati.

> Presidente — Dunque è vero che avete trovato questo bambino a Porta Romana, presso la chiesa di San Luigi?
>
> Imputato — No.
>
> Pres. — Voi siete stato portato al Commissariato di via Curtatone. Chi vi ha interrogato?
>
> Imp. — Un maresciallo. Gli risposi che non sapevo nulla del fatto. Mi lasciò andare.
>
> Pres. — Questo nel febbraio 1923. Ma poi foste arrestato il 4 aprile dello stesso anno. Allora che cosa avete detto?
>
> Imp. — Mi ho truvaa nagott.
>
> Pres. — Oggi parlate così, mentre altre volte diceste diverso. Voi confessaste di avere soffocato il bambino, poi di averlo fatto a pezzi e bruciato parte in una stufa parte in un caminetto. Foste anche portato dal giudice istruttore sul posto ed indicaste il punto dove avevate trovato il piccolo Michele Palermo. E rifaceste tutto il lungo percorso.
>
> Imp. — Mi pare di essere stato col giudice in automobile.

Pres. — Infatti. Al giudice istruttore diceste di avere incontrato il bambino poco distante dalla sua abitazione di via Benaco, di averlo condotto fino in corso Buenos Aires dove egli si mise a strillare. Soggiungeste che qui si mise a piangere.

Imp. — Non ricordo.

Pres. — Poi, dopo avergli lasciato bere un po' di acqua alla fontanella di via Benedetto Marcello, voi lo avete portato verso la vostra abitazione in via Scarlatti, e siccome piangeva, per farlo tacere lo avete premuto con una mano sulla bocca e sul naso, così forte che ve lo trovaste morto. Allora pensaste a disfarvi del cadavere. Lo portaste in braccio a casa vostra. Gli tagliaste le gambe, gli spaccaste il capo e infine bruciaste quei poveri resti.

Imp. — Non avevo neanche un pezzetto di legno...

Un brivido di raccapriccio corse nell'aula. Il Guidoni rimase impassibile, a capo chino. Ebbe solo alcune contrazioni al viso, come se fosse stato affetto da un tik nervoso.

Pres. — Da quando avete perduto la memoria?

Imp. — Da quando sono uscito da Mombello, tre mesi fa.

Pres.— E prima l'avevate?

Imp. — Un po'.

Pres. — Che mestiere facevate?

Imp. — Prima ho fatto el casee: poi sono stato operaio della Edison per 17 anni: ultimamente ero pensionato con tre lire al giorno.

Pres. — È vero che nella vostra stanzetta avete dato alloggio a un pensionante?

Imp. — A volte ne ho avuti anche due. In quell'epoca avevo solo un certo Francesco Torrazza.

Pres. — In quell'epoca? Quale?

Imp. — Nel 1925.

Pres. — Perché a un certo momento riduceste al pensionante il prezzo della pensione?

Imp. — Si lamentava…

Pres. — Avete avuto anche un certo Rossi, in casa vostra?

Imp. — Sì, un giovane di 23-24 anni.

Pres. — Quanto tempo vi è stato?

Imp. — Circa un anno.

Pres. — È vero che nella notte dal primo al due gennaio del '26 il Torrazza non dormì in casa?

Imp. — Non ricordo.

Pres. — È vero che avevate una stufa che poi l'avete cambiata?

Imp. — L'ho cambiata perché la fava fumm.

Pres. — Ma voi al giudice diceste che la stufa andava bene, ma che l'avevate cambiate perché dopo che vi avevate bruciato il bambino puzzava e si era schiantata.

Imp. — Non ricordo.

Pres. — Conoscete questo coltello? È vostro?

Imp. — Sì, lo adoperavo per tagliare il lardo.

Pres. — Il Torrazza dice che questo coltello è scomparso per molto tempo; poi è stato ritrovato nel solaio arrugginito.

Imp. — No. Dopo lo adoperavo per tagliare la legna.

Pres. — Quanta legna adoperavate per la vostra stufa?

Imp. — Venticinque chili ogni quindici giorni.

Pres. — E con questo voi diceste di avere tagliato a pezzi il cadavere di quel povero bambino.

Imp. — Non mi pare... non ricordo.

A questo punto il presidente spiegò che la stufa stava dentro un camino. All'altezza di circa 40 centimetri vi era una tavoletta di legno nella quale fu riscontrato un foro abbruciacchiato.

Pres. — Avete mai acceso il camino?

Imp. — Mai.

Pres. — È vero che portavate dall'officina qualche vecchia traversina di legno, per bruciarla?

Imp. — Qualche pezzetto di due o tre chili.

Pres. — È vero che puzzavano di catrame?

Imp. — Sì.

Pres. — Petrolio ne avete mai avuto in casa?

Imp. — Mai.

Pres. — Voi diceste anche di avere impiegato quattro ore a far sparire le tracce del cadavere. Dovreste ricordare che la mattina dopo il Torrazza fu sorpreso di trovare la finestra della camera aperta e di sentire un odore di bruciaticcio.

Imp. — Non so... ero ubbriaco.

Pres. — E come lo ricordate?

Imp. — Perché la mattina dopo non andai a lavorare

Pres. — Il giorno 2 andaste al lavoro

Imp. — No; avevo lavorato il giorno prima.

Pres. — E siete rientrato a che ora?

Imp. — Non mi ricordo: s'eri ciucc.

Pres. — Ma come fate a ricordare tante cose e tante altre a non ricordarle? Vi ricordate che vi hanno messo a confronto con una signora?

Imp. — Mi pare…

A questo punto dell'interrogatorio il presidente riferì alla corte come il Guidoni fosse accusato di compiacersi nel dire sconcezze specialmente con i bambini.

Pres. — Si ricorda che nel 1914 voi tentaste di adescare una bambina di 14 anni. Un vigile vi accompagnò in questura, ma poi foste rilasciato perché non risultò trattarsi di reato, vi sono dei vostri vicini di casa che vi accusano di atti a danno di bambini. Una mamma, anzi, vi avrebbe preso a schiaffi.

Imp. — Io non ho mai ricevuto schiaffi.

Questa parte del processo doveva avere contenuti ben più scabrosi, dal momento che la *Stampa* e *L'Ambrosiano* scrissero che era meglio sorvolare su quanto era stato detto e che questo specifico aspetto della vita del Guidoni aveva suscitato una accanita discussione tra Parte Civile e difesa. Il presidente ricordò come, prima che al giudice istruttore, il Guidoni si fosse confessato autore del delitto col maresciallo Nava, precisando i particolari. Si fece anche accenno al fatto che nella sua confessione il Guidoni avrebbe ammesso di aver raccolto il sangue del bambino in due tazze e ne avrebbe addirittura bevuta una! Il vecchio ascoltava sempre a capo chino, lisciandosi ogni tanto meccanicamente i lunghi baffi bianchi e fregandosi gli occhi, senza mai rialzarsi. A ogni contestazione fattagli direttamente dal presidente, l'imputato rispondeva sempre a capo chino di non saper rispondere. Il presidente continuò raccontando come il giudicabile avesse successivamente ritirato la confessione dicendo che il Nava l'aveva carpita promettendogli un posto al ricovero dei vecchi alla Baggina.

Imp. — Si, mi disse: «Insomma, contate su qualche cosa di questo ragazzo, così l'affare resta finito e voi entrerete alla Baggina» e disse che il processo non si farà se avessi raccontato qualche cosa di questo figlio.

Pres. — Di quale?

Imp. — Mi soo no.

Pres. — Avevate mai parlato con nessuno del Palermo?

Imp. — Avevo sentito dei compagni leggere i giornali, dove si diceva che questo ragazzo era andato cogli zingari.

Pres. — Chi è che vi suggerì di parlare di via Tadino e di condurvi il giudice?

Imp. — Non ricordo. Non so.

La Parte Civile voleva far chiedere all'imputato come mai negli ultimi interrogatori in cui aveva revocato la sua confessione egli avesse comunque ammesso di aver rapito il bambino, pur avendo negato di averlo ucciso. La maniera con cui era stata formulata questa domanda suscitò violente proteste della Difesa, e ne nacque una animata discussione tra le parti. Il presidente rivolse comunque all'imputato la domanda proposta dalla Parte Civile. Il Guidoni, come al solito, non rispose. A questo punto venne contestato al vecchio una nuova accusa di cui fino a quel momento i giornali non avevano mai fatto menzione.

Pres. — Ricordate di aver incaricato un vostro compagno di cella di scrivere a vostro fratello?

Imp. — Non ricordo.

La lettera era agli atti e il presidente la lesse. Al suo interno veniva comunicato al fratello del Guidoni che l'istruttoria era finita e che era stato nominato l'avvocato. Il vecchio chiedeva per favore al suo parente di far visita al suo difensore. Poi il Guidoni chiese *perdono di aver mancato in un momento di ubriachezza e di incoscienza.*

La lettera era stata scritta in prima persona, ma con la calligrafia di un altro detenuto e firmata semplicemente "tuo fratello Giuseppe". La difesa fece però rivelare che anche la calligrafia della firma è quella del compagno, un certo Berretta.

Si chiuse così l'udienza della mattina. Il pomeriggio la camera si riunì di nuovo per sentire l'imputato che continuava ostinatamente a negare ogni accredito, tanto che alla fine il

Commissario Curtino balzò in piedi e disse:

– La memoria l'avete, non venite a infinocchiarci. Voi foste ricoverato in osservazione al manicomio di Mombello, quei medici vi hanno ritenuto completamente responsabile dei vostri atti. Non solo, ma vi hanno anche riconosciuto memoria e intelligenza. Parlate, potrebbe anche essere nel vostro interesse. Se vi siete accusato contro la verità, ditelo!

L'imputato tacque. Il presidente lesse allora uno dei verbali del giudice istruttore; uno degli ultimi, anzi, in cui il Guidoni aveva ammesso l'incontro col bimbo. Egli diceva testualmente: «Ricordo solo il momento in cui l'avevo per mano sull'angolo di via Benaco e poi in via Marcello e in via Scarlatti; dopo non so più nulla.» E oltre: «Non ricordo più come sia sparito quel bambino: l'avrò bruciato? L'avrò distrutto in altro modo? Io non lo so. Nella mia camera io non ho rilevato nulla nei giorni successivi: nessuna traccia di sangue o altro.» Dopo questa lettura che l'imputato ha seguito impassibile, l'avvocato Danesi della Parte Civile insorse e dichiarò:

– Stamane il Guidoni ha smentito anche il ratto ammesso negli interrogatori di istruttoria, pure ritrattando in essi la confessione dell'omicidio. Supplico il presidente di insistere affinché il Guidoni ammetta almeno davanti ai giurati di essersi accompagnato col bambino Palermo.

– Quando si insiste, allora cede! – scattò l'avvocato Bertasi della Difesa.

– Al maresciallo Nava ha confessato dopo un interrogatorio durato cinque ore!

– No, no, qui non ci pigliate! – intervenne allora l'avvocato Barbetti di Parte Civile – qui non si fa la burletta.

– Si vuole riprodurre il fenomeno dell'istruttoria! – insorse l'avvocato Procaccia della Difesa. – Basta insistere e Guidoni afferma qualunque cosa. Ma neanche il ratto esiste!

In appoggio della Parte Civile interviene il P.M. commissario Lamberti Bocconi e l'incidente si prolungò finché il presidente non intervenne per stringere l'imputato in una morsa di contestazioni. Il nuovo sforzo venne coronato da qualche successo. È come uno spiraglio di luce che penetra nell'aula e rompe un poco il fitto del mistero, sostenne enfaticamente il *Corriere della Sera* nel descrivere questa scena. L'imputato affermò infatti nel suo linguaggio confuso e disadorno: «Non sapevo che cosa avessi in mano, se era la mano di un bambino, anzi ho capito cosa avevo per le mani quando arrivai in via Benedetto Marcello. Ma non so se l'ho ucciso o non l'ho ucciso.»

Pres. — E dove lo avete portato?

Imp. — Non lo so. Non lo so. Ero ubbriaco....

Pres. — Ma al maresciallo Nava l'avete detto!

Imp. — Io ho detto quello che diceva lui.

Pres. — E dove avete trovato quel bambino?

Imp. — Non lo so. Non l'ho mai saputo né potuto ricordare.

Pres. — Siete andato verso casa dopo l'incontro di via Benedetto Marcello con quel gruppo di persone?

Imp. — Mi pare, ma non ne sono sicuro... Mi ricordo di averlo portato in via Benedetto Marcello, dove mi incontrai con tre donne e un uomo, i quali mi chiesero perché il bambino piangesse. Io lo lasciai a loro, dicendo che non sapevo il motivo. Poi non ricordo più nulla.

Pres. — Vi ricordate che berrettino aveva in testa?

Imp. — Con sicurezza, no.

Pres. — È vero che il bambino gridava?

Imp. — Minga tropp, piangeva soltanto,

Pres. — E dopo dove siete andato?

Il vecchio Guidoni portò una mano al capo come per voler spiegare una nuova lacuna della sua memoria. Poi disse: «Non so.»

Pres. — Quindi non sapete neanche che fine abbia fatto?

Imp. — No.

Pres. — E dove l'avete trovato?

Imp. — Non so neanche adesso «dove mi è venuto per le mani», — dichiarò testualmente l'imputato.

Pres. — Intanto qualche cosa avete ammesso.

Un giurato domandò all'imputato se volesse dire per quale motivo avesse venduto la stufa.

Imp. — Per prenderne una più piccola che consumasse meno. Ma fu l'inverno dopo.

Pres. — Voi diceste che era scoppiata perché troppo riempita di carbone.

Imp. — No, c'era una falla da cui faceva fumo, io non ho mai detto che servì a bruciare il bambino

Il Guidoni venne rimandato nella gabbia. Subito dopo si presentò Giuseppe Palermo che tra un mormorio di viva aspettazione salì sulla pedana. Per prima cosa il padre di Michele rievocò con voce commossa, appena percettibile, quanto era successo la sera di Capodanno in cui suo figlio era scomparso. Il pover'uomo, che di tanto in tanto era costretto a interrompere fra le lacrime il suo racconto, soggiunse che, richiamato da notizie fallaci, aveva girato tutte le parti d'Italia, ritornando ogni volta con una delusione: aveva trovato persino individui che sfruttavano il suo dolore, un chiaro riferimento alla storia dei medium pugliesi. Compiuta la deposizione della parte lesa, il presidente fece passare ai giurati la fotografia del piccolo scomparso che venne mostrata attraverso le sbarre della gabbia anche al Guidoni. Il vecchio la osservò ben bene e quindi dichiarò con cenni affermativi del capo: «Si, sì, è lui!»

Ogni speranza sulla sorte del bambino sembrò svanire di colpo. Scoppiarono singhiozzi nel pubblico dei posti riservati, dove si trovavano i congiunti del piccolo martire, tutti vennero presi dalla commozione, solo il Guidoni sembrava impenetrabile. Il presidente approfittò del momento per lanciare una esortazione al vecchio: «Voi, non avete sentimenti da manifestare? Quello che vedete e sentite, non vi suggerisce qualche dichiarazione?»

Le parole del presidente non servirono a nulla e il povero Giuseppe venne rimandato al posto, solo che prima di scendere dall'emiciclo l'uomo si accostò alla gabbia e si pose proprio di fronte all'imputato. Il vecchio si alzò in piedi senza tradire alcuna emozione, il Palermo rimanendo fisso di fronte a lui, lo guardò negli occhi chiari e imbambolati e gli gridò: «Tu, Guidoni, devi dire dove l'hai lasciato il mio innocente bambino! Tu me lo devi dire ora! Sì, tu, proprio tu!»

L'altro lo guardò come trasognato. Ma il Palermo proseguì con maggiore insistenza: «Dove l'hai messa, la mia creatura? Non parlare con me, parla coi signori giurati. Essi ti perdoneranno e ti perdonerò, anch'io, purché tu mi dica dove è il mio bambino.»

> – Io sono andato di sopra – fu la sconclusionata risposta dell'imputato. Non si capiva se il Guidoni volesse far finta di essere tonto o se lo fosse diventato sul serio, di sicuro fu chiaro a tutti che non si sarebbe riuscito a ottenere altro da lui.

Venne quindi introdotto Federico Belgeri, il topo d'appartamenti che la notte del 4-5 aprile 1928 si era trovato in guardina col Guidoni. L'uomo si limitò a raccontare quanto gli avrebbe detto il vecchio in carcere, ovvero come avrebbe trovato il bambino da solo e l'avrebbe quindi preso e portato con sé in pellegrinaggio per diverse osterie; giunto nei pressi della propria abitazione, il piccolo si era messo a piangere ed egli, per farlo tacere lo aveva soffocato. Se l'era portato poi cadavere a casa, in via Scarlatti 20, non visto dalla portinaia che quel giorno non c'era, perché a una festa di Capodanno. Con un coltello aveva spiccato la testa dal busto raccogliendo il sangue in una scodella. Staccò anche le gambe e distrusse tutti i resti bruciandoli in un caminetto, infine cosparse gli indumenti di petrolio e li buttò nella stufa. Per il resto il Belgeri negò di avere avuto incarichi dalla questura, negò la promessa del ricovero alla Baggina e ripeté soltanto la parte della confessione già riferita dalla questura. Aggiunse poi che il vecchio in guardina si era abbandonato a propositi osceni e aveva pure meditato il suicidio[84]. Questa testimonianza portò a una forte discussione tra l'accusa e la difesa, ma i giornali non ci dicono su cosa vertesse questo dibattito. Dopo un'altra deposizione di poco conto, l'udienza è rimessa alla mattina successiva. Il pubblico sfollò tra una viva commozione e in molti si domandarono quali altre sorprese avrebbe potuto ancora serbare lo strano imputato.

La seduta del giorno successivo si aprì con l'interrogatorio del Torrazzo, il coinquilino del Guidoni. In uno dei suoi scoop *L'Ambrosiano* aveva sostenuto che il tranviere era rimasto a casa sua la sera del 1 gennaio del 1926. Di tutte le prove riportate all'interno dell'articolo pubblicato il 24 aprile del '28 non viene fatta nessuna menzione: è evidente che devono essere state tutte confutate in qualche modo che non viene riportato in alcun articolo di nessun giornale. Privo apparentemente di ogni dubbio sui suoi ricordi, il Torrazza affermò che il 2 gennaio del 1926 era tornato a casa alle 8:30 (le 11 secondo la versione riportata dalla *Stampa*). Il Guidoni era già uscito e l'uomo disse di aver trovato i vetri della finestra insolitamente aperti. Nella stanza c'era un odore di bruciaticcio e lui pensò che si trattasse semplicemente dei traversini incatramati che spesso il Guidoni prelevava dai magazzini delle tramvie presso cui

84) Questa informazione ci proviene solo da *Il piccolo della sera*, giornale di Trieste.

era occupato. Il coinquilino del vecchio aggiunse inoltre che in casa si trovavano sempre 25 chili di legna, una parte tenuta in solaio e l'altra nella camera e di non aver notato una particolare diminuzione del combustibile lasciato in deposito nella notte in cui Michelino era stato rapito. Carbone e petrolio non ne aveva visti mai. Anche il consumo del gas del mese di gennaio era stato simile a quello del mese precedente, e lui lo sapeva bene dal momento che si era sempre recato personalmente a pagare le bollette. La stufa? Il Guidoni ne aveva comprato una nuova nel 1926, ma avrebbe dato via quella vecchia solo nel '28. Non aveva mai incontrato bambini in quella casa. Seppe che nel 1927 il Guidoni aveva portato in camera una donna, ma nulla di più. Nella notte di Capodanno era stato lontano da casa, ma la mattina del giorno successivo era tornato sul presto. Nei primi mesi del '26 era scomparso per un certo periodo un coltello che il vecchio usava per tagliare il lardo. Il Guidoni gli aveva detto che l'adoperava in solaio per la legna, ma qualche mese dopo il coltello ricomparve in cucina e alle domande che gli faceva il Torrazza il vecchio si limitò a rispondere vagamente: «Mah! L'è sempre staa là...»

Subito dopo fece il suo ingresso nell'aula la Moretto, che viene descritta come una signora distinta, vestita a lutto. La donna cominciò dichiarando che non era sua intenzione accusare qualcuno, ma si era semplicemente limitata a dichiarare quello che era suo dovere dichiarare.

> – Sull'imbrunire l'ho visto. Avevo sentito piangere un bambino e mi ero accostata ai vetri del mio balconcino. Al vecchio si avvicinarono tre o quattro persone per chiedere perché il bambino piangeva. Il bambino tacque allora e il vecchio lo portò poi dalla parte opposta a quella delle persone che si erano fermate. L'ho visto anche ritornare il vecchio col bambino piangente. Aprii allora la finestra per vedere bene la scena e per capire il motivo. Mi sorprendeva il fatto che chi pareva un nonno non riuscisse ad acquietare il piccolo... non ebbi

sospetti brutti però…

– Quand'è che ebbe sospettato?

– Quando ho letto i giornali e ho visto più volte ripassare per via Vitruvio quel vecchio senza più il bambino.

– E le lettere alla questura quando le avete scritte?

– Un anno dopo ho portato io stessa una lettera al commissariato di via Schiapparelli ma non se ne tenne calcolo. Mi rivolsi allora al commissariato di via Curtatone con una lettera anonima e poi scrissi anche al signor Verga, padrone del Palermo padre. Io pensavo che il Guidoni potesse tenerlo nascosto in casa quel bambino e volevo che là si andasse a cercarlo. Io col Guidoni non mi sono mai trovata. La confessione l'ha fatta più tardi nel 28 al commissario De Martino e fu il De Martino a riferirmela.

Il presidente chiese alla teste che dicesse se passarono molti giorni prima che potesse rivedere il Guidoni nel gennaio del 26.

– Una decina.

La difesa prese al balzo l'occasione per mettere in rilievo alcune contraddizioni: durante l'istruttoria la Moretto aveva infatti detto "finalmente dopo tanto tempo sono riuscita a ritrovarlo quel vecchio…". Per la difesa dieci giorni non erano evidentemente un tempo poi così lungo... E quelle tre o quattro persone che si sono avvicinate perché non si sono fatte vive? E come la Moretto ha potuto sentir piangere il bambino dal quarto piano, con le finestre chiuse? La perizia non aveva poi stabilito che con la finestra chiusa non sarebbe stato possibile vedere nell'angolo che aveva indicato? Perché prima la Moretto aveva detto che la finestra era aperta?

Secondo gli autori de *Il Secolo* la difesa sembrava seguire in questo modo il principio della suggestione che era emerso anche all'interno del recente processo Pettine, dove tre signore erano venute a parlare di ombre fuggenti per le scale…

P.G: Ecco le disgrazie che capitano a fare il proprio dovere!

Le contestazioni alla Moretto da parte della difesa toccarono anche l'equivoco in cui era incappata la donna credendo che il rapimento fosse avvenuto a Porta Romana. Questo voleva dire che il Guidoni avrebbe dovuto fare anche la strada da Porta Romana a San Luigi in aggiunta ai cinque chilometri che dividevano il luogo del ratto da via Vitruvio! La Difesa osservò, fra l'altro, che le dichiarazioni della signora in un primo tempo erano costate l'arresto ad un vecchio venditore ambulante di stringhe, che sarebbe stato poi rilasciato perché innocente. Un dettaglio di non secondaria importanza che, purtroppo, non trova riscontro in nessuna delle altre fonti prese in esame.

– Io non ho nessun interesse in questo processo, e se dovesse toccarmi un premio, lo destinerei agli altri bambini del Palermo.

– Lei è un'illusa, – ribatte l'avvocato Procaccia della Difesa.

– Le daranno anche della pazza, – soggiunge ironico l'avvocato Barbetti di Parte Civile.

– Io non ho mai detto che Guidoni abbia ucciso il bambino, – replicò la signora. – Io ho creduto in coscienza di fare il mio dovere di cittadina e di madre, raccontando quello che visto. La Giustizia farà il resto.

– Lei, signora, – tagliò corto il presidente, – ha fatto il suo dovere. Lei ha denunciato quanto era a sua conoscenza. Ora spetta ai giurati di vagliare le circostanze che ha esposto.

Venne inoltre respinta dal presidente un'istanza dell'avvocato Procaccia per un accesso giudiziale alla casa della teste per l'accertamento della visibilità, evidentemente motivato dai risultati ambigui che avevano avuto le perizie svolte in via Vitruvio. La Parte Civile aggiunse:

– Dopo la confessione dell'imputato tutti questi esperimenti sono inutili e la deposizione della Moretto è assolutamente irrilevante. La regalo alla difesa!

Il magistrato si riservò invece di provvedere circa la richiesta dell'avvocato Danesi per stabilire se nel punto dove sarebbe stato rapito il bambino esisteva o meno una fermata di tranvai.

Passò quindi sulla pedana del tribunale una lunga sfilata di inquilini, quasi tutte donne, che avevano vissuto per molti anni in via Scarlatti insieme al vecchio Guidoni. I vicini avevano visioni molto divergenti sul conto del vecchio: per alcuni era di carattere chiuso e taciturno, mentre altri sostenevano che al contrario cantava e chiacchierava sempre. Alcune testimonianze sembrano comunque essere più importanti delle altre: una donna che secondo *La Sera* si chiamava Gioia in Abbà, ricordò di aver sorpreso il proprio bambino di due anni disteso sul letto in casa del Guidoni. Il presidente chiese allora al vecchio cosa avesse da rispondere a queste accuse:

– Sarà, non so.

– Ma l'avete messo sul letto, l'avete toccato quel bambino?

– Sì, sì; ma cosa c'è di male?

Le Parti Civili insorsero sostenendo che quella fosse un'ammissione molto grave. Il Guidoni aveva adoperato quel "sarà e non so" usato anche per il Palermo! Ma la difesa ribatté subito che, quando si insiste, il Guidoni finisce sempre con l'ammettere quello che si vuole e che è proprio così che si dimostra il cretinismo dell'imputato.

La signora Angela Gioia (probabilmente la stessa testimone di prima), sostenne che una volta ebbe modo di parlare con il vecchio della scomparsa del Palermo. La risposta del Guidoni fu piuttosto equivoca: "Non lo troverà più nessuno; il figlio è morto. Cosa ci vuole ad ammazzare un bimbo! Bastano due dita in gola..."

Dall'altra parte della sbarra, il Guidoni negò di aver mai sostenuto qualcosa del genere. Ma in tutta risposta la donna affermò che una volta il vecchio si era preso due schiaffi da una vicina di casa che lo aveva sorpreso con la propria bambina.

Comparve poi Vittorio di Lorenzo, lo straccivendolo che aveva comprato la stufa rotta al Guidoni.

– Il Guidoni me l'ha venduta proprio il giorno di S. Ambrogio del 1927. Me lo ricordo bene perché avvenne due o tre mesi prima che venissi interrogato dal commissario. Era una stufetta piccolissima e malandata, aveva la camicia di terracotta a brandelli, la pagai 2 lire.

Tra le altre cose disse che, secondo lui, era possibile bruciare il cadavere di un bambino, soprattutto se cosparso di petrolio.

Il capo stazione tranviario Guido Napoli che è sentito subito dopo disse che il 1 gennaio del 1926 il Guidoni aveva lasciato il lavoro dalle 3 alle 4 del pomeriggio. Il 2 gennaio non si sarebbe nemmeno presentato a lavoro e si scusò con una indisposizione.

– Era spesso ubbriaco?

– Non l'ho visto mai io. Ma si diceva che beveva anche molta grappa.

Di quello che disse la signora Del Miglio rimangono ben poche tracce sui giornali, anzi, è solo *Il Secolo* a riportare la sua presenza sicuramente non incisiva in tribunale. Di Giuseppe Germani ci dicono invece che era stato compagno di cella del Guidoni nelle carceri di San Vittore. Incaricato da una guardia di «fare da piantone» all'attuale imputato, ne ottenne delle confidenze sul rapimento del bambino Palermo e sul modo come esso venne ucciso e bruciato. In base a quanto gli avrebbe confessato, il vecchio avrebbe mangiato le membra del bambino! L'aula venne scossa da un nuovo putiferio!

Come a contrasto delle parole molto crude usate dal galeotto, venne fatta entrare la vicina di casa del Guidoni, la signora Zelinda Minucci, forse una delle poche persone a credere ancora nell'innocenza del vecchio e disposta addirittura ad andare in tribunale per testimoniarlo! Essendo una lavandaia di professione, la donna era solita lavare anche i vestiti del suo vicino. Ebbene, mai trovata una macchia di sangue sui suoi abiti! Ripeté inoltre quanto aveva già detto di fronte ai giornali: quando certi inquilini insistettero nell'accusarlo di un furto di biancheria, dopo aver negato a lungo egli rispose: "Se lo dite, allora sarà vero; sarò stato io."

> – Eccolo qui tutto il processo! Gridò la difesa. La Parte Civile rispose a tono e il vociare divenne assordante. La Minucci precisò che l'accusa di atti sconci l'aveva sentita per la prima volta dopo l'arresto del Guidoni, mai prima; e lei, che pure aveva molti bambini, non aveva mai notato in tanti anni atti scorretti nei loro confronti da parte del Guidoni.

Venne quindi il turno del commissario De Martino e del maresciallo Giovanni Nava che si limitarono a ripercorrere ancora una volta le vicissitudini che avevano portato prima all'arresto e poi alla confessione del Guidoni, prestando particolare attenzione alle parole che il vecchio avrebbe detto al detenuto Belgeri. Si alzò allora a parlare Carlotta Lampugnani, vicina di casa del Guidoni, che escluse la possibilità che nell'abitazione del vecchio si fosse potuto portare un bambino senza che nessuno se ne accorgesse. Aggiunse di non aver sentito nessun rumore che facesse supporre che il Guidoni stesse compiendo un così atroce delitto e sostenne inoltre che il vecchio, tolto il vizio del vino, era un buon uomo. Il presidente lesse allora diverse deposizioni, tra cui quella del Berretta, compagno di detenzione del Guidoni che avrebbe scritto per suo conto una lettera al fratello dell'imputato.

Venne quindi introdotta la portinaia dello stabile di via Scarlatti. Sostenitrice dell'innocenza del vecchio fin da quando la Moretto aveva condiviso con lei i primi sospetti sul suo conto, la Ghidini continuò ad affermare con convinzione che il Guidoni fosse incapace di macchiarsi del delitto di cui era accusato, ripetendo quanto aveva sostenuto poco prima il marito nella sua deposizione. Come per creare un contrasto con quanto era stato appena detto, l'udienza si chiuse con la lettura della perizia psichiatrica dei dottori Battistessa e Ciarla del Manicomio di Mombello. I due ammisero ancora una volta la credibilità della confessione fatta dal Guidoni in istruttoria e dissero di ritenere che egli avesse ucciso per occultare il rapimento del bambino.

L'udienza del mattino del 19 si aprì con la relazione fatta dal cancelliere Pirrone circa le perizie eseguite sulla stanza occupata dal Guidoni, sul coltello, sulle ossa, sul panciotto e sulla stufa. Come si era già detto in precedenza, tutti questi esami avevano dato esiti sostanzialmente negativi: il vecchio non aveva infatti i mezzi né le energie per fare quello che aveva sostenuto all'interno della confessione.

Lo stesso cancelliere diede anche lettura dei quesiti che sarebbero stati posti ai giurati. La scomparsa di Michele era stata scorporata in una lunga serie di colpe vere o presunte, un minuscolo puzzle che allo stato delle cose sembrava molto difficile da comporre. Il protagonista di ogni pezzo di questo puzzle era il Guidoni, ma la sua figura era evanescente, pallida, e non si riusciva a capire se a rapire il bambino fosse stato veramente lui o un soffio di vento che per una strana pareidolia o una allucinazione collettiva avesse preso per un attimo le sue barcollanti fattezze[85].

---

85) I quesiti erano i seguenti.

Questione prima:

A: Sussiste che taluno il primo gennaio 1926 abbia cagionato la morte del Palermo?

B: Ha il Guidoni commesso tale fallo?

C: È Guidoni colpevole per aver commesso tale fatto volontariamente col fine di uccidere?

D: È Guidoni colpevole per avere commesso volontariamente, ma senza il fine di uccidere, atti diretti a cagionare lesioni personali?

Questione seconda:

All'apparire di tutti quei quesiti degni della casistica dei Gesuiti, gli avvocati della difesa protestarono vivacemente, sostenendo che il Guidoni era stato rinviato a giudizio solo per l'accusa d'aver cagionato la morte mediante soffocazione del Palermo e d'averne poi bruciate le membra, e la legge non avrebbe consentito di contestare nel giudizio di Assise nuove aggravanti e nuove imputazioni. Ma proprio questo dettaglio sembra farci capire come si voleva che il processo andasse a finire: le prove erano perlopiù indiziarie e basate sulla confessione in parte ritrattata di un vecchio ubriacone. In una situazione del genere pensare che i giurati ritenessero il vecchio pienamente colpevole era praticamente impossibile. Ma suddividendo l'accusa in tante piccole colpe era possibile che il Guidoni subisse una condanna almeno parziale per le colpe che aveva continuato ad ammettere anche in tribunale. Così l'accusa avrebbe potuto vantare una vittoria almeno parziale, i poliziotti avrebbero potuto dire di aver messo dietro le sbarre una minaccia per la società e i giornali avrebbero smesso di parlare del caso Palermo. Ma del piccolo Michelino si sarebbe-

---

A: Sussiste a carico dell'imputato Guidoni che egli abbia commesso tale fatto per solo impulso di brutale malvagità?

Questione terza:Concorrono in favore del Guidoni circostanze attenuanti?

Questione quarta: Sussiste che taluno, in Milano, il primo gennaio, abbia sottratto o ritenuto Michelino Palermo?

A: Ha Guidoni commesso tale fatto?

B: È il Guidoni colpevole per avere commesso tale fatto volontariamente per fine di libidine?

Questione quinta: Sussiste a carico del Guidoni che dal fatto di cui sopra sia derivata la morte di Michelino Palermo?

Questione sesta: Concorrono in favore dell'imputato circostanze attenuanti?

Questione settima: Sussiste che taluno il primo gennaio 1926 abbia illegittimamente privato della personale libertà Michele Palermo?

A: Ha Guidoni commesso tale fatto?

B: È il Guidoni colpevole per avere commesso tale fatto volontariamente?

Questione ottava: Concorrono circostanze attenuanti in favore del Guidoni?

ro presto dimenticati tutti, e il mistero relativo alla sua scomparsa sarebbe per sempre rimasto avvolto nell'oscurità...

Il successivo discorso dell'avvocato di Parte Civile Barbetti fu di una durezza incredibile: innanzitutto esordì dichiarando di battersi per la dignità umana.

– Un uomo come il Guidoni va allontanato dal consorzio umano: è una figura rivoltante. Perché ha ammesso solamente il ratto? Perché la Moretto l'ha visto col bambino. Il resto l'ha negato perché sapeva che nessuno poteva provarlo. Ma il bambino l'ha ucciso lui. Forse non in casa, dove può aver bruciato appena i vestiti di Michelino Palermo. Il cadaverino? L'avrà sepolto in qualche posto. È un degenerato, un perverso questo vecchio e il misfatto più orrendo può essere in lui spiegabile. I giurati devono essere inesorabili per la suprema difesa della famiglia.

Poi si rivolse direttamente all'imputato:

– Se non lo avete ucciso, dite dunque dove l'avete messo!

Il Guidoni non rispose e l'avvocato di Parte Civile disse solo di essere spiacente di non poterlo consegnare al Popolo Sovrano (*L'Ambrosiano* usa la maiuscola probabilmente per rappresentare l'enfasi con cui il Barbetti espresse queste parole) perché facesse giustizia sommaria!

Alla commossa arringa del primo rappresentante della Parte Civile, seguì la requisitoria del procuratore generale. Il commissario Lamberti-Bocconi prese le mosse dal 1914, l'anno in cui il Guidoni era stato sorpreso ai giardini mentre adescava una quattordicenne. Intendeva così dimostrare che partiva da allora il progressivo degradamento morale dell'imputato.

– Che sia un degenerato il Guidoni, son venute a provarlo due coinquiline sue. Quest'uomo dunque è già sfuggito a severe condanne perché nessuno mai l'ebbe a denunciare. E forse se una denuncia ci fosse stata non si avrebbe ora quest'altro tremendo reato. Il commissario Lamberti Bocconi riepilogò gli avvenimenti della notte di Capodanno del 1926, rievocando la memoria del povero piccino che, uscito in una giornata di festa per tutti, dalla quiete familiare per comperarsi pochi soldi di castagne, ha trovato nell'ombra l'agguato del cercatore di bambini. Concluse dicendo con sicurezza che è stato lui a ucciderlo, e se anche il bambino non è stato fatto a pezzi in casa (cosa resa comunque ammissibile dalle perizie), è certo che il Guidoni l'abbia fatto scomparire. Del resto non è mancata la confessione. L'ha ritrattata, l'ha esagerata? Che importa? Il vecchio Guidoni ha quasi scherzato con turpitudine su tutto per svalutare la parte vera delle sue ammissioni. Qui la verità.

Dopo questo discorso (che avrà turbato molti dei presenti, e tra di loro di sicuro la famiglia Palermo), il procuratore generale chiese al presidente Curtino di riprendere il suo discorso nel pomeriggio.

Durante la seduta pomeridiana la riunione venne aperta dall'avvocato Procaccia della difesa che svolse la seconda parte della sua arringa in difesa del Guidoni.

– Scrutando per giorni, per mesi, per anni, nelle tenebre per chiedersi dove fosse andato a finire il Michelino, si è giunti ad appuntare gli sguardi su questo vecchio per poter dire finalmente "Michelino Palermo è morto, non parliamone più". Orbene, no. Possiamo parlarne ancora, fugare i fantasmi dell'illusione e cercare la verità o perlomeno cercare nell'ansia della verità. Questo Guidoni è una rovina, un relitto qualunque; ma noi dobbiamo combattere per lui perché la giustizia sia giustizia; ma non è giustizia speculare su certi fatti della vita precedente del Guidoni. I giurati sono chiamati a giudicare se il Guidoni ha ucciso Michelino Palermo.

Analizzando le risultanze del processo in una lunga minuziosa disanima, l'oratore proseguì confutando passo per passo gli elementi di accusa. Il luogo di lavoro di lui era a notevole distanza da quello in cui avvenne il rapimento e nessuna ragione aveva il Guidoni per dirigersi alla Gamboloita. Sembrò poi assurdo all'oratore che un vecchio potesse trascinare per cinque chilometri attraverso strade popolate un bimbo come il Palermo, senza che nessuno si accorgesse di che si trattasse e intervenisse. Criticò poi la deposizione della signora Moretto che a suo dire aveva dato corpo a parvenze, ma senza che fosse possibile riconoscere al suo interno nulla di preciso. Gli esperimenti fatti sul luogo dove la Moretto avrebbe visto il Guidoni? Dimostrerebbero soltanto come la signora in quelle condizioni di tempo e di luce non avrebbe potuto distinguere le persone. Un esperimento fece anche lo stesso difensore, in migliori condizioni, e non riuscì nemmeno a distinguere se una persona che passava sul marciapiede fosse un giovane in maniche di camicia o una signora dalle bianche braccia. Le sue deposizioni sulle prime non avevano persuaso nemmeno il giudice istruttore. La Moretto, dopo sei mesi dalla sua scoperta non seppe dare il menomo indizio sul bambino. Dopo due anni, dopo che i giornali pubblicarono descrizioni e fotografie, lo descriveva essa pure minutamente ricordandone perfino il picciolo sul berretto. Impressioni di una visionaria, tanto indefinite che prima del Guidoni avevano portato all'arresto di un'altra persona. E la prova che si tratta di una allucinazione è nel fatto che sono rimasti fantasmi anche le quattro persone che avrebbero avvicinato il Guidoni in via Vitruvio. La Moretto è una suggestionata, che illudendosi di aver visto un vecchio che trascinava un bambino, arriva a suggestionarsi di averlo fatto sul serio. Gli inquilini di via Scarlatti 20, dove vivono ben 200 famiglie, si sarebbero ben dovuti accorgere se verso le 19 il vecchio fosse tornato a casa con un bimbo! Le perizie? Una enormità. Come si può dichiarare sanissimo di mente un uomo che si rivela scemo in tutto? Almeno l'alcoolismo nessun teste l'ha poi negato. E non è un infermo di mente chi s'accusa di indifferenza di reati mostruosi? Sarebbe un infermo di mente anche se i fatti fossero veri. Ma la difesa non ha nemmeno voluto porre il quesito della totale infermità mentale perché l'imputazione stessa è infondata completamente. Infine l'assunto di Parte Civile, secondo cui il Guidoni poteva aver compiuto il delitto in altro luogo e modo, era fantastico e arbitrario. L'oratore concluse, rivolgendosi direttamente al padre del bimbo Palermo: «Vuoi tu che il verdetto dei giurati dichiari morto tuo figlio, quando può essere vivo, che di lui nessuna ricerca sia più possibile, che i veri rapitori rimangano tranquilli e sicuri? Tu non puoi volerlo. Se, dopo l'assoluzione del Guidoni, più forte ancora sarà il tuo tormento nella rinnovata indagine, vieni da me, che sono il tuo vero difensore: ti ripeterò la mia certezza che tuo figlio non è stato ucciso, ti aiuterò a cercarlo, dividerò la tua ansia, la tua speranza. Il tuo dolore. Intanto sento di poter gridare, anche per te, ai giurati: Michelino Palermo non è morto; non uccidetelo voi!»

Durante l'arringa il Guidoni era completamente disinteressato a quello che stava avvenendo davanti a lui. Le parole degli avvocati che si sbracciavano in mezzo alla vasta platea dei presenti, sembrava che non parlassero del vecchio, e lui si limitava a fissare il vuoto e ogni tanto si appisolava, chinando il mento sul petto. Dietro quello sguardo assente c'era una mente sfatta e distrutta dall'alcool, oppure quella di uno stratega, un abile dissimulatore che fingeva una parte? In fondo il caso stava tutto dietro a questo mistero, un mistero che stava ben nascosto dietro quelle palpebre che si abbassavano lentamente mentre intorno a lui decine di persone cercavano di scrutarlo per intuire la verità dei fatti.

Il giorno successivo un giurato, riferendosi a qualche allusione circa rivelazioni che l'imputato avrebbe fatto nella guardina della Corte di Assise, chiese che la circostanza fosse chiarita. Il presidente, valendosi dei suoi poteri discrezionali, chiamò subito in aula il vicebrigadiere Ignazio Ballo, comandante il servizio di scorta dei detenuti, e lo interrogò al riguardo. Il teste dichiarò che due giorni prima effettivamente il Guidoni, parlando con lui, aveva detto di non aver completato il suo racconto, poiché così gli era stato consigliato da uno dei difensori. Il Guidoni, interrogato a sua volta, disse con quel suo modo confuso di parlare che «non è mica vero». Ma il teste confermò.

Esaurito così l'incidente, ebbe la parola l'Avvocato Danesi, in replica quale ultimo patrono di Parte Civile. Non fece esordi e cominciò a tratteggiare la figura dell'imputato, dipingendolo come un pervertito con una capacità a delinquere in materia di degenerazione dimostrata da quanto avevano deposto le madri del palazzo in cui viveva. Il rapitore del bambino era stato chiaramente lui e l'imputato lo aveva detto lui stesso in prima persona dinanzi alla Pubblica Sicurezza, in istruttoria e al pubblico dibattimento, con una impressionante persistenza, mentre insisteva nel negare l'omicidio, che ha comunque già confessato in passato. A questo punto l'oratore propone tutte le tesi difensive, che tenderebbero a dimostrare come il Guidoni sia stato estraneo a quanto avvenne dal momento in cui egli stesso dice di essere stato colpito da amnesia, cioè quando non possono più essere seguite le tracce del vecchio in compagnia del bambino. Lo zingaro? Ma lo zingaro non ruba un bambino custodito! Altra persona che lo rapì al Guidoni? Ma l'ipotesi è inattendibile, perché il Guidoni l'avrebbe ricordato e avrebbe certo preferito, nel proprio interesse, una simile confessione a quella dell'omicidio. Un complice, satiro come lui? Il Guidoni deve tacere, perché in tal caso è legato dalla stessa responsabilità penale. Ebbene, poiché tutte le ipotesi possibili sono state proposte e non reggono, bisogna tornare alla persona del Guidoni, che ammette almeno il rapimento. Non può non spiegarsi diversamente la scomparsa del bambino, tanto più che egli, data la sua tenera età, non poteva di propria iniziativa sottrarsi alle voglie del suo rapitore. E allora l'omicida è lui. La vittima, secondo l'oratore, non è stata bruciata in casa e nella stufa. Il bambino Palermo venne ucciso con due dita in gola per soffocazione, per spegnerne il pianto e le urla. Subito dopo è stato preso in braccio come un bambino che dorma. La periferia di Milano è vasta e propizio il terreno. La salma pesa 15 chili ed è lunga 90 centimetri. È spogliata, piegata e sotterrata. Guidoni torna a casa e allora accende la stufa per bruciare gli indumenti. L'avvocato Danesi, come s'era proposto, non fa perorazioni. Sarebbe facile invocare i genitori, ansiosi che ritorni il loro bambino. La commozione sarebbe sicura e la retorica sovrasterebbe la nobiltà del tema. Bisogna invece dire una parola di esaltazione – concluse l'oratore fra le approvazioni – all'opera santa della signora Moretto. Ad essa si deve se ancora una volta un orrendo delitto non rimarrà impunito. Dopo una breve replica del P.M. commissario Lamberti Bocconi, s'alzò a parlare, ultimo per la difesa, l'avvocato Berlasi.

> – Noi vogliamo dire, – esordisce, – In questo processo creato su ipotesi mostruose, una parola umana; vogliamo dire ai genitori angosciati: il vostro bimbo non fu straziato, non è morto. Sperate, sperate ancora. Lo diciamo: con coscienza, non per creare una illusione più inumana della pretesa verità dell'accusa, ma perché ce lo grida tutto il processo, concordemente, inequivocabilmente. –

Addentratosi quindi nella discussione della causa, il difensore impugnò l'attendibilità della confessione di Guidoni. Essa non fu spontanea, sincera, voluta. Fu estorta. Ne sono prova le contraddizioni fra i molti interrogatori, sempre variati e non già per difendersi, ma perché i fatti non erano veri e quindi non erano scolpiti con i caratteri indelebili della verità nei ricordi, nella mente e nella coscienza dell'imputato. Rifece, sulla scorta del processo scritto, la storia di queste diverse dichiarazioni per dimostrarne la fallacia. Quali seri indizi che Michelino Palermo fu rapito, soffocato, bruciato? Le perizie escludono la sezione del piccolo cadavere per la inidoneità del coltello, escludono che i resti siano stati bruciati per insufficienza della stufa. A queste ipotesi neppure la parte civile crede, e difatti all'ultima ora prospetta la versione nuovissima del cadavere seppellito in aperta campagna. Anche ciò è incredibile e inverosimile. Se l'accusa ammette che la confessione del Guidoni possa essere creduta solo in parte, distrugge essa stessa la tesi della credibilità dell'imputato. L'oratore quindi discusse e confutò la perizia psichiatrica favorevole alla piena coscienza dell'imputato. Rievocò altri processi del genere, nei quali gli accusati, pur essendo confessi, vennero assolti perché innocenti, soffermandosi specialmente sul caso Flameni, il vagabondo di Gallarate che si era auto-accusato per un omicidio che non aveva mai commesso. Sostenne che nel caso attuale non esisteva la prova della responsabilità dell'imputato. E poiché ai giurati era consentito, oltre al monosillabo affermativo o negativo, di servirsi della scheda bianca, chiese che essa venisse con tranquillità deposta a dimostrazione della mancata prova del delitto.

– Ciò facendo, – egli disse, – voi farete opera di giustizia, perché il giudice giusto, nel dubbio, assolve; e farete opera umana perché non ucciderete la speranza.

L'oratore venne complimentato.

Chiusa la discussione, il presidente chiese all'imputato se non avesse altro da aggiungere. Il vecchio Guidoni si alzò lentamente e con tutta pacatezza dichiarò:

– Chiedo solo un po' di clemenza.

Sfollata l'aula si procedette alla votazione che si svolse rapidamente. I giurati risposero di no alla questione principale dell'omicidio per brutale malvagità. Risposero invece affermativamente, con sei voti contro quattro, alla questione subordinata del ratto a scopo di libidine e seguito da morte. Negarono le circostanze attenuanti. In seguito a tale responso, letto dal cancelliere Cavaliere Pirrone, il presidente commissario Curtino, sulla conforme richiesta del P. M., condannò Giuseppe Guidoni alla pena della reclusione per anni quattordici, all'interdizione perpetua dai pubblici uffici, liquidando le spese e i danni verso la Parte Civile ad una sola lira, come da espressa dichiarazione dell'avvocato Danesi. Il vecchio Guidoni, che aveva ascoltato il verdetto e la sentenza come cosa che non lo riguardasse, si fermò a osservare il pubblico che sfollava commentando lo spettacolo a cui avevano appena assistito. Quindi uscì con passo incerto dalla gabbia in mezzo ai due carabinieri che gli facevano da scorta.

Con il lento allontanarsi del Guidoni dall'aula del tribunale, si chiuse il processo, ma non le polemiche e le discussioni che lo riguardavano. I giurati si erano infatti limitati a ritenere il vecchio colpevole del rapimento a scopo di libidine, da cui sarebbe conseguita la morte del povero Michelino, ma non si erano presi la responsabilità di ritenere l'imputato direttamente responsabile per la morte del bambino, comminandogli l'ergastolo. Con ogni probabilità molti di loro avevano considerato la condizione fisica e l'età avanzata del Guidoni e si erano resi conto che una pena più lunga sarebbe stata comunque superiore alla durata della sua vita. Nel dubbio hanno preferito non prendersi la responsabilità e hanno ritenuto il vecchio colpevole solo di quello che aveva apertamente confessato anche durante il processo e davanti ai loro occhi. Veniva sicuramente meno il trionfalismo che il *Corriere della Sera* aveva dimostrato nei giorni successivi alla prima confessioni: forse la giustizia, quella vera, quella con la G maiuscola, non sarebbe mai stata fatta.

I difensori decisero di ricorrere in cassazione per ben quattro motivi: il presidente non avrebbe dovuto porre il quesito posto dal P.M. circa il delitto di ratto, non previsto dal capo di imputazione della sentenza di rinvio del Guidoni alle assise, dal momento che il delitto di ratto non si poteva considerare una figura subordinata a quella del delitto di omicidio. In secondo luogo si ricorse contro l'ordinanza presidenziale che aveva respinto la domanda di sopralluogo nell'abitazione della signora Moretto. Il terzo motivo si riferiva alla citazione, fatta dal presidente, del vicebrigadiere dei carabinieri addetto alla scorta del detenuto che depose, a istruttoria orale già chiusa, circa un discorso che questi gli avrebbe fatto in guardina. Quel testimone non avrebbe potuto deporre perché era stato presente nell'aula durante lo svolgimento dell'udienza. Infine la difesa protestò per la mancata audizione dei periti che avevano eseguito gli esperimenti sulla stufa in casa del Guidoni. Piccoli vizi di forma, che difficilmente avrebbero portato a una revisione del processo (e infatti la richiesta sarebbe stata puntualmente respinta a Roma il 2 aprile del 1930).

La mattina successiva il questore inviò un fonogramma per spiegare al Prefetto come era andato a finire il processo. Il prefetto a sua volta diede pronta comunicazione della sentenza al ministero degli Interni. Le autorità sembravano abbastanza soddisfatte per come fossero andate a risolversi le cose. Tutte le altre persone implicate nel processo rimasero invece visibilmente con l'amaro in bocca. Intervistato dai giornalisti, il Palermo apparve decisamente scettico nei confronti del verdetto dei giurati. L'uomo disse di credere alla storia del rapimento, testimoniato tra l'altro dalla signora Moretto, ma non a quella dell'uccisione e dello smembramento del figlio: il Guidoni era vecchio e dotato di scarse risorse fisiche, la lunga passeggiata dalla Gamboloita fino a via Benedetto Marcello avrebbe dovuto averlo affaticato molto. Dove avrebbe trovato le forze necessarie a portare un bambino su per quattro piani di scale, sezionarlo e bruciarlo? La puzza di bruciato che il Torrazzo aveva sentito il giorno dopo in casa poteva essere tranquillamente giustificato dalla combustione di traversine incatramate, dal momento che in quel periodo l'uomo lavorava presso il deposito tranviario di viale Montenero e non si poteva escludere che rubasse di tanto in tanto delle traversine logore per i suoi bisogni familiari. Il contegno stesso del Guidoni era strano: sembrava consapevole della sua colpevolezza, tanto da impetrare la clemenza dei giudici, ma fino a dove giungeva la sua colpa? Aveva dato sepoltura alla vittima? In un'occasione successiva il Palermo sostenne che il Guidone aveva sicuramente consegnato Michelino a dei malviventi che a loro volta l'avrebbero consegnato a una ricca coppia senza prole. Il piccolo si troverebbe ancora da loro e vivrebbe allevato come un figlio, senza sapere la verità delle sue origini. Non avrebbe mai cambiato opinione. La moglie Caterina in passato aveva condiviso con il marito questo sogno a occhi aperti, ma oramai la sua sofferenza era stata lentamente cancellata dal trascorrere di quel tempo che, come si sa, tende a rimarginare tutte le ferite. Ormai Caterina non aveva più bisogno di un sogno tranquillizzante per continuare a vivere, aveva altri figli, aveva anche un nuovo Michele a cui badare. Il racconto del Guidoni era terribile, avrebbe sempre popolato i suoi incubi di madre, ma ormai era abbastanza forte da poter accettare che fosse vero. Non era così per Giuseppe, che si sentiva ancora addosso il senso di colpa per essere stato la causa indiretta della scomparsa del figlio, e forse solo pensare che il suo bambino fosse ancora vivo da qualche parte poteva preservarlo dalla follia. Il Palermo fissava il Guidoni che si allontanava curvo verso la prigione, e sperava che forse in futuro si sarebbe finalmente deciso a confessare apertamente la verità.

Una voce non meglio confermata si era inoltre diffusa tra i giornalisti che seguivano il caso: durante un servizio di traduzione dal cellulare alla Corte d'assise il Guidoni, parlando con un vicebrigadiere dei carabinieri, avrebbe confidato che non gli era stato permesso di dire la verità, ma che un giorno o l'altro avrebbe finito per dirla. Speranza vana per chi voleva crederci: in carcere il vecchio tenne una buona condotta, tanto che nel 1935 venne liberato grazie anche all'aiuto di alcuni indulti. Il vecchio era ormai affetto da arteriosclerosi cardiorenale e proprio per le sue condizioni di salute il 28 giugno di quell'anno venne ricoverato tra i cronici di Cernusco sul Naviglio, dove si spense il 4 gennaio del 1938 assistito sino all'ultimo da alcuni parenti. Mai durante il ricovero o in punto di morte aveva fatto qualche rivelazione. A chi aveva avuto a che fare con lui non sembrava nemmeno un uomo attanagliato dai rimorsi, ma semplicemente un assente, un rassegnato chiuso in un cupo silenzio interrotto saltuariamente da qualche parola sibillina. Se veramente custodiva un segreto, se lo portò con sé nella tomba.

CAPITOLO XVIII
UN SECONDO VECCHIO LIBIDINOSO?

E tu piano posasti le dita
All'orlo della sua fronte
I vecchi quando accarezzano
Hanno il timore di far troppo forte

De André, *Il sogno di Maria.*

Nonostante la fine del processo avesse posto termine all'attenzione dei giornalisti nei confronti della scomparsa di Michelino, la famiglia Palermo riuscì comunque a tornare ben presto agli onori della cronaca in una maniera inquietante e del tutto inaspettata. Era il 29 aprile del 1932, intorno alle ore 18:00: tre persone stavano girando nelle vicinanze di Cascina Carosello, nelle campagne della Gamboloita, quando la loro attenzione venne catturata dalle grida disperate di una bambina. Accorsi al margine di un prato, i tre videro una ragazzina impaurita e piangente che si dibatteva tra le mani di un vecchio. Gli uomini divisero velocemente i due protagonisti di quella scena e li scortarono in un edificio vicino. La bambina era Ernesta Tirrito (o Territo), una siciliana di 11 anni, residente con la famiglia in via Bessarione 47, mentre il vecchio di 63 anni abitava in via Orti 10, dove vivacchiava alla meglio prestando qualche servizio alla giornata. Un quarto d'ora prima sul piazzale Ferrara, tra le case popolari del quartiere Elena, la bimba era stata raggiunta dal vecchio che l'aveva pregata di seguirlo da un fornaio; l'uomo voleva comprare del pane e la bambina l'avrebbe portato a certi suoi parenti che vivevano poco lontani da lei in via Comacchio. Una volta allontanati dal piazzale, il vecchio l'aveva condotta verso i prati, impedendole di fuggire e giungendo addirittura a colpirla con un ceffone quando la bambina aveva cercato di liberarsi, tanto da farla ruzzolare in un fossato.

Il vecchio venne subito affidato ai vigili dell'ufficio di sorveglianza istituito nel cosiddetto albergo degli sfrattati in via dei cinquecento, mentre la gente intorno, una volta compresa la causa dell'arresto, lo insultava e rivolgeva atti ostili alla sua persona. I vigili protessero il vecchio e lo portarono al commissariato di Scalo Romana. Qui l'imputato cercò di discolparsi, dicendo che aveva bevuto qualche bicchiere di vino e che non si sentiva la testa a posto. Non si sarebbe parlato molto di questo episodio quantomeno riprovevole, se i poliziotti non avessero subito scoperto che il vecchio non era altri che Rosario Romano, il nonno materno di Michele Palermo! La coincidenza sembrava troppo strana: possibile che fosse stato proprio lui e non il Guidoni il responsabile della scomparsa del Palermo?

Intervistata dai giornalisti del *Corriere*, la figlia del Romano ci tenne a precisare subito che il giorno della scomparsa di Michelino il padre si trovava all'osteria con il marito ed era tornato a casa proprio mentre stava avvenendo il rapimento: era pertanto impossibile che fosse lui il responsabile dell'assassinio! Inoltre suo padre aveva sempre amato molto il nipote e dal nipote era stato riamato: subito dopo la scomparsa del piccolo Michele, Rosario aveva partecipato alle ricerche con tutte le energie consentite alla sua età e partecipò singhiozzante alla veglia notturna insieme ai vicini e agli altri parenti. Era evidente che quanto era successo il giorno prima era frutto di un tragico equivoco: il padre era semplicemente ubriaco e la gente accorsa alle urla della bambina deve avere esagerato certi suoi atteggiamenti, vedendoci una malizia che forse non c'era. Anche Giuseppe si dimostrò concorde nella stima incondizionata nei confronti del vecchio Rosario, che a suo dire era simpaticamente noto negli ambienti popolari del quartiere Elena, amico dei bambini, addirittura idolatra nei confronti della memoria del nipotino. Ma negli ultimi tempi il vecchio era stanco, avvilito, e aveva iniziato delle pratiche per essere ospitato in qualche ricovero. Si era dato a frequentare l'osteria più assiduamente del passato e bastava un quarto di litro per sconvolgergli la mente. Quanto alla bimba che avrebbe insidiato, apparteneva a una famiglia di origine siciliana residente in via Bessarione 46, dove in passato anche Rosario era stato alloggiato. Genitori e bambina lo conoscevano benissimo perché più volte lo avevano ospitato. Suo suocero poteva essere in qualche modo implicato nella scomparsa di Michele? Nulla di più impossibile: il suo povero figliuolo non era morto, ma viveva ancora da qualche parte, probabilmente ignaro di tutta quella storia, rapito e tenuto lontano da misteriose persone che forse un giorno o l'altro l'avrebbero riportato a casa...

La giustizia non fu comunque gentile nei confronti del vecchio Rosario: il 9 giugno il Romano comparve in stato d'arresto di fronte alla XV sezione presieduta dal cav. Pagano e venne condannato a 2 anni e 8 mesi di reclusione e a un anno di libertà vigilata. Nessuna ulteriore novità era comunque emersa intorno al caso Palermo.

CAPITOLO XXIX
IL SIGNOR VITO VERGA

Non è importante che tu abbia ragione o torto,
ma quanti soldi si fanno quando hai ragione
e quanto si perde quando si ha torto.

Frase attribuita a George Soros.

Gli anni successivi al processo e alla condanna del Guidoni non furono lieti neppure per il povero Vito Verga, il datore di lavoro del Palermo che si era enormemente prodigato per aiutare e sovvenzionare il suo impiegato. Nel 1929 la borsa di Wall Street era crollata e una pesantissima crisi economica si era diffusa come un'ombra nera su tutta l'Europa, non risparmiando quasi nessuna nazione, neppure l'Italia. Insomma, per i commercianti come il Verga la situazione cominciò a diventare abbastanza pesante: i clienti non sempre pagavano i lavori che venivano svolti per loro, oppure si rivolgevano alla concorrenza: la calzoleria di via Falcone era infatti ancora una bottega artigiana in cui le scarpe venivano commissionate e fatte su misura, ma molti fabbricanti stavano cominciando a vendere scarpe prodotte in serie e che costavano circa un terzo di quelle commissionate in negozio. In una situazione del genere il Verga non riusciva nemmeno più a pagare i suoi lavoranti e i fornitori di materie prime. Un episodio abbastanza grave non migliorò sicuramente la situazione già pesante in cui si trovava: la notte tra il sei e il sette marzo del 1931 le fiamme avvolsero la sua bottega di via Falcone, distruggendo tutto il retrobottega dove si trovavano scarpe e pelli per un valore imprecisato. Il Verga aveva detto che fino alle 23 era rimasto a fumare e chiacchierare con un amico proprio nel luogo da cui si sarebbe sprigionato l'incendio. Successivamente il Verga aveva deciso di accompagnare al tram l'uomo con cui stava parlando, solo che al suo ritorno trovò il locale avvolto dalle fiamme. Sembrano quindi chiare le cause dell'incendio, rimane solo un dubbio: chi era l'amico? Si trattava forse del Palermo?

Questo episodio non mandò immediatamente in bancarotta la ditta del Verga, che dichiarò fallimento solo il 3 luglio del 1933[86]. Il 22 agosto dello stesso anno fu costretta a fare lo stesso anche la sorella Giovanna, che appena due anni prima aveva aperto un negozio di calzoleria in via Unione al numero 12. All'interno della relazione redatta per l'adunanza dei creditori del piccolo fallimento, il Commissario giudiziale fece un'analisi abbastanza serrata della condizione in cui versava la ditta Verga in quegli anni. Veniamo così a sapere che Vito teneva il registro contabile anche per conto della sorella, solo che negli ultimi anni non era stato molto preciso nella compilazione delle entrate e delle uscite: le registrazioni erano infatti *tenute in modo molto sintetico e soltanto sino alla data del settembre 1932*. Dal settembre del '32 fino al luglio del 1933 non risultava invece traccia alcuna delle operazioni effettuate. Il recente fallimento della sua ditta doveva aver veramente colpito il suo animo, se il Commissario disse che il Verga non era *certamente nelle migliori disposizioni d'animo per poter serenamente ricordare le varie operazioni dell'esercizio a lui affidatogli quale procuratore della sig.ra Verga Giovanna sua sorella*[87]. Negli anni successivi il signor Vito Verga cercò di aprire un nuovo negozio in Via Unione 7, che però fallì a sua volta nel 1936[88]. Oltre questa data non abbiamo altre notizie su di lui e sulla sua famiglia. Si allontana in questo modo un po' mesto e dimesso dal palcoscenico della nostra storia, disperato e signorile come in fondo era sempre stato.

86) Vedi Archivio Storico della camera di commercio di Milano, Archivio ditte, 84200.

87) Vedi Archivio Storico della camera di commercio di Milano, Archivio ditte, 182956.

88) Vedi Domenico Fasani, *Annuario dei protesti e dissesti contenzioso commerciale Edizione 1936 Volume VII*, p. 693.

CAPITOLO XXX
LA SIGNORA MORETTO E L'AVVOCATO RUGARLI

La padrona di casa, che gli dava in fitto quel bugigattolo, includendo nel prezzo desinare e servizio, dimorava una tesa di scala più in basso, in un quartierino separato; quindi per scendere in istrada, egli non poteva fare a meno di passare davanti alla cucina della donna, la cui porta era quasi sempre spalancata sulla scala. Ogni volta che passava provava una sensazione di paura morbosa della quale si vergognava e che gli faceva aggrottare le ciglia: aveva un grosso debito verso la padrona di casa e perciò temeva d'incontrarla.

Dostoevskij, *Delitto e castigo*, traduzione italiana
a cura di Vittoria Carafa de Gavardo.

La signora Moretto non aveva avuto dal marito solo quelle due figlie che spesso attendeva affacciata al balcone di casa sua: nel 1907 aveva dato alla luce anche un figlio maschio di nome Remigio, che probabilmente all'epoca dei fatti che abbiamo narrato viveva già lontano dalla casa materna. Di lui sappiamo che nel 1933 abitava in via Ampere 40 all'interno di un abbaino al quinto piano che aveva preso in subaffitto da un certo Italo Roversi, di 33 anni. La stanza in cui abitava non era sicuramente delle più lussuose, e questo già da solo ci fa intuire come i rapporti con i genitori non dovevano essere dei migliori. Che la Moretto e il suo marito non passassero al figlio i soldi per mantenersi viene provato anche dal fatto che Remigio non pagava nemmeno l'affitto sicuramente non molto elevato che gli veniva richiesto per quella piccola stanza: nel 1933 il Roversi e il Moretto si incontrarono sulle scale e il padrone della casa prese occasione per chiedere al suo inquilino il pagamento delle pigioni che non gli erano state versate da diversi mesi: in tutta risposta Remigio si scagliò contro di lui, prima a male parole, poi anche con i pugni. Le ferite del poveretto vennero giudicate guaribili in 10 giorni, e la gravità dei colpi che aveva inferto costarono al Moretto l'arresto[89]. Un carattere forte e irruento quello del Remigio: chissà, magari in suo figlio Adelia riconosceva le tracce del carattere di suo padre, un carattere che continuava a non sopportare e che voleva tenere lontano da sé.

Alla fine della guerra Remigio si trovava in Dalmazia: non un ottimo posto dove trovarsi se eri un italiano! Il 6 maggio del 1945 l'uomo venne arrestato a Capodistria, due giorni dopo risultava già morto: forse la sua vita era finita all'interno di una foiba[90]. Adelia aveva 70 anni e probabilmente non sopportò il dolore che la scomparsa del figlio le aveva arrecato: morì il 16 dicembre dell'anno successivo. Sulla sua lapide trovano spazio solo una croce, le date di nascita e di morte della donna e una semplicissima dedica: la figlia. Non una foto per mostrare al mondo quale fosse il suo aspetto, nessuna frase infuocata a ricordare le colpe degli uomini che l'avevano fatta soffrire. Una lapide sterile e austera, borghese e ben diversa da quella un po' ribelle che lei stessa aveva fatto fare per sua madre Carolina. Come il Verga, anche la Moretto esce in maniera silenziosa e anonima dalla nostra storia. Ma quanto era stata differente la sua vita!

L'avvocato Sincero Rugarli, divenuto probabilmente controvoglia uno dei protagonisti minori della nostra storia, sopravvisse al fascismo e alla Seconda guerra mondiale e lavorò

89) Vedi *Corriere della Sera*, 12 gennaio 1933.

90) All'interno dell'opera di Gianni Bartoli *Le deportazioni nella Venezia Giulia, Fiume e Dalmazia*, Trieste, 1961, p. 80 troviamo scritto: MORETTO Remigio fu Augusto e Cambiaggio Zini Adelia, nato a Milano l'8-11-1907. Dallo schedatio della C.R.I. di Trieste risulta "Arrestato a Capodistria il 6 maggio 1945". Il Comune di Milano, ha comunicato: "Figura presunto morto l'8-5-1945"

per conto del Senato della Repubblica all'interno della Commissione per il regolamento. Non vide mai la fine del lavoro che gli era stato assegnato: morì nell'ottobre del '48 e durante una riunione del senato tenutasi nel giorno 20 di quello stesso mese, venne ricordato dall'onorevole Bastianetto come u*n sociologo, un galantuomo, un uomo che aveva messo l'anima sua nel lavoro per questa riforma parlamentare*[91]. Si fece cremare come aveva fatto in passato Anna Kuliscioff, e in quell'epoca così vicina a noi eppur così lontana, anche questa scelta seguiva da vicino le sue idee politiche sicuramente non tradizionali. Secondo l'app del comune di Milano *Not 2 4get*, il Rugarli dovrebbe ancora oggi riposare al Cimitero Monumentale presso l'ampiamento cinerario nord, reparto D, celletta n. 0179. Dietro questa suddivisione all'apparenza tanto precisa e minuziosa, si nasconde in realtà una teoria confusa di cellette impolverate e talvolta rotte che si dipana tutto intorno al vecchio forno crematorio finanziato da Alberto Keller. In quei corridoi polverosi non si trova nemmeno l'ombra di una indicazione precisa o che non abbia l'aspetto enigmatico di un simbolo massonico. Nemmeno il guardiano all'ingresso del Monumentale è riuscito a darmi indicazioni precise sul luogo dove potrebbe trovarsi la tomba del Rugarli, e per quanto mi sia impegnato, per quanto mi sia aggirato tra centinaia di tombe come un Tuco Ramirez in preda all'estasi dell'oro, non sono riuscito a trovarla da nessuna parte.

91) Vedi *Atti Parlamentari del Senato della Repubblica, CCXC seduta*, p. 11181.

CAPITOLO XXXI
LE VICISSITUDINI DEI VICE-COMMISSARI DE MARTINO E TOMMASINO

The blue wall will always be there
because the system supports it.

Frank Serpico

Strano personaggio il vicecommissario De Martino: il suo stato di servizio era sicuramente ottimo, e diverse volte aveva contribuito a risolvere casi anche molto spinosi, ottenendo per questo anche dei piccoli premi. Il 22 novembre del 1922 la Questura aveva scritto di lui che *durante la sua permanenza in questa residenza si è mostrato funzionario capace, attivo, intelligente e disciplinato. [...] Gode buona salute ed ha sempre serbata condotta ineccepibile.* Ma l'immagine che abbiamo dal suo fascicolo presente nell'archivio della prefettura[92] è quella di un uomo che desiderava avere maggiori riconoscimenti dalla sua attività di poliziotto, ma questi riconoscimenti tardavano spesso a essergli riconosciuti. Nel '23 il De Martino sperava di ottenere uno scatto stipendiale, ma Il 16 febbraio dello stesso anno il ministero degli Interni informò la questura di Milano che il vicecommissario, che era in attesa di un responso della Commissione per la risoluzione delle controversie per la revisione della sua posizione di ruolo e avere quindi un aumento di stipendio, non conosceva *la esatta portata e la precipua differenza fra l'art. 9 e l'art. 10 del R.D. 14-8-1919 n. 1442* e per questo insiste per vedersi riconosciuti e attribuiti vantaggi economici che non gli sarebbero spettati. Il vicecom-

92) I documenti qui citati provengono tutti da ASMI, Gabinetto di Prefettura, primo versamento, 145.

missario avrebbe alluso a una decisione che non era per nulla applicabile al suo caso e proprio per questo motivo lo si invitava in maniera un po' brusca ad astenersi da *ulteriori insistenze*.

Ma nonostante questa parentesi negativa, nel luglio del 1923 il De Martino era finalmente riuscito a ottenere l'incarico di commissario aggiunto per cui aveva già fatto domanda nel '22. Ma poco dopo, per motivi a noi ignoti, questa promozione gli venne addirittura negata! Il De Martino non la prese bene, fece di nuovo causa al ministero contro questa decisione, ma questa venne respinta con decisione ufficiale del 6 aprile del 1924. Nel 1928 l'uomo era comunque riuscito a ottenere il grado di commissario aggiunto, ma possiamo comunque immaginare il fastidio che abbia provato per il ritardo nel conseguimento di una carica di cui evidentemente si riteneva da tempo degno.

Il 7 marzo del 1927 venne inviata in Questura una lettera anonima contenente dei dettagli particolarmente inquietanti sulla figura del De Martino: un anonimo avrebbe sentito cinque signori discutere al bar circa un articolo del *Corriere della Sera* riguardante un'operazione portata a termine con successo dal De Martino. Discutendo tra loro uno degli uomini avrebbe descritto con dovizia di particolari un accordo illecito che sarebbe stato stretto in segreto tra lo stesso De Martino, l'ex questore Secchi e il Monte di Pietà di Milano per portare al fallimento i Magazzini generali, di cui il banco di pegni più antico del capoluogo lombardo avrebbe temuto la concorrenza. Il vicecommissario sarebbe stato per questo ricompensato in vario modo, anche con lo sconto di alcuni pegni per sé e per la propria famiglia. Il 27 ottobre il De Martino venne sottoposto a nuove accuse per aver usato la sua influenza per aiutare un certo Gabardi in alcuni non meglio precisati problemi di natura giudiziaria. Il ministero degli Interni chiese di interrogare il funzionario, e il questore che si prese questo incarico suggerì al De Martino con benevolenza paternalistica di non ingerirsi in affari estranei al suo ufficio.

Questi due episodi, che facevano trapelare un'immagine non proprio limpida dell'operato del De Martino, non sembrarono avere effetti immediati sulla sua carriera. Ma il 21 luglio del '28, poco dopo la confessione del Guidoni e lo svolgimento delle indagini a suo carico, giunse inaspettata una comunicazione da parte del ministero degli Interni: Il Commissario Aggiunto De Martino veniva trasferito *con indennità da Milano a Venezia dove dovrà assumere servizio non più tardi del 28 corrente*. La notizia giunge ancora più improvvisa e inaspettata se si tiene in conto che il De Martino si trovava in congedo dal 6 luglio a causa di un'improvvisa malattia del padre che viveva a Santa Caterina Villarnosa, in provincia di Caltanisetta. Il suo congedo era stato sospeso in maniera anticipata per fargli raggiungere in tempo la sua nuova sede di servizio, senza curarsi della situazione abbastanza grave in cui si trovava; in un primo momento il commissario aggiunto cercò senza successo di poter portare a termine il congedo, poi, dato che le autorità erano sembrate irremovibili, affermò di essere stato colpito da una infezione intestinale con febbre. La malattia risultò ovviamente un po' sospetta, tanto che lo stesso capo della polizia Arturo Bocchini chiese che l'ufficiale venisse *sottoposto di sorpresa a una rigorosa visita medica fiscale*. Probabilmente la minaccia di Bocchini risalente al 15 agosto ebbe i suoi effetti, dato che lo stesso giorno il De Martino risultava in partenza per Venezia.

Anche il vicecommissario Tommasino ebbe un destino analogo a quello del De Martino, anche se i motivi che potrebbero aver portato al suo allontanamento da Milano sembrano essere ben più frivoli[93]: il 17 dicembre del 1928 il questore di Milano consegnò al prefetto una breve relazione destinata a giungere al Viminale su una certa signora Brusotta Felicita, definita dal testo come *una bella e attraente donna* che abitava in via fratelli Bronzetti 20 all'interno di una casa che si sospet-

93) Le informazioni circa lo stato di servizio del vice-commissario Tommasino provengono da ASMi, Gabinetto di Prefettura, I versamento, 148.

tava essere stata acquistata dallo stesso Tomasino. Per quanto questa circostanza fosse stata poi smentita dagli stessi accertamenti del questore, era evidente che a causa di una lettera anonima giunta al ministero degli Interni le autorità di Roma sospettavano che esistesse una relazione adulterina tra i due: per quale motivo altrimenti il resoconto del questore avrebbe accennato alla bellezza della signora? Sempre che non ci fosse dietro qualcosa di più malizioso, dal momento che all'interno della stessa relazione si faceva cenno anche all'esistenza di una figlia diciassettenne della donna. Per quanto la donna fosse *di fatto separata dal marito*, per la morale dell'epoca, che richiedeva una forte morigeratezza ai membri della P.S., il fatto avrebbe potuto costituire un grosso scandalo[94]. Non si sa se fosse stato proprio questo piccolo scandalo a irritare i superiori di Roma, ma, comunque fosse, alla fine anche il Tommasino venne allontanato da Milano: il 16 luglio del 1929 giunse da Roma l'ordine di trasferimento per Torino. Il vicecommissario, in questo più obbediente del suo collega De Martino, giunse nella sua nuova sede di servizio l'8 agosto successivo.

Entrambi i funzionari cercarono in seguito di ottenere una ricompensa per il ruolo che avevano svolta nella soluzione del

94) Ancora negli anni '50 i poliziotti potevano sposarsi solo se avevano compiuto 28 anni e avevano 8 anni di servizio alle spalle. Il ministero degli interni esercitava inoltre una funzione di controllo sulla moralità delle future spose dei suoi dipendenti e bastava che la sorella della potenziale consorte si fosse separata dal marito per mandare a monte le nozze. L'origine del controllo sulla morale delle guardie di polizia nacque probabilmente quando nel 1860 venne affidato al filosofo Silvio Spaventa il compito di stendere il regolamento delle guardie di P.S. Affascinato dallo idea di stato etico Hegeliano, il patriota si persuase che dalle guardie bisognasse pretendere una dedizione assoluta e proprio per questo impose loro il celibato assoluto, dal momento che "l'individuo distratto dalle cure e dai bisogni della famiglia, non sempre è disposto a sostenere i disagi e le fatiche e ad affrontare i pericoli del servizio". Il tema della vita affettiva all'interno della polizia viene affrontato in diversi passi all'interno di Annibale Paloscia, *I segreti del Viminale*, Roma, 1989, in particolare a pag. 16 e 152-153.

caso Palermo. Il 28 settembre 1929 il ministero dell'Interno inviò a Milano una richiesta di informazioni circa il ragioniere De Martino, dal momento che quest'ultimo aveva fatto domanda per ottenere *un compenso per la nota operazione di polizia giudiziaria, relativa all'assassino del bambino Palermo Michele.* Rievocando gli episodi che avevano portato all'arresto del Guidoni, il questore scrisse che quando *la notizia del rilascio del Guidoni giunse alla Squadra Mobile, [...] fu solidale fra tutti i funzionari di detta squadra, il proposito di far luce nella misteriosa scomparsa del bambino[...]. Tra i funzionari [...] perseverò in tale proposito tra fatiche e difficoltà non lievi, mai cedendo a qualsiasi sacrificio, il Commissario Agg. De Martino, il quale intensificando le investigazioni e proseguendole con tenacia sempre sotto la direzione del Commissario Tomatis e con l'efficace ausilio del Vice Commissario Tommasino e del Maresciallo di P.S. Nava, riuscì con le indicazioni fornite dalla Signora Amalia Moretto, a raccogliere elementi concreti di realtà a carico del Guidoni il quale, sottoposto ad abile interrogatorio, confessò di aver commesso il delitto. La condanna del Guidoni a quattordici anni di reclusione, malgrado l'attesa generale di una pena maggiore, fu accolta con vive soddisfazioni dall'opinione pubblica, che aveva seguito con appassionato calore le vicende del processo ed era rimasta profondamente colpita dall'efferato delitto.*

Le parole del questore tradiscono i veri sentimenti che provava la P.S. nei confronti del caso Palermo: l'orgoglio per il modo in cui era stato scoperto il colpevole, la sicurezza di aver trovato elementi concreti contro il Guidoni, l'abilità con cui il vecchio era stato spinto a confessare, la delusione per la condanna in tribunale inferiore alle aspettative, la sicurezza che l'opinione pubblica fosse stata contenta per il modo in cui erano state gestite le indagini. Quest'ultimo passo era di sicuro quello che, nelle intenzioni del questore, sarebbe stato visto con più interesse dalle autorità di Roma, sempre bene attente al modo in cui le notizie venivano percepite dal pubblico. Ma per quanto il De Martino e il Tommasino fossero stati coperti di elogi, lo stesso questore non poteva chiudere gli occhi di fronte al fatto che entrambi i funzionari fossero stati allontanati in maniera improvvisa e sbrigativa da Milano: dopo aver detto che tutti e due i poliziotti e l'ex capo della Squadra mobile Tomatis potevano avere come *giusto premio* una gratificazione per ognuno, il capo della P.S. di Milano si sentì in dovere di aggiungere che scriveva questo *indipendentemente da ogni considerazione circa l'opportunità o meno di proporre i funzionari De martino e Tommasino i quali furono allontanati da Milano, ove risiedevano, per motivi che ignoro, ma certamente ad essi sfavorevoli*[95].

95) ASMi, Gabinetto di Prefettura, I versamento, 227.

CAPITOLO XXXII
GIUSEPPE MOSCA, UN NUOVO BAMBINO SPERDUTO

"But where do you live mostly now?"
"With the lost boys."
"Who are they?"
"They are the children who fall out of their perambulators when the nurse is looking the other way. If they are not claimed in seven days they are sent far away to the Neverland to defray expanses. I'm captain."

James Matthew Barrie, *Peter Pan.*

La prova che Giuseppe Palermo credeva ancora nella sopravvivenza di suo figlio giunse non molto tempo dopo la fine del processo Guidoni. La storia cominciò in piazzale Cadorna il 21 ottobre del 1932. Un vigile urbano si aggirava per la piazza quando vide un ragazzo vestito da contadino uscire dalla stazione ferroviaria e camminare per il piazzale con aria spaesata. Subito l'agente lo fermò e gli domandò cosa cercasse: in tutta risposta il ragazzo chiese di indicargli la strada più breve per raggiungere Montebelluna, in provincia di Treviso! Giustamente insospettito, il vigile lo portò al vicino commissariato di polizia della stazione, dove il ragazzo affermò di chiamarsi Giuseppe Mosca di fu Adriano e di Angela Tomè, di essere nato a Parma il 4 ottobre 1920 e di abitare con la madre e un fratello di pochi anni maggiore di lui a Montebelluna. Alcune settimane prima la madre lo aveva affidato a un negoziante di bestiame per fargli imparare il mestiere; il negoziatore, dopo diverse tappe nel nord Italia, lo aveva portato in una stazione delle Nord nei pressi di Como e gli aveva regalato otto lire, mettendolo su un treno per Milano e dicendogli che una volta giunto in città avrebbe dovuto chiedere la strada per Montebelluna alla prima persona che avrebbe incontrato. Di sicuro non si sarebbe potuto sbagliare!

Le forze dell'ordine applicarono a questa storia una sana sospensione del giudizio e in attesa di conferme il ragazzo venne ricoverato nell'istituto Beccaria, presso la casa di deposito della "Fanciullezza abbandonata".

Per le strade di Milano intanto si cominciò a parlare di questo strano giovinetto, e come il Palermo venne a conoscere questa storia, subito volle vedere il ragazzo. L'incontro venne immediatamente accordato, l'uomo entrò nella stanza dove si trovava il ragazzo, lo fissò dritto negli occhi e senza attendere un altro attimo gridò di gioia: "è lui, è il mio Michelino!"

Subito afferrò il povero Mosca e se lo strinse al petto. La scena si ripeté in maniera ancora più commovente qualche ora dopo, quando il Palermo tornò con la moglie e gli altri parenti: tutti riconobbero nel sedicente Mosca il bimbo creduto rapito e fecero a gara per abbracciarlo e baciarlo. Una bella storia, peccato che quel ragazzino malandrino si rifiutasse proprio di accettarla! E in realtà anche gli uomini costretti ad assistere a quella scena nutrivano sicuramente forti dubbi sul fatto che quel bambino potesse essere Michelino, dato che parlava con accento veneto e non assomigliava molto alle foto del bambino scomparso! Di fronte alle domande del direttore dell'istituto, il Mosca continuava infatti a ripetere con sicurezza le proprie generalità, aggiungendo di avere tre zii all'estero, uno in Francia, uno in Svizzera e un terzo in America. Ma i Palermo insistevano, e al coro delle loro affermazioni si aggiunse anche quella di una loro coinquilina, tale Maria Alogni. La famiglia voleva addirittura portarsi il ragazzo a casa, ma naturalmente il direttore si rifiutò fermamente di concedere il permesso richiesto: evidente negli ultimi anni aveva letto i giornali e sapeva perfettamente come era andata a finire tutte le volte che il Palermo aveva sostenuto di riconoscere l'aspetto del figlio in qualche bambino perduto!

Certo, alcuni dettagli nel racconto del giovane non erano per niente chiari, e non ultimo il fatto che il Mosca era del tutto ignoto a Montebelluna. I dirigenti interrogarono di nuovo il ragazzo ed egli, dopo aver compreso che la sua bugia non era più sostenibile, modificò nuovamente il suo racconto. Questa volta sostenne di non essere nato a Montebelluna ma a Taibon, a 32 chilometri di distanza da Belluno. Là vivevano ancora il nonno materno, la madre, il fratello maggiore di 17 anni che faceva il seggiolaio e due fratellastri di 7 e 2 anni nati da un secondo matrimonio della madre. In questa nuova versione dei fatti il padre non sarebbe morto: in passato aveva maltrattato sua madre, aveva fatto soffrire la famiglia e un bel giorno l'avrebbe pure abbandonata. Il ragazzo svelò anche il vero motivo per cui era finito da solo a Milano: alcuni mesi prima il Mosca si era trovato a Cantù, quando il sensale a cui era stato affidato per imparare il mestiere decise di tornare nel suo paese e invitò il ragazzo a seguirlo. Il piccolo Mosca si rifiutò di farlo, e per questo motivo venne preso in consegna da un seggiolaio ambulante. Il bambino non seppe dire quanto tempo fosse rimasto con il suo nuovo tutore: dopo varie peregrinazioni il giovane si era trovato da solo a Seveso San Pietro; qui si era rivolto a un giovanotto per chiedergli soccorso e sarebbe stato proprio lui a donargli 7 o 8 lire e a consigliargli di dirigersi a Milano.

Questa volta il bambino aveva raccontato la verità: la madre, contattata dagli ufficiali, ammise con tutta tranquillità di aver lasciato il figlio Giuseppe al sensale perché non riusciva a mantenerlo. La donna abitava infatti in una casetta sgangherata e si era sposata con Adriano Mosca, il padre di Pino, a Massa Carrara, poco dopo la guerra. La donna aveva già avuto il primogenito Domenico da un altro uomo, ma il Mosca accettò di legittimarlo. Purtroppo per lei l'uomo aveva un carattere brutale e violento e la percuoteva spesso senza misericordia: dopo appena tre mesi di convivenza i carabinieri lo avevano arrestato perché doveva scontare una condanna per avere accoltellato in una rissa due persone. Giuseppe nacque poco dopo questi eventi, quando la madre era tornata a vivere dal padre muratore. Poco tempo dopo la donna decise di andare a convivere con un nuovo uomo, da cui avrebbe avuto altri due figli. Negli ultimi mesi il povero Pino aveva vissuto male l'allontanamento dalla sua terra natale: fino a quel momento era sempre vissuto come un selvaggio per i sentieri rupestri delle Alpi e aveva pianto moltissimo quando era stato costretto ad allontanarsene. Forse per questo motivo aveva fatto tutto il possibile per rendere difficile la sua convivenza con il seggiolaio: a ottobre il bambino era fuggito a Vighizzolo, ma non fu una fuga di lunga durata: tornò presto dal sensale, ma l'uomo si era ormai stufato di lui e aveva chiesto alla famiglia di riprenderselo, arrivando addirittura a pagare di tasca propria 190 lire per pagare il viaggio di ritorno al ragazzino.

Da quel giorno la donna non ebbe più notizie intorno a suo figlio. Probabilmente il ragazzo si era recato a Milano per trovare la zia Giovanna, da lui particolarmente amata e che viveva in città come cuoca. La madre affermò chiaramente che non avrebbe potuto mantenerlo e che avrebbe chiesto a qualche istituto di farlo al suo posto. La zia Giovanna andò a trovare il piccolo al Beccaria e lo riconobbe; il bambino le chiese subito di seguirla e di poter vivere con lei, offrendosi pure di mantenersi da solo svolgendo l'attività di seggiolaio, ma non ci fu niente da fare: la donna non si trovava in condizione di ospitarlo e mantenerlo. I giornali chiudono laconicamente la triste storia di quel bambino affermando che di lì a pochi giorni sarebbero state avviate le pratiche per il suo rimpatrio.

Il Palermo non si lasciò impressionare da quanto era avvenuto e continuò a essere convinto che il povero Pino fosse suo figlio. Si recò di nuovo al Beccaria scongiurando che gli venisse consegnato il suo Michelino, ma venne allontanato con buone parole. Se ne andò gesticolando sconsolatamente, sempre attaccato alla sua tenace speranza.

Dopo questo episodio il silenzio era destinato a calare sulla famiglia Palermo. Ne sarebbe uscito solo per breve tempo l'anno successivo, quando il 25 agosto Giuseppe partecipò al funerale pubblico di due nipoti, Emma Cavagnera e Ambrogio Alonge, che erano stati investiti proprio in via Benaco. La loro sorte aveva destato viva commozione, tanto che i loro funerali erano stati fatti a spese degli industriali della zona ed erano stati ampiamente seguiti da una folla commossa.

Il 3 settembre del 1934 il Palermo inviò di nuovo una lettera al prefetto Bruno Fornaciari per chiedere un'udienza. Le sue parole si trovano ancora oggi tra i faldoni del Gabinetto di prefettura conservati presso l'Archivio di Stato di Milano[96]:

Milano 3.9.34-XII
Eccellenza Signor Prefetto
Milano

> Io, Palermo Giuseppe, nato a Caltanissetta, il 19-2-893, già domiciliato in via Comacchio n. 4, padre di sei bambini, tutti in tenera età, nonché padre angosciato e straziato del disperso bambino Michelino Palermo che di cui (sic!) ebbe ad occuparsi con spontanea intercessione paterna S.a E.za il presidente dei ministri, per la precaria situazione in cui mi trovo prego la Ecc.za Sua Ill.ma di volergli concedere un'udienza di pochi minuti, avendo bisogno di conferire con l'Eccellenza Sua.
>
> Non dispero, da Ella, che è l'esempio di magnanimità e bontà in tutte le iniziative benefiche, voglia rifiutarsi di beneficarmi di quanto sopra le chiedo.
>
> Con i sensi della mia viva gratitudine e riconoscenza con osservanza mi sottoscrivo

96) Vedi ASMi, Gabinetto di prefettura, primo versamento, 227.

Umilissimo
Palermo Giuseppe
Via Comacchio 4
Milano.

L'esistenza di questo colloquio non viene riportata da alcun giornale, e non possediamo alcuna ulteriore testimonianza utile per comprendere le motivazioni per cui il Palermo avesse deciso di richiederlo. Sappiamo solo che il prefetto di Milano accolse la richiesta del padre affranto, senza però nascondere una punta di fastidio per quella che evidentemente riteneva un'incombenza inutile: a margine di uno dei documenti aggiunse infatti una breve annotazione scritta a penna con un tratto significativamente rapido e nervoso: *vuole aiuto...! gli dico di precisare che cosa pretenda da me!*

Che cosa volesse il Palermo dal Prefetto rimane per noi un mistero: ci immaginiamo che si trattasse di qualche fantasia riguardante la possibile localizzazione di suo figlio, oppure di qualche richiesta particolare riguardante il Guidoni. In effetti in seguito alla morte del Guidoni, avvenuta il 7 Gennaio del 1938, il *Corriere* riferì che negli ultimi mesi il Palermo era andato a visitare il vecchio a Cernusco nella speranza di avere qualche indizio sulla sorte del figlio, una fatica vana e che come ben sappiamo non avrebbe portato ad alcun risultato; non facciamo molta fatica a credere che anche negli anni precedenti il vecchio ormai privo di senno avesse più e più volte ricevuto la visita di un inconsolabile Giuseppe Palermo che cercava la risposta a una domanda che forse il Guidoni non possedeva nemmeno più nella sua testa vuota, sempre che abbia mai saputo veramente qualcosa di tutta quella tortuosa vicenda relativa al bambino sperduto.

La nostra lunga narrazione ci ha infine portati al 21 giugno del 1955. Negli ultimi 20 anni il mondo era cambiato e la guerra aveva stravolto la vita di migliaia di uomini. A Milano molte case erano state distrutte dai bombardamenti e molte persone erano morte, sul fronte o tra le macerie delle loro case. Il fascismo era caduto e Mussolini ero giunto al termine della sua esperienza politica nella tragica maniera che tutti conosciamo. I fratelli di Michelino erano diventati adulti, il padre era invecchiato e lavorava presso l'officina di via Caracciolo della Azienda elettrica municipale. I giornali non parlavano più da molto tempo delle vicissitudini del Palermo, ma non tutti in Italia si erano scordati delle sue sofferenze: il 23 maggio del '55 un biglietto scritto con la penna a sfera era stato spedito da Piacenza: secondo l'anonimo autore di questa nuova lettera il figlio di Giuseppe sarebbe stato ancora vivo e sarebbe vissuto a Frosinone guadagnandosi da vivere come suonatore ambulante e facendosi chiamare Michele Disasso. Insomma, un'ottima occasione per i giornalisti del *Corriere della Sera* per rievocare un loro vecchio scoop! L'articolo del giornale milanese ripercorse sommariamente tutte le vicende della scomparsa del piccolo Michele, aggiungendo alcuni dettagli del tutto inediti: non ultimo il fatto che Mussolini in persona aveva voluto che il caso venisse risolto e per questo motivo qualcuno avrebbe perso la testa e deciso di trovare un capro espiatorio adatto per questa vicenda, ovvero il vecchio Guidoni, che in questo nuovo articolo viene quasi del tutto riabilitato dall'accusa di omicidio.

Come abbiamo detto in precedenza, Mussolini si era personalmente interessato al fatto. Aveva instituito una ricompensa per chi avesse comunicato degli indizi validi, aveva risposto alle lettere del Palermo, dando più volte ordine di intensificare le indagini. Ma l'ostinazione del Palermo aveva creato sicuramente dell'irritazione all'interno delle alte sfere del regime, e questa irritazione finiva per sfogarsi sulle pagine de *Il popolo d'Italia* e nelle sue continue richieste inascoltate di far calare il silenzio sulla scomparsa di Michelino. Questa frustrazione si manifestò con l'improvviso aumento dei controlli che vennero fatti nel gennaio del 1928, a due anni di distanza dal rapimento del Palermo, quando le possibilità di ritrovare il bambino erano oramai diventate chiaramente molto scarse. Un aumento dei controlli che vistosamente non servivano a trovare sul serio il bambino, ma solo a mostrare all'opinione pubblica che il regime era efficiente e stava facendo il possibile per scoprire una verità che si ostinava caparbiamente a non venire a galla. Poteva dunque essere plausibile che di fronte alle insistenze delle alte sfere, a un certo punto un funzionario come il Tomatis abbia deciso di inscenare la confessione del Guidoni per chiudere definitivamente una faccenda che stava cominciando a innervosire i gerarchi del ministero degli Interni.

Ma quale poteva essere l'origine di questo sospetto espresso dal cronista del *Corriere*? È inutile ricordare che Giuseppe Palermo era sempre stato innocentista nei confronti del Guidoni: poteva credere che il vecchio avesse veramente rapito il bambino, ma non che lo avesse ucciso. Evidentemente nel corso degli anni si era messo in testa che fosse stato qualche gerarca, spinto dalle pressioni del duce, a volerne l'arresto, per non parlare più della questione e chiudere così le ricerche di Michelino. Chissà, forse ancor prima del processo il Palermo odiava Mussolini e pensava che si fosse messo di mezzo per impedirgli di conoscere la verità, solo che per prudenza aveva taciuto questa sua idea di fronte ai giornalisti, che comunque si sarebbero ben guardati dal riportare una simile esternazione sulla carta *Stampa*ta. O forse questo pensiero era andato crescendo negli anni, man mano che alle lettere che inviava alle autorità cominciarono a essere date risposte sempre più brevi e infastidite. Certo, nessuno può escludere che il giornalista del *Corriere* possa aver ottenuto questa informazione da altre fonti, ma è quantomeno plausibile che le riflessioni del Palermo siano il punto di partenza di tutto quello che è stato scritto nell'articolo. Di certo nel petto di Giuseppe brillava ancora la speranza che il figlio fosse vivo, anche se a Frosinone non risultava l'esistenza di alcun Michele Disasso. L'ultimo articolo di giornale dedicato alla vicenda dei Palermo si chiude con una nota di tristezza: Ma chi può dar pace al cuore dei coniugi Palermo fintanto che non si troveranno di fronte a quel suonatore ambulante? Bisognerà cercarlo ancora. E la ricerca, il dubbio e la sofferenza albergarono sicuramente nel cuore di Giuseppe fino al giorno della sua morte, che lo colse il 22 gennaio del 1968. La moglie Caterina gli sopravviverà per 4 anni. I due coniugi riposano ancora oggi nelle nebbie del cimitero di Greco, tra i fischi dei treni diretti a Lecco e quelli che vanno a Torino; al loro fianco si trova Michele Palermo, non il bambino che i due avevano cercato ovunque, ma il figlio avuto alcuni anni dopo e che aveva ricevuto in eredità il nome del suo sfortunato fratello maggiore. Morì nel 1976, ancora giovane: un caso malvagio ha fatto in modo che i Palermo almeno in morte potessero avere al loro fianco una pallida immagine di quello che era sempre stato il loro sogno: trovarsi per sempre al fianco di un Michele Palermo…

CONCLUSIONI

"Lo corpo mio gelato in su la foce
trovò l'Archian rubesto; e quel sospinse
ne l'Arno, e sciolse al mio petto la croce

ch'i'fe' di me quando 'l dolor mi vinse;
voltòmmi per le ripe e per lo fondo,
poi di sua preda mi coperse e cinse."

Dante, *Purgatorio*, V 124-129.

Nel 1841 il cadavere di una giovane donna era stato ripescato nelle acque del fiume Hudson, a New York. La ragazza si chiamava Mary Cecilia Rogers ed era giovane e bella, dettaglio che spesso spinge l'opinione pubblica a prestare particolare attenzione a un caso. Le indagini della polizia non portarono inizialmente da nessuna parte, mentre gli articoli di giornale dedicati all'argomento si moltiplicavano sempre di più. A un certo punto lo scrittore Edgar Allan Poe decise di interessarsi personalmente a questa vicenda: basandosi solo ed esclusivamente su quanto aveva letto sulla carta stampata, il giornalista trasportò le vicende sulle rive della Senna e fece lavorare a questo caso l'investigatore Dupin, che aveva reso protagonista di un altro suo celebre racconto, I delitti della Rue Morgue. Usando la razionalità e il proprio infallibile metodo che mescolava insieme induzione e deduzione, Dupin (ovvero lo stesso Poe) giunse a dei risultati molto simili a quelli a cui in seguito sarebbe approdata la stessa polizia.

Ora vorremmo fare il medesimo esperimento, pur nella consapevolezza di non avere le stesse capacità analitiche dello scrittore americano. Certo, nella nostra ricerca abbiamo avuto modo di accedere a dei materiali riservati della prefettura e della questura, cosa che Poe non aveva potuto fare; questo potrebbe darci un minimo vantaggio, che viene però presto eliminato dall'esiguità dei documenti ritrovati e soprattutto dalla distanza temporale di quasi un secolo che ci separa dal caso che stiamo trattando. Il nostro mondo è molto cambiato da allora. L'uomo rimane sempre uguale a sé stesso, è vero, ma col passare del tempo cambiano inevitabilmente le abitudini, i modi di vedere il mondo, i rapporti e le gerarchie sociali. Il mondo in cui vissero il Guidoni e Giuseppe Palermo è ormai quasi del tutto scomparso e il distacco temporale che ci separa da questi due uomini può rendere più difficile la comprensione di svariate dinamiche sociali e culturali forse indispensabili per giungere alla verità. Cercheremo di fare il possibile, nella consapevolezza che potrebbero emergere in qualsiasi momento nuovi dati per confermare o smentire quanto sto per sostenere.

Che il Guidoni possa aver fatto a pezzi e bruciato il cadavere di Michele, è cosa senz'altro da escludere. Nemmeno i giurati del processo Guidoni ebbero il coraggio di confermare questa eventualità: le perizie sono state molto chiare al riguardo, e sinceramente trovo anche inverosimile che un vecchio come il Guidoni possa aver fatto in appena un'ora il cammino che separa la chiesa di San Luigi da via Scarlatti. Durante l'anno scolastico 2020/21 ho insegnato in un liceo non molto distante dal luogo dove è avvenuta la scomparsa di Michelino e, complice anche una scarsa voglia di prendere mezzi pubblici affollati nel bel mezzo di una epidemia, mi capitava spesso di recarmi a piedi sul mio posto di lavoro. Mi vanto di avere un passo veloce, implacabile nella marcia: eppure ci impiegavo ben tre quarti d'ora per fare un percorso leggermente inferiore a quello che avrebbe svolto in appena un'ora quel vecchio malandato e accompagnato da un bambino di cinque anni dalle gambe corte e poco desideroso di seguirlo!

Certo, il Guidoni potrebbe aver preso un mezzo pubblico per andare più veloce: ma i mezzi sono pochi nei giorni di festa, e andare su un tram con un bambino rapito avrebbe potuto essere una mossa molto, troppo pericolosa, cosa che non sarebbe dovuta sfuggire nemmeno a un vecchio ubriaco. Inoltre il Guidoni non ne ha mai parlato: perché avrebbe dovuto tacere questo particolare dopo aver confessato colpe ben peggiori? Se si parte dal presupposto (teoricamente piuttosto ovvio!) che il vecchio non possa aver compiuto un tragitto così lungo in così poco tempo, verrebbe automaticamente meno anche la testimonianza della Moretto, personaggio che, come abbiamo visto, aveva una personalità piuttosto tormentata e non era nuova a mandare alle forze dell'ordine lettere anonime con accuse probabilmente prive di fondamento. Può tranquillamente essere che la notte del primo gennaio del 1926 la donna avesse veramente visto un vecchio andare in giro con un bambino e che nei giorni successivi si fosse messa in testa che quel bambino fosse Michele Palermo e quell'uomo anziano, che nella realtà poteva tranquillamente essere il nonno del fanciullo che stava trascinando, il rapitore. Come testimoniato anche dalle perizie, era difficile che la donna potesse aver visto chiaramente il vecchio che era passato sotto casa sua la notte di Capodanno, ma si sa, la memoria è un qualcosa che si costruisce al nostro interno spesso deformando i dati che provengono dai nostri sensi: passarono alcune settimane, la donna vide il Guidoni che passava sotto casa sua e si mise in testa, forse in assoluta buona fede, che quell'uomo malridotto fosse lo stesso che aveva visto la sera di capodanno. Scoprire che il vecchio era celibe e che corrispondeva perfettamente allo stereotipo del vecchio misogino adescatore di bambini le diede la certezza della sua colpevolezza, una certezza che la spinse a testa bassa a cercare ogni strada per portarlo in galera. Lo voleva il suo senso di giustizia, e forse il suo desiderio di punire quelle figure maschili in cui vedeva appena adombrato il ritratto di quel padre crudele che aveva fatto soffrire lei stessa e sua madre. Prova ne è che parlando con i giornalisti dopo la confessione del Guidoni, la donna fece proprio riferimento alla memoria di sua madre Carolina e alle ultime parole che questa le aveva detto prima di morire, come se punire il vecchio libidinoso le avesse permesso di ottenere la vendetta per quello che lo Zini le aveva fatto 20 anni prima.

Forse facciamo un torto nei confronti di una donna di cui conosciamo così poco, se diciamo che potrebbe essersi fatta guidare dai propri fantasmi interiori a tal punto da diventare la principale responsabile della condanna di un innocente. Non siamo sicuri al 100% che le cose si siano veramente svolte in questo modo, ma siamo comunque certi che se gli avvocati della difesa fossero stati a conoscenza di tutti i precedenti della signora Moretto, di sicuro li avrebbero usati per togliere valore alla sua testimonianza, e di certo una parte della giuria avrebbe dato retta alle loro parole, giungendo forse a un esito del processo del tutto diverso da quello che conosciamo. Non dimentichiamo infatti che negli anni '20 la società era molto misogina, e parole come "isterica", "fanatica" e simili venivano usate spesso nei rapporti di polizia o nelle pagine dei giornali per togliere credibilità alla testimonianza di una donna.

Comunque fosse, la signora Moretto cercò disperatamente per due anni di far giungere alla polizia la sua testimonianza, e solo dopo che il caso Palermo aveva raggiunto l'apice della sua esposizione mediatica con i fatti di Fabriano, la donna riuscì nel suo intento, ricevendo l'ascolto del Verga e dei cronisti del *Corriere della Sera* che stavano seguendo le vicende relative alla scomparsa di Michelino. È probabile che in un primo tempo questi siano stati spinti in buona fede a credere alle parole della signora Moretto, e con una decisione assolutamente legittima portarono la testimonianza della donna in questura; il Guidoni venne arrestato e una volta condotta in carcere avrebbe ceduto alle insistenze delle forze dell'ordine, che non vedevano l'ora di trovare un colpevole a causa delle spinte che avevano ricevuto dall'alto, forse dallo stesso Mussolini; inizialmente i poliziotti erano dubbiosi e, consapevoli delle pressioni a cui avevano sottoposto il vecchio per farlo parlare, non sapevano se le confessioni estorte fossero autentiche o meno; come scrisse il questore al prefetto il 7 aprile del 1928, non si poteva del tutto ritenere tranquillamente la confessione da lui resa anche perché non si sono potute ancora accertare circostanze idonee a corroborare la confessione con elementi di fatti specifici ed incontrovertibili. Questi dubbi erano probabilmente condivisi dallo stesso Mussolini, dato che grazie a *L'Ambrosiano* siamo venuti a sapere che il Duce, in visita a Milano durante i giorni della confessione del Guidoni, avrebbe detto ai poliziotti di andare cauti, cautela condivisa inizialmente anche da *Il popolo d'Italia.*

Ma a un certo punto il duce deve aver cambiato idea, forse infastidito perché vedeva che il Palermo non si arrendeva e continuava a mandargli lettere per fare in modo che si continuasse a parlare di suo figlio Michele. Le autorità diedero per un'ultima volta fiducia ai coniugi Lopez, ma quando si fu certi che i due erano solo degli imbroglioni, si decise di proseguire con l'operazione di *covering*: bisognava dare un colpevole al caso Palermo, e quel colpevole non poteva essere altri che il Guidoni.

Questo *modus operandi* non ci deve stupire: l'anno prima a Roma era stato accusato di aver rapito e stuprato diverse bambine un mediatore di nome Gino Girolimoni. Le prove a suo carico erano molto fragili, ma nonostante questo l'uomo era stato trattenuto in carcere e sbattuto sulle pagine dei giornali che lo avevano dipinto come il mostro di Roma. Quel povero disgraziato era probabilmente destinato a ricevere una condanna esemplare per dei reati che non aveva commesso e solo grazie alle indagini personali dell'agente Giuseppe Dosi, si comprese che i pochi indizi che pesavano sul capo del Girolimoni erano falsi e che quell'uomo era completamente innocente. L'8 marzo del 1928, praticamente mentre il Guidoni veniva tratto in arresto, il Girolimoni venne prosciolto da ogni accusa, ma i giornali non ne parlarono molto, dimostrando che le autorità fasciste, che ormai disponevano di ampio controllo sui mezzi di comunicazione, non volevano che si sapesse troppo che per le strade di Roma poteva girare ancora impunito un mostro sanguinario[97].

Possibile che il fascismo volesse fare lo stesso a Milano con il Guidoni? L'imbeccata iniziale venne data da *Il popolo d'Italia*, giornale che era allora guidato dal fratello di Mussolini e che si era schierato da tempo in prima linea nella campagna del fascismo contro la cronaca nera. Il *Corriere* fu ben contento di seguire la strada tracciata dal giornale del duce: se anche i cronisti che seguivano il caso si erano accorti di aver commesso un errore nel dare retta alle parole della Moretto, oramai era troppo tardi e una qualsiasi smentita avrebbe inferto un duro colpo all'immagine del giornale, che aveva investito molto nello scoop sulla scoperta della colpevolezza del vecchio libidinoso, inserendo nella Cronaca milanese interminabili articoloni da due colonne dedicate all'argomento; in questo modo i cronisti del giornale milanese tradirono anche la fiducia che il Palermo aveva riposto in loro: oramai il *Corriere* non aveva nemmeno più il coraggio di riportare le sue parole, dato che il padre non voleva credere che suo figlio fosse stato ucciso in maniera tanto barbara e aveva forse intuito qualcosa sulla

97) Il Detective Giuseppe Dosi avrebbe in seguito scritto un testo per descrivere i risultati delle sue indagini (Dosi Giuseppe, *Il mostro e il detective*, Firenze, 1973). Nel 1972 il regista Damiano Damiani diresse il film *Girolimoni, il mostro di Roma,* in cui il povero mediatore venne ottimamente interpretato dall'attore Nino Manfredi. L'uscita nelle sale cinematografiche di questo film, unito alla pubblicazione di un libro in cui veniva sommariamente rievocata la vicenda (Damiani Damiano, Strazzulla Gaetano, *Girolimoni: il mostro e il fascismo*, Bologna, 1972), contribuì notevolmente a rendere giustizia al Girolimoni, che per molti anni era stato additato dalla gente del popolo come uno spietato e perverso omicida di bambine. Più recentemente la giornalista Federica Sciarelli ha ulteriormente ricostruito la vicenda, romanzandola all'interno di un suo libro-inchiesta (Sciarelli Federica, *Il mostro innocente. La verità su Girolimoni condannato dalla cronaca e dalla storia,* Milano, 2010).

maniera in cui le forze dell'ordine stavano ora svolgendo le indagini. Molti altri giornali non furono dello stesso avviso, e usarono quel poco di libertà che era ancora concessa a loro per parlare dell'innocenza del Guidoni, spesso inventando dettagli inesistenti o deformando fino al ridicolo la realtà, ma mettendo comunque in luce molte delle stranezze presenti nelle indagini. Ma poi Mussolini, con il celebre discorso di Palazzo Chigi, diede una nuova stretta alla libertà di *Stampa*, inserendo anche la cronaca nera tra le cose di cui non si poteva più parlare liberamente: quando si giunse al processo Guidoni, nessuno ebbe il coraggio di dire apertamente qualcosa contro la sentenza di condanna. Il malcontento emerge solo dal modo con cui vennero riportate le diverse fasi del processo: solo i giornali che erano stati in passato innocentisti riportarono le testimonianze delle persone che avevano deposto a favore del vecchio. Il Guidoni non aveva avuto la fortuna di incontrare sulla sua strada un detective abile e amante della giustizia come il Dosi, ma era vecchio, stanco e forse il rifugio del carcere non gli dava nemmeno troppo fastidio. L'orco di via Scarlatti venne condannato, e sulla scomparsa di Michele calò un lungo silenzio, che fece di fatto scomparire questo caso dalla memoria collettiva della città di Milano. Esattamente come era stato probabilmente previsto e auspicato dal duce.

Ma se il Guidoni non era colpevole, chi poteva esserlo? Ecco una cosa quasi impossibile da scoprire proprio a causa del distacco temporale che ci separa da quel maledetto Capodanno del 1926. Ma dai dati che ci vengono forniti dai giornali dell'epoca, ci sembra di intravedere una realtà terribile e ben più grave di quella che è stata finora prospettata: forse quello dell'omicidio seriale non era solo un fantasma che si agitava nella mente del questore Secchi nei primi giorni seguenti alla scomparsa di Michele, forse nella zona della Gamboloita operava da diversi anni un serial killer che per la sua efferatezza non aveva nulla da invidiare con quello di Roma!

Trattando del caso Palermo, i giornali si trovarono più volte a fare dei parallelismi tra la scomparsa di Michele e quella dei giovani Ferruccio Ferrari e Orlando Forelli, eppure dalle fonti che ci sono giunte nessuno arrivò a unire insieme i diversi casi e a pensare che il colpevole dei tre delitti potesse essere lo stesso. Eppure queste tre vicende presentano diversi punti in comune non poco inquietanti: Ferruccio Ferrari era un bambino di appena cinque anni che abitava nella strada per Chiaravalle, molto vicino a via Benaco. Nel settembre del 1915 si era allontanato da casa insieme al fratello Guido e a un coetaneo per andare a trovare il nonno che abitava non molto lontano in via Serio. I tre piccoli decisero però di cambiare il solito percorso, giungendo fino a uno spiazzo di terreno a ridosso della ferrovia che si trovava a circa un chilometro di distanza da casa. Alle 18 i piccoli decisero di tornare indietro, ma Ferruccio volle prendere una strada diversa dagli altri. Venne trovato il giorno dopo non molto distante dal luogo in cui si era separato dagli altri bambini, dentro un fosso, seviziato, strangolato e con segni di morsi di topi e umani sul corpo.

Orlando Forelli era più grande di Ferruccio, e al momento della scomparsa avvenuta nell'ottobre del 1924 aveva già raggiunto gli 11 anni. Il ragazzo abitava in via Uberti 2, non molto lontano da Corso Indipendenza. Un pomeriggio uscì verso le 16:30 per andare a trovare il padrino che lavorava come infermiere in una guardia medica nei pressi della Gamboloita, ma non giunse mai alla destinazione che si era prefissato. Il suo cadavere, quasi ridotto a scheletro, venne trovato un mese dopo nelle acque del cavo Melzi, nelle vicinanze di Chiaravalle. Probabilmente lo sciagurato ragazzo aveva subito violenza carnale prima di essere ucciso, dal momento che il corpo era privo dei pantaloni e delle mutande. Secondo le analisi sul cadavere, rese chiaramente complesse dall'avanzato stato di decomposizione in cui si trovava il corpo stesso, anche Orlando, come Ferruccio, era stato strangolato o comunque colpito al collo da un fendente. In entrambi i casi i ragazzi erano stati visti prima in compagnia di un uomo avanti negli anni e con la barba (un sessantenne con la barba brizzolata nel caso di Ferruccio, un vecchio con una gamba sola per Orlando). Le indagini delle forze dell'ordine portarono all'arresto di diverse persone più o meno corrispondenti alla descrizione che era stata fornita dai relativi testimoni, ma in entrambi i casi le indagini non portarono a risultati concreti[98].

98) Le indagini per la scomparsa di Ferruccio Ferrari portarono un paio di mesi dopo la sua morte al fermo di un vecchio vagabondo che era solito girare nella zona, un certo Pietro Negri, chiamato semplicemente nella zona come Peder el vecc, ma l'arresto non ebbe seguito. Verrà poi arrestato a fine marzo dell'anno successivo un personaggio ben più inquietante, un altro vagabondo chiamato Angelo Grisoni, con precedenti specifici nei confronti dei bambini e che per giunta si era recentemente fatto la barba, forse (a detta dei giornali!) per non farsi riconoscere. Ma anche in questo caso i giornali non parlarono più del vecchio, prova del fatto che le autorità non riuscirono a trovare delle prove concrete nei suoi confronti. Seguì invece a giugno l'arresto di un nuovo vecchio vagabondo, un certo Carlo Conte detto "Barba", trovato con pochi centesimi in tasca e una pagnotta da militare dopo che aveva preso un bambino di sei anni e lo aveva condotto con sé in un cascinale. Ma anche in questo caso i testimoni sostennero che quel vecchio non fosse lo stesso visto in compagnia di Ferruccio. La mancanza di altri articoli di giornale dedicati a questo argomento ci fa comprendere come anche questo delitto fosse rimasto irrisolto. Vedi *Corriere della Sera*, 12, 13 settembre, 16 dicembre 1915, 1 aprile, 22, 27 giugno 1916. Ben più complesse e intricate furono le indagini per la morte di Orlando Forelli. I primi sospetti erano caduti su un vagabondo con la barba grigia, privo di una gamba e con una cicatrice vicino all'occhio sinistro: si trattava del cinquantaduenne Carlo Luccoli fu Giuseppe, residente a Greco in via Berretta 11. Fermato in via Padova, venne condotto alla Questura centrale dove continuò a professare la propria innocenza. Qui venne messo a confronto con Gabriele Zagaria, un bambino che sosteneva di aver visto il presunto rapimento di Orlando: in un primo momento il ragazzo scoppiò a piangere, facendo credere a tutti che fosse rimasto spaventato dalla vista dell'assassino del suo amico. In realtà il bambino era solo spaventato dall'ambiente che lo circondava e dall'aspetto del vecchio che era tutto tranne che rassicurante. Ma il Luccoli era diverso dal vecchio con una gamba sola che aveva visto alcuni giorni prima e non poteva quindi essere lui l'assassino. Nei giorni successivi venne tratto in arresto un altro mendicante zoppo, Giuseppe Ghisalberti detto El Barbetta, ma anche in questo caso le indagini non portarono ad alcun risul-

tato. Dal momento che dai risultati dell'autopsia era sorto il sospetto che il bambino avesse subito altre violenze prima della sera fatale, cominciarono a sorgere dei dubbi sulla moralità del padrino, che per giunta aveva avuto dei precedenti politici non meglio precisati (ma di sicuro avversi al fascismo) che lo avevano costretto ad abbandonare Ferrara. Anche in questo caso le indagini non portarono da nessuna parte. In seguito a nuove "battute" negli ambienti dei vagabondi, il commissario Buschi e il vice-commissario Tommasino arrivarono all'arresto di Garabet Diarbekiriam, ventenne di ricca famiglia originaria di Smirne. Pur essendo di famiglia agiata, il giovane aveva delle deficienze mentali che avevano costretto la famiglia a dedicarlo a servizi casalinghi. Nel quartiere di Porta Monforte era conosciuto per alcuni precedenti tentativi di adescamento di minori. Messo di fronte allo Zagaria, lo smirniota venne immediatamente riconosciuto come il "Landru", un personaggio che pochi giorni prima della scomparsa di Orlando, verso sera, aveva portato via con sé il povero ragazzo. Che il Landru fosse un "insidiatore della gioventù" sembra che non ci fossero molti dubbi, tanto che la cosa venne confermata anche da altre testimonianze. Ma l'episodio del presunto rapimento di Forelli avvenuto cinque giorni prima della scomparsa venne confermato da altri bambini, che però nel raccontare l'episodio caddero in diverse contraddizioni che sembrarono rendere l'episodio poco plausibile. Contemporaneamente un cameriere, Ettore Tirioni, aveva ascoltato inorridito le confessioni di un suo collega, tal Carmelo Agosti detto "Ciriaco", che affermò di essere un "degenerato" e un "vizioso" amico del Gabaret, di cui diceva di temere la natura feroce e capace di ogni eccesso. Il Tirioni consegnò subito alla questura il suo collega, solo che dopo un veloce interrogatorio venne subito rilasciato e l'uomo, originario della Bergamasca, se ne approfittò per scomparire nel nulla. Venne ritrovato dopo 20 giorni di latitanza. Interrogato dalla polizia, l'Agosti ammise di aver partecipato con il Gabaret a un incontro con il Forelli presso una fabbrica in costruzione, ma negò di sapere qualcosa circa l'omicidio del ragazzo. La confessione dell'Agosti sembrerebbe molto grave, ma in un articolo successivo veniamo a sapere che in realtà l'uomo era uno squilibrato e le sue confessioni presentavano una contraddizione molto grave: secondo lui l'incontro con il Forelli sarebbe avvenuto a novembre, quando la scomparsa (e si presume anche l'omicidio) del bambino era avvenuta già in ottobre! Il Gabaret restava in carcere insieme all'Agosti, e continuava a ripetere la frase "niente vero", anche quando gli si chiedevano cose non relative all'indagine. Alla fine il procuratore decise comunque che non c'erano abbastanza prove a carico dei due imputati per rinviarli a giudizio e ne chiese il proscioglimento. Dopo l'articolo del *Corriere della Sera* del 13 febbraio 1925 che riportava come fosse andata a finire l'istruttoria, non ci sono altri articoli dedicati a questo argomento. Il caso Forelli era destinato a rimanere irrisolto. Vedi gli articoli sul *Corriere della Sera* del 2, 19, 20, 21, 22, 23, 25, 26, 28,

Usando i dati provenienti dai giornali dell'epoca, purtroppo gli unici che sono riuscito a trovare, i due casi presentano molti elementi in comune: le aggressioni erano avvenute in località molto vicine tra di loro, e i cadaveri erano stati trovati all'interno di un fosso, entrambi uccisi molto probabilmente per strangolamento. Le vittime erano maschi di giovane età e tutti e due i ragazzi erano stati presi da parte mentre si trovavano da soli, nelle tarde ore del pomeriggio. In entrambi i casi dei testimoni avevano descritto la presenza nelle vicinanze di un vecchio barbuto, forse con una gamba di legno nel caso di Orlando. Purtroppo l'avanzato stadio di decomposizione in cui si trovava il corpo del Forelli ha impedito agli investigatori di compiere in maniera soddisfacente l'indagine autoptica: se si fosse trovato anche sul suo cadavere il segno di un morso come avvenuto per il povero Ferrari, ci saremmo trovati di fronte a una prova addirittura inoppugnabile che i due omicidi siano stati commessi dalla stessa persona! Ci manca questa "signatura", ma anche così il "case linkage" è quasi perfetto. La possibilità che Ferruccio e Orlando siano stati uccisi dalla stessa persona è dunque piuttosto elevata!

Giunti a questo punto dell'analisi, sembra abbastanza chiaro dove voglia arrivare il nostro discorso: Michele Palermo era un giovane maschio esattamente della stessa età di Ferruccio Ferrari, la sua scomparsa è avvenuta nelle tarde ore del pomeriggio nelle vicinanze del luogo dove erano stati rinvenuti i cadaveri dei due ragazzi; attorno al luogo della scomparsa alcuni testimoni avevano inoltre affermato di aver visto un vecchio dalla barba bianca che si aggirava con fare sospetto. Se Ferruccio Ferrari e Orlando Forelli sono stati veramente vittime della mano di un serial killer, è allora probabile che in quelle stesse mani sia purtroppo finito il giovane Palermo! Ma perché non è mai stato trovato il suo cadavere? Stiamo ovviamente sondando un campo difficile da analizzare, soprattutto se si

---

29 Novembre, 3, 4, 5, 21, 22, 23 dicembre 1924, 6, 20 gennaio, 13 febbraio 1925.

tiene conto dei cento anni che passano tra noi e il mondo che stiamo descrivendo: quelle che sto per fare sono solo congetture, e come tali devono essere lette. Il primo omicidio avvenne nel 1915, il killer doveva già essere abbastanza vecchio, anche se può essere che dimostrasse più anni di quanti ne aveva, magari grazie a un travestimento. La sua prima vittima sembra scelta per caso: il killer incontra il bambino per strada, viene preso da un raptus e lo elimina senza preoccuparsi troppo di far scomparire il cadavere, che infatti viene rinvenuto senza troppa fatica il giorno dopo da alcuni ragazzi che cercavano carbone da rubare vicino alla ferrovia.

Non sappiamo cosa accadde nei 9 anni successivi: forse il killer è tornato in azione in altri luoghi lontani dallo Scalo Romana, forse è stato in galera per altro crimine o semplicemente è rimasto in una condizione di quiescenza emotiva che l'ha tenuto lontano dal crimine. Ma nel 1924 succede qualcosa di nuovo. Esiste il forte dubbio che Orlando Forelli non fosse una vittima del tutto scelta a caso. L'autopsia sembra infatti confermare che il ragazzo aveva subito altre violenze in precedenza, ma non si sa chi sia stato il colpevole: in un primo momento il sospetto era caduto sul padrino, poi sul cipriota Gabaret, ma in nessuno dei due casi si procedette all'arresto. Forse fu solo il puro caso a far cadere il povero Orlando nelle mani del killer, o forse invece Orlando aveva veramente un appuntamento con il suo assassino. Il nostro presunto omicida seriale sembra corrispondere al profilo psicologico del killer disorganizzato, che agisce per impulso e in maniera del tutto casuale, e proprio per questo la prima delle due opzioni sembra comunque quella più plausibile.

Ma indipendentemente da come si sia svolto questo incontro, l'esito fu comunque terribile. Per quanto apparentemente disorganizzato, il bruto non era più del tutto incosciente come 9 anni prima: una volta ucciso il ragazzo, l'uomo afferrò il suo cadavere e lo gettò nel canale della Martesana e proprio per questo motivo le forze dell'ordine ci misero addirittura un mese per trovarne i resti. La memoria collettiva della morte del giovane Ferrari era ancora viva nel cuore della gente che abitava intorno alla Gamboloita, eppure nessuno trovò un collegamento tra i due casi, nemmeno i poliziotti che indagavano sul caso, e questo nonostante i parenti di Ferruccio abitassero proprio nella stessa casa di via Benaco dove risiedevano i Palermo!

Le ricerche a tappeto della polizia non portarono a nessun risultato e col passare del tempo nel nostro misterioso killer si fece largo la certezza di averla fatta franca un'altra volta. I timori che forse l'avevano colto la prima volta che era entrato in azione si erano improvvisamente dileguati, e si era reso conto che poteva nuovamente sfogare le sue voglie senza la paura di essere scoperto. E il caso lo aiutò ancora una volta: mentre si aggirava nel tardo pomeriggio nella zona della Gamboloita, si trovò improvvisamente di fronte a un bimbo solo. Un raptus lo colse e prese possesso delle sue facoltà mentali: ancora una volta si ritrova a circuire un bambino, a portarlo con sé lontano per poi sfogare su di lui le sue brame. Forse si comportò come aveva fatto col Forelli, il cui cadavere era stato probabilmente gettato all'interno del canale della Martesana, solo che questa volta il cadavere del piccolo non si impigliò in qualche canale secondario (in quel momento erano tutti in secca), ma venne spinto dalla corrente più lontano, dove non sarebbe mai più stato trovato. O forse l'assassino lo sotterrò da qualche parte in un campo gelato o all'interno di qualche cantiere abbandonato, e un caso beffardo ha voluto che nessuno lo trovasse. Non è di certo una eventualità impossibile: nel 2011 vennero ritrovati ben due scheletri abbandonati nella zona di via Ripamonti, uno dei due era stato addirittura smembrato dagli animali selvatici, che avevano sparso i suoi resti nell'arco di 15 metri[99].

Magari in futuro analisi più approfondite della cronaca milanese potrebbero portare alla scoperta di altre vittime del nostro

99) Vedi *Corriere della Sera*, edizione online, 19 luglio 2011.

misterioso serial killer. O chissà, magari invece il killer era veramente il Guidoni, la cui sfacciata misoginia rende plausibile che avesse il profilo psicologico tipico dell'erotomane, la cui sessualità era stata repressa da un'educazione familiare troppo rigida o dall'aver subito violenza durante l'infanzia.

Comunque fosse, se la fine di Michele Palermo è stata veramente questa, il mancato ritrovamento del suo cadavere ha salvato il padre da sicura follia. Mancando le prove delle terribili sevizie che suo figlio potrebbe aver subito nelle mani di un bruto, Giuseppe si è potuto liberamente costruire un romanzo immaginario che portò avanti con incredibile fedeltà durante l'intera durata della sua vita. Lo scomparire nel nulla sarebbe allora stato il miglior dono che il piccolo Michele avrebbe fatto alla sua famiglia: volando in cielo insieme agli angeli, guardò dall'alto i genitori e con la bontà tipica dei bambini decise di proteggerla dalla sozzura e dall'incubo che lui stesso aveva vissuto sulla sua pelle.

APPENDICE

DOCUMENTO N. 0

Asmi[100]*, gabinetto di prefettura, I versamento, 227.*
Fonogramma inviato dal questore Secchi al prefetto Pericoli il 2 gennaio 1926 alle ore 20.

Fonogramma

Provenienza: Questura Ricevente: Condò
Trasmette: Carnicela
Data: 2/1/926-ore 20-

Signor Prefetto Milano

Testo: N° 128 -

Informo V.S. Ill/ma che ieri ad ore 17 scomparve ragazzo Palermo[101] Michele di Giuseppe anni 5, qui dimorante in via Benaco 17, ricerche attivissime finora disposte fin da notte decorsa sono riuscite vane, ignorasi se si tratta o meno di disgrazia-da notizie pervenutemi oggi dal Commissario di Scalo Romano, ma che finora non sembrano avere fondamento di attendibilità[102], dubbitasi che il ragazzo all'ora suindicata sia stato fermato e condotto seco da uno sconosciuto, 25 anni

100) ASMI è l'abbreviazione per Archivio di Stato di Milano.

101) Il cognome viene corretto a penna in "Palermi", segno di quanta confusione ci fosse stata in quel momento-non solo da parte dei giornalisti, ma anche delle autorità- circa il vero cognome della famiglia di Giuseppe.

102) Questa prima parte della frase viene cancellato con un tratto di penna. Questo fonogramma venne usato come base per il telegramma inviato il giorno dopo al ministero degli interni. Evidentemente il prefetto voleva far credere ai superiori di Roma che le indagini fossero già giunte ad alcuni punti fermi, cosa evidentemente non vera.

circa, piuttosto alto, robusto, bruno, piccoli baffi neri.

Ho interessato Uffici per indagini accuratissimi ed ho diramato ricerchi (sic!) anche ai Questori delle Regioni viciniori.

Il Questore
Secchi

DOCUMENTO N. 1

Corriere della Sera, articolo del 3 gennaio 1926.

Allarme per la scomparsa di un bimbo
Due misteriosi individui ricercati

La scomparsa di un fanciullo, che, per le circostanze in cui è avvenuta ed alcuni particolari torbidi non peranco precisati, ricorda singolarmente la tragica vicenda del bimbo Orlando Forelli che un anno fa scomparve improvvisamente dalla sua abitazione e il cui corpo dopo molti giorni di affannose ricerche fu trovato nei paraggi di Chiaravalle, orrendamente straziato, ha gettato nella costernazione una famiglia operaia del Reparto Chiaravallese e nella più legittima e indignata preoccupazione tutta la popolazione di quel quartiere popolare.

Il bimbo solo nella strada

Il calzolaio Giuseppe Palermi, di 33 anni, da Caltanissetta, da cinque anni venuto a Milano con la moglie Caterina Romano e abitante in un'unica e povera stanza affittata presso la famiglia Meriggi al quarto piano dì via Benaco numero 17, si è adunque presentato nella mattinata di ieri al Commissariato dello Scalo Romana a denunziare la scomparsa del suo piccino, di cinque anni, a nome Michele, il mediano di tre figli, di cui il maggiore, Giuseppe, ha sette anni e il minore Rosario, 18 mesi. Si tratta di un bamboccio roseo, paffuto, dai grandi occhi e dai riccioli neri, notevolmente sviluppato in altezza, vestito con calzoncini chiari e rigati, giacca alla marinara, zucchetto sportivo da automobilista. Nel pomeriggio dì Capodanno, verso le 17.30, il bimbo s'era recato col padre al Circolo Ferrovieri posto sulla strada per Chiaravalle, e dove è aperta anche una mescita di vini. Il Palermi padre vi trovò alcuni amici e si pose a conversare con quelli. Tra gli altri era tale Filippo Scipione, di 38 anni, abitante in via Meda 41, il quale prese a vezzeggiare il marmocchio. Ad un certo punto trasse fuori una moneta da una lira e gliela porse : «Eccoti il regalo di Capodanno — disse al piccino — vai subito a comprarti le castagne e mangiatele». Il bimbo che, nonostante l'età, era avvezzo ad aggirarsi nei paraggi di casa sua anche da solo, uscì dirigendosi verso il negozio di un ortolano di via Chiaravallese, ove altra volta era stato a spendere pochi spiccioli per soddisfare la sua ghiottoneria. Il negozio era chiuso; ed allora il piccino rientrò nel Circolo ad annunziarlo al padre. Ma non volle per questo rinunziare alle castagne e chiese di uscir nuovamente per recarsi in via Benaco ove nello stesso edificio dove egli abita è un altro ortolano. Il padre glielo concesse, ma poi, quando il bimbo era già fuori da qualche minuto, come colto da un doloroso presentimento, volle uscir alla sua volta per ricercarlo.

Le vane ricerche

Fece pertanto la stessa strada che avrebbe dovuto percorrere il piccino. In via Benaco trovò il negozio chiuso; salì nella sua camera, chiese notizia del bimbo alla moglie e si sentì rispondere che da quando era uscito con lui non lo aveva più veduto. Da quel momento la famiglia fu piombata nella più legittima disperazione, e tutto il vasto caseggiato popolare fu messo a rumore; molti vicini si prestarono alle ricerche, che furono spinte fino agli estremi limiti del rione, nelle campagne circostanti ed anche nel canale di fognatura che scorre allo scoperto per un lungo tratto della Gamboloita, ma invano. Venne la notte alta, senza che si fosse trovata alcuna traccia. I poveri genitori, e non soltanto essi, si coricarono dopo molte ore di affannose ricerche, oppressi dal dubbio di un tragico evento ed attesero ansiosamente il giorno per recarsi a denunziare il fatto alla polizia. il commissario De Martino, della squadra mobile, per ordine del questore grand'uff. Secchi, assunse la direzione delle indagini e nella giornata di ieri pervenne a mettere in sodo qualche notevole circostanza. Nello stesso caseggiato di via Benaco 17 abita un fanciullo dodicenne, Cesare Foroni di Cesare, che conosceva il piccolo Palermi ed era stato talvolta suo compagno di giuochi. È risultato dunque che nella stessa sera di Capodanno, rincasando verso le 18 in condizioni di evidente turbamento, il Foroni aveva narrato al Suo fratello maggiore, Mario, di 18 anni, operaio, una scena occorsagli in strada poco prima.

Il tentativo d'un giovanotto

Egli era sceso per acquistare del latte in via Tagliamento, quando, all'angolo della via Benaco, era stato avvicinato da un giovanotto alto, vestito elegantemente di nero, con ampio cappello floscio, baffetti all'americana, che parlava «in italiano» (sono le incomplete e sintetiche indicazioni date dal fanciullo), il quale lo aveva fermato con queste parole: «Se vieni con me a fare una passeggiata ti regalo tanti dolci». Il fanciullo, suggestionato dalla promessa e dal fare distinto e autorevole dello sconosciuto, aveva, quasi incoscientemente, obbedito senza rispondere, ed aveva fatto qualche passo dietro i passi di lui. Ma poi, giunto all'altezza del numero 11 di via Tagliamento, come colto da un improvviso sbigottimento e mentre il giovanotto si volgeva a guardarlo e lo invitava a proseguire con un cenno amichevole, il fanciullo aveva voltato le spalle ed era fuggito a gambe levate verso la sua abitazione. Questa circostanza è stata pienamente confermata in ogni suo particolare al funzionario che ha interrogato lungamente il Foroni, ed è appunto da questo episodio che la polizia deriva il legittimo sospetto che lo stesso individuo, fallitogli il tentativo di adescare il Foroni, si sia poi imbattuto nel piccolo Palermi — uscito appunto verso le 18 per comperare le castagne in via Benaco —, abbia rinnovato l'Invito e l'allettamento, e questa volta sia riuscito nell'intento; se pure non si sia indotto a vincere a forza le riluttanze della vittima, trascinandola via e soffocandone le grida. È stata anche raccolta la voce che il ragazzo sia stato visto in compagnia di un vecchio che si dirigeva in direzione di Chiaravalle. Tutte ipotesi che, allo stato delle indagini, non possono poggiare su molti dati di fatto, ma che derivano piuttosto dalla dolorosa esperienza del passato. Alla ricerca sia del giovanotto sconosciuto, sia del vecchio, la polizia si è posta fin da ieri con ogni alacrità, procedendo a vere e proprie battute in certi ambienti di perdizione in cui è possibile trovare qualche traccia. Ed è augurabile che le indagini abbiano un sollecito ed efficace risultato, non fosse che per sgombrare subito dall' anima della cittadinanza quella preoccupazione e quel disdegno che già in circostanze consimili pesarono su di essa come un incubo.

DOCUMENTO N.2

Asmi, gabinetto di prefettura, I versamento, 227

Testo del telegramma inviato dal prefetto Pericoli al ministero degli Interni il 3 gennaio 1926.

Telegramma Stato

Prefetto

Ministero Interno Direzione Gen. P.S.

ROMA

48= Il primo corrente alle ore 17[103] scomparve ragazzo Palermo Michele di Giuseppe anni 5, qui dimorante in Via Benago (sic!) 17 ricerche attivissime finora disposte sono riuscite vane, et non est stato possibile accertare se trattisi o meno disgrazia stop. Dubitasi anche che il ragazzo all'ora su indicata sia stato fermato e condotto seco[104] da uno sconosciuto[105] 25 anni circa, piuttosto alto, robusto, bruno, piccoli baffi neri[106] stop. Ho interessato pertanto uffici per indagin (sic!) accuratissime ed ho diramato ricerche anche ai Questori delle regioni viciniori[107].

Prefetto Pericoli

DOCUMENTO N.3

Asmi, gabinetto di prefettura, I versamento, 227.

Fonogramma inviato il 3 gennaio 1926 dal Questore Secchi al Prefetto Pericoli per informarlo dello svolgimento delle indagini.

Fonogramma

Provenienza Questura: trasmette: Seller
Riceve: Gugliara
Data 3/Gennaio 1925 (sic!) Ore 19

Signor Prefetto Milano

N°23 Assicuro a V.S. Ill.ma che questo ufficio nulla lascierà

103) Viene aggiunto a penna un punto e uno Stop.

104) Da "dubitasi" a "Seco" il testo viene corretto a penna in questo modo: "Poiché si è scoperto da altro ragazzo qualche ora prima era stato fermato".

105) Viene aggiunto a penna "di".

106) Viene aggiunto a penna a margine quanto segue: "si teme che la scomparsa del Palermo possa riferirsi alla stessa persona".

107) La parte che va da "ho interessato" alla fine del telegramma viene integralmente cancellata e riscritta a penna in questo modo: "Appena informato della cosa ho fatto efficacissimi eccitamenti affinché indagini siano intensificate con ogni maggiore attività e diligenza".

(sic!) di intentato per riuscire a far luce sulla scomparsa del bambino Palermi.

Ho ben compresa la gravità del fatto ed io stesso oggi mi sono recato sul posto per rendermi preciso conto delle circostanze di tempo e di luogo ed ho interrogato il padre ed altre persone.

È mia convinzione che sia da escludersi il caso di disgrazia perché i fossi delle vicinanze sono quasi a secco e che si tratti o di un delitto di sadismo o di un ratto ad opera di randaggi (sic!) a scopo di sfruttamento, e in questi sensi si stanno facendo indagini minuziose. Ho trovato sul posto il commissario della sezione che per suo conto esplora la campagna. Ho pregato comandi prima e seconda Esterna di telegrafare subito a tutte le stazioni dell'arma per perlustrazioni e accertamenti mentre continuano nella circostante campagna ricerche minuziose.

Tutta la Questura è impegnata.

Il Questore.

DOCUMENTO N. 4

Corriere della Sera, articolo del 4 gennaio 1926.

Le vane ricerche del bimbo scomparso
L'ipotesi di un ratto

Le ricerche del piccolo Michele Palermi scomparso la sera di Capodanno dal Reparto Chlaravallese, nelle circostanze narrate, sono continuato per tutta la giornata di ieri senza alcun risultato. Tra le tante ipotesi era stata fatta anche quella che il piccino fosse stato rapito da una carovana di zingari che erano stati visti accampati alla periferia della città e che si sono trasferiti a Lodi. Un funzionario si è recato in quella città per ricercarne le tracce. Non essendo, comunque, intervenuto alcun nuovo elemento a suffragare l'ipotesi che si tratti di una vicenda delittuosa, si è fatta anche l'ipotesi di una disgrazia. Riandando il lungo percorso che il piccino, uscito dal circolo vinicolo della strada Chiaravallese, può aver compiuto per andare in cerca di un ortolano ove acquistar le castagne, si rileva che per più tratti egli può aver costeggiato la fogna scoperta che ha uno scarso fondo d'acqua. Poteva darsi che pel suolo ancora coperto di neve semi-dissolta e perciò molto sdrucciolevole, il bimbo fosse precipitato nel fondo e fosse stato travolto dalla corrente. Fatta questa ipotesi, ieri stesso un convoglio completo di pompieri, al comando del capo reparto Pizzi, si è recato a fare ricerche spingendole fin quasi alle vicinanze dell'Abbazia di Chiaravalle. I lavori furono sospesi a mezzogiorno senza aver dato alcun frutto. Nel pomeriggio lo stesso Questore, gr. uff. Secchi recatosi a riconoscere i luoghi, si convinse che la ipotesi della disgrazia non aveva consistenza e pertanto ordinò che le indagini fossero condotte tenendo presente la eventualità di un ratto, compiuto forse da un mendicante a scopo di sfruttamento. Il Questore a questo proposito, ha anzi espresso ti convincimento che ogni buon cittadino possa in tale campo cooperare alle ricerche. Il piccolo scomparso, come fu detto, è intelligentissimo, vivace, svelto e sa di chiamarsi Michele Palermi. Chiunque, specialmente nei paesi della periferia e nei centri vicini a Milano, si imbattesse in un mendicante o altro viandante sospetto, accompagnato da un bimbo, può fare una inchiesta. Tutti i comandi dei carabinieri sono stati Informati da ieri, per cui le investigazioni procedono ormai in un vastissimo campo. Intanto la squadra mobile ha ripetuto ieri il lavoro di rastrellamento negli ambienti della mala vita iniziato sabato. Complessivamente sono stati fermati una cinquantina di individui al fine di stabilire per ciascuno di essi come trascorsero le ore serali del capodanno. È una indagine complessa dalla quale fin'ora non è emerso alcunché di concreto. Le retate sono continuate questa notte. I genitori dello scomparso, che, come è facile immaginare, sono in preda alla più cupa disperazione, hanno ottenuto che la polizia disponesse ricerche con l'ausilio di un cane poliziotto che in altre consimili circostanze avrebbe dato prova di un'abilità prodigiosa. Il cane è stato condotto nella stanza abitata dai Palermi, ove gli sono stati fatti fiutare alcuni indumenti del piccino. Indi è stato sguinzagliato nei dintorni muovendo, naturalmente, dal circolo vinicolo di Strada Chiaravallese. Fino a mezzanotte anche le ricerche con questo nuovo mezzo non avevano dato risultati positivi.

DOCUMENTO N. 5

Corriere della Sera, articolo del 5 gennaio 1926.

LE VANE RICERCHE DEL BIMBO SCOMPARSO

Intorno agli angosciati genitori dello scomparso sono tutto il giorno conoscenti e coinquilini. Tra questi ultimi vi è la zia di un bambino rapito dieci anni fa e che il giorno dopo il ratto venne trovato morto in un prato della Gambololta. La donna che abita in una stanzetta accanto a quella della famiglia Palermi, ci ha ieri sera ricordato il fatto. Fu il 10 settembre 1915 che suo nipote, a nome Ferruccio Ferrari, di appena 5 anni, abitante in strada Chlaravallese 7, a pochi passi da via Benaco, scomparve misteriosamente verso le 18 della sera, mentre si recava in via Serio, dove abitava il nonno.

DOCUMENTO N. 6

Corriere della Sera, articolo del 6 gennaio 1926. Un ritaglio di questo articolo di giornale è conservato nell'incartamento dedicato al caso Palermo nella cartella 227 del Gabinetto di prefettura.

Il bimbo scomparso
Veduto nei pressi di Corsico?

Le ricerche per rintracciare il bimbo Michele Palermi, scomparso la sera di Capodanno, si sono dirette ieri su una traccia fornita dal salumiere Mario Caccianiga, di Davide, che ha negozio in viale Umbria 61. Il Caccianiga ha raccontato che lunedì, verso le 9.30 si era recato a Corsico per pregare un suo fratello di venire a Milano per accudire al negozio, dovendo egli allontanarsi per affari e non potendo la moglie, al letto della suocera ammalata, sostituirlo. Al ritorno da Corsico presso Robarello attirò la sua attenzione un giovanotto — che indossava un pastrano scuro e aveva un fazzoletto bianco intorno al collo e alla bocca, come per nascondere metà del viso — il quale procedeva lentamente, seguito da un bambino di quattro o cinque anni, infreddolito e stanco, che ogni tanto lo sconosciuto spronava a camminare più svelto. Balenò al Caccianiga il sospetto che potesse trattarsi del piccolo Palermi, per quanto un passamontagna color cenere ne nascondesse In parte il visino. Vi fu un momento, però, in cui potè guardarlo bene. Ciò che maggiormente impensierì il salumiere fu il riconoscere, nello sconosciuto, un giovinastro da lui notato spesso negli ambienti equivoci di Piazza della Vetra. Gli parve, inoltre, che vedendosi osservato il giovane preoccupato, cercasse di darsi un contegno disinvolto. Tornato a casa il Caccianiga narrò l'accaduto alla moglie e a un coinquilino, il ferroviere Emilio Maffezzoni col quale ultimo finì per recarsi al Commissariato Vittoria a esporre 1 suoi dubbi. Ieri mattina, per ordine del questore, due marescialli dei Commissariati di via Curtatone e dello Scalo Romana con un'automobile, a bordo della quale erano anche il padre e uno zio dello scomparso e salumiere Caccianiga, hanno perlustrata la campagna di Corsico, interrogando numerosissime persone. Nessuno, però, ha potuto affermare di aver visto lo sconosciuto giovinastro in compagnia del bimbo. Solo una vecchietta ha ammesso di averlo notato, aggiungendo che si era diretto verso Gaggiano. Sono stata ordinate indagini anche ai carabinieri di Abbiategrasso mentre si ricerca un pregiudicato, certo Nanni, uscito ieri dal Cellulare e che il Caccianiga ha detto di aver visto spesso in compagnia dello sconosciuto.

DOCUMENTO N. 7

Corriere della Sera, articolo del 7 gennaio 1926.

Continue ricerche del bimbo scomparso

Le ricerche per rintracciare il bambino Michele Palermi sono continuate anche ieri. Uno zio dello scomparso e due agenti del Commissariato Romana hanno percorso di nuovo la campagna di Corsico. Essi hanno avuto da qualcuno la conferma delle dichiarazioni del salumiere Mario Caccianiga — da noi riferite ieri — circa il passaggio, in quella zona, di un giovinastro in compagnia di un bambino, ma nulla di più preciso è ancora risultato.

Articolo de *L'Ambrosiano* del 7 gennaio 1926.

Un fermo per la scomparsa del bimbo

Intorno alla scomparsa del bimbo si è tanto detto nei giorni scorsi. Si era accennato alla ipotesi che il piccolo fosse trattenuto da un giovinastro visto aggirarsi nei dintorni di Corsico. In base alle dichiarazioni del salumiere Caccianiga, il quale appunto si era imbattuto nei pressi di quel paese in uno sconosciuto che teneva per mano un bimbo di quattro o cinque anni, si è dato dai carabinieri di Corsico una attiva caccia alle persone sospette. Stamane si procedeva al fermo di un individuo indicato dal salumiere come amico dell'uomo che vide in compagnia del bimbo. È costui certo Giovanni Nanni di 21 anni. Sottoposto a stringente interrogatorio egli ha continuato a schermirsi dicendo di non conoscere il giovane che si cerca. I carabinieri però ritengono il fermo importante e sperano di essere su di una buona traccia.

DOCUMENTO N. 8

Corriere della Sera, articolo dell'11 gennaio 1926.

IL DRAMMA DEL PICCINO SCOMPARSO

La scomparsa del piccolo Michele Palermi desta sempre un'ansiosa pena: sono oramai undici giorni — dalla sera di Capodanno — che il bimbo non si trova più. In una squallida stanza al V piano di via Benaco, 17, la sua mamma, Caterina Romano, vive nella dolce speranza che, da un momento all'altro, qualcuno possa darle notizie di suo figlio. Non sa pensare che possa essere caduto vittima di un delitto inumano: forse — ella dice — qualche ricco lo avrà fatto rapire per allietare la propria casa senza figli. Le vicine non sanno togliere alla povera donna questa illusione che le tinse di roseo le ansie disperate di questi giorni di trepidazione, che le fa sognare, disfatta com'è dai patimenti, un lieto avvenire per la sua creatura, quasi a compenso del suo atroce dolore di mamma. Le ricerche intanto non sono state sospese. La zona da Corsico a Gaggiano è tutti i giorni percorsa da agenti del Commissariato di porta Romana che seguono la pista data da quel salumiere Mario Caccianiga, il quale riferì di aver visto un vagabondo che si trascinava dietro un piccino. Ma l'attesa conferma non è venuta: nessuno, oltre il Caccianiga, ha potuto affermare di aver notato lo sconosciuto. Gli ordini dati ai carabinieri delle stazioni della zona sono stati pressanti: ricercare il piccolo scomparso con ogni energia. Ma nulla si sa ancora, purtroppo, nulla si è scoperto.

DOCUMENTO N. 9

Corriere della Sera, articolo del 12 gennaio 1926.

I pericoli dei bambini nella strada
Tre tentativi di rapimento?

Mentre è ancora viva l'impressione prodotta nell'opinione pubblica per la misteriosa scomparsa del piccolo Michele Palermi avvenuta la sera di Capodanno, in via Benaco, dove i suoi parenti abitano nel vasto caseggiato segnato col n. 17, alcuni supposti tentativi di rapimenti di fanciulli hanno destato allarme in vari punti della città, non soltanto tra i genitori, ma anche tra le autorità di pubblica sicurezza che si propongono, naturalmente di agire con ogni energia. Diciamo subito che dalle circostanze finora raccolte, i tentativi che si denunciano non sembra possano avere alcun legame col mistero di via Benaco. Se, a dodici giorni di distanza, non è più lecito escludere che di un tragico evento o di un malvagio delitto possa essere rimasto vittima il bambino Palermi, si deve forse a uno spiegabile, ma ingiustificato panico del pubblico il moltiplicarsi degli allarmi. Comunque non sarà mai abbastanza raccomandala ai genitori la massima cautela nell'allontanare i loro figli – spesso creaturine di pochi anni – dalla loro vigilanza affidando ad essi piccole incombenze fuori di casa che li espongono a tutti i rischi e pericoli della strada.

L'arresto di un brasiliano

Il caso dal quale sembra emergere una qualche responsabilità è quello capitato venerdì, sul mezzogiorno, alla figlia dell'antiquario Attilio Croella, – che abita in via Moscova 58 – Leila, di undici anni. La madre l'aveva incaricata di andar a comprare del burro. Giunta in strada la bambina, passando accanto a un giovanotto fu da costui minacciala col pugno chiuso. La Croella, spaventata, fuggi in un negozio dove la figlia della padrona è sua compagna di scuola, e raccontò il fatto, che fu appreso così anche dal signor Rodolfo Stagnoli, viaggiatore di commercio, abitante in via Marghera 26. Uscito dal negozio lo Stagnoli affrontò il giovanotto, somministrandogli alcuni pugni e consegnandolo poi, malgrado le sue proteste, a un vigile urbano accorso al tafferuglio. Il giovane, accompagnato al Commissariato Garibaldi venne identificato per Giorgio Bertoli di anni 19 di S. Paolo del Brasile, abitante in via Corridoni 21. Perquisito, gli furono trovate in tasca numerose medagliette e immagini sacre. Fu trattenuto e dopo un interrogatorio subito alla Questura centrale, dove venne poi accompagnato, il Bertoli è stato rinchiuso al cellulare. Sul suo conto abbiamo raccolto i seguenti particolari. Egli è figlio di un operaio dello stabilimento Breda, Luigi Bertoli, di Cornuda, in provincia di Treviso. Questi, parecchi anni prima della guerra, era emigrato in America con la moglie e gli erano nati due figli, il maggiore dei quali è appunto l'arrestato. Poi nel 1915 tornò in Italia e fece il suo dovere di soldato. Terminata la guerra richiamò in patria anche la moglie, che venne però col solo figlio minore, l'altro essendo scappato di casa. Nel 1923 un cognato del Bertoli, avendo rintracciato il ragazzo, lo aveva fatto partire per l'Italia. Il povero padre, che da parecchi anni non rivedeva il suo primogenito, si trovò davanti un ragazzone dall'aspetto di deficiente, discolo, violento, fannullone. Capì subito che ne avrebbe avuto dolori e pensò di ricoverarlo in qualche istituto. Ottenne, infatti, per intercessione della Vigilanza igienico-sanitaria di via della Signora, di farlo rinchiudere nell'Ospizio per incurabili « Sacra Famiglia » di Cesano Boscone, dove il giovane rimase due anni. Ma, per il suo contegno indisciplinato e violento, fu alla fine dimesso. Tornato nella casa paterna, vi mise l'inferno. Litigò un giorno col fratello minore e lo ferì alla testa con un corpo contundente. Poi scappò di casa e per alcuni mesi fece da servitorello ai soldati del campo di aviazione di Taliedo che lo compensavano dandogli da mangiare; passò poi a compiere le stesse umili funzioni al campo di Cinisello. Recentemente aveva trovalo ospitalità presso Eugenio Tonarelli in via Ugo Bassi 24 e s'era messo a fare il garzone muratore. Da pochi giorni aveva abbandonato anche questo mestiere e s'era dato al vagabondaggio. Tra le sue manie vi era quella delle immagini sacre, di cui aveva sempre piene le tasche. Tali precedenti dimostrerebbero che l'episodio di via Moscova va giudicato come l'atto di un disgraziato deficiente, che nulla certo può avere di comune con i supposti rapinatori del bambino Palermo.

Realtà o fantasia?

Intanto, domenica sera il caseggiato di via Benaco 17 è stato di nuovo messo in allarme dal racconto fatto da un ragazzo dodicenne. Cesare Foroni, — che abita al piano sottostante a quello dei genitori del Palermi — di una nuova avventura capitatagli. Già la sera di Capodanno, quando fu scoperta la scomparsa del Palermi, il Foroni aveva narrato che, alle 18 di quel giorno, in Reparto Chiaravallese era stato avvicinato da un giovanotto sui 25 anni, con pastrano scuro e berretto chiaro, il quale lo aveva invitato a seguirlo, promettendogli dei dolci. il Foroni si era incamminalo con lo sconosciuto, ma fatti circa 200 metri, colto da paura, era scappato via. Naturalmente l'episodio fu messo in relazione con la scomparsa del Palermi, avvenuta poco dopo, e furono fatte ricerche dello sconosciuto. L'altra sera il Foroni verso le 10 era stato mandato dai genitori nell'osteria di Vincenzo Arceri, in piazzale S. Luigi, per acquistare un fiasco di vino. Al ritorno il ragazzo s'era unito con un suo coetaneo, Pietro Pazzi, che abita al n. 18 della stessa via Benaco. I due ragazzi, cammin facendo, avevano discorso dello spettacolo che si dava la sera all'Oratorio della chiesa di S. Luigi, il Pazzi contento perché il padre, gli aveva promesso di condurvelo, il Foroni rimpiangendo di non potervi andare, perché non aveva i soldi per pagare il biglietto, né il padre, da tempo infermo, poteva accompagnarlo. I due ragazzi si erano poi lasciati a metà di via Tagliamento. Il Foroni aveva proseguito verso la propria abitazione. Giunto all'angolo di via Benaco un giovanotto sbucando dall'ombra, lo aveva fermato. – Ti accompagno io – gli aveva detto – all'Oratorio: io i soldi li ho... Vieni con me. Il Foroni, riconosciuto nel giovane – a quanto ha affermato – lo stesso della sera di Capodanno, per quanto stavolta indossasse un pastrano color giallo e un cappello nero, s'era messo a gridare. La via era deserta, e nessuno l'aveva udito. il giovane l'aveva spinto verso un cancelletto di legno, cercando di soffocare con la mano le sue grida e intimandogli di tacere. Ma egli era riuscito a svincolarsi e a fuggire rifugiandosi nella portineria della sua casa dove, ancora tremante e sconvolto, aveva narrato l'accaduto ai portinai, Rosa e Mario Marfori e a un loro amico presente. I due uomini si slanciarono in strada, alla ricerca dello sconosciuto; ma non trovarono più nessuno. La notizia diffusasi tra le vicine, destò subito un clamore di imprecazioni e un vivo fermento e fu subito portata al Commissariato dello Scalo Romana dove venne sporta denunzia. Naturalmente il racconto del Foroni – al quale in dodici giorni sarebbero capitate due avventure del genere e che ha anche affermato di aver saputo da un garzone di prestinaio (finora non identificato) che un giovinastro gli aveva dato un appuntamento in via Brenta, – va accolto con ogni riserva. Non si può escludere, infatti, che possa trattarsi di un fenomeno di allucinazione, provocato nel ragazzo dal recente e impressionante episodio del Palermi del quale purtroppo non si riesce a trovare alcuna traccia.

Un rapimento smentito

L'ultimo episodio allarmistico di questi giorni è quello capitato al figlio Luigi di 4 anni del custode di un deposito di ferramenta del signor Enrico Magni in via Casale 4 bis, certo Antonio Fornara. Domenica mattina, verso le 9.30 il bimbo stava giocando presso una trattoria a pochi passi dalla casa con altri ragazzi. A un certo momento, però, nell'abitazione del Fornara entrò una coinquilina, avvertendo di aver visto Luigino tenuto per mano da uno sconosciuto che si dirigeva verso il piazzale Genova. Il Fornara corse sulla strada e da lontano chiamò il figlio. Lo sconosciuto si voltò e si diresse verso il padre del bambino, accompagnandovelo e spiegando che lo aveva visto cadere e perciò l'aveva raccolto. Lo teneva per mano, temendo si fosse smarrito, cercando di condurlo a casa. Il Fornara ringraziò, e non ebbe alcun sospetto. Solo più tardi, tra lui e la moglie, pensarono che forse il loro piccino aveva corso il pericolo di fare la fine del povero Palermi. Dello stesso parere fu il «principale» dei coniugi Fornara, signor Enrico Magni, che volle, per ogni buon conto, informarne la polizia. E così il fatto fu narrato al Commissariato di Porta Genova. Le indagini della Questura hanno però riportato l'episodio nei suoi veri termini, specialmente per la deposizione della signora Maria Licinio, vicina di casa dei Fornara. Il questore gr. uff. Secchi ha infatti diramato ieri sera il seguente comunicato: "Qualche giornale cittadino ha pubblicato notizie di preteso tentativo di rapimento del bambino Luigi Fornara nella via Casale (rione di porta Genova). Dagli accertamenti prontamente eseguiti e da esplicite dichiarazioni rese tanto dal padre del bambino, Antonio Fornara, quanto da una vicina di casa, il fatto, che non ha alcun carattere di reato, si è svolto così: il bambino, incaricato di recarsi verso le 9,30 di ieri in una vicina osteria per chiamare un conoscente, era accidentalmente caduto e si era messo a piangere. Un tale che trovavasi a passare lo soccorse rialzandolo da terra, e ripulendolo ai ginocchi. Mentre poi lo conduceva seco con intenzione di offrirgli un biscotto, il padre, fattosi sulla strada, richiamò il figliuolo a nome e l'altro lo accompagnò fin sull'uscio mantenendo un contegno tale da non autorizzare altra diversa supposizione".

DOCUMENTO N. 10

ASMi, Gabinetto di Prefettura, primo versamento, 227.

Richiesta del 19 febbraio 1926 al prefetto Pericoli da parte del ministero degli Interni di inviare nuove comunicazioni circa il caso Palermo.

Roma, addì 19 Febbraio 1926

Ministero degli interni — Al Sig. PREFETTO di MILANO

Direzione Generale della P.S.

Divisione Poliz. Sez. Prima

Prot. N. 20005 Allegati

10885

Oggetto: Scomparsa del minorenne Palermo Michele di Giuseppe.

Con riferimento alla segnalazione fatta da codesta Prefettura con telegramma del 3 gennaio u.s. e di seguito alla Ministeriale del 7 detto pari numero, si prega la S.V. di informare se il minorenne in oggetto sia stato rintracciato.

Pel MINISTRO

DOCUMENTO N. 11

ASMi, Gabinetto di Prefettura, I versamento, 227.

Telegramma del 26 febbraio 1926 inviato alle ore 18:50 dal ministro degli interni Ramaccini al prefetto Pericoli per sollecitare l'invio di informazioni circa il caso Palermo.

UFF MILANO FR ROMA MI 78175 24 21-13H15

4367 RIFERIMENTO SELLECITAZIONI (sic!) FATTE DA ULTIMA NOTA 19 CORRENTE PREGASI RIFERIRE URGENZA PROVVEDIMENTI ADOTTATI PEL RINTRACCIO MINORENNE MICHELE PALERMO =PEL MINISTRO RAMACCINI

DOCUMENTO N. 12

ASMi, Gabinetto di Prefettura, I versamento, 227.

Relazione del questore Secchi inviata al prefetto per informare lui e il ministero degli Interni circa le indagini svolte per rintracciare Michele Palermo.

R. QUESTURA DI MILANO

N. 6776 Div. II. Milano, 27 Febbraio 1926

Ill.mo Sig. Prefetto di
MILANO

In risposta al fonogramma di V. S. Ill.mo di ieri sera, ho il pregio di farLe conoscere che non appena fu denunziata dal Palermo Giuseppe la scomparsa del proprio figliuolo Michele di anni 5, prima dall'Ufficio di P.S. di Scalo Romana, competente per territorio, e immediatamente dopo, vale a dire il giorno appresso (la denunzia fu data la notte del I Gennaio) furono condotto sotto la mia direzione febbrili indagini a mezzo di funzionari ed agenti per scoprire qualche traccia utile pel rintraccio del fanciullo, vivo o morto. La casa abitata dal Palermi si trova quasi alla periferia della città sulla linea di Lodi e gli agenti e i funzionari perlustrarono si può dire a palmo a palmo le campagne circostanti, esplorando i fossi e i canali, anche col concorso dei pompieri, ma senza alcun risultato. Mentre queste perlustrazioni si svolgevano, nello intento di accertare se si fosse trattato di delitto ad opera di un pervertito come quelli succedutisi a Roma, altre diligenti indagini erano condotte contemporaneamente per accertare se nelle vicinanze della abitazione del Palermi fossero state notate persone sospette che avessero potuto agire a scopo di vendette e a questo riguardo, accogliendo accenni della madre a un pretendente da lei avuto quando ancora abitava da ragazza a Caltanisetta, e non corrisposto, furono telegraficamente interessate le Autorità di polizia di detta città e di Palermo, ma con risultati che condussero (sic!) alla esclusione di tale sospetto. Fu pure non trascurata la ipotesi che si presentava come la più presumibile che il bambino cioè fosse stato rapito da mendicanti girovaghi o da carovane di zingari, una delle quali, ramai di professione, era rimasta attendata nei giorni precedenti nei pressi del Palazzo del Ghiaccio e si era sulla fine di Dicembre trasferita a Lodi, ma anche queste ricerche riuscirono senza alcun risultato. La carovana di zingari fu visitata e controllata due volte. La scomparsa del bimbo fu telegrafata a tutte le Stazioni dei RR. CC. Della Provincia per mezzo dei Comandi dell'Arma e furono pure diramate ai Questori della Lombardia, Piemonte, Liguria, Emilia, Veneto, Trieste e Trento circolari con preghiera di accertare se lo scomparso potesse essere nelle mani di mendicanti girovaghi o di carovane di zingari esistenti in quel momento nella rispettiva giurisdizione. Furono interessati i giornali a riprodurre la fotografia del Palermo (anche diversi giornali illustrati come la Domenica del *Corriere* la pubblicarono) e pure al Bollettino delle ricerche fu inviata la consueta comunicazione ed il ritratto fotografico per la riproduzione. A questo ufficio e anche al Palermo padre pervennero alcune lettere di astrologhi e veggenti che non portavano alcuna seria indicazione essendo le previsioni basate sulla combinazione degli Astri, ma mai alcuna altra lettera anonima che avesse qualche pur lontana utile indicazione da prendersi in esame. Neppure si è trascurata la ipotesi che il Palermo padre avesse potuto combinare una simulazione per raggranellare denaro dalla pietà cittadina (egli infatti ha ricevuto diversi soccorsi e sembrava in un primo momento caldeggiare una colletta a mezzo dei giornali), ma le osservazioni rigorose cui fu sottoposto, gli accertamenti eseguiti in casa sua improvvisamente non lasciarono adito a ben precisi sospetti. Come V.S. Ill.ma ricorda non fu neppure trascurato di eccitare lo zelo degli agenti colla promessa di un premio di L. 2000 a chi avesse portato una traccia sicura, premio cui V.S. Ill.ma volle associarsi per la metà della somma, ma tutto è disgraziatamente riuscito vano e il mistero rimane finora impenetrabile. Ormai sono passati due mesi dal momento della scomparsa del piccolo Michele, ma le indagini non sono mai state abbandonate e poiché giorni sono si è raccolta una vaga voce di una asserita, ma non accertata, apparizione di siciliani amici della famiglia Palermo che sarebbero poi emigrati nelle Americhe, io stesso ho chiesto al Questore di Genova che fornisca in visione gli elenchi degli emigranti imbarcati sui vapori salpati subito dopo il I del corrente anno per opportuni accertamenti. E se anche questa via non darà risultati, non per questo le indagini cesseranno, perché pur rendendomi conto del dovere che incombe a questo Ufficio di fronte al gravissimo reato, so che riuscendo a far luce e a ricondurre cioè fra le braccia della madre il figlio pianto o a trovare il cadavere di esso o a svelare una simulazione, la Questura si farebbe un onore non indifferente.

IL QUESTORE
Secchi

DOCUMENTO N. 13

ASMi, Gabinetto di Prefettura, primo versamento, 227.

Telegramma del 3 marzo 1926 con cui il Ministro degli interni sollecita nuovamente l'invio di nuove informazioni circa il caso Palermo.

UFF MLN ROMA MI 8975-19-3-10-20

-4796-PREGASI RISPONDERE TELEGRAMMA 26 SCORSO MESE CIRCA INDAGINI RINTRACCIO MINORENNE MYCHELE (Sic!) PALERMO -PEL MINISTRO CRISPO MONCADA

Ministero Interni

A 4794- circa indagini sul minorenne Palermo già inviato rapporto in data 28 febbraio n. 2050 stop aggiungo che notizie pubblicate giornali sul rintraccio del bambino Parma erano false.

Prefetto.

DOCUMENTO N. 14

ASMi, Gabinetto di Prefettura, primo versamento, 227. Lettera del 13 aprile 1926 con cui il ministero degli Interni richiede informazioni circa il caso Palermo.

Roma, addì 13 aprile 1926

Ministero dell'Interno — Al signor PREFETTO

Direzione Generale della P.S. — di

MILANO

Divisione Polizia Sez. 1

Prot. N. 20005 Allegati — Risposta al Foglio del 28-2-u.s.

10885 — Div.______Sez______N. 2050

Oggetto: Scomparsa del bambino PALERMO Michele di Giuseppe.

Con riferimento a precedente corrispondenza, e da ultimo alla nota sopradistinta, si prega la S.V. di far conoscere il risultato delle indagini esperite pel rintraccio del bambino

PALERMO Michele.

PEL MINISTRO

DOCUMENTO N. 15

ASMi, Gabinetto di Prefettura, I versamento, 227.

Lettera di risposta del questore Secchi alla richiesta di nuove informazioni sul caso Palermo richieste dal ministero degli interni.

R. QUESTURA DI MILANO

N. 45819 DIV.II Milano, 21 Aprile 1926

Ill.mo Sig. Prefetto

Milano

Oggetto: Scomparsa del Bambino Palermo Michele di Giuseppe.

In risposta alla lettera del 17 corrente N.2050 riguardante Palermo Michele di Giuseppe minorenne scomparso, informo la S.V. Ill. ma che le accurate indagini eseguite per addivenire al rintraccio del predetto sono risultate infruttuose.

Esse proseguono con impegno e non mancherò di riferire ogni emergenza.

Il Questore.

DOCUMENTO N. 16

ASMi, Gabinetto di Prefettura, primo versamento, 226.
Lettera del ministero degli Interni del 6 luglio 1926 con cui si richiedono aggiornamenti circa il caso Palermo.

Roma, addì 6 Luglio 1926

Ministero dell'Interno
DIREZIONE GENERALE DELLA PUBBLICA SICUREZZA
Divisione Polizia (Sez.I)
Prot. N. 20005 Allegati
10885
Risposta al foglio
Del 24 Aprile 1926
N. di prot. 2050. Gab.

OGGETTO SCOMPARSA DEL BAMBINO PALERMO MICHELE DI GIUSEPPE

In relazione alla nota sopradistinta, si prega la S.V. di informare se, per le ulteriori indagini esperite, sia stato possibile il rintraccio del bambino PALERMO MICHELE.

D'ORDINE DEL MINISTRO
(Luigi Miranda)

Al Signor PREFETTO
di
MILANO

DOCUMENTO N. 17

ASMi, Gabinetto di Prefettura, I versamento, 227.
Risposta del questore Secchi alla precedente lettera.

R. QUESTURA DI MILANO

N. 85734 Div. II Milano, 26 Luglio 1926

Illmo Sig. Prefetto di MILANO

OGGETTO: Scomparsa del bambino Palermo Michele di Giuseppe.

In risposta alla lettera del 10 corrente N. 2050, informo la S.V. Illma che le indagini sin ora eseguite per addivenire al rintraccio del bambino Palermo Michele, sono risultate infruttuose. Tali indagini proseguono sempre con impegno e riservomi di riferire ogni emergenza degna di nota.

Il questore.

DOCUMENTO N. 18

ASMi, Gabinetto di Prefettura, primo versamento, 227.
Telespresso inviato dal ministero degli Interni con cui si chiedeva al prefetto di dare assicurazioni ai Palermo circa la continuazione delle indagini in seguito a invio di una lettera a Mussolini da parte della famiglia dello scomparso. Segue la risposta della questura del 2 ottobre.

TELESPRESSO N. prot. 20 [mancante]
Arch. 10885

MINISTERO DELL'INTERNO
Direzione Generale della Pubblica Sicurezza
Divisione Polizia-sez. Prima

indirizzato al
SIGNOR PREFETTO DI
MILANO

Roma, li 14 settembre 1926

(OGGETTO) SCOMPARSA DEL BAMBINO PALERMO MICHELE DI GIUSEPPE

(RIFERIMENTO)

(TESTO) In relazione a precedente corrispondenza e da ultimo alla lettera 28 [corretta 26] luglio u/s, n. 2050, si comunica a V.S. che la famiglia del bambino Michele PALERMO, scomparso nel gennaio scorso in cotesta città, si è rivolta a S.E. il capo del Governo perché ne siano intensificate le ricerche tanto nel Regno che all'Estero.

Si prega provvedere in tali sensi dandone assicurazione alla detta famiglia, alla quale vorrà anche restituire l'unito buono di tassa di telegramma.

PEL MINISTRO

R. QUESTURA DI MILANO

N. 85784 Div. II Milano, 2 Ottobre 1926

Ill/mo Signor Prefetto di

MILANO

In relazione alla lettera del 19 scorso Settembre N. 2050, assicuro la S.V. Ill.ma di aver disposto perché siano intensificate le ricerche pel rintraccio del bambino Palermo Michele scomparso nel Gennaio scorso.

Alla famiglia del predetto bambino ho restituito il buono indicato sulla succitata lettera ed ha data analoga assicurazione.

Il Questore

DOCUMENTO N. 19

La Stampa, articolo del 26 gennaio 1926.

L'ANGOSCIOSO MISTERO DEL PICCOLO PERDUTO «TERZA DELUSIONE. NON È LUI...»

Milano, 25, notte.

Nei primi giorni del corrente mese ricorreva l'anniversario della scomparsa del bimbo Michelino Palermo. *Il Secolo* Illustrato ne pubblicò la fotografia, seguita da brevi cenni rievocatori del doloroso episodio. Ora da Rovigo è giunta alla famiglia del piccino scomparso una lettera, secondo la quale il Michelino Palermo sarebbe stato visto in un paese di quei dintorni. La lettera è scritta e firmata da un parrucchiere, il quale afferma di aver incontrato in un cascinale un bambino, che seppe essere un trovatello affidato ad una famiglia di contadini, i cui connotati corrispondono perfettamente a quelli del piccolo Palermo, e la cui fisionomia era in tutto e per tutto identica alla fotografia di lui pubblicata dal Secolo Illustrato. Impressionato, il parrucchiere si recò a visitare il bimbo e gli chiese il nome. «Mi chiamo Michelino», rispose il bimbo. Domandandogli dove si trovassero i suoi genitori, disse che questi erano a Milano, e che nulla più ne sapeva. Il parrucchiere chiese di più e volle sapere come mai si trovava in quel posto e chi ve lo aveva condotto. Il piccolo disse di essere stato accompagnato colà in automobile da persone che non conosceva. Le dichiarazioni del bimbo impressionarono vivamente il parrucchiere, il quale scrisse subito alla famiglia Palermo a Milano. Ieri il padre del piccino si recò dal suo ex principale, signor Vito Verga, proprietario di una calzoleria in via Falcone, il quale immediatamente lo accompagnò dal questore. Il comm. Torsello, visto che la lettera accennava a particolari precisi, dispose subito perché il vice-commissario con un agente e col padre, da Milano partisse alla volta della località indicata nella lettera. Ieri sera stessa la comitiva parti per Rovigo a bordo dell'automobile messa a disposizione dal signor Vito Verga. Ma una nuova delusione purtroppo hanno portato le ultime ricerche «per il ritrovamento del piccolo Palermo. Nessun telegramma Ufficiale è giunto da Rovigo alla Questura sull'esito delle indagini compiute in quella città. Si apprende tuttavia che il povero padre avrebbe telegrafato ad un suo conoscente, affermando che il bambino, il quale aveva fatto sorgere il sospetto e la speranza, non è il suo figlioletto, per il quale da un anno egli si macera nel più acerbo dolore.

DOCUMENTO N. 20

Telegramma inviato dal corrispondente del *Corriere della Sera* Marchiori al corrispondente Dallara con cui si informa che a Rovigo gira voce che Michele Palermo si troverebbe in zona. Successivo commento della Questura.

Dallara Viale Umberto Rovigo

Corre voce bimbo Palermi rapito Milano trovisi (sic!) Rovigo o provincia dove stannosi facendo affannose ricerche vigilate in caso rintraccio telefonate ampiamente.

Marchiori.

R. QUESTURA DI MILANO

N. 12332 — Milano, 27 Gennaio 1927

(Alleg.I) — (Anno V)

Ill/mo Sig. Capo di Gabinetto
R. Prefettura
MILANO

Nel restituire l'acclusa copia di telegramma comunico che il Sig. Marchiori fa parte della redazione del "*Corriere della Sera*". Essendo corsa voce che si andava rintracciando a Rovigo il noto bambino Palermi, telegrafò al suo corrispondente di colà, Sig. Dallara, pregandolo di seguire le indagini per la pubblicazione sul giornale.

Il questore.

DOCUMENTO N. 21

Corriere della Sera, articolo del 12 febbraio 1928.

Michele

Il padre infelice ha riperduto ancora una volta il suo bambino. Gli è sembrato che il piccolo lo chiamasse a sè, e gli dicesse: «Sono qui, ti aspetto.» Egli è partito ancora una volta, in cerca della sua creatura, con le braccia avidamente aperte, per serrarla sul petto, per portarla via, di furia, nella casa che sarà sempre desolata, finché Michele non vi rientrerà. E se n'è ritornato, portando il peso della sua nuova speranza morta. Ma le atroci delusioni non vincono la sua fede, che egli confessa, con sempre maggior fermezza, nel martirio. Noi vogliamo credere con lui, anzi con lui crediamo. È impossibile che il suo cuore s'inganni. I genitori sanno, dei figli, cose che sono ignote a tutti. Essi vedono per loro nell'avvenire. Essi odono la loro voce quando sono lontani. Sembrano soli, e parlano con quei lontani. E, nella loro apparente solitudine, ogni tenera domanda riceve una dolce risposta, che sfugge ai nostri sensi ottusi. Miracoli dell'amore. Dare la vita è nulla, ma ridarla continuamente, questo è l'eroismo dei padri e delle madri. Quei poveri Palermi, con lo spasimo nell'anima, donano una vita nuova ogni giorno al loro figliolino. Ogni giorno lo evocano, ogni giorno attestano che egli è vivo, ogni giorno lo rivestono della loro straziata tenerezza, perché non abbia freddo, perché non si senta abbandonato; ogni giorno rifan sua la casa, dove tremano un senso di attesa, il presentimento del ritorno, la certezza impaziente che la porta s'apra al bimbo. Ecco, forse, egli sta correndo su per le scale. Perché non dovrebbe essere cosi? Michele non ha che sette anni. A sette anni non si muore. E chi gli avrebbe fatto del male? A un figlioletto vestito da poverino che andava per la sua via, a comperare pochi soldi di castagne? Non è così che avvengono le orribili tragedie, senza che se ne offuschi il cielo, senza che la terra ne tremi. Certo egli si è sviato dietro a qualche leggera immagine di gioia puerile. Chi sa, forse un gorgheggio l'ha attirato verso la campagna... Ma ritroverà la via, ma ritroverà la casa. Tutti gli altri bambini sono vivi. La verità semplice, indiscutibile, evidente, santissima è appunto questa: tutti i bambini sono vivi! Dunque è vivo anche lui.

DOCUMENTO N. 22

ASMi, Gabinetto di Prefettura, primo versamento, 224.

Raccomandata del ministero degli Interni con cui si comunica l'arrivo di una istanza pervenuta a Mussolini con cui si rinnovano le premure per il ritrovamento di Michele Palermo. Segue risposta del questore.

RACCOMANDATA

Roma addì 13 gennaio 1928-anno VI

Ministero dell'Interno

DIREZIONE GENERALE DELLA PUBBLICA SICUREZZA
AL S.E. IL PREFETTO

MILANO

Divisione Polizia Sez. Prima
Prot. N. 10-10885 Allegati
10000

Oggetto: Rintraccio del bambino PALERMO Michele.

Con riferimento alla corrispondenza intercossa si trasmette alla E.V. l'acclusa istanza pervenuta a S.E. il Capo del Governo, con la quale si rinnovano premure per il rintraccio del bambino Michele PALERMO e si forniscono elementi nuovi verso i quali potrebbero convergere le nuove indagini. Si resta in attesa di eventuali comunicazioni al riguardo.

Il capo della polizia.

R. QUESTURA DI MILANO

N. 10905 Div. II 28 Genn. 1928 (Anno VI)

A S. E. il Prefetto di
Milano

Restituisco la unita istanza diretta a S. E. il Capo del Governo, assicurando avere interessate tutte le Questure del Regno ed i Comandi di Polizia a riprendere con nuova energia ed attività le ricerche del bambino Palermo Michele, non trascurando i nuovi elementi forniti dai genitori.

Mi riservo di segnalare ogni emergenza degna di rilievo.

Il Questore.

DOCUMENTO N. 23

Articolo de *L'Ambrosiano* del 17 febbraio 1928.

L'AVVENTURA ZINGARESCA DI FABRIANO
Una nuova delusione dei genitori del Palermi
Il piccolo simulatore e la credulità di un "commissario"

I particolari che si hanno da Fabriano confermano purtroppo i dubbi, da noi espressi ieri nella nostra edizione della notte, sulla veridicità del romanzesco ritrovamento del bambino

Palermi. L'angoscioso mistero non ha avuto fine, e continuerà chi sa per quanto a torturare i due infelici genitori, già troppe volte, con un ottimismo eccessivo, se pur dettato dalle migliori intenzioni, illusi di aver raggiunto il fine cui da oltre due anni tendono con ansia disperata: il ritrovamento del loro piccino scomparso la sera di Capodanno del 1926.

Ancora una volta essi sono vittime di una fallace speranza. E non è forse inopportuno rilevare che questo nuovo strazio al quale sono stati sottoposti nasce dal fatto di aver voluto dare alla scomparsa del piccolo Palermi un carattere eccessivamente romantico: non si sa pensare al bimbo, senza immaginarlo piccolo pellegrino sperduto per le vie del mondo, con una carovana di zingari o di saltimbanchi. Povera gente gli zingari e i saltimbanchi, che ha i suoi figli da mantenere – e non è avara nel metterne al mondo- perché avrebbe rubato un piccino di cinque anni a una modesta famiglia di operai? Quale, invece, può essere stata la sorte del povero bimbo? Meglio sarebbe stato, prima di accendere nel cuore dei due poveri genitori, questa nuova fiammella di speranza – che era stata annunciata come una "certezza" impressionante per la sua stessa trama fiabesca – accertare con mezzi più cauti, più guardinghi e più seri, quale fondatezza poteva avere il dubbio sorto nell'animo di un carabiniere di Fabriano, che il figlio del proprietario di un circo equestre fosse il bambino scomparso due anni fa a Milano. Prima di "avvertire" il padre del Palermi, prima di chiamarlo a "riconoscere" suo figlio, prima di fargli intraprendere questo nuovo amaro viaggio, meglio sarebbe stato "interrogare" il vero padre del piccino del circo e lasciargli provare, così come è poi avvenuto, la sua legittima e onesta paternità.

[Il resto dell'articolo segue senza variazioni significative la versione dei fatti riportata dal *Corriere della Sera*]

DOCUMENTO N. 24

Lettera del Ministero degli interni con cui si chiede al prefetto di relazionare circa la svolta delle indagini seguita all'arresto e alla prima confessione del Guidoni e successiva risposta della questura.

Roma, addì 9 marzo 1928-Anno VI

Ministero dell'Interno A S.E. IL PREFETTO

DIREZIONE GENERALE DELLA PUBBLICA SICUREZZA
MILANO

Divisione Polizia Sez. Prima
Prot. N. 10-22149 Allegati
10885-1927

Oggetto: Ricerche del bambino Palermi Michele.

In relazione a precedente corrispondenza, per ultimo alla lettera dell'E.V. in data 3 febbraio us. N. 760-Gabinetto, si rinnova anche in base all'accluso ritaglio, tratto dal giornale "Il *Corriere della Sera*" del 4 corrente, viva preghiera perché le indagini, dirette al rintraccio del bambino PALERMI Michele, siano proseguite col massimo, sagace impegno, nulla trascurando per conseguire favorevole risultato.

Con la restituzione dell'allegato, si gradiranno dall'E/V. ulteriori notizie.

Il capo della polizia.

Fonogramma

Provenienza Questura Trasmette Leone
Riceve Gugliara
Data 7/4/1928 ore 10,10

Anno VI
S.E. Il Prefetto Milano

N. 10905

Il *Corriere della Sera* di Stamane pubblica l'arresto avvenuto lunedì scorso ad opera di questa squadra mobile del sessantottenne Guidoni Giuseppe dimorante in Via Scarlatti N. 20 quale autore del rapimento del bambino Michele Palermo.

Sta di fatto che Guidoni ha confessato, dopo lunghi interrogatori, essere stato lui ad aver preso per mano, la sera del primo gennaio 1926, in Piazza S. Luigi, il Palermo conducendolo in Via Benedetto Marcello, dove lo avrebbe consegnato ad alcune donne sconosciute, ignorando poi la sorte toccata al bambino; ma non è, almeno per ora, il caso di dare alcun peso o valore alle dichiarazioni rese dal Guidoni, mentre le indagini dirette ad accertare le eventuali responsabilità vengono condotte alacremente.

Il questore.

DOCUMENTO N. 25

ASMi, Gabinetto di prefettura, I versamento, 227.
Lettera del questore di Milano al prefetto con cui venivano date informazioni circa la confessione del Guidoni.

R. QUESTURA DI MILANO

N. 10905 Milano, 7/4/1928

Oggetto: Circa la scomparsa del bambino PALERMO Michele

A S.E. il Prefetto di
MILANO

Giorni orsono si presentarono nell'ufficio del commissario

Agg.to Sig. Di Martino di questa squadra mobile, certo Sig. Vito Verga, che ha negozio di calzature dove lavora il padre del bambino Michele Palermo, scomparso il I gennaio 1926 ed il cronista del giornale "Il *Corriere della Sera*" Sig. Tallone, esibendo una lettera scritta al Verga dalla Signora Moretti Adelia, abitante in Via Vitruvio N. 7, lettera nella quale la signora predetta diceva di aver visto la sera del I gennaio detto anno passare per Via Vitruvio un vecchio trascinandosi un bambino piangente. La Signora Moretti aggiungeva di aver saputo in seguito che quel vecchio abitava in via Scarlatti 20 e dubitando che il bambino veduto assieme al vecchio potesse essere il piccolo Palermo, lo informava perché facesse esperire indagini riguardo.

Il Commissario Agg.to Sig. Di Martino si occupava subito delle indagini ed identificato il vecchio suddetto nella persona di un certo GUIDONI Giuseppe fu Angelo e fu Marelli Teresa, nato a Vigentino il 23/10/1860, operaio della società "ST…L" in pensione, lo traeva in arresto il 3 corrente mese.

Il Guidoni venne sottoposto ad interrogatorio sulla circostanza di essere stato veduto il giorno suddetto con un bambino, ma egli si manteneva sempre negativo e fu solamente dopo varie contestazioni che la sera del 5 corrente il Guidoni cominciò a fare qualche ammissioni, finchè dichiarò di essere stato la sera del I gennaio 1926 in diverse osterie del reparto S. Luigi e di aver incontrato nei pressi della Chiesa un bimbo di circa 5 anni vestito con abito scuro e berretto alla marinara, e di averlo convinto a seguirlo. A certo punto il bimbo si era messo a piangere, ma egli lo aveva persuaso a star quieto e tenendolo per mano lo aveva condotto nella propria dimora, riuscendo a passare inosservato per la portineria.

Il Guidoni non volle spiegare che cosa avesse fatto del bimbo allorchè furono soli in casa e disse soltanto che avendo il Palermo ricominciato a piangere gli aveva turato la bocca così fortemente da soffocarlo. Impressionato perché quegli non dava più segno di vita, aveva pensato subito di disfarsene ed infatti spogliatolo, bagno le vesti di petrolio bruciandole in una grossa stufa di ferro; poi, squarciata la gola al bambino con un coltello da cucina, ne aveva raccolto il sangue in due scodelle parte del quale la bevette, gettando il resto in uno dei lavandini posto nel pianerottolo della sua abitazione. Infine, tagliato a pezzi il cadavere aveva incominciato a bruciarlo nella stufa, ma essendosi questa rotta per l'eccessivo calore prodotto dalla combustione della carne umana, aveva terminato la lugubre operazione sul camino aiutandosi in ciò con il gas della sua cucina. Dopo che gettò le ceneri e le ossa, non del tutto bruciate nei due immondezzai della casa.

Tale la confessione resa dal Guidoni, non solamente ai funzionari che lo interrogarono Di Martino, Tommasino e Tomatis ma anche a certo Belgeri Federico fu Giovanni, compagno di detenzione in queste camere di sicurezza, arrestato per altra causa.

Sono stati in seguito fatti accertamenti e sopraluoghi e così è risultato che effettivamente il Guidoni era stato visto la sera del I gennaio 1926, mentre trascinava un bambino piangente, i cui connotati corrisponderebbero a quelli del Palermo; ed inoltre è risultato che certo Torazzo Francesco fu Evasio nato a Borgo Vercelli 7/8/1890 tramviere, pensionante del Guidoni, il quale la sera e la notte del fatto era stato assente, aveva veduto in casa, in quei giorni, un berretto alla marinara da bambino, berretto che in seguito non vide più. Il medesimo Torrazzo affermò che nell'epoca suddetta era scomparso il coltello da cucina e che parecchi mesi dopo, avendolo rivisto arrugginito nel cassetto del tavolo, lo aveva pulito ed usato nuovamente. Detto coltello è stato sequestrato e riconosciuto dal Guidoni per quello di cui si era servito per uccidere il bambino.

Queste le risultanza che però non sono tali da indurre almeno nella certezza della responsabilità del Guidoni, non potendosi del tutto ritenere tranquillante la confessione da lui resa anche perché non si sono potute ancora accertare circostanze idonee a corroborare la confessione con elementi di fatti specifici ed incontrovertibili.

Comunque il Guidoni è stato deferito in istato di arresto all'Autorità Giudiziaria per ogni effetto e conseguenza di legge mentre proseguono alacremente le indagini. Mi riservo ulteriori comunicazioni.

Il Questore

DOCUMENTO N. 26

ASMi, Gabinetto di prefettura, I versamento, 227.

Lettera risalente a 7 aprile del 1928 con cui Giuseppe Palermo chiede un colloquio privato con Mussolini, successiva risposta da parte del segretario particolare del capo del governo e copia dell'invito spedito dal prefetto al padre di Michele.

Eccellenza

Dio non permette ancora il miracolo atteso da tutte ardenti anime, fra cui da V. Ecc.

Nella sventura che mi ha colpito ho avuto non dubbie prove di commovente simpatia, e di altissima protezione; sento tanta fiumana di gratitudine che mi sgorga da cuore gratissimo.

Eccellenza, pieno di tristezza nella terza Pasqua senza pace prego V. Ecc. volermi concedere un colloquio di pochi minuti e mi servirà di conforto, nell'animo sfinito e nelle delusioni provate.

Nella infinita riconoscenza del mio desiderio, imploro da Dio sul Suo capo tutto il bene che lo stesso suo cuore desidera; che V. Ecc. sia benedetta.

Con ossequi

Umilissimo Palermo Giuseppe

Via Comacchio 4 Case Popolari
Milano 7/4/28

Roma, 29 Aprile 1928 -VI-
n.959 Ud.

Eccellenza,

durante la recente permanenza a Milano di S.E. il Capo del Governo, il sig. Giuseppe Palermo Gli ha indirizzata l'unita lettera per chiederGli un colloquio.

Essendo venuta a mancare, e mancando tuttora, ogni possibilità di accogliere tale desiderio, prego la E.V. di volere invitare il Palermo a riferire a Lei quanto intendeva portare a conoscenza di S.E.

Vedrà poi V.E. se sarà il caso di informare il Capo del Governo di quanto il Palermo avrà creduto comunicarLe. Distinti saluti

(Alessandro Chiavolini)

N.72[illeggibile] 2.5.928

Inviato Sig. Giuseppe Palermo
Via Comacchio 4
Milano

In relazione alla richiesta di un colloquio di lei stesso a S.E. il Capo di Governo la prego di favorire di me in un giorno di questa settimana nella [illeggibile] di questo ufficio.

Il prefetto.

DOCUMENTO N. 27

Articolo de Il *Corriere* dellaSera del 7 aprile 1928.

UN ALTRO CAPITOLO D'UN DRAMMA ANGOSCIOSO
Un vecchio confessa d'aver rapito Michele Palermo, il bimbo scomparso 27 mesi or sono alla Gamboloita

In una delle più angosciose vicende della cronaca di questi ultimi tempi — la scomparsa avvenuta il giorno di Capodanno del 1926 del bimbo cinquenne Michelino Palermo, dai paraggi di casa sua alla Gamboloita — si inserisce dopo due anni di vane ricerche e di straziante calvario per i genitori, un fatto nuovo che dovrebbe far ritenere che si stanno finalmente per diradare le tenebre. Un vecchio, sospettato artefice del rapimento e per questo arrestato fino da lunedì scorso, dopo una serie di drammatici interrogatori e di confronti s'è indotto a confessare d'aver compiuto il delitto, troncando tuttavia a mezzo la confessione e affermando di nulla sapere della sorte definitiva della povera creatura perché poche ore dopo il rapimento il bambino gli sarebbe stato portato via da altre persone, né da allora egli ne avrebbe saputo più nulla...

La signora che vide

La lunga alternativa di speranze e di delusioni cui hanno dato luogo fin qui le ricerche fatte dal padre Giuseppe Palermo, con una fede che ha del sovrumano, induce di necessità a seguire con la maggiore cautela ogni nuova pista; senza abbandonare tuttavia la speranza che sia alfine chiarito uno dei più misteriosi episodi della vita cittadina. Il nuovo capitolo del romanzo trae origine dalla pubblicazione di un caso singolare narrato dal *Corriere della Sera* il 4 marzo scorso: Due coniugi pugliesi, una strana coppia di nevropatici e di esaltati, affermando di sapere per vie occulte della sicura esistenza del bambino in una certa terra di Puglia, si offersero di riconsegnarlo al padre, a patto che fossero loro concesse alcune migliaia di lire e la libertà di agire senza controlli e inceppamenti, con la sola guida delle potenze dell'aldilà. L'episodio non peranco esaurito, subì una sosta, per Stabilire se la strana profferta era un volgare tentativo truffaldino ovvero la maniera di camuffare con fole spiritiche, qualche indizio sicuro di cui i due pugliesi potevano essere al corrente. Ma ecco che, riportata alla ribalta la tragica vicenda del rapimento, una signora che da due anni, quasi silenziosamente cooperava alle ricerche, seguendo una sua pista, viene fuori a conclamare i suoi dubbi, a fornire seri elementi di sospetto, a provocare l'arresto del presunto colpevole. Ed ecco come. È costei la signora Aurelia Moretto, abitante al quarto piano di via Vitruvio 7, con due figlie signorine. La sera del 1 gennaio 1926, quando era buio da un pezzo, la signora se ne stava, come è sua consuetudine, seduta su una poltrona davanti a un balcone, da cui si dominano larghe zone delle vie Tadino e Benedetto Marcello. A un tratto la sua attenzione fu attirata da una scena singolare: un vecchietto robusto, bianco, che camminava con una spalla leggermente reclinata, trascinando un bimbo prosperoso, piangente e riluttante. La signora seguì la scena con curiosità, finché i due non sparirono in via Tadino. Ma qualche istante dopo, nella zona meglio illuminata del crocicchio tra le vie Vitruvio, Tadino e Benedetto Marcello, li vide ricomparire nello stesso atteggiamento di prima. Dopo un breve istante di sosta, durante il quale il vecchio riprese lena dopo lo sforzo di trascinare il fanciullo più riluttante che mai, la signora li vide di nuovo scomparire, stavolta lungo la via Benedetto Marcello. Ella rimase subito impressionata sinistramente da questa scena, ma ne provò addirittura angoscia e desolazione quando, due giorni dopo, apparve sui giornali la notizia della scomparsa del piccolo Palermo, e le venne il sospetto che il caso l'avesse fatta testimone, dal suo alto osservatorio, di una scena delittuosa.

Da allora fece il proponimento di adoperarsi a far luce. Volle il caso che, alcuni giorni dopo, ella rivedesse passare il vecchio, la cui immagine le era rimasta bene impressa nella mente, sotto le sue finestre, solo. Si affrettò a scendere le scale per seguirlo e, occorrendo, avvicinarlo; ma il vecchio, a un certo punto, saltò su un tranvai e le sfuggì. Qualche giorno dopo, inopinatamente, ella si imbatteva di nuovo con lui in corso Buenos Aires. Stavolta lo pedinò fin sulla soglia di un'osteria di via Tadino 50, ove il vecchio entrò, si sedette a un tavolo, ordinò da mangiare. La signora, elegante e impellicciata, non si sentì di entrare in quel locale pieno di avventori, ma rimase fuori ad osservare. Finché l'oste, accortosene, si fece fuori dell'uscio a chiederle cortesemente se cercasse, di qualcuno. La signora ne profittò per assumere da lui le prime informazioni. Seppe così che il vecchio era un cliente abituale del locale, scapolo, senza famiglia, che abitava al quarto piano di via Scarlatti al numero 20. L'animosa signora si recò allora dalla portinaia dello stabile indicatole e seppe il resto. Si trattava del sessantottenne Giuseppe Guidoni, conosciutissimo nel quartiere, dove abitava da lunghissimi anni, col nomignolo di Beppe e noto, oltre tutto, per un paio di superbi baffoni che, almeno quando non era sborniato, egli portava arditamente arricciati con l'ausilio di molto cosmetico. Era noto altresì per una certa mania di ostentare la sua avversione alle donne e di esaltare le gioie del celibato. Era stato lunghi anni, come già il padre suo, operaio della ditta Edison, e poi, pensionato da questa, era passato, come pulitore, alle dipendenze della tranvia interprovinciale di Pavia, che passa appunto dalla Gamboloita. Continuando nelle sue indagini, la signora potè anche precisare queste circostanze: il vecchio abitava una stanza a tre letti: uno per sé, uno per certo Francesco Torazzo, bigliettario del tranvai di Monza, il terzo affinato per brevi periodi a manovali e muratori che lavorano nei quartieri nuovi di quei paraggi. Portata dalla signora il discorso sullo scabroso terreno dei sospetti, la portinaia credè di poter giurare e spergiurare sull'onestà e sulla bontà del suo inquilino che ella conosceva da otto anni; una sola cosa singolare ella aveva notato durante i primi mesi dei 1926, e cioè posteriormente alla scomparsa del bambino: che il vecchio con un inspiegabile mutamento delle sue abitudini misogine, aveva preso a ospitare frequentemente in casa sua donne trovate in strada provocando talvolta scene di clamore e di scandalo da parte ei coinquilini che dividevano con lui Tunica stanza. La portinaia, dietro pressioni della signora si indusse anche a salire nella camera per scrutar se vi fossero segni del passaggio di un bimbo: un cappelluccio, una scarpetta o altro; non trovò niente.

II PRIMO ARRESTO

La signora non si arrese per questo: a distanza di un anno dalla scomparsa, si indusse anche a manifestare i suoi dubbi a un funzionario di polizia del Commissariato di via Schiaparelli, ma ella purtroppo potè fornire elementi ritenuti così scarsi e imprecisi, che la cosa non ebbe corso. Senonché dopo la pubblicazione fatta dal *Corriere* il 4 marzo, la signora Moretto fu ripresa nuovamente dal generoso dubbio di non aver fatto tutto il suo dovere per scoprire la verità. Allora scrisse al Questore e precisò le circostanze sopra narrate con commossa evidenza. Il Commissariato di via Curtatone fu subito incaricato d'indagare. Cosi, circa un mese fa, il vecchio Giuseppe Guidoni fu arrestato, interrogato lungamente, tenuto una intiera notte in guardina. Contestatagli l'imputazione, egli negò con tanta ostinazione e tranquillità che fu rimandato a casa e l'episodio fu noverato tra le tante delusioni cui la ricerca del piccolo scomparso aveva dato luogo in due anni. Ma la signora con mirabile tenacia, appena apprende che il vecchio è stato rimesso in liberta, si adopera ancora per ottenere indagini più approfondite e partecipa i suoi sospetti anche a quell'industriale in calzature Vito Verga alle cui dipendenze è il padre Giuseppe Palermo e che tanto si è adoperato con aiuti morali e finanziari per le vane ricerche. Fatto sta che la Squadra mobile viene nuovamente investita della pratica e stavolta con esito insospettato. Lunedi scorso si arresta di nuovo il vecchio Guidoni. Stavolta appare subito che la sua tranquillità è scossa. Gli vengono mosse le solite contestazioni, è invitato a precisare come e dove passò la sera del primo gennaio del 1926, gli son precisati i tre sospetti che pesano sulle sue spalle. Tituba, trema, si impappina, ma nega. Nega recisamente per quattro giorni ogni colpa, adducendo per il resto la mancanza di memoria.

Il colpo di scena

Il colpo di scena è avvenuto soltanto ieri e ha avuto momenti di alta drammaticità. Il vecchio Guidoni è stato tratto di nuovo dalle guardine, portato al cospetto dei funzionari e gli è stato detto a bruciapelo:

> – È inutile che tu continui a negare. Ci son persone che ti hanno visto in strada col bambino, che ti ravvisano e che son pronte a riconoscerti. Tra poco verranno qui e sarai sbugiardato.

È stato un colpo di folgore. Come se il vecchio avesse esaurite tutte le risorse nervose a cui s'era appreso per simulare tranquillità e indifferenza, s'è accasciato su una sedia mormorando: «Confesserò tutto...».Poi con molta lucidità ha affermato che la sera del primo gennaio famoso, per ragioni del suo servizio si trovava presso la chiesa di San Luigi alla Gamboloita, quando da un'osteria vide uscire un piccino, il quale, fatti pochi passi, nella semi-oscurità della via, cominciò a procedere, titubante come se fosse mal sicuro della mèta (come si ricorderà il piccolo Palermo abbandonò il padre col pretesto di recarsi a comprare le castagne presso un erbivendolo). Allora il vecchio gli si avvicinò, lo prese per mano e ottenne facilmente d'esser seguito.

– Aveva l'aria di esser solo e smarrito, – ha soggiunto il Guidoni, – e pensai di portarlo a casa con me.

– A che scopo?

– Nessuno scopo malefico, ma soltanto per non lasciare in strada una così tenera creatura...

Dopo queste prime dichiarazioni il vecchio è parso rinfrancarsi e ritrovare la forza di ingarbugliare la matassa e di mentire E ha aggiunto che arrivati a piedi nei paraggi di casa sua, il piccino cominciò a piangere e a pretendere di tornare indietro, le sue lacrime attrassero l'attenzione di qualche passante e intorno ai due si formò un capannello.

– Dovetti spiegare, – ha soggiunto, – ai passanti che mi interrogavano, che si trattava di un bimbo sperduto, trovato da me per caso. Qualcuno, mi pare una signora, mi invitò a consegnarglielo. Per non aver noie obbedii e me ne andai per i fatti miei. Da quel momento non seppi più nulla del piccino...

Il vecchio ha detto di aver poi taciuto, anche quando un mese fa fu per poche ore in arresto per timore di passare qualche grosso guaio.

Dubbi che rimangono

Naturalmente l'epilogo che egli attribuisce alla vicenda del rapimento non ha persuaso nessuno e nuovi angosciosi dubbi si affacciano: Che n'è avvenuto del bimbo rapito? Passò veramente in altre mani, o non fu invece vittima, magari fino alla morte, delle brutalità e delle nefandezze del rapitore? È quanto si cercherà di stabilire, riprendendosi con la maggiore alacrità le investigazioni (per ora una perquisizione nella stanza del vecchio, nel solaio e in cantina non ha dato alcun frutto); e forse è venuta la volta buona che un po' di luce possa diradare le tenebre così a lungo durate intorno al fatto pietosissimo. Ma tra le tante ipotesi non si può scartare neppur quella che il vecchio accusato con tanta ostinazione, con la mente indebolita dalla tarda età, dopo cinque giorni di relegazione nelle guardine sotto il peso di così atroce accusa, non abbia finito per soggiacere ad una forza di suggestione e di esasperazione, confessando anche quello che non ha commesso. Non sarebbe certo il primo caso nelle cronache giudiziarie...

DOCUMENTO N. 28

Articolo de *L'Ambrosiano* del 9 aprile 1928.

Le lettere anonime di una signora contro un presunto rapitore del Palermo

Ai già numerosi capitoli sulle ricerche del bambino Palermo ecco se ne aggiunge un altro, non meno romanzesco di quelli che lo hanno preceduto e che, a ogni mutar di stagione, per così dire, vengono offerti alla curiosità del pubblico: un vecchio, arrestato fin da lunedì scorso, avrebbe finito per confessare "d'aver compiuto il delitto" – afferma un giornale del mattino – subito soggiungendo che il colpevole aveva poi troncata a mezzo la confessione, dicendo di nulla sapere sulla sorte del bambino. Dunque il vecchio non avrebbe confessato d'aver compiuto il delitto: tutt'altro! È vero che lo stesso giornale, dopo aver annunciato con un titolo vistoso l'avvenuta confessione del vecchio, termina la lunga narrazione... attribuendo la confessione stessa "alla mente indebolita dalla tarda età, dopo cinque giorni di relegazione nelle guardine" e pone il dubbio che "il vecchio abbia finito per soggiacere ad una forza di suggestione e di esasperazione, confessando anche quello che non ha commesso". Tanta prudenza, proprio alla fine della lunga istoria, getta un senso di incredulità sulla emozionante narrazione che fa ricorrere, purtroppo, il pensiero ad altre vicende del genere, di data piuttosto recente, che ebbero poi per epilogo piene assoluzioni in istruttoria: confortevole cosa, per il buon nome della giustizia italiana: ma avventure poco allegre per chi ci capita. Del che, com'è risaputo, si deve per lo più ringraziare lo zelo frettoloso e non sempre guardingo della gente che crede essere bene informata. A voler usare la stessa "prudenza" del giornale del mattino bisognerebbe da una parte escludere che il vecchio sia colpevole... e dall'altra ammettere che abbia compiuto il delitto: delle due, l'una...

Com'è nata l'accusa?

Il presunto colpevole è un vecchio di oltre 68 anni: Giuseppe Guidoni, che da moltissimi anni abita in una camera in via Scarlatti, 20. Pensionato della Edison, era passato poi alle dipendenze della tranvia a vapore interprovinciale. Per l'età avanzata, non lavorava più. Nella sua camera aveva un coinquilino, Francesco Torrazza, operaio della tranvia di Monza. Nel caseggiato era ed è ritenuto per un onesto uomo, ma corroso, ormai, dal vino, bevuto sempre in abbondanza. Come è nata, a due anni di distanza, la grave accusa che gli si muove? Bisogna starsene al racconto della signora Aurelia Moretto – il cui marito attualmente si trova a Parigi – che abita al quarto piano di via Vitruvio 7, con due figlie. La sera del 1 gennaio 1926, il capodanno in cui il bambino Palermo scomparve nelle circostanze ormai tante volte rievocate, la signora Moretto si trovava presso la finestra della sua camera e guardava attraverso i vetri la strada, poiché era in attesa delle figlie. Era una sera piovviginosa, resa più buia da una lieve nebbia. Erano le 18:20 circa. A un certo punto la signora vide un uomo con un pastrano scuro, che si trascinava per mano un bambino. Il bambino seguiva con evidente riluttanza il suo accompagnatore, che fece per svoltare in via Tadino, ma poi subito ricomparve, come per dirigersi in via Benedetto Marcello. La signora notò che il bambino, questa volta, appariva ancor più scontento di seguire il vecchio e che "piagnucolava". La signora ne fu sorpresa, tanto da aprire la finestra per vedere meglio. Allora, naturalmente, nulla si sapeva ancora della scomparsa del Palermo, sì che l'interessamento della signora Moretto per quel piccino accompagnato da un vecchio, che a tutta prima poteva ritenersi fosse anche un parente, ha certo il carattere di un intimo e strano presagio. Notò così che il vecchio era male in arnese, aveva due lunghi baffi, una fisionomia rude, che, afferma la Moretto, le rimase bene impressa nella memoria, per quanto ella non abbia visto l'uomo che dall'alto: nelle zone di luce però proiettate dalle lampade, malgrado la serata fosse nebbiosa! La signora osservò anche che intorno ai due si fermò qualche passante attratto dalla manifesta riluttanza del bambino nel seguire il vecchio. Ma le spiegazioni date da quest'ultimo dovettero essere verosimili se l'uomo potè poi allontanarsi col bambino verso la via Marcello e scomparire alla vista della Moretto. Due giorni dopo, quando la notizia della scomparsa del Palermo apparve sui giornali, destando la viva impressione che ancora questo strano mistero suscita a ogni vana ricerca del piccino, la signora narrò a una delle sue figlie l'episodio al quale aveva assistito. Ma non ne parlò con altri. Nel febbraio di quell'anno la Moretto incontrò in via Vitruvio un vecchio che le ricordò quello che trascinava il bambino la sera di capodanno. Ne parlò con le figlie, ancora, ormai fissa nell'idea che quello sconosciuto fosse il rapitore del piccolo Palermo.

Un pedinamento

Trascorse un altro mese e la signora Moretto, un giorno, mentre era in compagnia di una delle sue figlie, si imbatté di nuovo nello sconosciuto. Lo indicò cautamente alla figlia e tutte e due decisero di seguirlo. Vide così che il vecchio entrava in un'osteria di via Tadino 50. L'oste scorgendo quella signora che dalla strada guardava con curiosità nel suo esercizio, si fece sulla porta. La Moretto ne approfittò per chiedergli conto dello sconosciuto. Seppe che era il "Beppe", nomignolo col quale il Guidoni è conosciuto nel quartiere, e che abitava in via Scarlatti 20. Pochi giorni dopo la Moretto si recò a interrogare la portinaia di via Scarlatti, Ester Rovida-Ghidini, e da costei apprese il nome del vecchio da lei sospettato autore del rapimento del Palermo. Ma le informazioni sul conto del Guidoni erano, però buone: ubbriacone sì, ma incapace di fare del male a chicchessia. La signora Moretto scrisse allora una lettera anonima al Commissariato di via Schiaparelli, raccontando l'episodio da lei visto dalla finestra, e l'esito delle sue ulteriori ricerche e se ne stette in attesa che la polizia agisse… ma fu vana attesa, perché le risultò che la sua lettera non era stata presa in considerazione e che il Guidoni rimaneva indisturbato. Allora la Moretto, dopo un mese circa, decise di presentarsi personalmente al Commissariato di via Settembrini. Anche questo suo passo diede scarsi risultati. Le indagini fatte dal Commissariato risultarono favorevoli al Guidoni e tali da far escludere che egli potesse essersi reso colpevole di un delitto orrendo come quello di cui la signora Moretto lo accusava.

L'arresto del Guidoni

Passarono altri cinque o sei mesi, durante i quali si seguirono le vane ricerche e i falliti riconoscimenti del Palermo. La signora Moretto scrisse, allora, un'altra lettera anonima al Commissariato di Porta Vittoria, che pure iniziò indagini, e ancora una volta senza alcun risultato positivo. Sei mesi or sono, più che mai convinta che il rapitore del Palermo fosse il Guidoni, la signora Moretto scrisse un'altra lettera anonima al Questore comm. Silvestri. Questa volta il Guidoni fu arrestato e lungamente interrogato; ma ancora nulla di positivo fu possibile accertare e contro l'anonima accusa stavano, a difendere il vecchio, i giudizi dei vicini che non lo ritenevano capace del delitto che gli si imputava. Rilasciato il Guidoni parve molto turbato di quanto gli era capitato e parlandone con la portinaia di via Scarlatti, e con le coinquiline, signora Zelinda Losi e signora Bravi, non sapeva darsene pace. Finalmente, verso la fine del febbraio scorso, dopo l'ultima inutile gita del padre del Palermo a Fabriano – dove si disse che il piccino era stato ritrovato in un circo equestre – la signora Moretto prese un'eroica decisione: quella di farsi conoscere e scrisse, questa volta firmando, le cose che già più volte aveva comunicato alla Questura con lettere anonime, al signora Verga, il proprietario della calzoleria presso la quale lavora il padre del piccolo scomparso. Fu così che 15 giorni or sono la signora Moretto fu interrogata da un funzionario di polizia recatosi da lei. Il Guidoni, dopo il racconto accusatore fatto dalla Moretto, fu naturalmente tratto in arresto. Sarebbe prematuro, allo stato delle indagini, affermare che il Guidoni, dopo una settimana di detenzione, abbia "finalmente confessato di aver compiuto il delitto". Negli interrogatori ai quali è stato sottoposto il vecchio si è contraddetto, è apparso svanito e inconcludente, non sa precisare nulla e nulla smentire. Le sue risposte non costituiscono affatto quel preciso e chiaro e definitivo racconto che un giornale del mattino ha riferito, e leggendo il quale ci sarebbe proprio da trarre un profondo sospiro di sollievo per essere stato finalmente scoperto l'autore di un sì tenebroso misfatto. Il Guidoni avrebbe ammesso, si afferma, di aver trovato una sera un bimbo sperduto – ma dove, ma quando, non sa precisare! – e di averlo poi consegnato a una signora avvicinatasi ai pianti del piccino. Come il Guidoni – pulitore di vetture della Tranvia interprovinciale di Pavia – avrebbe potuto trovarsi per "ragioni del suo servizio" nei pressi della chiesa di San Luigi alla Gamboloita (la località nella quale scomparve il Palermo), se il "suo servizio" si svolgeva invece presso il deposito di viale

Montenero 16? Dove dunque avrebbe incontrato il piccino Palermo? E come si sarebbe trovato con lui in via Vitruvio un'ora dopo quella ormai accertata per l'ora della scomparsa, le 17, "cioè in pieno buio dato che si era di gennaio?" Tanto buio alla Gamboloita e tanta luce... in via Vitruvio? Comunque, poiché le risposte del Guidone sono vaghe, poiché il vecchio, alcoolizzato e quasi settantenne, appare tutt'altro che sicuro e conseguente in ciò che dice, il Questore comm. Silvestri ha ordinato le più accorte e minute indagini per l'accertamento di dati precisi sulla eventuale colpevolezza del Guidoni. Non inutile è anche la domanda messasi dalla polizia: a che scopo il vecchio, nelle condizioni di età e di fisico in cui si trovava, avrebbe rapito il bambino? E come, se poi si fosse reso responsabile della soppressione violenta del piccolo Palermo, avrebbe potuto occultarne il cadavere? Dove, partendo da via Benedetto Marcello si sarebbe recato a compiere il misfatto? È escluso dalla portinaia e dai vicini che il Guidoni si sia presentato in casa con un bambino, né in quella lontana sera di capodanno, né in altre sere. E allora? E allora c'è da rammaricarsi che la signora Moretto non abbia con più coraggio reso subito noti i suoi sospetti alla polizia: a quest'ora, certo, si sarebbe già raggiunto qualche risultato positivo.

DOCUMENTO N. 29

Articolo de *L'Ambrosiano* del 9 aprile 1928.

Dopo la confessione del Guidoni
la difficile ricerca delle prove per accertare
la veridicità dell'accusa

Un senso di vivo raccapriccio ha destato la notizia dell'avvenuta confessione del vecchio Giuseppe Guidoni, accusato dalla signora Aurelia Moretto di essere stato il rapitore del piccolo Michele Palermo. Il "Popolo d'Italia" annunciava, ieri, che nel pomeriggio di sabato il Guidoni, dopo le vaghe incerte ammissioni del venerdì, aveva finito per confessare di aver rapito il bimbo e di averne fatto strazio, portandolo nella sua camera in via Scarlatti 20, dove lo aveva ucciso. Per distruggere le tracce dell'orrendo delitto, aveva fatto a pezzi il piccino e ne aveva bruciate in una stufa le misere carni martoriate. Questa, macabra e impressionante, sarebbe stata la miserevole fine di Michelino Palermo! Così sarebbero per sempre cadute le trepidanti ansie dei poveri genitori dello scomparso, che da due anni, con un fervore commovente, senza un attimo di sosta, senza un'ora di pace, lo ricercavano con la certezza che, un giorno, finalmente, Michelino sarebbe tornato a portare la gioia e la tranquillità, dopo tante sofferenze, nella loro modesta casetta. Ma poi, vinto lo sgomento e il raccapriccio di un racconto così truce, superata la prima impressione di orrore, subentrato un giusto desiderio di controllo e di ragionamento di fronte alla orribile vicenda di cui un vecchio quasi settantenne si sarebbe reso colpevole, noi non possiamo nascondere che un senso di incredulità si è rapidamente diffuso e che in molti ormai è il convincimento che la parola decisiva non sia stata ancora detta. All'autorità giudiziaria spetta un compito ben grave: quello di accertare quanto di vero vi possa essere nel macabro racconto del vecchio Guidoni, quello di raccogliere le irrefutabili prove della sua colpevolezza, perché, se reo di tale misfatto egli si è reso, possa cadere, implacabile e severa, la giustizia degli uomini, sulla sua canizie, da lui turpemente disonorata. Lealtà ci impone di soggiungere che i funzionari stessi che hanno raccolta la confessione del vecchio ne sono rimasti perplessi, che lo stesso Questore, comm. Silvestri, ordinando il più oculato accertamento di fatti e di circostanze, non ha nascosto, a chi lo interrogava, la necessità di procedere con molta cautela, prima di dar credito a tutto ciò che il Guidoni ha ammesso.

Un impressionante racconto

È stato nella giornata di sabato, come abbiamo già detto, che il Guidoni ha fatto le più gravi ammissioni. Quella sera stessa, i funzionari della squadra mobile invitarono la signora Aurela Moretto, alle cui indicazioni, come è noto, si deve l'arresto del vecchio, a recarsi in Questura. Ieri mattina, verso le dieci, la Moretto andò infatti a San Fedele. Fu ricevuta dal cav. Tomatis e dal dott. De Martino. Il capo della squadra mobile nell'accoglierla volle complimentarla del contributo da lei dato alla Giustizia:

– Il Guidoni – le disse, – ha pienamente confessato.

Il funzionario le riferì quindi che, dopo alcuni giorni durante i quali si era mantenuto negativo, il vecchio aveva ammesso di aver trovato, nei pressi di Porta Romana, un bambino sperduto e di averlo accompagnato fino in via Benedetto Marcello, dove lo aveva affidato a due signore; aveva anche ammesso, dopo molti dinieghi, che l'episodio si era svolto la sera di Capodanno del 1926.

Il Guidoni era stato fermo in quella versione ostinatamente fino a sabato scorso, quando, durante un incalzante interrogatorio, e di fronte a contestazioni precise, aveva esclamato:

– È meglio che vi dica tutto.

A vincere le sue estreme difese era stato l'accenno fatto dal cav. Tomatis a una stufa che il vecchio aveva nella camera all'epoca del delitto e che risultava poi che egli aveva venduta.

- Perché avete venduto la stufa?

La fronte del vecchio si era allora come imperlata di sudore – riferì il funzionario – come se ormai egli si sentisse perduto.

Venne così, sempre a frasi mozze, con ammissioni che erano risposte alle stringenti contestazioni dei funzionari, il truce racconto.

La sera di quel tragico Capodanno il Guidoni si era recato verso la Gamboloita, dove in quel tempo lavorava, per andare in un'osteria a bere in compagnia di alcuni suoi amici. Quando lasciò la piccola comitiva era ubbriaco. Percorse un tratto di strada. Giunto all'angolo di via Tagliamento vide un bimbo che gli parve sperduto nella solitudine e nel buio del luogo. Lo avvicinò e lo prese per mano invitandolo a seguirlo. Ma il bimbo si mostrò riluttante ad accompagnarsi al vecchio.

– Vieni, ti pago le caramelle – gli promise il Guidoni.

Il bimbo allora divenne docile e docilmente lo seguì.

Tutto il lungo percorso, tre o quattro chilometri, il Guidoni e la sua piccola vittima lo fecero a piedi. Per qualche tratto il vecchio se lo prese in braccio. Durante la lunga passeggiata, però, il bambino piangeva. Due volte, così, attrasse l'attenzione di qualche passante: la seconda all'angolo di via Benedetto Marcello, dove un giovanetto e due signore lo fermarono per chiedergli perché quel bambino si disperasse a quel modo. Il vecchio spiegò che era un suo nipotino e che egli lo accompagnava dalla mamma. Fu creduto. Svoltò in via Benedetto Marcello e il bambino piangeva ancora. Allora lo prese in braccio e per farlo tacere gli pose un fazzoletto sulla bocca, premendoglielo fortemente. Si diresse a casa sua, in via Scarlatti 20. Passò dalla portineria nascondendo il bambino sotto il pastrano, perché non lo vedessero. D'altra parte la portinaia, in quel momento, era intento a cucinare e dal punto in cui si trovava non poteva scorgerlo: così egli passò inosservato e poté giungere, non visto da alcuno, nella sua camera. Depose il bimbo sul letto. Gli parve morto soffocato. Allora fu preso dallo sgomento, non ebbe altro pensiero che di far scomparire le tracce del delitto. Cosa poteva fare? Concepì freddamente un tragico e raccapricciante piano d'azione: accendere la stufa – una piccola "parigina" bassa a due fornelli – e distruggere nel fuoco il misero corpicino e ogni altra traccia che potesse rivelare l'orrendo misfatto. Prese un coltello da cucina e si accinse alla macabra impresa: piantò la lama nell'esile collo della innocente creatura... un getto di sangue sgorgò dalla ferita, si versò sulle mani sacrileghe, gli macchiò il panciotto. Continuò la tragica operazione, riuscendo a fare a pezzi il corpicino della vittima. Dopo averlo così sezionato, lo bruciò nella stufa servendosi per dar esca alla fiamma di una bottiglia di petrolio col quale, nei giorni precedenti, aveva pulito i letti. Tutto egli fece nella notte stessa: anche quanto era necessario per far scomparire ogni traccia. Alcune ossa non carbonizzate completamente le avrebbe poi gettate in un prato che non ricordava più quale fosse. A questa tremenda narrazione la signora Moretto si sentì venir meno. Lo stesso cav. Tomatis, nel riferirgliela, appariva commosso. Il dott. De Martino, che era presente, fu presa da uno scoppio di pianto.

– Pensi, signora, che sono padre anch'io!

Fu chiesto alla signora se consentiva di essere messa a confronto col vecchio; ma ella era troppo emozionata e non volle. Nessun dubbio ella aveva del resto che l'arrestato fosse il vecchio da lei indicato, la cui impressionante confessione veniva ora a confermare il presago sospetto.

> – È stata l'anima di mia madre – ha concluso la signora Moretto, dopo averci riferito il racconto fattole a San Fedele, – a sorreggermi in questa tenace volontà di non lasciare impunito un si orrendo delitto. Morendo ella mi disse " Tu che sei buona cerca di proteggere sempre l'infanzia". Come avrei voluto poter ridare viva la loro creatura ai poveri genitori del Palermo, anziché dover contribuire a distruggere anche la loro ultima speranza.

Abbiamo voluto riferire il racconto della signora Moretto come quello più completo dato dalla Polizia sulla raccapricciante confessione. I funzionari hanno mantenuto, con gli altri, un maggior riserbo, pure ammettendo che il Guidoni aveva confessato di aver ucciso il piccolo Palermo e di averne bruciato il cadavere.

Lacune e inverosimiglianze

La narrazione del vecchio non è stata, com'è facile comprendere, ampia, chiarificatrice completa, ma, al contrario, è stata "ricostruita" attraverso le lunghe assillanti contestazioni e presunte lacune che hanno lasciato perplessi gli stessi funzionari.

Occorre rivelare che la casa di via Scarlatti 20 è un vero alveare umano: appare quindi molto strano che "nessuno" abbia visto il Guidoni rientrare in quella lontana sera di capodanno col suo lugubre fardello "nascosto sotto il pastrano".

La signora Losi, che abita la stanza attigua a quella del vecchio, ci ha escluso di aver sentito quella sera alcun rumore: le stanze non sono divise che da una sottile parete di mattoni, attraverso la quale non può sfuggire alcun rumore. Quella sera, né lei, né i suoi familiari notarono alcun trambusto insolito nella stanza del vecchio: né sentirono alcun intenso odore di bruciato, come certo avrebbe dovuto provocare la distruzione nella stufa del povero corpicino.

Il Guidoni è descritto dai coinquilini per un vecchio smemorato e svanito. A questo proposito si ricorda che fu anche, per parecchi mesi, ospite della Baggina, nel reparto cronici: dal 7 dicembre 1924 al 7 maggio 1925. Poiché sembrava ristabilito, chiese ed ottenne di essere dimesso. Quando, otto giorni or sono, fu mandato a chiamare, con un biglietto, dalla squadra mobile, il Guidoni non mostrò alcuna preoccupazione. Ne parlò ai vicini, spiegando che doveva essere per il fatto del bambino Palermo e concluse:

– Ci vado, tanto non ho nulla da dire.

Quando nella casa avveniva qualche furtarello di biancheria, e qualcuno lo accusava di esserne l'autore, il vecchio, dopo aver negato, finiva per scrollare le spalle, ripetendo a mo' di ritornello: "Beh! So sta mi". La stufa fu da lui venduta nella primavera del 1927: quindici mesi dopo il delitto. Egli non avrebbe quindi, per tanto tempo, sentito alcun turbamento dall'avere in casa quella muta testimonianza del suo misfatto.

Viveva poverissimamamante, poiché la pensione passatagli dalla Edison era di poche lire al giorno: molte sere spesso non mangiava che ciò che avanzava il suo coinquilino. L'autorità giudiziaria, come abbiam detto, sarà presto investita del prosieguo delle indagini. Già, infatti, le è stato preannunciato l'arrivo del rapporto della polizia. Allo stato dei fatti, è evidente che la confessione del Guidoni dovrà essere suffragata da prove: occorrerà un'accurata ricerca di dati e di testimonianze che possano dar rilievo di verità alle ammissioni del vecchio. La scienza psichiatrica ha ormai acquisito che individui malati di mente o deboli, timidi, paurosi possono emettere confessioni fantastiche o addirittura mendaci. L'auto-accusa e l'auto-denunzia sono ben note nel campo della psichiatria e della medicina legale: manifestazioni di tal genere si possono incontrare anche nell'alcoolismo e nella demenza senile. Senza voler ammettere che questo sia il caso del Guidoni, è lecito tuttavia chiedere che il suo racconto auto-accusatore, avuto nelle circostanze e nel modo narrato, venga ora suffragato da fatti e testimonianze precise. Solo allora la coscienza pubblica potrà davvero con sollievo sentirsi liberata dall'incubo del mistero che avvolge la fine del piccolo Palermo.

DOCUMENTO N. 30

Articolo de *L'Ambrosiano* del 10 aprile 1928.

IL MISTERO DEL BIMBO PALERMO
LA CONFESSIONE DEL GUIDONI PROVOCATA DA UN FALSO ACCUSATORE?

Sull'atroce confessione del vecchio Guidoni accusatosi reo del rapimento e dell'uccisione del bambino Palermo, permangono ancora le perplessità e le incertezza da noi messe in rilievo ieri al solo scopo, ben s'intende, di provocare da parte dell'autorità inquirente, la raccolta di elementi decisivi che possano dare alla confessione del vecchio rilievo inconfutabile di verità. Abbiamo già detto ieri che le condizioni psichiche del Guidoni, ormai quasi settantenne e alcoolizzato, sono tutt'altro che rassicuranti sulla lucidità di mente che gli si vuole attribuire. Giova poi ricordare che il vecchio si indusse alla confessione – se si vuol credere a quanto è stato pubblicamente affermato e non smentito – dopo che gli fu fatto credere che c'erano testimoni che lo riconoscevano sicuramente e "dopo che taluno gli si fece innanzi ad affermare recisamente di averlo visto e fermato mentre trascinava il piccino".

Ecco un particolare che la polizia aveva sottaciuto e che, a parer nostro, non è privo di importanza. Qualcuno, dunque, durante gli interrogatori, si sarebbe fatto innanzi fingendo di aver visto il vecchio col bambino. Quale può essere stata l'impressione prodotta da questo falso testimone, che tuttavia lo accusava "recisamente" sul Guidoni, ormai già da cinque giorni in guardina sotto il peso della tremenda imputazione? Se colpevole, ciò può averlo indotto ad abbandonare ogni residua difesa; ma se innocente, il falso accusatore può anche aver portato la sua mente stanza di vegliardo e di alcoolizzato, a quello sconvolgimento e a quell'abbandono dai quali possa esser nata la tremenda confessione che -come abbiamo già rivelato ieri- non è stato un franco racconto, ma un seguito di mezze ammissioni e di spauriti consensi alle contestazioni dei funzionari. Né possiamo tacere che l'episodio di questo accusatore, persona evidentemente cercata negli uffici stessi della squadra mobile, toglie alle precedenti affermazioni dei funzionari – che il Guidoni non era stato per nulla "forzato" a confessare – quel valore che a tutta prima esse potevano avere. Una simile "scena" non può essere stata che "drammaticissima" e tanto deve aver agito sull'animo del vecchio (al quale si attribuisce così buona memoria da ricordarsi che nel 1884 aveva fatto il tifo e che il tragico capodanno del 1926 cadde di venerdì) da non fargli ricordare che la persona che affermava recisamente di averlo visto, non lo aveva mai incontrato, né tanto meno, lo aveva "fermato".

Si è detto anche che il vecchio aveva sempre mantenuto in guardina un contegno indifferente una freddezza e una calma spaventosa. A ciò fa contrasto l'episodio narrato dai funzionari domenica alla signora Moretto che il vecchio dopo la confessione era svenuto, episodio del quale noi stessi potemmo trarre conferma da un accenno del dotto Tomasino. Tutt'altro che calmo è stato, poi, il suo contegno al Cellulare. Il direttore del carcere, comm. Ardisson aveva disposto che il detenuto fosse rinchiuso in una cella del terzo raggio e così avvenne infatti. Ieri, però, i secondini si accorsero che il vecchio era quanto mai agitato. Ad un tratto, anzi, diede in escandescenze, gridando parole sconnesse e slanciandosi contro la porta della cella. I secondini tentarono calmarlo, riuscendo nel loro intento dopo lunghi sforzi. In seguito a questo il direttore del Cellulare dové dare disposizione per il passaggio temporaneo del Guidoni alla sezione intermedia, cioè ad un reparto del carcere in cui è meno sentito il peso della reclusione. Questi gesti di violenza possono, naturalmente, dimostrare tanto la disperazione del vecchio settanatenne che, se reo, capisce di non poter più tornare alla libertà, quanto l'esasperazione del vedersi ingiustamente accusato. Gli elementi di accusa raccolti all'infuori della confessione del vecchio non sono ancora tali da far pesare, definitivamente, la bilancia a tutto sfavore del Guidoni: si tratta, in parte, di deduzioni le quali possono servire tanto a sostegno di chi voglia ritenere il vecchio colpevole, quanto alla tesi opposta. E poiché non è nel nostro animo si sostenere alcuna tesi, ci auguriamo ancora una volta che la verità, qualunque essa sia, possa presto farsi strada, attraverso la prova di fatti concreti e decisivi.

DOCUMENTO N. 31

ASMi, Gabinetto di Prefettura, primo versamento, 227.

Richiesta di informazioni circa un articolo dell'Ambrosiano in cui si parlava di presunti maltrattamenti subiti dal Guidoni durante gli interrogatori.

Roma, 16 aprile 1928-Anno VI

Ministero dell'Interno A S.E. IL PREFETTO

DIREZIONE GENERALE DELLA PUBBLICA SICUREZZA

MILANO

Divisione Polizia Sez. Prima
Prot. N. 10-22149 Allegati 1

10885-1927

Oggetto: Ricerche del bambino PALERMO Michele.

Di seguito al foglio di quest'Ufficio, in data 9 marzo ultimo scorso di egual numero, si trasmette l'acclusa corrispondenza, riportata dal giornale "*L'Ambrosiano*", in data 11 corrente, circa il noto bambino Palermo Michele. Con la restituzione dell'allegato, si gradiranno sollecite, particolareggiate informazioni.

PEL MINISTRO

R. QUESTURA DI MILANO

N. 10905 Div. II Milano, 23/4/1928 (VI)

R. al n. 5575 del 21 corr.

Oggetto: Ricerche del bambino Michele Palermo .

A S.E. il Prefetto di
Milano

Nel restituire all'E.V. l'accluso ritaglio del giornale "*L'Ambrosiano*" qui trasmesso con la nota a margine indicata, comunico che il contegno dei Funzionari della Squadra Mobile nell'interrogare il Guidoni presunto assassino del bambino Palermo, fu altamento [sic!] sereno e corretto. Aggiungo anzi che il Guidoni interrogato dall'Autorità Giudiziaria e precisamente dal Consigliere Istruttore Comm. Montanari che stà [sic!] istruendo il processo, ha confermato in ogni parte le dichiarazioni rese dai Funzionari predetti.

Il Questore

DOCUMENTO N. 32

Articolo de *L'Ambrosiano* del 24 aprile 1928.

UN COLPO DI SCENA NELLA SCOMPARSA DEL PALERMO

IL GUIDONI ERA SOLO IN CASA?
IL VECCHIO, PER ORA, NON ANDRÀ AL MANICOMIO

Non è ancora spenta nel pubblico l'impressione profonda destata dalla inattesa confessione del vecchio Giuseppe Guidoni, indicato dalla signora Adele Moretti per il rapitore del bambino Palermo.

Noi non nascondemmo il senso di incredulità che la confessione del vecchio aveva destata, per alcuni macabri particolari da lui narrati, che se veri sarebbero davvero orribili, e per alcune circostanze che apparivano inverosimili.

Mai come in questo caso, dicemmo, l'autorità giudiziaria si sarebbe trovata nella necessità di raccogliere, al di fuori della confessione, le prove del delitto orrendo di cui il vecchio si accusa, prima ancora – come ci risulta essere giusto criterio del consigliere istruttore comm. Montanari cui è stata affidata la delicata e per certi aspetti appassionante istruttoria – di procedere all'indagine delle qualità personali dell'imputato e delle sue condizioni psichiche.

Ma, in verità, non possono ritenersi «prove del delitto» le accuse più o meno generiche sulla moralità del Guidoni.

Alle voci accusatrici di oggi si potrebbe, ben a ragione, chiedere conto del silenzio di ieri, quando si pensa che, con tale imperdonabile silenzio, si sarebbe lasciato continuare al vecchio una infame opera di corruzione.

La poca memoria di un tranviere

Prima ancora, dunque, di accogliere per vera la confessione del vecchio o di ritenerla frutto di demenza senile, o di alcoolismo – alterazioni psichiche che possono produrre manifestazioni auto-accusatrici ben note nel camp della medicina legale – abbiamo voluto svolgere un'indagine su alcune circostanze di capitale importanza. Prima fra tutte: era il vecchio Guidoni solo in casa, in quella notte di Capodanno del 1926, tanto da poter compiere indisturbato l'atroce delitto facendone poi scomparire ogni traccia?

Occorre ricordare che il vecchio non abitava solo in quell'unica camera al quarto piano di via Scarlatti 20, ma in compagnia di un tranviere della «Stel», Francesco Torrazza. Dove si trovava costui quella notte? Se è spiegabile che non si possa, a bruciapelo, ricordare con prontezza e con precisione dove e come si era trascorsa una data sera di oltre due anni or sono, è però anche vero che richiamati alla necessità di «ricordare» esattamente, possono risorgere alla nostra memoria particolari di luogo e di tempo atti a far ricostruire e talvolta con assoluta certezza, l'impiego del nostro tempo in quella sia pur lontanissima circostanza. Al Torrazza la domanda fu posta subito: dove eravate quella notte?

Il tranviere non ricordava. A tutta prima egli avrebbe potuto giurare di aver dormito tranquillamente nel suo letto. Ma, dopo sei giorni dall'arresto del Guidoni, ecco le prime ammissioni del vecchio, ammissioni che escludevano, in quella lontana sera, la presenza del Torrazza. E a costui fu detto, allora: "Voi non eravate in casa, dove eravate dunque?"

Vi era un punto di riferimento: si trattava della «sera di Capodanno».

Il Torrazza pensò allora che nei periodi di feste, egli soleva ogni anno recarsi a Vercelli, sua città natale, presso i suoi parenti: probabilmente quella sera egli si trovava a Vercelli.

Ma per recarsi in famiglia il Torrazza, tranviere della «Stel», avrebbe dovuto essere «in licenza».

Occorreva, e se non era facile non era neppur difficile, andare a frugare nei registri di presenza della «Stel» e accertare se il Torrazza era o no in servizio nel Capodanno del 1926.

La polizia chiese alla Direzione della «Stel» di compiere questa ricerca e risultò che il 1.o gennaio 1926 il Torrazza era di servizio. Sul registor delle paghe non appariva, al suo nome, alcuna variazione: né di licenza, né di malattia, né di ore lavorative in meno. E come non apparivano variazioni nel registro del 31 gennaio 1925, così nulla risultava per il 2 gennaio 1926; il Torrazza, insomma, aveva prestato regolare servizio sia nel il giorno di Capodanno 1926 che nel giorno precedente e in quello seguente alla scomparsa del bimbo Palermo. Egli, dunque, non era andato a Vercelli: la prima ipotesi fatta dal Torrazza per spiegare la sua assenza dalla casa del vecchio cadeva di fronte all'accertamento della direzione della «Stel», che riferiva essere stato il tranviere sempre di servizio in quel periodo di tempo. Tuttavia il vecchio Guidoni, messosi sulla via della confessione, sosteneva che la sera del delitto il suo coinquilino non aveva fatto ritorno a casa. Ricominciava per il tranviere il "tormento" del dover ricordare.

Una versione fantastica

Dove aveva passata quella notte fatale? A chi lo interrogò subito dopo la confessione del Guidoni il Torrazza, standosene alla errata informazione di qualche giornale e accettandola per buona disse di essere stato a Vercelli. Ma quando gli fu contestato che quel giorno era stato di servizio, confermò -e non poteva fare diversamente – che alla Direzione della «Stel» così era risultato. Diede, allora, un'altra versione. Spiegò di essersi trovato in casa della sua fidanzata. Era la sera del primo giorno dell'anno, c'era stata un po' d'allegria tra parenti, si era stati su fino alle due o le tre dopo la mezzanotte e i familiari stessi della fidanzata, gli avevano consigliato di dormire in casa loro e gli avevano preparato un lettino su di una ottomana: tanto per risparmiargli a quell'ora un lungo tragitto.

Poteva sembrare veritiero questo racconto e tale fu, senz'altro, ritenuto.

Le auto-accuse del Guidoni facevano passare in secondo piano la figura del tranviere: dove fosse stato quella notte importava fino a un certo punto. Essenziale era che egli ammettesse, come ammetteva, di aver trascorsa la notte fuori di casa. Ma aveva il Torrazza passata la notte in casa della fidanzata per gentile pressione dei «familiari» che gli avevano preparato il lettuccio sull'ottomana?

No, la fidanzata del Torrazza non ha parenti a Milano e non trascorse la sera di Capodanno del 1926 in compagnia del tranviere, perché si trovava presso un'altra famiglia, per ragioni del suo ufficio.

Il natale in famiglia

Quando il tranviere, incerto su ciò che avesse fatto quella notte, chiese alla sua fidanzata se ricordava che egli quel giorno fosse stato in licenza a Vercelli oppure in sua compagnia, la donna, a tutta prima, non poteva ricordare e non ricordò. Ma promise al Torrazza di fare ricerche di alcune sue lettere e cartoline che avrebbero potuto precisare date e circostanze. Ella ritrovò infatti una cartolina illustrata spedita da Torrazza da Vercelli il 25 dicembre del 1925, cartolina che dimostrava come non a Capodanno ma a Natale il tranviere si fosse recato in licenzia per pochissimi giorni presso la sua famiglia. A dimostrare poi come la sera di Capodanno del 1926 non l'avesse trascorsa in compagnia del fidanzato la donna ricordò che dall'ottobre del 1925 alla fine di febbraio del 1926 ella non aveva mai abbandonata la famiglia presso la quale si trovava e che proprio sul finire del dicembre 1925 tale famiglia era stata bersagliata oltre che da un gravissimo lutto, dalla malattia di un'altra persona, per cui la sua presenza in casa era assolutamente necessaria. Va notato, intanto, che i rapporti tra il Torrazza e la sua fidanzata erano a quell'epoca e ancora oggi molto vaghi: non tali, cioè, da doversi sorprendere se per lunghi periodi di tempo i due neppure si vedevano. Vi è infatti una lettera del Torrazza il quale, dopo moltissimi giorni di lontananza, scrive alla donna di aver finalmente saputa la ragione per la quale ella non si recava più a casa e per la quale, quindi, non si incontravano più: la grave malattia della persona alle cui cure la donna doveva specialmente dedicarsi.

Il Torrazza apprendendo queste circostanze le ammise ed escluse anche che – non essendosi recato a Vercelli e non essendo stato in compagnia della fidanzata – avesse potuto per altri motivi essersi assentato da casa.

Un'ulteriore ricerca presso la «Stel» ci ha poi messi in grado di affermare che la sera di quel Capodanno il Torrazza lasciò il servizio alle ore 22 a Cinisello, per riprenderlo l'indomani.

Era il Guidoni che, confessando il delitto, affermava che il tranviere non era in casa; ma ora che poteva escludere questa circostanza il Torrazza riteneva più che mai impossibile che il vecchio potesse aver compiuto l'orrendo misfatto.

L'ISTRUTTORIA CONTINUA

Particolari che narrati da un giornale del mattino, apparivano terribilmente accusatori ecco che acquistavano un valore molto relativo: il coltello, ad esempio, non fu scoperto dal Torrazza sul solaio, ma fu dallo stesso Guidoni dopo qualche tempo che era scomparso, ritrovato dietro una piccola credenza e messo sul mobile così com'era, lievemente arrugginito.

Della stufa il vecchio non si era subito sbarazzato, come in preda al rimorso, ma l'aveva soltanto cambiata con un'altra che consumava meno. Solo dopo molti mesi l'aveva venduta a un rigattiere. Si sa in quale stato di indigenza il vecchio fosse ormai ridotto. Nulla di «macabro» neppure nel rinvenimento, sul solaio, di alcune ossa, specialmente quando si sappia che tutti i solai della casa di via Scarlatti 20, pochi mesi or sono furono radicalmente puliti. Né maggiore «tragicità» il Torrazza annetteva a un certo panciotto rammendato e a una certa coperta di lana «tagliuzzata» di cui il Guidoni aveva finito per disfarsi. A questo punto, mentre possiamo senz'altro assicurare che l'autorità giudiziaria non ha nemmeno pensato per ora, all'invio del Guidoni al Manicomio tanto che l'istruttoria è soltanto al suo inizio e per giustificare un provvedimento come quello annunciato stamane dal «*Corriere della Sera*» occorrerebbe che essa avesse avuto sviluppi decisivi per il momento ben lontani dall'esser stati raggiunti, noi, in possesso delle dichiarazioni della fidanzata del Torrazza e delle cartoline e lettere dal tranviere a lei dirette ed a ciò autorizzati dalla donna, rimettiamo, oggi stesso, tali elementi nelle mani del consigliere istruttore, comm. Cesare Montanari, perché egli possa trarne, ai fini della Giustizia, le conclusioni che riterrà opportune.

DOCUMENTO N. 33

Articolo de *La Stampa* del 25 aprile 1928.

LE INVEROSIMIGLIANZE DEL SINISTRO RACCONTO DEL RAPITORE DEL PICCOLO PALERMO

Milano, 24, notte.

I lettori ricorderanno la terrificante confessione resa dal vecchio Giuseppe Guidoni, indicato dalla signora Adele Moretti come il rapitore del piccolo Palermo. Sin dal primo momento tutti notarono che il racconto dell'arrestato in molti puliti era oscuro, e che pur non contenendo alcuna inverosimiglianza era tuttavia tale da lasciar adito a molte riserve, sulla sua veridicità. L'istruttoria sul conto del Guidoni fece il suo corso, ed il vecchio che confessò di aver ucciso il bambino e di averne poi bruciato il cadavere fu deferito all'Autorità Giudiziaria. Mentre non è ancor noto l'esito degli interrogatori cui il vecchio è stato sottoposto dal Giudico Istruttore, *L'Ambrosiano* ritorna oggi sulla terrificante confessione, ribadendo i dubbi del primo momento con i risultati di una inchiesta diretta.

[Segue una relazione di quanto riferito nell'articolo dell'Ambrosiano del 24 aprile].

DOCUMENTO N. 34

ASMi, Gabinetto di Prefettura, primo versamento, 227.

Nota del prefetto e successiva lettera del questore riguardanti Giuseppe Lopez. A questi due testi è allegato l'articolo del *Corriere della Sera* del 4 marzo 1928 relativo alle rivelazioni della medium pugliese.

Lopez Michele

Fermato dalla questura negli ultimi di febbraio per la questione Palermo – cosa disse? Perché fu rilasciato? *Corriere* del 4 Marzo.

N. 7210 5-5-1928

Questore Milano

Si è a me presentato il sig. Giuseppe Palermo padre del bambino scomparso Michele. Egli, che spera sempre di ritrovare il suo figliuolo che crede ancora vivo, ha espresso il desiderio che si facciano ancora ricerche a mezzo di quel tal Lopez Michele che tempo fa aveva promesso rivelazioni richiedendo un compenso di lire 2000. Poi che il Lopez, fermato da codesto ufficio sia stato rilasciato dopo alcune ore. Se era un truffatore perché fu rilasciato e non fu denunciato? Se invece le sue affermazioni avevano avuto una lontana parvenza di verità perché non si approfondiscono le indagini? Non avendo V.S. a suo tempo (primi di marzo del corrente anno) riferito nulla, prego favorirmi un chiarimento al riguardo.

Il questore.
Silvestri

DOCUMENTO N. 35

Articolo de *L'Ambrosiano* del 15 maggio 1928.

PARTICOLARI DELLA CONFESSIONE DEL GUIDONI CHE RIVELEREBBERO LA DEMENZA DEL VECCHIO

Noi chiediamo venia ai desolati genitori del piccolo Michele Palermo della necessità in cui siamo oggi di rivelare un particolare apparentemente terrificante della confessione del vecchio Giuseppe Guidoni. Ma esso giova, forse più che ogni altro, a dimostrare come il vecchio, nel suo racconto, si sia rivelato più pazzo che colpevole. E allora, vinto il raccapriccio del truce particolare, ecco che, per gli stessi genitori dello scomparso, il rapido crollare delle fantastiche auto-accuse del Guidoni, potrebbe essere motivo di vera consolazione. Una volta accertato che lo scempio del piccino narrato dal Guidoni non sia che un macabro parto della sua demente fantasia, anche per i genitori, liberati dall'incubo atroce, il cuore potrà aprirsi a una nuova speranza: che Michelino sia ancora vivo, che, malgrado le difficoltà di diradare l'impenetrabile mistero della sua scomparsa, un giorno debba venire finalmente, in cui sarà ridato al loro tenero affetto la creatura del loro sangue.

Quando, nel giorno dell'ultima Pasqua, il vecchio, dopo una settimana di dinieghi si mise sulla via della completa confessione, narrò sul delitto di cui si accusava particolari davvero impressionanti e tali da provocare nei funzionari che lo interrogavano e lo ascoltavano attoniti e sorpresi le atroci ammissioni, un senso di orrore profondo. Finché egli disse di aver trovato nei pressi della chiesa di San Luigi, alla Gamboloita, un piccino che gli parve smarrito, di averlo preso per mano e di averlo trascinato per circa cinque chilometri (avrebbe resistito un bimbo di pochi anni a una così lenta e lunga marcia, d'inverno e sotto la pioggia?) fino alla sua abitazione in via Scarlatti, il racconto poteva anche apparire verosimile. Ma quando gli si chiese che cosa ne aveva fatto della povera creatura, cominciò, evidentemente, tragico e lugubre gioco della demenza a suggerirgli le atrocità più terrificanti. Il bimbo piangeva ed allora egli – che lo aveva portato in casa tenendolo nascosto sotto il pastrano – lo aveva stretta alla gola, per farlo tacere. Adagiatolo poi sul letto, si era accorto che il bambino era morto soffocato. Aveva pensato allora al modo di liberarsi di quella misera spoglia. Come? Tagliando a pezzi il cadaverino e bruciandolo poi nella stufa. Ma quando gli fu chiesto come aveva fatto a far scomparire il sangue, il vecchio disse, con la calma impressionante e caratteristica con la quale ancor oggi ripete le atroci cose che narra, di averlo bevuto. Aveva aperta, con un coltello, una piccola ferita alla gola della sua vittima e, raccolto in una ciotola tutto il sangue che ne era sgorgato, l'aveva bevuto. Ah! Davvero che di fronte a tale mostruosa narrazione, la mente si rifiuta di credere: questo miserabile vecchio beone, sia pure osceno e viziosa, nascondeva proprio nel cuore i più selvaggi istinti di una belva umana?

Questo racconto, che strappò grida di sdegno e di orrore ai funzionari che lo interrogavano, che – padri anch'essi – ne inumidì il ciglio al tenero pensiero dei loro piccini, fu taciuto, poiché parve atroce cosa rivelarlo: a tanta bassezza poteva essere scesa una creatura umana? Il vecchio beone, fin allora creduto soltanto un innocuo e miserabile brontolone, entrava di colpo nel rango dei più nefandi delinquenti?

Ma oggi che intorno alla confessione del vecchio sono nati i legittimi dubbi da noi più volte rivelati, oggi che si sa come, pur accusandosi di atrocità inaudite, egli abbia sempre escluso circostanza che avrebbero dato maggiore veridicità al suo racconto (il Guidoni nega, per esempio, di essere passato col piccino per la via Vitruvio, dove all'angolo con via Benedetto Marcello sarebbe stato visto dalla signora Moretto che si trovava in quel momento dietro i vetri del suo balcone al terzo piano ed ha sempre sostenuto -non certo a scopo difensivo dal momento che egli stesso con ostinata fermezza si accusa- di aver fatta la via San Gregorio); oggi che si sa come spesso il vecchio abbia mutato i particolari del delitto (escludendo, per esempio, di essersi servito della stufa, la famosa stufetta che non si riesce a trovare, ma che comunque per le dimensioni che aveva non sarebbe stata sufficiente allo scempio che egli dice di aver fatto del piccino e dichiarando di averlo bruciato sul caminetto) oggi più che mai, riferisce il macabro particolare del sangue bevuto, getta una nuova luce su questa appassionante e fosca vicenda. È la confessione del Guidoni un parto mostruoso di una demente fantasia? Roso dall'alcool, colpito dal male cattivo, l'epilessia, come dicono alcuni che lo conoscevano, il vecchio non si accusa, forse, per una di quelle auto-suggestioni delle quali, come abbiamo rivelato fin dai primi giorni, si hanno esempi tutt'altro che infrequenti nel campo della medicina legale?

Avviandosi, ormai, l'istruttoria alla fine, controllate come sono state, negli scarsi limiti del possibile, dal consigliere istruttore capo, comm. Montanari, le circostanze dell'accusa, uditi i pochi testimoni, eseguiti i necessari sopraluoghi (e tutto ciò, bisogna pur dirlo, senza risultati convincenti, senza che le perplessità con le quali la confessione del vecchio fu accolta siano state superate) noi crediamo che non possa tardare molto quel provvedimento che, prematuro venti giorni or sono, appare logico oggi: l'invio del Guidoni al Manicomio. A noi sembra che mancando, come mancano, malgrado ogni più paziente ricerca, elementi di fatto, una parola decisiva non possa dirla, ormai, che la Scienza.

DOCUMENTO N. 36

Articolo de *L'Ambrosiano* dell'8 giugno 1928.

UN MACABRO ESPERIMENTO NELLA STANZA DEL VECCHIO GUIDONI

Nella camera che il vecchio Guidoni, colui che si confessa autore del rapimento e dell'uccisione del piccolo Michele Palermo, occupava in via Scarlatti 20, si è svolto stamane un macabro esperimento: quello della combustione in una stufetta e sul caminetto di alcuni chilogrammi di carne, allo scopo di accertare quanto vi possa essere di vero nella affermazione del vecchio di aver bruciato, in poche ore e senza che alcuno si accorgesse di nulla, il cadaverino del bimbo scomparso. Fin da ieri un usciere del tribunale aveva portato nella stanza un sacchetto di carbone coke e stamane, verso le otto, lo stesso usciere vi ha fatto portare 30 chilogrammi di legna. Verso le

9:15 l'usciere si è accinto ad accendere la stufetta, quella con la quale il Guidoni sostituì la stufa che, secondo lui, gli era servita a bruciare il bambino. Poco dopo sono giunti i due periti medico-legali prof. Boldrini e prof. Cazzaniga. Nel popolare caseggiato, abitato da numerosissime famiglie, tutti erano già in allarme: il proposito dei periti di tener celata l'operazione che si accingevano a compiere era già bello e frustrato. All'arrivo dei due periti l'usciere è stato da essi inviato ad acquistare tre chili di carne di vitello, due con molte ossa, nella vicina macelleria di Natale Colombo, e una testina di agnello che l'usciere ha trovato soltanto in corso Buenos Aires. Poi l'operazione è cominciata. Sono stati uditi nettamente, dai vicini, i colpi, per quanto cauti, coi quali i periti hanno spezzettata la testina dell'agnello per ridurla in frammenti, così come il vecchio afferma di aver fatto della testa del bimbo. Le imposte della finestra della stanza, che affaccia sul cortile della casa numero 93 di via Benedetto Marcello, erano socchiuse. L'odore della carne bruciata si sentiva, stando di fuori, a sbalzi: esso è giunto dagli ultimi piani al primo, abbastanza acre e penetrante. Verso le 10:15 i due periti si sono momentaneamente allontanati dando ordine all'usciere di acquistare un altro chilo di carne e un'ora dopo l'operazione è ricominciata, per essere poi nuovamente sospesa all'ora di colazione. Nella stanza del vecchio è però rimasto l'usciere con l'incarico di riprendere e continuare la combustione della carne: si tratta di stabilire quante ore sarebbero state necessarie al Guidoni per poter bruciare, con i mezzi a sua disposizione, il cadaverino: se cioè dalla sera alla mattina egli avrebbe potuto, in tal modo, far scomparire ogni traccia del suo delitto.

DOCUMENTO N. 37

Articolo de *L'Ambrosiano* del 18 giugno 1928.

LE CONCLUSIONI DI UNA PERIZIA
L'ESPERIMENTO IN CASA DEL GUIDONI
HA DATO ESITO NEGATIVO

Il consigliere istruttore capo, comm. Montanari, che va conducendo con profondo acume la difficile istruttoria sulla confessione del Guidoni, ha confermato agli altri giornali quanto noi pubblicammo alcuni giorni or sono sui risultati della perizia presentatagli dai professori Boldrini e Cazzaniga sui pochi oggetti repertati dalla polizia durante le indagini intorno al delitto di cui il vecchio ostinatamente si accusa e cioè: un mucchietto di ossa (che erano ossa di bue), un coltello da cucina, giudicato inadatto dai periti per l'atroce massacro del bimbo che il Guidoni sostiene di aver compiuto, e un panciotto che si ritenne macchiato di sangue, mentre la perizia ha dimostrato trattarsi di macchie di grasso. Non è più il caso, ormai, di ricordare come da altri questi scarsi elementi furono ritenuti prove decisive della colpabilità del vecchio volendosi, e in verità anche oltre ogni limite del ragionevole, sostenere che il Guidoni fosse proprio l'assassino del bimbo Palermo: non è più il caso di ricordare come il coltello venisse definito senz'altro il "coltello della strage", le macchie di untume sul panciotto "macchie compromettenti", e via di questo passo. Dopo circa due mesi di laboriosi controlli, di esperimenti di ogni genere, la confessione del Guidoni (ed è certo inclito il caso di un reo confesso al quale non si possa senz'altro prestar fede) desta sempre le maggiori perplessità. Fra le tante inverosimiglianze del racconto del Guidoni va attentamente considerata anche la impossibilità fisica per un vecchio quasi settantenne e in istato di profonda ubbriachezza (come egli afferma di essersi trovato la sera del rapimento) di "portare" nascosto sotto il pastrano un ragazzo di cinque anni, svenuto o già soffocato, e salire con un tale peso, non indifferente, fino al quinto piano, dove appunto si trova la camera che il vecchio abitava in via Scarlatti 20. Potevano bastargli le sue scarpe rozze? Ma c'è dell'altro. Di più. Molto di più, che sta a dimostrare come sia legittimo il mantenersi increduli o quasi circa la veridicità e la fondatezza della confessione del Guidoni. Stamane alle 11, i periti medico legali prof. Boldrini e prof. Cazzaniga hanno presentato ai comm. Montanari la seconda e ultima perizia loro richiesta in argomento. Si tratta precisamente della perizia che riflette l'esperimento fatto una mattina di giorni or sono nella stanzetta del vecchio. Si ricorderà che in quell'occasione i due periti procedettero alla bruciatura di alcuni chili di carne e di una testina di agnello allo scopo di dimostrare o meno se la macabra operazione che il Guidoni si è attribuita fosse o no possibile. Ebbene, con la perizia presentata stamane, i periti, in definitiva, rispondono che "no". Non siamo in grado ancora di dire attraverso quali constatazioni e considerazioni i due uomini di scienza arrivino alla precisa negativa di cui sopra, perché il testo della perizia dovrà prima essere conosciuto e vagliato dal magistrato inquirente, ma siamo in grado di affermare che i due periti, in sostanza, escludono la possibilità materiale pel Guidoni di compiere nelle circostanze di tempo e di luogo note, l'operazione che doveva culminare nella distruzione dell'intero cadaverino del piccolo Michelino Palermo. Innanzitutto, mezzi inadatti, nella piccola stufa a sua disposizione, il Guidoni avrebbe potuto bruciare il corpicino del bimbo, ma in quante ore? Molte, troppe. Diciassette o diciotto. E il vecchio, quella notte, ne ebbe molte di meno a sua disposizione. Difetto quindi, constatato, di tempo per compiere l'operazione. Insufficienza di combustibile, anche questo constatato. La legna che il Guidoni aveva quella notte in casa sua non era sufficiente ad alimentare il fuoco distruttore sino ad operazione compiuta. Il puzzo – inevitabile e notevole – che dal macabro braciere sarebbe logicamente esalato doveva, a lungo andare, essere percepito dai vicini di casa del vecchio. Si dice: ma in quella notte invernale, tutti avevano le finestre chiuse. E sia. Ma il Guidoni, per sua stessa confessione, avrebbe aperto la sua. E in quella notte, proprio tutti gli inquilini dello stabile di via Scarlatti, rimasero "tutti" tappati in casa dalla sera – l'operazione sarebbe cominciata poco dopo le 20 – fino alle prime ore del pomeriggio? Nessuno uscì mai e per nessuna ragione? Si noti, a questo proposito, che in quella casa abitano almeno un centinaio di famiglie. Intanto, il consigliere istruttore comm. Montanari, ci ha dichiarato che a tutto stamane ancora non ha preso alcuna decisione circa un eventuale invio del vecchio Guidoni al Manicomio di Mombello per essere ivi sottoposto ad un esame psichiatrico che concluda sulle sue condizioni di demente. Provvedimento, peraltro, che pure sarà necessario. Infine, la famosa coppia dei coniugi Lopez, che affermava, sulle... informazioni di uno spirito benigno, di essere in grado di ritrovare vivo e sano il piccolo Palermo, messa alla prova – e per tale prova è stato necessario un viaggio tra Foggia e Taranto con varie tappe intermedie – non è riuscito nell'intento. La polizia, che le aveva fornito i mezzi di viaggio, ritenendo marito e moglie due truffatori, li ha messi in arresto.

DOCUMENTO N. 38

Articolo de *La Stampa* del 4 Luglio 1928.

Il romanzesco vissuto
Un tesoro nascosto

La pianta del nascondiglio nella fodera del cappello del Guidoni - Fila di malavita che emergono e scompaiono - Straordinario allacciamento di strani casi e di delitti.

Milano, 3, sera. Giuseppe Guidoni – il torbido tipo di vecchio degenerato che, come è stato detto più volte, si trova tuttora al Cellulare di Milano nella singolarissima situazione d'essere reo confesso del rapimento e dell'uccisione del bimbo Michelino Palermo, e di non esser creduto dalle autorità, che cercano all'infuori della confessione le prove della sua eventuale colpevolezza – torna nuovamente, con la sue ambigua figura, alla ribalta della cronaca. Ed è, stavolta, con una vicenda che si può veramente intitolare dal romanzesco vissuto, una vicenda diremmo, cinematografica – cinematografo di malavita – svoltasi a diverse riprese e in diversi ambienti, e che arieggia le più usate e le più impressionanti favole di prigionieri, di tesori nascosti, d'intricate vicende: quelle favole cui è adeguato sfondo l'ambiente carcerario, co' suoi ospiti foschi e i suoi misteriosi scorci di delitti.

Il borsaiuolo sorpreso

Il primo atto del romanzetto, del quale si occupano tuttora funzionari della polizia e della magistratura, e avvenuto il 23 giugno u. s. tra la piazza Oberdan e la Stazione centrale. Un onesto cittadino, pedalando rapidamente sulla propria bicicletta parallelamente ad un tranvai, è ad un tratto testimone involontario di una fulminea scenetta di borseggio. Sulla piattaforma del veicolo un tale che si stringe eccessivamente dappresso a un passeggero, gli toglie con mossa rapida ed espertissima il portafogli. Il derubato non si accorge di nulla; il ladro, qualche istante dopo, scende dal tranvai e prosegue la strada a piedi con l'aria più innocente di questo mondo. Ma il cittadino ciclista non gli consente di farla franca; lo segue rallentando l'andatura e aspetta il momento propizio. Nel piazzale della Stazione centrale scorge il vigile Marani fermo per il servizio di circolazione stradale, gli narra rapidamente l'accaduto e gli indica il delinquente. Costui è raggiunto e fermato e, dopo una breve, concitata contestazione del delitto, cui egli oppone disinvolte denegazioni, è condotto al Commissariato. Qui egli rinnova le sue proteste di innocenza; ma ad ogni buon conto gli son trovati Indosso due portafogli: uno, presumibilmente il suo, senza il becco di un quattrino; l'altro, evidentemente quello rubato, ben fornito di biglietti di carta moneta. Si accerta anche che l'arrestato, Stefano Ragno di Domenico, di 31 anni, non è nuovo a siffatto genere di imprese, tanto che è stato altra volta ospite delle patrie galere. Ma la perquisizione personale a cui è sottoposto prima di esser mandato a San Vittore rileva una curiosa circostanza: in una tasca gli vien trovato un pezzetto di carta piegato In quattro con su scritto: Guidoni. Di questo nome son stati pieni sino a ieri, non soltanto le cronache dei giornali, ma tutti gli uffici di polizia che perseguono tuttavia le indagini intese a dissipare l'angoscioso mistero del bimbo rapito, del quale, dopo due anni e mezzo, non s'è accertato altro elemento che la confessione raccapricciante del vecchio vizioso. – Tu conosci il Guidoni? – interroga Il funzionario. L'altro tituba un po', ma, messo alle strette, finisce per cantare.

La confidenza in carcere

Si tratta proprio del vecchio Guidoni, su cui pesa il sospetto di un così tremendo delitto. Il borsaiolo lo conobbe in carcere in uno dei suoi non infrequenti soggiorni in quel tristo luogo. Fu anzi messo nella stessa cella del vecchio per spiarne le mosse e cercare di far luce sulle tenebre di quella mente di mostro confesso. Adunque un giorno il Guidoni, che gli apparve lucidissimo e perfettamente ragionante, gli raccontò che standosene nelle guardine di San Fedele poco dopo l'arresto, tra un interrogatorio e l'altro, ebbe a compagno un tale che era stato appena tradotto a Milano da una cittadina lombarda ove aveva commesso un furto. I due detenuti conversarono a lungo, ma il vecchio Guidoni ebbe l'accortezza di non rivelare la gravità del delitto di cui si diceva autore. Così il ladro lo credette un accattone colto a questuare illecitamente e condannabile tutt'al più a qualche giorno di detenzione. Perciò gli fece presso a poco questo discorsetto: – Ho fatto, in provincia, un colpo grosso e fruttuoso. Non potrò cavarmela con poco. Dovrò star dentro per parecchio tempo. E il mio cruccio è che ho bensì nascosto il gruzzolo rubato, ma non lo ritengo abbastanza sicuro. Vuoi custodirmelo tu che stai per uscire di qua per rendermelo quando tornerò ad essere libero? E vuoi sovvenirmi di denaro e di cibo durante la mia detenzione?

Il vecchio Guidoni, pur sapendo di dover stare in cattività assai più a lungo del compagno ladro, accettò tuttavia l'incarico e allora l'altro gli consegnò con una certa solennità un pezzetto di carta su cui era segnata la topografia del luogo del seppellimento del tesoro, aggiungendo qualche informazione sulla sua entità: 90.000 lire in biglietti di banca, un pacco di titoli al portatore, un involto di gioielli; complessivamente un gruzzolo appetitosissimo. Raccolta questa singolare informazione, la Polizia fu presa dagli stessi scrupoli e dagli stessi dubbi che la turbano ogni qual volta si tratta del Guidoni. Tuttavia il borseggiatore del tranvai che aveva raccolte le confidenze del Guidoni, aggiunse qualche altro particolare. Ad un certo punto si abbandona anzi, col funzionario che lo incita a dire tutta la verità, alle confidenze più aperte: – Signor commissario, lei mi ritiene un borsaiuolo incorreggibile; ma le giuro che feci il colpo sul tranvai a scopo di redenzione. Sissignore: mi lusingo di entrare a far parte anch'io della combriccola del tesoro nascosto. Sapevo che il Guidoni sarebbe rimasto al fresco forse per tutta la vita; io invece dovevo uscire tra pochi giorni. Accarezzai la speranza di scovare il tesoro per conto mio e le garantisco che se lo avessi trovato non avrei più dato la caccia ai portafogli. Soltanto che mi mancavano i mezzi per il viaggio e le altre spese delle ricerche; e feci l'ultimo colpo per procurarmeli. Purtroppo ci doveva essere un cittadino ciclista a mandarmi a monte tutto.

Una strada provinciale...
... sotto un ponte di pietra

Il borsaiuolo aggiunse poi che il Guidoni aveva affermato di custodire gelosamente lo schizzo topografico e di essere riuscito a sottrarlo alle investigazioni del personale carcerario. Una visita a San Vittore confermò questa circostanza. Dai magazzini di deposito furon tratti gli abiti con cui il Guidoni era stato portato nello stabilimento e, nascosto dietro il marocchino del suo bisunto cappello, fu trovata la famosa piantina. È sulla scorta di questo documento che si è svolto il secondo atto della vicenda romanzesca, nel teatro designato dal documento stesso: una strada provinciale sotto un ponte di pietra. Si trattava di identificare, tra mille, una mattonella di cotto, sotto la quale il tesoro doveva trovarsi celato. In un giorno della settimana scorsa funzionari e agenti partono di buon mattino in automobile da Milano, raggiungono il luogo designato e cominciano le ricerche. Ma la identificazione del punto, che sembrava agevolissima sulla carta, presenta, all'atto pratico una serie di difficoltà. Tuttavia si scandaglia, si tenta la resistenza di parecchie mattonelle, se ne sta per rimuovere qualcuna. Ma ad un certo punto bisogna smettere le ricerche. Quel singolare gruppetto di gente che si indugia sotto il ponte mette legittimamente in sospetto alcuni contadini che lavorano poco lungi. Che si tratti di attentatori ? Che si armeggi tra le pietre per collocarvi una mina? La voce corre, le fantasie si accendono; si raduna gente sospettosa e minacciosa. Prudenza vuole che si abbandoni il teatro delle ricerche e si ritorni a Milano, rimandandole a tempo migliore. I carabinieri del luogo, intanto, sono avvertiti, e avvertono alla loro volta le autorità di Milano, le quali si affrettano a rassicurarli che si trattava di una lecitissima operazione di funzionari di Polizia.

Verso nuove ricerche

Le cose sono a questo punto. Con accortezza, e con più larghi mezzi con l'ausilio di nuovi elementi indicatori che sono stati intanto raccolti, le ricerche saranno rinnovate con metodo e qualche cosa si spera di trovare. Perché non attingere – si chiederà – informazioni dirette al ladro sotterratore del tesoro, che, come s'è detto, è nelle mani della giustizia? Non s'è potuto farlo, per ora perché egli non è più qui. Fu soltanto di passaggio nelle guardine di San Fedele ove ebbe appena il tempo di confidare il suo segreto al vecchio Guidoni, compagno occasionale di tavolaccio. Ma poi fu rimandato via perché il furto che gli aveva fruttato il tesoro, era stato compiuto da lui in una zona che non è di competenza giudiziaria della magistratura milanese. Anche si tace il nome del ladro, perchè si ritiene che con altri complici egli sia l'artefice di molte imprese ladresche rimaste finora nel buio e che la inopinata successione dei casetti narrati offra alla polizia milanese, e non soltanto a questa il bandolo di una intricata matassa di crimini da dipanare. E il supposto tesoro nascosto sotto il ponte non sarebbe che uno degli episodi di una vasta e complessa attività delittuosa da mettere in chiaro.

DOCUMENTO N. 39

Articolo del *Corriere della Sera* del 4 luglio 1928.

Il romanzetto del tesoro nascosto
Altre inutili ricerche

Il romanzetto carcerario del tesoro nascosto ha avuto ieri un altro singolare capitolo. Nelle prime ore del pomeriggio dalla Questura centrale sono partiti agenti e funzionari: il commissario dottor Sallnes e il vicecommissario dott. Florida per tentarne la ricerca sulla base dei maggiori elementi raccolti attraverso interrogatori e indagini d'archivio. Il primo obiettivo era quello di scovare e interrogare il prigioniero il quale, transitando occasionalmente per le guardine di San Fedele, aveva avuto il tempo di confidare al vecchio Guidoni il suo segreto e di lasciargli, a documentazione e per le eventuali ricerche, una piantina topografica del luogo del preteso occultamento.

Arresti all'osteria

Si era intanto stabilito che l'occultatore di tesori doveva essere un certo Federigo Belgeri fu Giovanni, di 33 anni, nato e residente a Malnate San Salvatore, in via Manzoni 1. Il 5 aprile u. s. la Squadra mobile, capitata in un'osteria suburbana, vi arrestava quattro individui che stavano trattando con altri la vendita di oggettini artistici e di ninnoli da salotto. Tra essi era il Belgeri. Gli altri erano: Oreste Prodan di Basilio, di 31 anni, abitante a Varese, Renzo Montorsi di Aristide, di 30 anni, e Giovanni Bertolini di Alessandro, di Biumo Inferiore, diciottenne. Condotti a San Fedele costoro negarono dapprima persino di conoscersi, ma poi finirono col fare delle interessanti confessioni. Si stabilì così che essi appartenevano ad una banda di ladri che avevano a lungo infestato il Varesotto e che pochi giorni prima del loro arresto avevano svaligiato alcune ville e tentato anche di saccheggiare la chiesa di Motta, nei pressi di Varese e Malnate. Uno di costoro confessò anche al capo della Squadra mobile, dott. Tomatis, che dopo l'ultimo furto essi erano venuti a lite tra loro per la divisione del bottino e che una parte di questo era stata nascosta. Alcuni giorni dopo – nel contempo il Belgeri aveva avuto occasione di confidarsi in guardina col Guidoni – tutti e quattro gli arrestati furono mandati, per ragioni di giurisdizione, nelle carceri di Varese e nei loro riguardi si iniziò il procedimento penale presso l'ufficio di istruzione del Tribunale di Busto Arsizio. Ora una sorpresa attendeva ieri a Varese i funzionari milanesi recatisi colà a indagare e a ricercare i protagonisti della vicenda. Dei quattro arrestati, due soltanto si trovavano ancora in quelle carceri. Gli altri due, il Belgeri e il Bertolini, erano stati rimessi in libertà provvisoria perché nel corso del procedimento essi erano riusciti ad assumere la figura non già di autori materiali dei furti, ma soltanto di ricettatori e come tali s'era creduto opportuno di denunziarli a piede libero. Evidentemente il Belgeri nella sua breve sosta nelle guardine di San Fedele non aveva preveduto questa soluzione favorevole del suo caso e pertanto s'era indotto a confidarsi col Guidoni forse nel timore che i compagni di reati, uscendo prima di lui, Belgeri, corressero ad appropriarsi il gruzzolo nascosto, che egli cercava cosi di assicurarsi, affidandone la ricerca ad uno sconosciuto.

SOTTO IL PONTE DI MALNATE

Le indagini compiute ieri hanno anche accertato che il Belgeri, appena rimesso in libertà il 19 dello scorso giugno, dopo una sosta di due giorni soli nella sua abitazione a Malnate San Salvatore, è scomparso, come pure il Bertolini, né di loro si è avuta più notizia. Il nascondiglio indicato dalla cartina topografica era precisamente un ponte, distante un chilometro e mezzo da Malnate. Ieri v'è stato fatto un sopraluogo; ed è inutile dire che non ha dato nessun esito. Il Belgeri e il suo compagno avevano avuto tutto il tempo di tornare al nascondiglio e riprendersi i valori nascosti. Ora l'autorità ha dato disposizioni perché entrambi siano nuovamente ricercati e catturati, perché l'episodio del documento topografico, – nei quale è stato, per una singolare vicenda di circostanze, coinvolto il vecchio Guidoni, – offre evidentemente il destro a nuove indagini sulla attività della combriccola criminosa.

DOCUMENTO N. 40

Articolo de *La cronaca Prealpina* del 6 luglio 1928.

Il mistero di un tesoro nascoste e le romanzesche vicende di ladri

Figure losche che tornano alla ribalta – Come un borsaiuolo fu scoperto ed acciuffato – Nome sospetto: Guidoni – Racconto stupefacente – La pianta topografica nel cappello – Il tesoro non c'è – E sono scomparsi anche i ladri

I protagonisti delle vicende ladresche delle quali ci siamo diffusamente occupati nei mesi scorsi e che furono assicurati alla giustizia dopo la rapina perpetrata a danno del negoziante Luigi Chierichetti, della nostra città tornano oggi alla ribalta della notorietà, per altre vicende che fino a questo momento erano state mantenute nel più assoluto riserbo anche perché si intendeva di poter rimettere le mani su taluni di essi che in questo frattempo sono stati scarcerati. II riserbo però ora non ha più ragione di essere in quanto i ricercati, ben sapendo quali magagne presentasse la loro coscienza, appena raggiunta l'agognata libertà si sono resi uccelli di bosco allontanandosi per destinazione ignota. Non occorre una dettagliata presentazione dei personaggi. I loro nomi hanno già figurato accanto a quelli coinvolti nella rapina del negoziante Chierichetti fin dal primo momento quando a Milano, in una trattoria, veniva arrestato l'autore principale delia rapina, Oreste Prodan ora internato in un manicomio per la perizia resasi necessaria anche per le stranezze commesse precedentemente. Si tratta cioè di Federico Belgeri di fu Giovarmi, di anni 33, da Malnate ed ivi residente in frazione San Salvatore in Via Manzoni 3 e di Francesco Bertolini di Alessandro di anni 18 da Biumo Inferiore. Questi due che nella rapina nulla hanno a che fare anche per confessione degli altri partecipanti, sono risultati invece autori di furti nelle ville della nostra zona e al momento dell'arresto stavano precisamente vendendo degli oggetti che provenivano dall'assalto dato ad una villa di Via Verdi. L'arresto ha valso a scoprire dell'altra refurtiva ed a stabilire che agli arrestati si dovevano attribuire altri determinati colpi ladreschi. Certo non si presumeva che l'attività della combriccola fosse tanto notevole come ora si delinea. Le nuove scoperte sono state fatte il 23 giugno scorso casualmente a Milano, con l'arresto di un borsaiolo che dopo un colpo sui tram venne inseguito ed acciuffato. Ed ecco come: [segue una descrizione dell'arresto di Stefano Ragno e delle vicende immediatamente successive presa direttamente dalle pagine del *Corriere della Sera*] Le indagini compiute ieri hanno anche accertato che il Belgeri, appena rimesso in libertà il 19 dello scorso giugno, dopo una sosta di due giorni soli nella sua abitazione a Malnate San Salvatore, è scomparso, come pure il Bertolini. Il nascondiglio indicato dalla cartina topografica era precisamente un. ponte, distante un chilometro e mezzo da Malnate e cioè il ponte della Pietra alla Folla. L'altro ieri v'è state fatto un sopraluogo; ed è inutile dire che non ha dato nessun esito. Il Belgeri e il suo compagno avevano avuto tutto il tempo di tornare al nascondiglio e riprendersi i valori nascosti. Ora l'autorità ha sizioni perché entrambi, siano nuovamente ricercati e catturati.

DOCUMENTO N. 41

Lettera del ministero degli Interni con cui si chiede chiedono novità circa le indagini svolte intorno al Guidoni e successiva risposta della questura.

Roma, 26 maggio 1928-Anno VI

Ministero dell'Interno A S.E. IL PREFETTO
DIREZIONE GENERALE DELLA PUBBLICA SICUREZZA
MILANO

Divisione Polizia Sez. Prima
Prot. N. 10-22149 Allegati
10895

Oggetto: Ricerche del bambino Palermo Michele.

In relazione al foglio 30 aprile u.s. N. 3575 si prega V.E. di favorire notizie sul corso del procedimento penale a carico di Guidone Giuseppe, indiziato quale responsabile della scomparsa del bambino Palermo Michele.

PEL MINISTRO

R. QUESTURA DI MILANO

N. 68342 Milano, 9 Giugno 1928 (Anno VI)
Oggetto: Ricerche del bambino Michele Palermo .
A S.E. il Prefetto di
Milano

In relazione alla Sua nota N. 7210 del 2 andante, relativa alle ricerche in oggetto, comunico all'Ecc. V. che il procedimento penale a carico di Guidoni Giuseppe fu Angelo, trovasi tuttora pendente in corso di istruzione presso il Consigliere Istruttore Comm. Montanari.

Il questore.

Roma, 15 Agosto 1928
-VI-
Ministero dell'Interno A S.E. IL PREFETTO
DIREZIONE GENERALE DELLA PUBBLICA SICUREZZA
MILANO

Divisione Polizia Sez. Prima Risposta al f.o del 5-6 u,s,
Prot. N. 10-22149 Allegati Div........Sez.........N. 7210
10885

Oggetto: PALERMO Michele scomparso.

Con riferimento alla nota sopradistinta, si prega V.E. di far conoscere i provvedimenti adottati dall'Autorità giudiziaria in confronto di Guidoni Giuseppe, presunto autore della scomparsa del bambino Palermo Michele.

PEL MINISTRO

R. QUESTURA DI MILANO

N. 48447 Div. II Milano, 8 Sett/ 1928 -VI

Risp. A nota N. 7210 del 24/8/1928

Oggetto: Michele Palermo - scomparso

A S.E. il Prefetto di
Milano

Con riferimento alla nota a margine distinta informo V.E. che il processo a carico di Guidoni Giuseppe, presunto autore della scomparsa del bambino Palermo Michele, è tuttora in corso di istruzione.

Soggiungo che il Guidoni trovasi a Mombello dove è stato inviato per la perizia psichiatrica.

Il questore.

R. QUESTURA DI MILANO

N. 48447 Div. II Milano, 24.II.1928 (VII)
R.N. 24.8.1928 N.7210

A S.E. il Prefetto di
Milano

Oggetto: Procedimento contro Guidoni Giuseppe imputato di

omicidio del bambino Palermo Michele.

In relazione alla nota sopradistinta, pregiomi comunicare all'Ecc. Vostra che il Consigliere Istruttore Comm. Montanari m'informa che in questi giorni i Sigg. Periti Psichiatrici dovranno presentare le loro relazioni sulle condizioni mentali e sulla credibilità dell'imputato Guidoni, ancora ricoverato in osservazione al manicomio di Mombello. Dopodichè gli atti saranno passati al P.M. essendo esaurita l'istruttoria per la relazione alla Sezione di Accusa, alla quale solo spetta decidere. Non mancherò di segnalare a suo tempo all'Eccellenza Vostra la decisione della Sezione d'Accusa.

Il questore.

DOCUMENTO N. 42

ASMi, Gabinetto di Prefettura, primo versamento, 227.

Fonogramma con cui la questura informa la prefettura circa la conclusione del processo al Guidoni. Segue la brutta scritta a mano dal prefetto della lettera inviata al ministero degli Interni per informarlo dell'avvenimento.

R. PREFETTURA DI MILANO

Fonogramma

Mittente: Questura Data 21/6/929/VII Ore 10:05

Ieri sera è terminato il processo a carico di Guidoni Giuseppe fu Angelo con condanna medesimo per ratto del bambino Palermi Michelino alla reclusione di anni 14.

Questore
De Cesare

Trasmette: Piscitelli Riceve: Martinengo

N.-------Gab. 21/6/29.VII

Oggetto: Palermo Michele-scomparso

Al Ministero dell'Interno
Direzione generale della P.S.
Divisione Polizia Politica

Roma

In relazione alla ministeriale 15/8/29 n.10-22149/10885 e di seguito alla mia lettera 12 settembre n. 1 comunico che il 20 andante è terminato il processo a carico di Guidoni Giuseppe fu Angelo pel ratto del bambino in oggetto. Il Guidoni è stato condannato alla reclusione per anni 14.

Il Prefetto.

DOCUMENTO N. 43

ASMi, Gabinetto di Prefettura, primo versamento, 227.
Documenti relativi alla richiesta fatta da commissario De Martino di avere una ricompensa per essere riuscito a risolvere il caso Palermo.

Roma, addì 28 settembre 1929 Anno VII

Ministero dell'Interno — A S.E. IL PREFETTO

DIREZIONE GENERALE DELLA PUBBLICA SICUREZZA

MILANO

Divisione Polizia Sez. I
Prot. N. 10=27342 Allegato uno
13046=336

Oggetto: MILANO 0 Per l'assassinio del bambino Palermo Michele

Dalla Prefettura di Venezia è pervenuto l'accluso esposto, avanzato dal Commissario Aggiunto di P.S. De Martino Rag.

Giacomo, il quale, per la nota operazione di polizia giudiziaria, relativa all'assassinio del bambino Palermo Michele, chiede un compenso.

Con la restituzione dello allegato, pregasi favorire particolareggiate informazioni.

PEL MINISTRO

R. QUESTURA DI MILANO

N.020312 Gab. Milano, 7 Novembre 1929-VIII

Risp. A nota N.7472 del 4/X/1929
Allig. N. I

Onorevole Prefettura di
Milano

In relazione al succitato foglio e con la restituzione dell'istanza diretta all'On. Ministero dal Commissario Agg. Rag. Giacomo De Martino, relativa alla [foglio strappato]ta dell'assassino del bambino Michele Palermo, comunico che in tempo ancora [foglio strappato]mo al delitto, i Commissariati di P.S. di Porta Venezia e di Porta Vittor[ia in] seguito a confidenze della signora Amalia Moretto, procedettero al fermo [foglio strappato] colpato Guidoni; ma il medesimo, dopo sommari interrogatori, durante i quali [si] mantenne sempre recisamente reticente, venne, senz'altro, rilasciato. Quando, però, la notizia del rilascio del Guidoni giunse alla Squadra Mobile, [di]retta in quell'epoca dal Commissario Filippo Tomatis, fu solidale fra tutti i funzionari di detta squadra, il proposito di far luce nella misteriosa scomparsa del bambino e di raggiungere il colpevole. Tra i funzionari della squadra mobile perseverò in tale proposito tra fatiche e difficoltà non lievi, mai cedendo a qualsiasi sacrificio, il Commisario Agg. De Martino, il quale intensificando le investigazioni e proseguendole con tenacia sempre sotto la direzione del Commissario Tomatis e con l'efficace ausilio del Vice Commissario Tommasino e del Maresciallo di P.S. Nava, riuscì con le indicazioni fornite dalla Signora Amalia Moretto, a raccogliere elementi concreti di realtà a carico del Guidoni il quale, sottoposto ad abile interrogatorio, confessò di aver commesso il delitto. La condanna del Guidoni a quattordici anni di reclusione, malgrado l'attesa generale di una pena maggiore, fu accolta con vive soddisfazioni dall'opinione pubblica, che aveva seguito con appassionato calore le vicende del processo ed era rimasta profondamente colpita dall'efferato delitto. Parmi, quindi, che se V.E. addivenisse a riconoscere meritevole, come sembra, di speciale considerazione l'opera dei Funzionari e del Maresciallo su indicati, ad essi potrebbe essere assegnata, e sarebbe giusto premio, solo una gratificazione per ognuno, e non altro. Ciò scrivo indipendentemente da ogni considerazione circa l'opportunità o meno di proporre i funzionari De Martino e Tommasino i quali furono allontanati da Milano, ove risiedevano, per motivi che ignoro, ma certamente, ad essi sfavorevoli.

Il questore.
(L. de Cesare)

DOCUMENTO N. 44

ASMi, Gabinetto di prefettura, primo versamento, 145.
Documenti relativi ai motivi che potrebbero aver portato all'allontanamento del commissario aggiunto De Martino Da Milano.

Milano, 7 Marzo 1927.

Ill.mo Signor Prefetto,

è il sentimento del dovere che mi spinge a scrivere la presente, essendo stato ieri sera testimonio involontario, in un pubblico ritrovo ad una discussione serrata e VIVACE tra cinque signori. Discussione tanto più dolorosa, in quanto oggetto della disputa era il nome di un pubblico funzionario di Milano, tenuto fin qui in certa considerazione. La disputa era imperniata su di un articolo comparso nel *Corriere* del 4 corr. riflettente un successo della Polizia Milanese nei riguardi dei Magazzini Generali. Autore di tale articolo e di quelli precedenti, quei signori, facevano il nome apertamente del vice commissario della squadra mobile Di Martino. Fin qui nulla di male, se nell'accalorata discussione non avessero affermato delle circostanze così precise e gravi in confronto di questo funzionario che mi sento in dovere di informarne la S.V. In sommi capi dicevano queste: si sarebbe costituita per il passato una triade composta dall'ex questore Secchi, Monte di Pietà e vice commissario Di Martino, per combattere tutti i Magazzini Generali a qualunque categoria essi apptengano (sic!) in quanto gli stessi toglievano al Monte dei proventi non indifferenti e perché organizzati in altro sistema davano affidamento alla cittadinanza di maggiore liberalità, sia nella contrattazione, sia nel commercio dei titoli rilasciati dai Magazzini. Evidente quindi colla campagna il monopolio completo di un solo isttituto. Ora se la campagna fosse stata portata con coscenza(sic!) ed onestà, colpendo chi mancava, avrebbe trovato il plauso ed il consenso incondizionato della pubblica opinione, mentre al contrario quei signori, affermavano che era notorio e di dominio della cittadinanza che la suddetta campagna era ed è non solo interessata e partigiana, ma profumatamente pagata. Infatti facevano delle cifre che ho creduto opportuno trascriverle per qui portarle con precisione. La somma che il Monte di Pietà avrebbe versato per questa campagna ammonterebbe a L. 10/12mila senza contare gli altri ammenicoli e promesse che a fine della campagna vittoriosa avrebbe corrisposto. L'agente che servizio a Monte l'avrebbe proposto per cavaliere!!!! Per coprire l'interessamento prezzolato e per mascherare in qualche modo la provenienza del denaro contrattuale della triade che cosa avrebbe fatto il Dimartino? Correre a Roma, munirsi di un benestare del Ministero, incassate la somma e dividerla facendo la parte del leone fra l'enteurage(sic!) di cui aveva bisogno per svolgere il suo piano di azione. È lecito far questo? Mi si potrebbe rispondere di si(sic!), perché i regolamenti della P.S. lo ammettono; ma non si può escludere né nascondere quel dubbio che col denaro la coscienza di un funzionario si può acquistare!!!!!! Come infatti è stata conquistata quella del V.C. Dimartino. Questo è quanto dicevano. Ma vi è di più: l'attuale articolo che è un auto osanna sull'opera svolta dal funzionario Dimartino sarebbe stato determinato da un altro favore che avrebbe fatto ora il monte al Dimartino collo scontargli alcune cambiali!!!!! Parlavano anche di un anello di brillanti che il Dimartino ostenta al dito come regalo extra al denaro già incassato, per l'opera prestata. Come pure affermavano che lo stesso funzionario si sia intromesso presso Il Monte di Pietà per fare operazioni di titoli a favore del fratello per salvargli la posizione pericolante. Con molta arguzia facevano una espressione aritmetica e cioè dicevano: che Demartino era uguale ad un certo Buggiarelli o Bucarelli funzionario anch'esso, con la differenza che il Buggiarelli o Bucarelli era di una sfacciataggine a tutta prova, forse perché era novizio nella carriera, mentre il Dimartino, più navigato e più sornione gira la posizione camuffandosi da scrittore e giurista, censurando l'opera del gocverno, in quanto nell'ultimo articolo mette in bocca, anzi nella penna del compiacente cronista una serrata requisitoria dell'ultima parte dell'articolo in cui si parla che non furono prese in considerazione le sue proposte sia sugli articoli portati in precedenza dal *Corriere*, sia su quello riportato da una rivista che gli fruttò L. 3mila. Questo è quanto ho inteso. Dai discorsi polemici che quei signori tenevano mi sono fatto la convinzione che non era cosa segreta, ma fatti che erano avvenuti e che sono a conoscenza di tutti. Mi voglia scusare la S.V.

della libertà che mi sono preso e di quanto ho esposto ho creduto opportuno informarne un mio amico a Roma, perché ne faccia oggetto discussione alla Camera. Non mancherà quindi alla S.V. di chiarire la cosa e prendere quella determinazione che meglio crederà opportuno.

Con perfetta osservanza.

R. QUESTURA DI MILANO

N. 8231 Milano 16 ottobre 1927 -anno v°-
Risposta a nota 5/10/1927 N° 12874
MILANO

Il Commissario Agg. di P.S. Rag. Giacomo Di Martino interrogato su quanto gli si vuol addebitare nell'anonimo che restituisco ha dichiarato che non si è mai occupato di pratiche estranee alle sue funzioni.

Nei riguardi del Grossignani e del Gabardi egli in seguito a premure avute dal Comm. Colombo che conosceva, si interessò presso il Sign. Calì Sebastiano perché interponesse amichevoli uffici allo scopo di conciliare una vertenza relativa all'acquisto di una casa da parte del Gabardi, ma non si intromise affatto per far ritirare al Crossignani una querela sporta da questi per lesioni contro il Gabardi. A prova di ciò soggiungeva che eseguite verifiche presso il locale Tribunale, è risultato che con sentenza in data 28 giugno 1927 del Tribunale stesso, il Gabardi Arturo è stato assolto dal reato di lesioni per legittima sifesa(sic!).

La denunzia per tale reato fu inviata alla R. Procura il 22 luglio 1925 N° 16435 dal Commissariato di Porta Vittoria. Da quanto sopra si rileva che al risultato della pratica giudiziaria è estraneo il Commissario De Martino.

Ho interrogato pure il Gabardi Romeo, padre del Gabardi Arturo; egli ha assolutamente scluso(sic!) che la vertenza giudiziaria riferentesi alla querela per lesioni abbia offerto o sia stata da chicchessia consigliato ad offrire denaro al Crossignani al quale soltanto ha consegnato lire 6000 di buonuscita perché lasciasse l'appartamente (sic!).

Ad ogni modo il Rag. De Martino è stato avvertito di non ingerirsi in affari estranei al suo ufficio.

Restituiamo l'allegato

Il questore.

DOCUMENTO N. 45

ASMi, Gabinetto di Prefettura, primo versamento, 148.
Documenti forse relativi ai motivi che determinarono l'allontanamento del commissario Benedetto Tommasino.

R. QUESTURA DI MILANO

N. 22818 Gab. Riservata   Milano, 17/12/1928
VII°

Risp. Anota N° 16057 del 20 /11/u.s.

A S.E. IL PREFETTO DI
MILANO

In risposta alla nota a margine, pregiomi comunicare a cotesta On/le Prefettura che il vice commissario di P.S. Tomasino Benedetto abitò per un paio di mesi in via Corsico N° 39, e poscia all'albergo Loreto sito in Viale Abruzzi, non dando luogo a rilievi. In via Fratelli Bronzetti al N° 20 dimora, in un appartamento di sua proprietà acquistato dalla Società "Case e alloggi" sita nel medesimo palazzo, la Signora Brusotta Felicita, in Vismara, fu Luigi e di Merli Margherita, nata a Crescentino, il 30/12/1885, presso la quale si recava il Tomasino. La Brusotta che viene descritta come una bella e attraente donna, ha una figlia di circa 17 anni. La predetta signora ha sempre dichiarato che il Tomasino è un suo parente, ma non è risultato che l'appartamento sopra cennato sia stato acquistato dal Tomasino a favore della Brusotta, la quale sarebbe di fatto, separata dal marito.

Restituisco l'anonimo.

Il questore.

16/7/1929

– STATO TORINO FR ROMA INT 066775 38 16 14/45
– NR 23663 VICE COMMISSARIO P S TOMASINO DOTT BENEDETTO EST TRASFERITO CON INDENNITA DA MILANO AT TORINO DOVE DOVRA ASSUMERE SERVIZIO NON PIU TARDI DEL 28 CORRENTE PREGASI TELEGRAFARE RISPETTIVAMENTE PARTENZA ET ARRIVO
– PEL MINISTRO BOCCHINI

FONOGRAMMA

Provenienza Questura Trasmette Magno

Riceve Martinengo

Milano 9/8/929/(anno VI°) ore 14
S.E. Il Prefetto
Milano
N° 4308

A 2852 V. Commissario Tomasino Benefetto(Sic!) è partito scorso Luglio per la nuova residenza.

Questore
Piccioli

DOCUMENTO N. 46

Articolo del quotidiano *L'Italia* del 3 aprile 1930.

Copia del giornale è presente all'interno dell'incartamento relativo al caso Palermo conservato nell'archivio del gabinetto di prefettura.

Il ricorso dell'uccisore Di Michelino Palermi Respinto dalla Cassazione

Roma, 28 sera.

La triste vicenda del piccolo Michelino Palermi ha avuto il suo epilogo in corte di Cassazione a cui ha ricorso il Giuseppe Guidoni ritenuto responsabile -e come tale condannato- dalla Corte d'Assise di Milano, della scomparsa e dell'uccisione del piccolo Michele.

Raduniamo brevemente i fatti:

In misteriose circostanze la sera di Capodanno 1926 scompariva in uno dei più popolari quartieri di Milano il bambino Michele Palermi di appena cinque anni, senza che di lui più nulla si sapesse. Il piccino era uscito in compagnia dei genitori e di alcuni amici di famiglia. Uno di costoro aveva donato al Michele una lira, perché si comprasse delle chicche. Staccatosi dalla comitiva per eseguire la commissione, il bambino non fu più visto da alcuno ed inutili furono le febbrili indagini esperite per rintracciarlo. Passarono così oltre due anni, quando nell'aprile del 1928, in seguito ad una lettera anonima pervenuta alla questura milanese, veniva tratto in arresto il 67enne Giuseppe Guidoni fortemente indiziato pel ratto e per l'uccisione del piccolo Palermi. Nella cella, messo a contatto con altri detenuti, egli si abbandonò a confidenze e confessioni, che poi mantenne sostanzialmente dinanzi al giudice istruttore. Con un cinismo ripugnante il Guidoni confessò di aver incontrato nei pressi di una chiesa, il bambino e averlo ucciso mediante soffocazione, di averne tagliato a pezzi il cadaverino e averne poi bruciati i miseri resti in una stufa. Una perizia sullo stato mentale del Guidoni, eseguita durante l'istruttoria escluse che si trattasse di un minorato. Rinviato a giudizio della Corte di Assise di Milano nel giugno scorso, egli fu condannato a 14 anni di reclusione, in quanto i giurati, pur rispondendo negativamente in ordine al primo quesito che riguardava l'omicidio per brutale malvagità, lo ritennero responsabile di ratto a scopo di libidine, seguito da morte, negando le circostanze attenuanti. La tesi, sostenuta dall'accusa nel corso del movimentato e drammatico processo, fu invece quella che la causale del delitto dovesse ricercarsi in una perversione sessuale del Guidoni. Interposto ricorso per Cassazione, la causa, dopo due rinvii, è stata trattata oggi dinanzi alla I Sezione penale. I motivi di ricorso sono quattro. Anzitutto il presidente non avrebbe dovuto porre il quesito proposto dal P.M. circa il delitto di ratto, non previsto dal capo di imputazione della sentenza di rinvio del Guidoni alle Assise, non potendosi – così si sostiene dalla difesa – il delitto di ratto considerare una figura subordinata a quella del delitto di omicidio. Bisogna ricordare, a questo riguardo, che il Guidoni era stato dalla sezione d'accusa imputato «di aver il primo gennaio 1926 volontariamente, col fine di uccidere e per solo impulso di brutale malvagità, cagionato mercè soffocazione la morte di Michele Palermi, il cui cadaverino fece scomparire, sezionandone le membra e bruciandole in un caminetto e in una stufa».

Il secondo motivo di richiesta investe la ordinanza presidenziale che respinse la domanda di sopraluogo nell'abitazione della teste capitale dell'accusa, tale signora Moretto, la quale affermò di aver visto in quella fredda sera d'inverno, dalla propria finestra, passare un vecchio riconosciuto per il Guidoni, che teneva per mano un bambino che piangeva disperatamente. Il terzo motivo si riferisce alla citazione fatta dal vice-presidente, del vice brigadiere dei carabinieri addetto alla scorta dei detenuti e che depose in istruttoria orale già chiusa, circa un discorso che il Guidoni gli avrebbe fatto in guardina. Il vecchio avrebbe detto cioè al vice-brigadiere che sarebbe stato disposto a dire tutta la verità, se non ne fosse stato sconsigliato dai difensori. Ora si sostiene dalla difesa che quel teste, la cui discussione provocò un vivace incidente, non avrebbe potuto deporre perché era stato presente nell'aula durante lo svolgimento delle udienze. Infine la difesa protesta per la mancanza di audizione dei periti, che avevano eseguito in periodo istruttorio gli esperimenti sulla stufa in casa del Guidoni per controllare le affermazioni dell'imputato, poi da lui ritrattate, di aver bruciato il cadaverino del piccolo Palermi. I motivi di ricorso sono stati svolti ampiamente dal difensore avv. Pittaluga per la Parte Civile resistente. L'avv. Valeri ha controbattuto gli argomenti addotti dalla difesa, affermando, in ordine al primo motivo di ricorso, che il quesito del ratto non riguardava il fatto nuovo, perché il ratto era stato prospettato sempre come causale dell'omicidio. Il P.M. Tancredi ha concluso per il rigetto del ricorso. Egli ha sostenuto la infondatezza del primo motivo, perché il reato di ratto, contestato in via subordinata all'imputato, configura il fatto nuovo, per cui la legge prescrive il rinvio degli atti al Procuratore del Re. Quanto alle altre ordinanze impugnate il P.M. ha sostenuto la loro insindacabilità, dato anche che per una di esse non vi fu nemmeno la rituale protesta della difesa. A tarda ora la Suprema Corte di Cassazione, su conforme richiesta del Procuratore Generale, ha respinto il ricorso di Giuseppe Guidoni, riconfermando la sentenza della Corte d'Assise di Milano.

DOCUMENTO N. 47

ASMi, Gabinetto di Prefettura, primo versamento, 224.

Telegramma con cui viene data notizia al prefetto dell'arresto di Rosario Romano, suocero di Giuseppe Palermo.

S.S. ROMA MLN 2831 34 40 14/30, MINISTERO INTER-

NO DIR GEN PS ROMA.

88247 IERI LOCALE QUESTURA PROCEDETTE ARRESTO ET DENUNZIA AUTORITA [sic!] GIUDIZIARIA ROMANO ROSARIO FU FRANCESCO ANNI 63 DA MISILMERI RESPONSABILE ATTI LIBIDINE BAMBINA TERRITO ERNESTA STOP -PREFETTO FORNACIARI

DOCUMENTO N. 48

Articolo del *Corriere* dellaSera del 22 novembre 1902.

IL PROCESSO CONTRO UN NOTO INDUSTRIALE

Il processo che ieri incominciò a dibattersi alla quarta sezione del nostro Tribunale è fra i più interessanti e strani. Seguirlo in tutto il suo procedimento e ricercarne intera la genesi, sarebbe quasi impossibile. Non basterebbero forse due colonne di giornale. Già Ieri l'altro noi demmo, brevemente, ai nostri lettori la ragione della querela. Completiamo ora questa storia intricata e che non manca di un certo lato drammatico. L'industriale Matteo Zini, di 63 anni, nel 1859 conobbe a Torino la signora Blesilla Rosas, con la quale si unì in matrimonio. Ma fra i coniugi non dovettero correre le migliori relazioni, se il Zini dopo alcuni mesi si decise a lasciare la consorte e a venirsene in Milano. Qui, egli avvicinò la signorina Carolina Cambiaggio, figliuola di ricca famiglia; e presto i due si amarono. I due finirono col convivere insieme. Dalla lunga intimità d'amore nacquero cinque figliuoli, del quali i primi tre pare che siano stati legittimati con dichiarazioni non rigorosamente legali. Gli altri due sono dichiarati di padre ignoto. In questi ultimi anni i vincoli tra lo Zini e Carolina Cambiaggio si allentarono un po' e quest'ultima due anni or sono uscì dalla casa. Morì or sono pochi mesi. Intanto lo Zini aveva comperato uno stabile a Monza, intestandolo metà alla signora Cambiaggio, metà alla figlia Adelia, ora costituitasi parte civile insieme col fratello Cesare. Conservò per sè gli usufrutti. Alla morte della loro madre, Adelia e Cesare si credevano in possesso dell'eredità, quando lo Zini presentò il testamento olografo della signora Cambiaggio, che lo nominava erede universale. Così si apre un processo civile e un processo penale. Il primo per far dichiarare nullo il testamento, perché avrebbe l'aria di un fidecommesso; il penale perché lo Zini avrebbe prodotto nella causa civile due falsi estratti dagli atti di nascita ed un atto di notorietà, dai quali risulterebbe che Adelia e Cesare erano figli dello Zini e della Cambiaggio. Ora, le due cause hanno fra loro un'intima connessione, per questo: che se venisse dimostrato che i due figli sono adulterini e non figli naturali riconosciuti dalla madre, essi non avrebbero più veste giuridica per ereditare. Come i lettori vedono, il processo è più che mai oscuro e indefinito. Nella sua deposizione lo Zini, interrompendosi tra le lacrime, ha rivendicato il suo amore paterno e il suo affetto per la defunta signora Cambiaggio. Ed ha detto che la presente causa gli era mossa per ragioni esclusive d'interesse. Si è indugiato poi su altri particolari, che noi trascuriamo, non essendo elementi essenziali di causa. Il processo che, incominciato con lacrime e proteste di onestà di sentimenti, pareva dovesse svolgersi emozionante e agitato, si è poi ristretto alla sola parte rigorosa giuridica. Il Tribunale, infatti, accettando una eccezione della difesa, ha ristretto il numero di testimoni, eliminando quelli che potessero svolgere le loro deposizioni sul lato intimo e familiare della questione. Respinse, inoltre, il rinvio avanzato dalla parte civile. Le deposizioni rese da Cesare e Adelia Cambiaggio sono state brevi e si sono svolte sui fatti ai quali abbiamo accennato. I testimoni escussi sono stati in tutto sette: fra essi il più Importante è l'avvocato Pietro Garzoni, difensore dello Zini nella causa civile. Egli ha detto che lo Zini non aveva alcuna intenzione di falso, tanto che restituì i due documenti al giudice, come ne fu richiesto. Ha concluso dicendo che la causa civile era intesa a togliere al Zini l'usufrutto dello stabile di Monza. Cesare Secchi, un vecchio di 76 anni, pensionato municipale già addetto agli uffici degli atti di nascita, e Carlo Turelli, altro impiegato addetto allo stato civile, hanno deposto sul rilascio dei documenti e su una circolare ministeriale che li regola. Gli altri testimoni hanno dato risposte di nessun rilievo. Alle ore 17 prese la parola il rappresentante della parte civile, avv. Rugarli, il quale sostenne contro il Zini l'accusa di falso e di dolo e affermò che Cesare e Adelia Cambiaggio tentano con la causa che si dibatte di rivendicare la memoria della loro madre. Rilevò anche quella parte che a lui parve determinasse l'immoralità dello Zini, nelle sue relazioni familiari. Durante l'arringa non mancarono pianti e commozioni: lo Zini usci dall'aula singhiozzando e protestando; Adelia ruppe anch'essa in lacrime. Oggi, terminerà il processo. Parleranno gli avvocati on. Pozzi e Cavalla per la parte civile; i difensori avvocati Gallina, Paleari e De Grandi; ed il Pubblico Ministero avvocato Covili. Dirige il dibattimento il presidente Rimini. Molto pubblico ieri assistette all'udienza, la quale lasciò in tutti un senso di pena e di meraviglia. Como mai lo Zini non riuscì a cattivarsi l'amore e la gratitudine dei figliuoli? Per quali estremi essi s'indussero alla querela contro di lui? Questo è il punto oscuro e anche triste del dibattito.

DOCUMENTO N. 49

ASMi, Gabinetto di Prefettura, primo versamento, 193.

Lettera anonima inviata alla Prefettura di Milano con cui si accusa il comunista Sincero Rugarli di fare attiva propaganda contro il Partito Fascista e i risultati dell'indagine svolta al riguardo da parte della questura di Milano.

Milano, 24 febbraio 1924.

A Sua Eccellenza il Presidente del Consiglio Onorevole Benito Mussolini

Roma

Mi sento dovere informare la S.V. Ill.ma che l'avvocato Sincero Rugarli (comunista) abitante Via Torino 45 Milano fa propaganda sovversiva contro Sua Eccellenza, ed il partito fascista. Andando sempre nelle cittadine di Varese, Como e Seregno. A Seregno mantiene continua corrispondenza con espressi cifrati con comunisti di Seregno perché abbiano ad astenersi nelle prossime elezioni della Eccellenza V.

Una fascista.

Roma 29 febbraio 1924

Preg/mo sig. Prefetto

Il Presidente ha ricevuto questa lettera: egli mi incarica di inviarla a Lei per visione e per gli accertamenti del caso. Con distinti ossequi

Falciola

R. QUESTURA DI MILANO

N. 2380 Gab. Milano, 10 Marzo 1924
Illmo Sig. PREFETTO
MILANO

L'Avv. Sincero Rugarli (non Rugarbi) fu Remigio e di Teresa Carrara nato a Busseto il 12-8-m868, risiede in questa città sin dal 1897; abita in via Settala 59 ed ha studio in via Torino 45.

Egli richiamò l'attenzione di quest'ufficio sin dal 1897 per la propaganda che faceva delle teorie socialiste da lui professate, tanto che nel 1898 venne redatta e inviata al Ministero la di lui scheda biografica, quale socialista. Nelle elezioni politiche del 1904 e del 1913 fu portato candidato nel collegio di Fiorenzuola d'Adda, ma rimase soccombente. Nel 1915 svolse azione in favore dell'intervento dell'Italia nella conflagrazione europea e si arruolò anche volontario, conseguendo la nomina a sottotenente nella milizia territoriale. Nel 1918, ritornò qui e pur mantenendo le sue idee socialiste alquanto moderate, non ha mai dato luogo a rimarchi.

Il Rugarli fu già oggetto di consimili anonimi inviati a quest'ufficio ed al locale Comando della M.V.S.N. e dalle informazioni assunte le accuse sono risultate sempre infondate. L'Avv. Rugarli è molestato continuamente da tale Cambiaggio Moretto Adelia, abitante in via Vitruvio, 7 con la quale fu nel passato in intima relazione. Costei, essendo stata abbandonata, nulla tralascia per vendicarsi e si ritengono opera sua le lettere anonime.

Nel giugno dello scorso anno la Cambiaggio in Piazza Duomo percosse il Rugarli ed in un giorno del successivo luglio s'installo (sic!) nel suo studio per 6 ore, rifiutandosi di allontanarsi.

Restituisco l'anonimo che andava unito alla Prefettizia 5 corrente n. 2021, cui rispondo.

Il questore.

DOCUMENTO N. 50

Serie di documenti del Gabinetto di prefettura di Milano che dimostrano il contrasto esistente tra la questura e la redazione del giornale *L'Ambrosiano.*

Asmi, gabinetto di prefettura, I versamento, 213.

Roma, addi 8-marzo-1928-VI

Ministero dell'Interno

DIREZIONE GENERALE DELLA PUBBLICA SICUREZZA
Divisione Poliz. Sez. Prima

S.E. IL PREFETTO
DI
MILANO

Prot. N 10-20297
13046-6

Biglietto Urgente

Si prega V.E. di favorire informazioni sull'unita notizia di cronaca pubblicata sul giornale "*L'Ambrosiano*" del I volgente dal titolo: "Esperimenti di polizia scientifica-Un medium scrivente alla ricerca di mezzo milione di pellicce rubate"

Il capo della polizia.

R. QUESTURA DI MILANO

N.15330 DIV. II Milano, 17 Marzo 1928-VI
Risp. A nota n. 3933 del 14 corr.
A S.E. il Prefetto di
Milano

In risposta alla lettera in margine indicata comunico che la notizia di cronaca pubblicata sul giornale "*L'Ambrosiano*" dal titolo "Esperimenti di polizia scientifica. Un medium scrivente alla ricerca di mezzo milione di pellicce rubate" deve considerarsi un parto della fantasia dei cronisti. Infatti il 39 gennaio u.s. mentre questo Ufficio di squadra mobile stava esperendo le indagini in merito al rilevante furto di pellicce avvenuto al danno di Amelia Rizzini, indagini che come è noto alle E.V. vennero più tardi coronate da completo successo, ebbe a presentarsi ai funzionari un fiduciario, narrando come era a conoscenza che in una cascina sita nel riparto Simonetta erano stati portati da sconosciuti e ivi nascosti dei sacchi, che senza dubbio dovevano contenere le pellicce che si ricercavano. Immediatamente venne inviato sul posto il Vice Commissario Dr Tomasino, il quale, invece delle pellicce, rinvenne 300 sacchi usati, che risultarono alcuni giorni prima rubati alla Ditta Vender. Restituisco l'alligato inviatomi.

Il questore.

ASMi, Gabinetto di prefettura, I versamento, 560.

R. QUESTURA DI MILANO

N. II9523 Div. II Milano, 25 Giugno 1930-VI

Oggetto: Segnalazione del quotidiano "*L'Ambrosiano*".

A S.E. IL PREFETTO DI
MILANO

In relazione alla nota del 27 maggio u.s.N. 7357, comunico a V.E. che dagli accertamenti esperiti è risultato infondato quanto riferiva il giornale "Ambrosiano" del giorno 26 maggio u.s. N. 124.

In Piazzale Grandi non risulta vi siano giostre, baracche per la confezione di dolciumi, pel tiro al bersaglio, fattucchiere o suonatori d'organetti.

Si esclude inoltre che in detta piazza si diano convegni pregiudicati, vagabondi e prostitute, né che esistono fossati pieni di luridume.

Gli ambienti della Senavra di Corso 22 Marzo 50, sono rappresentati da molte famiglie oneste che traggono i loro mezzi di sussistenza dalle loro fatiche. Non risulta che nel suddetto stabile vi si trovino uomini e donne cenciose o bambini malati. I locali di detta Senavra sono tenuti in massima parte nella migliore pulizia da buone mamme a cui stanno a cuore la salute dei loro bambini i quali vivono in buona salute, anche perché i locali stessi sono sotto la vigilanza del Municipio. Per quanto riguarda la presenza di prostitute in Piazzale Fiume, sui Bastioni di Porta Venezia, Via Parini e Via Galileo Galilei, comunico a V.E. che in merito è stato, fin da tempo, disposto un opportuno servizio di rastrellamento per evitare che le predette continuino a frequentare detta zona, servizio che, come rilevasi dalle relazioni mattinali, ha dato ottimi risultati. Comunque ho disposto che il servizio stesso venga mantenuto ed intensificato per evitare il ripetersi dei lamentati inconvenienti.

Il questore.
(L. de Cesare)

Figura 26. Michele Secondo Palermo in un ritratto dipinto dall'autore del libro.

ARTICOLI DI GIORNALE USATI PER RICOSTRUIRE LA VICENDA DEL CASO PALERMO

La Stampa di Torino: 2, 3, 26 marzo 1926, 26 gennaio 1927, 11, 12 febbraio, 9, 10, 24 aprile, 6, 12, 19 maggio, 20 giugno, 4, 5 luglio 1928, 10 aprile, 18, 19, 20 giugno 1929, 21 gennaio 1930, 27, 28, 29 ottobre 1932

Corriere della Sera: 3, 4, 5, 6, 7, 11, 12 gennaio, 24 febbraio, 2, 3, 5, 26 marzo, 29, 30 maggio 1926, 1, 26 gennaio 1927, 11, 12, 17, 18 febbraio, 4 marzo, 7, 8, 9, 10, 11, 12, 14, 24 aprile, 5, 7, 8, 12, 13, 20 maggio, 1, 2, 3, 9, 16, 17, 18, 19 giugno, 3, 4, 5, 19 luglio, 9 agosto, 21, 22, 23, 28 novembre 1928, 10 aprile, 18, 19, 21, 26 giugno, 31 dicembre 1929, 28, 29 marzo, 3 aprile 1930, 1, 3 maggio, 10 giugno, 27, 28, 29 ottobre 1932, 6 agosto 1933, 5 gennaio 1938, 21 giugno 1955.

Il popolo d'Italia: 2,3 marzo 1926, 11, 12 febbraio, 8, 10, 11, 12, 19 aprile, 5 maggio 1928

L'Ambrosiano: 5, 7, 11, 12 gennaio, 2, 3, 26 marzo 1926, 23 gennaio 1927, 17 febbraio 7, 9, 10, 24 aprile, 15, 21 maggio, 8, 18, 20, 22 giugno, 9, 14 luglio, 28 novembre, 1928 15, 17, 18, 19, 20, 21 giugno 1929

Cronaca prealpina: 11,12 febbraio, 6 luglio 1928

L'Italia: 3, 26, 27 marzo, 30 maggio 1926, 11, 12, 14 febbraio, 8, 10 aprile, 6, 12 maggio, 16 giugno, 20 luglio, 22 novembre 1928, 18, 19, 20, 21 giugno 1929

Il Secolo, La Sera: 10, 11, 13 febbraio, 7, 9, 10 aprile, 2, 18 giugno, 20 luglio 1928, 18, 19, 20, 21 giugno 1929

Il piccolo della sera: 18, 19 giugno 1928

BIBLIOGRAFIA

Allotti Pierluigi, Liucci Raffaele, I*l «Corriere della Sera» Biografia di un quotidiano*, Bologna 2021.

Bartoli Gianni, *Le deportazioni nella Venezia Giulia, Fiume e Dalmazia*, Trieste, 1961.

Benadusi Lorenzo, I*l «Corriere della Sera» di Luigi Albertini. Nascita e sviluppo della prima industria culturale di massa*, Roma, 2012, pp. 277-292.

Bricchetto Enrica, *Aldo Borelli e la fascistizzazione del "Corriere della Sera"* (1929-1933) in Studi storici anno 43, n.2 (2002), pp. 545-571.

Damiani Damiano, Strazzulla Gaetano, *Girolimoni: il mostro e il fascismo*, Bologna, 1972.

Dosi Giuseppe, *Il mostro e il detective*, Firenze, 1973.

Forno Mauro, *La Stampa del ventennio. Strutture e trasformazioni nello stato totalitario*, Soveria Mannelli, 2005.

Giacchin Carlo, *Attentato alla fiera*, Milano 1928, Milano, 2009.

Jacobs Jane, *Vita e morte delle grandi città. Saggio sulle metropoli americane*, Torino, 2000.

Melograni Piero (a cura di), *Corriere della Sera* (1919-1943), Rocca san Casciano, 1965.

Perazzoli Jacopo, *Angelo Filippetti, l'ultimo sindaco di Milano prima del fascismo*, Milano, 2022.

Sciarelli Federica, *Il mostro innocente. La verità su Girolimoni condannato dalla cronaca e dalla storia*, Milano, 2010

Tranfaglia Nicola, Murialdi Paolo, Legnani Massimo, *La Stampa italiana nell'età fascista*, Bari, 1980.

Tranfaglia Nicola, *La Stampa quotidiana e l'avvento del regime 1922-1925*, Bari, 1980.

INDICE

AVVERTENZA: Nello scrivere quest'opera mi sono basato essenzialmente su fonti ufficiali edite e inedite. Per quanto abbia cercato di usare la massima obiettività nel ricostruire queste vicende così complessa, la natura particolare delle fonti adoperate può ovviamente aver determinato degli errori di valutazione nella descrizione di persone e di fatti ormai così lontani nel tempo. Ogni piccolo tassello può quindi rivelarsi indispensabile per comporre un quadro più dettagliato della vicenda. Mi rivolgo in particolare ai discendenti dei protagonisti di questa vicenda, che non sono riuscito a rintracciare: chiunque abbia qualcosa da aggiungere alla storia che avete appena letto, mi contatti pure e sarò lieto di ascoltarlo.

TERRE
SOMMERSE